DOS VIDAS PARA LYDIA

JOSIE SILVER

DOS VIDAS PARA LYDIA

Traducción de
Ana Isabel Sánchez Díez

PLAZA [[]] JANÉS

Papel certificado por el Forest Stewardship Council®

MIXTO
Papel procedente de
fuentes responsables
FSC® C117695

Penguin
Random House
Grupo Editorial

Título original: *The Two Lives of Lydia Bird*

Primera edición: mayo de 2021

© 2020, Josie Silver
Publicado por primera vez en lengua inglesa por Penguin Books Ltd.
Todos los derechos reservados.
© 2021, Penguin Random House Grupo Editorial, S. A. U.
Travessera de Gràcia, 47-49. 08021 Barcelona
© 2021, Ana Isabel Sánchez Díez, por la traducción

Printed in Spain – Impreso en España

ISBN: 978-84-01-02627-0
Depósito legal: B-4.808-2021

Compuesto en La Nueva Edimac, S. L.

Impreso en Liberdúplex
Sant Llorenç d'Hortons (Barcelona)

L026270

A mi hermana, siempre mi mejor amiga.
Qué afortunadas somos por tenernos la una a la otra. x

Prólogo

La mayor parte de los momentos decisivos de la vida ocurren de forma inesperada; a veces pasan ante ti sin que te enteres hasta mucho más tarde, si es que llegas a hacerlo. La última vez que tu hijo es tan pequeño como para llevarlo en brazos. Una mirada de hastío intercambiada con un extraño que se convierte en tu mejor amigo de por vida. El trabajo de verano que solicitas sin pensarlo y en el que te quedas los veinte años siguientes. Ese tipo de cosas. Así que no soy para nada consciente de que uno de los momentos decisivos de mi vida está pasando ante mí cuando, el 14 de marzo de 2018 a las 18.47, me suena el móvil. En cambio, suelto un taco en voz baja, porque tengo un rulo de velcro atascado en el pelo y ya llego tarde.

—¿Hola?

No puedo evitarlo. Sonrío cuando activo el manos libres y Freddie me saluda medio a gritos para que lo oiga por encima del ruido de fondo de la carretera.

—Estoy aquí —digo en voz alta, con unas horquillas sujetas entre los dientes.

—Oye, Lyds, a Jonah se le ha averiado el coche, así que voy a desviarme y a recogerlo de camino al restaurante. No me retrasará mucho, diez minutos como máximo.

Me alegro de que no esté aquí para ver la cara que pongo. ¿Fue la princesa Diana la que pronunció la célebre frase de que había tres personas en su matrimonio? Lo entiendo, porque en el mío también las hay. Aunque en realidad todavía no estamos casados, pero nos queda muy poco. Freddie Hunter y yo estamos comprometidos y, es oficial, soy casi la chica más feliz del mundo. Remito a mi afirmación anterior para explicar por qué digo «casi» la más feliz: porque estoy yo, está Freddie y está el puñetero Jonah Jones.

Lo entiendo; yo no paso un solo día sin hablar con mi hermana, pero Elle no está siempre aquí, en nuestro sofá, bebiéndose nuestro té y exigiendo mi atención. Tampoco es que el mejor amigo de Freddie sea lo que se dice exigente. Jonah se toma las cosas con tanta calma que se pasa la mayor parte del tiempo en horizontal, y tampoco es que me caiga mal... Es solo que me caería mucho mejor si no lo viera tanto, ¿sabes? Esta noche, por ejemplo. Freddie ha invitado a Jonah a la cena y no se le ha ocurrido consultármelo a pesar de que es mi cumpleaños.

Escupo las horquillas, dejo de pelearme con el velcro y cojo el teléfono, molesta.

—Dios, Freddie, ¿de verdad tienes que ir? La reserva en Alfredo's es a las ocho, y no nos guardarán la mesa si llegamos tarde.

Lo sé por una mala experiencia anterior: la cena de Navidad del trabajo se convirtió en un desastre cuando el minibús llegó a Alfredo's diez minutos tarde y terminamos todos en el McDonald's con nuestras mejores galas. Esta noche es mi cena de cumpleaños, y estoy casi segura de que mi madre no se llevará una gran impresión si le sirven un Big Mac en lugar de fetuccini con pollo.

—Relájate, Cenicienta, no llegarás tarde al baile. Te lo prometo.

Muy típico de Freddie. Nunca se toma la vida en serio, ni siquiera de vez en cuando, en aquellas ocasiones en las que sería bueno que lo hiciera. En su mundo, el tiempo es elástico, puede estirarlo para adaptarlo a sus necesidades... O, en este caso, para adaptarlo a las de Jonah.

—Vale —respondo resignada—. Pero no te despistes con la hora, por lo que más quieras.

—Entendido —dice cuando ya está subiendo el volumen de la radio del coche—. Cambio y corto.

El silencio invade el dormitorio y me pregunto si alguien se daría cuenta si me corto el mechón de pelo enmarañado en el rulo que ahora mismo me cuelga a un lado de la cabeza.

Y ahí estaba. El momento decisivo de mi vida, pasando como si nada ante mí a las 18.47 del 14 de marzo de 2018.

2018

Despierta

Jueves, 10 de mayo

Freddie Hunter, también conocido como el gran amor de mi vida, murió hace cincuenta y seis días.

En un momento, estoy echando pestes porque llega tarde y va a fastidiarme la cena de cumpleaños, y al siguiente estoy intentando entender qué hacen dos agentes de policía uniformadas en mi salón, una de las cuales me sostiene la mano mientras habla. Miro fijamente su alianza de boda y luego mi anillo de compromiso.

—Freddie no puede estar muerto —digo—. Vamos a casarnos el año que viene.

Seguro que el hecho de que me cueste recordar con exactitud qué ocurrió a continuación es cosa del instinto de supervivencia. Recuerdo que me llevaron a urgencias en el coche de policía con la sirena puesta y que mi hermana me sujetó cuando me fallaron las piernas en el hospital. Recuerdo que le di la espalda a Jonah Jones cuando apareció en la sala de espera sin apenas un rasguño, con apenas una mano vendada y un apósito en el ojo. ¿Qué clase de injusticia es esta? Dos personas entran en un coche y solo una de ellas vuelve a salir. Recuerdo que yo llevaba puesta una blusa verde que me había comprado a propósito para la cena. La he donado a la tienda de segunda mano de una organización benéfica; no quiero que vuelva a rozarme el cuerpo nunca más.

Desde ese día horrible, me he devanado los sesos innumerables veces intentando acordarme de todas y cada una de las palabras de la última conversación que mantuve con Freddie, y lo único que recuerdo es que le gruñí por ir con la hora justa para llegar al restaurante. Y luego llegan los otros pensamientos. ¿Iba demasiado deprisa por complacerme? ¿El accidente fue culpa mía? Dios, ojalá le hubiera dicho que lo amo. Si hubiera sabido que era la última vez que iba a hablar con él, lo habría hecho, sin duda. Desde que ocurrió, en ocasiones he deseado que hubiera vivido el tiempo justo para mantener otra conversación con él. Pero tampoco estoy segura de si mi corazón lo habría soportado. Quizá sea mejor que la última vez que haces algo trascendental pase inadvertida ante ti: la última vez que mi madre me recogió en la puerta del colegio y sentí su mano tranquilizadora alrededor de la mía, más pequeña; la última vez que mi padre se acordó de mi cumpleaños.

¿Sabes qué fue lo último que me dijo Freddie mientras tomaba un desvío a toda prisa el día de mi vigésimo octavo cumpleaños? «Cambio y corto.» Era una costumbre, algo que llevaba años haciendo, unas palabras tontas que ahora se han convertido en una de las frases más importantes de mi vida.

De todas formas, supongo que fue muy típico de Freddie marcharse con una frase así. Tenía una sed de vida insaciable, una actitud ligera combinada con una vena competitiva despiadada; era divertido pero letal, por así decirlo. Nunca he conocido a nadie con tal don para la frase adecuada. Tiene —tenía— la capacidad de hacer que los demás creyeran que se habían salido con la suya cuando en realidad era él quien había conseguido justo lo que quería. Inició su carrera en el mundo de la publicidad y enseguida ascendió como un meteoro, con la mira puesta siempre en su siguiente objetivo. Es —era— la lumbrera de la pareja, del que siempre se supo que iba a ser alguien o a hacer algo en la vida que lograra que la gente recordara su nombre mucho después de que se hubiera marchado.

Y joder que si se ha marchado, su coche se empotró contra un roble, y yo me siento como si me hubieran cortado en dos y me hubiesen hecho un nudo en la tráquea. Es como si no consiguiera que se me llenaran los pulmones de aire; me falta la respiración y siempre estoy al borde de un ataque de pánico.

El médico por fin me ha dado algo para ayudarme a dormir. Después de que mi madre le gritara ayer en el salón, cuento con suministros para alrededor de un mes de una pastilla nueva que él no tenía nada claro si recetarme, porque opina que el duelo debe «pasarse de manera consciente para poder emerger de él». Y no me estoy inventando esta mierda; me dijo esas palabras exactas hace un par de semanas, antes de dejarme con las manos vacías para volverse a su casa con su esposa y sus hijos, que están vivitos y coleando.

Vivir a la vuelta de la esquina de la casa de mi madre es a un tiempo una bendición y una maldición, dependiendo del momento. Por ejemplo, cuando hace su famoso guiso de pollo y nos trae una cazuela que todavía conserva el calor de la cocina, o cuando me está esperando al final de la calle una mañana fría de noviembre para llevarme al trabajo en coche: en esos momentos nuestra proximidad es una bendición. Otras veces, como cuando estoy en la cama viendo doble y con resaca, y se presenta en mi habitación como si pensara que todavía tengo diecisiete años, o cuando llevo un par de días sin recoger y me mira por encima del hombro como si su hija fuera una de esas personas que acumulan de todo y necesitase una intervención psicológica como las de los programas de telerrealidad: entonces nuestra proximidad es una maldición. Igual que cuando intento llorar en privado con las cortinas del salón todavía cerradas a las tres de la tarde y el mismo pijama que llevaba puesto cuando vino a visitarme ayer y anteayer, o cuando me prepara tés que me olvidaré de beber y sándwiches que esconderé al fondo de la nevera cuando ella esté arriba limpiando el baño o salga a tirar la basura.

Lo entiendo, claro. Es muy protectora conmigo, sobre todo en este momento. Prácticamente hizo temblar de miedo al médico cuando este volvió a dudar de si recetarme las pastillas para dormir. El caso es que yo tampoco estoy muy segura de atiborrarme de somníferos, aunque solo Dios sabe lo atractiva que me resulta la idea del olvido. No sé por qué meto a Dios en esto. Freddie es, era y siempre habría sido un ateo estridente, y yo, en el mejor de los casos, soy ambivalente, así que no creo que Dios haya tenido mucho que ver con que me hayan metido en un ensayo clínico para personas que acaban de perder a un ser querido. Seguro que el médico recomendó que me uniera al ensayo clínico del fármaco porque mi madre le pedía el Valium más fuerte, y estas pastillas nuevas se están promocionando como una opción más suave y holística. Si te soy del todo sincera, me da igual lo que sean; soy oficialmente el conejillo de Indias más triste y cansado del mundo.

Verás, Freddie y yo tenemos una cama fabulosa. No te lo vas a creer, pero los del Savoy estaban subastando a un precio tirado todas las del hotel para poner unas nuevas y, madre mía, esta cama es una isla de la fantasía de proporciones épicas. Al principio la gente enarcaba las cejas: «¿Vais a compraros una cama de segunda mano?». «¿Por qué querríais hacer algo así?», dijo mi madre, tan horrorizada como si fuéramos a comprarnos un catre desechado por el refugio para personas sin hogar del barrio. Estaba claro que esos escépticos nunca se habían alojado en el Savoy. En realidad yo tampoco, pero había visto en la tele algo acerca de sus camas hechas a mano y sabía muy bien lo que estaba comprando. Y así fue como llegamos a ser los dueños de la cama más cómoda en un radio de ciento cincuenta kilómetros, en la que Freddie y yo nos hemos zampado innumerables desayunos de domingo por la mañana, hemos reído y llorado, y hemos hecho el amor de corazón y con ternura.

Cuando, unos días después del accidente, mi madre me dijo que me había cambiado las sábanas, sin querer me provocó una repentina crisis nerviosa. Me vi como desde lejos, arañando la puerta de la lavadora, llorando a lágrima viva mientras las sábanas daban vueltas entre la espuma, mientras los últimos restos de la piel y del olor de Freddie se iban por el desagüe.

Mi madre estaba fuera de sí, intentando levantarme del suelo, llamando a mi hermana para que viniese a ayudar. Terminamos las tres acurrucadas en el suelo de madera de la cocina, mirando las sábanas, todas llorando porque es una puñetera injusticia que Freddie ya no esté aquí.

No he vuelto a acostarme en la cama desde entonces. De hecho, no creo que haya vuelto a dormir como es debido desde entonces. Solo dormito de vez en cuando: con la cabeza apoyada en la mesa junto al desayuno intacto, acurrucada en el sofá bajo el abrigo de invierno de Freddie o incluso de pie, recostada contra el frigorífico.

—Vamos, Lyds —dice ahora mi hermana al tiempo que me sacude el hombro con suavidad—. Subiré contigo.

Miro el reloj de pared, un poco desorientada porque era en pleno día cuando he cerrado los ojos, pero ahora está lo bastante oscuro para que alguien, supongo que Elle, haya encendido las lámparas. Es típico de ella mostrarse así de atenta. Siempre la he considerado una versión mejorada de mí. Nos parecemos físicamente en lo que se refiere a la altura y la estructura ósea, pero ella es la oscuridad de mi luz; en el pelo, en los ojos. También es más buena que yo, más de lo que le convendría, gran parte del tiempo. Lleva aquí casi toda la tarde... Mi madre debe de haber elaborado una lista de turnos para asegurarse de que nunca me quede sola más de una o dos horas. Seguro que la tiene colgada en un costado de la nevera, justo al lado de la lista de la compra que va confeccionando a lo largo de toda la semana y del diario de comidas que rellena para sus clases de adelgazamiento. Cómo le gustan las listas, a mi madre.

—¿Subir adónde? —digo tras sentarme más erguida, evaluando el vaso de agua y el bote de pastillas que sostiene Elle.

—A la cama —responde ella con un dejo acerado en la voz.

—Estoy bien aquí —murmuro, aunque en realidad nuestro sofá no es muy cómodo para dormir—. Ni siquiera es la hora de acostarse. Podemos ver... —Agito la mano hacia el televisor, situado en una esquina, e intento recordar el nombre de alguna telenovela. Suspiro, molesta porque mi cerebro cansado no sea capaz de acordarse de ninguna—. Ya sabes, esa del pub, los hombres calvos y los gritos.

Sonríe y pone los ojos en blanco.

—Te refieres a *EastEnders*.

—Esa misma —digo distraída mientras recorro la habitación con la mirada en busca del mando a distancia para encender el televisor.

—Ya habrá terminado. Además, llevas por lo menos cinco años sin ver *EastEnders* —replica, pues no piensa picar.

Esbozo una mueca.

—Sí la he visto. Está… está esa mujer de los pendientes largos y… y la que interpreta Barbara Windsor. —Levanto la barbilla.

Elle niega con la cabeza.

—Las dos muertas —dice.

«Pobrecitas —pienso—, y pobrecitas familias.»

Elle me tiende la mano.

—Es hora de irse a la cama, Lydia —dice en tono dulce y firme, más de enfermera que de hermana.

Noto el escozor de las lágrimas calientes en la parte posterior de las retinas.

—No creo que pueda.

—Sí puedes —dice, decidida y con la mano aún estirada—. ¿Qué vas a hacer si no? ¿Dormir en el sofá el resto de tu vida?

—¿Tan malo sería?

Se coloca a mi lado y me coge la mano, con las pastillas en el regazo.

—La verdad es que sí, Lyds —dice—. Si no fueras tú sino Freddie quien se hubiera quedado aquí solo, querrías que durmiera bien, ¿no?

Asiento, abatida. Por supuesto que querría.

—De hecho, lo perseguirías sin descanso hasta que se fuera a la cama —continúa mientras me acaricia los nudillos con el pulgar, y estoy a punto de ahogarme con el nudo de lágrimas permanente a través del cual llevo intentando respirar desde el día en que Freddie murió.

La veo agitar el bote hasta que una pastillita de color rosa fluorescente le cae en la palma de la mano. ¿Bastará con eso para arreglarme? ¿Unas cuantas semanas de sueño reparador y estaré fresca como una rosa y lista para empezar de nuevo?

Elle me sostiene la mirada, inquebrantable, y las lágrimas me resbalan por las mejillas cuando me doy cuenta de lo destrozada que estoy: lo más emocional y físicamente decaída que puedo llegar a encontrarme. O al menos eso espero, porque no creo que sobreviva si puedo hundirme todavía más. Cojo la pastilla con los dedos temblorosos, me la meto en la boca y me la trago. Ya en la puerta de mi dormitorio, me vuelvo hacia Elle.

—Tengo que hacerlo sola —susurro.

Me aparta el pelo lacio de los ojos.

—¿Estás segura? —Me escudriña el rostro con los ojos oscuros—. Puedo quedarme contigo hasta que te duermas, si quieres.

Me sorbo la nariz, con la vista clavada en el suelo y llorando como de costumbre.

—Ya lo sé —digo, y le agarro una mano y se la aprieto con fuerza—. Pero creo que me vendría mejor…

No soy capaz de dar con las palabras que necesito. No sé si es porque me está haciendo efecto la pastilla o porque, sencillamente, no existen las palabras adecuadas.

Elle asiente con la cabeza.

—Estaré abajo si me necesitas, ¿vale? No pienso irme a ninguna parte.

Cierro los dedos alrededor del pomo. He mantenido la puerta cerrada desde el día en que mi madre cambió las sábanas, no quería siquiera vislumbrar por accidente esa cama tan impoluta camino del baño. La he convertido en un lugar extraño en mi cabeza, en un sitio tan vedado como un escenario del crimen precintado con cinta amarilla.

—No es más que una cama —susurro, y abro la puerta empujándola con suavidad.

No hay ninguna cinta amarilla que me impida el paso ni monstruos bajo la cama. Pero tampoco hay un Freddie Hunter, y eso me rompe el corazón de mil maneras distintas.

—No es más que una cama —repite Elle con voz tranquilizadora a mi espalda—. Un lugar donde descansar.

Sin embargo, está mintiendo. Ambas sabemos que es muchísimo más que eso. Esta habitación, mía y de Freddie, fue una de las principales razones por las que compramos la casa. Espaciosa, llena de luz durante el día gracias a las amplias ventanas de guillotina y al suelo de color miel, sobre el que, en las noches claras de verano, se proyectan los rayos brillantes de la luz de la luna.

Alguien, cabe suponer que Elle, ha entrado antes para encender la lámpara de mi lado de la cama, un estanque de luz suave para darme la bienvenida a pesar de que el sol todavía no se ha puesto del todo. También me ha abierto la cama; parece más un hotel que una habitación. El olor que predomina aquí dentro cuando cierro la puerta es el de la ropa de cama recién recogida del tendedero. Ni rastro de mi perfume mezclado con la loción para después del afeitado de Freddie, ni camisas arrugadas tras un día en la oficina tiradas de cualquier manera sobre el sillón, ni zapatos abandonados antes de poder llegar siquiera hasta el fondo del armario. Está limpia como una patena. Me siento como una visitante en mi propia vida.

—No es más que una cama —susurro de nuevo al sentarme en el borde del colchón.

Cierro los ojos mientras me tumbo y me acurruco en mi lado bajo la colcha.

Gastamos más de lo que deberíamos en unas sábanas dignas de nuestra cama del Savoy: de algodón blanco y con un número de hilos superior al de las de la mayoría de los hoteles en los que me he alojado. Mientras mi cuerpo se desliza entre ellas, advierto que ya están calientes. Elle, mi encantadora hermana, ha colocado bajo la ropa una bolsa de agua caliente para eliminar el frío de la ropa limpia. Mi cama, nuestra cama, me acoge como un viejo amigo al que me siento culpable por haber abandonado.

Me tiendo en mi lado del colchón, con el cuerpo dolorido por la pena y los brazos extendidos para encontrarlo, como siempre. Luego empujo la bolsa de agua caliente hacia su lado para que caldee las sábanas antes de trasladarme y tumbarme allí, estrechando el calor de la bolsa contra mi pecho con los dos brazos. Entierro la cara húmeda en su almohada y lloro como un animal herido, un ruido tan extraño como incontrolable.

Y luego, poco a poco, se atenúa. Mi ritmo cardíaco comienza a estabilizarse y mis extremidades se convierten en plomo pesado. Estoy calentita, resguardada y, por primera vez en cincuenta y seis días, no estoy perdida sin Freddie. No lo estoy, porque, mientras me cuelo bajo los faldones del sueño, casi siento la solidez de su peso combando el colchón, su cuerpo acurrucado junto al mío y su respiración estable contra mi cuello. Sálvame de estas aguas oscuras e inexploradas, Freddie Hunter. Lo estrecho contra mí y lo inhalo mientras me sumo en un sueño profundo y pacífico.

Dormida

Viernes, 11 de mayo

¿Sabes esos momentos de dicha al amanecer, esas mañanas de verano en las que el sol se levanta antes que tú, y te despiertas a medias y luego vuelves a quedarte dormida, feliz de contar con unas horas más? Me doy la vuelta y encuentro a Freddie todavía aquí, conmigo, y el alivio es tan profundo que lo único que soy capaz de hacer es mantenerme perfectamente inmóvil e intentar acompasar el ritmo de mi respiración al de la suya. Son las cuatro de la mañana, demasiado temprano para levantarse, así que vuelvo a cerrar los ojos; creo que nunca he conocido un consuelo tan absoluto. La cama caldeada por nuestros cuerpos arrebujados, la media luz dorada previa al amanecer, la música apagada del canto de los pájaros. Por favor, que no abandone este sueño.

Despierta

Viernes, 11 de mayo

Antes de abrir los ojos por segunda vez, ya sé que se ha ido. La cama está más fría, la luz del sol de las seis de la mañana es más cruda y el canto de los pájaros suena como el chirrido de unas uñas en la pizarra. Freddie estaba aquí, sé que estaba aquí. Hundo la cabeza en la almohada y cierro los ojos con todas mis fuerzas en busca de la oscuridad detrás de mis párpados para dormirme de nuevo. Si consigo hacerlo, a lo mejor vuelvo a encontrarlo.

El pánico comienza a bullirme en las entrañas; cuanto más intento relajarme, más se me activa el cerebro, preparándose para el día que le espera, lleno de pensamientos oscuros y sentimientos desesperados con los que no tengo ni idea de cómo lidiar. Y entonces el corazón se me estremece como si lo hubieran forzado a arrancar con unas pinzas tras quedarse sin batería, porque lo recuerdo: ahora tengo pastillas para dormir. Somníferos rosas ideados para dejarme fuera de combate. Estiro los brazos hacia el bote que ha dejado Elle en mi mesilla de noche y lo agarro con las dos manos, aliviada. Luego quito la tapa y me trago uno.

Dormida

Viernes, 11 de mayo

—Buenos días, Lyds. —Freddie se da la vuelta y me besa en la frente. Siento el peso de su brazo sobre los hombros cuando el despertador nos informa de que son las siete de la mañana—. Hoy no quiero salir a jugar. ¿Nos quedamos en la cama? Yo llamo a tu trabajo si tú llamas al mío.

Dice algo por el estilo casi todas las mañanas y durante un par de minutos siempre fingimos contemplar la idea.

—¿Traerás el desayuno a la cama? —murmuro mientras le rodeo el cuerpo cálido con un brazo y hundo la cara en el vello suave de su pecho.

Freddie posee una solidez que adoro, una presencia física imponente gracias a su altura y sus anchos hombros. A veces sus compañeros de trabajo subestiman su inteligencia para los negocios porque tiene la constitución típica de un jugador de rugby, y él está encantado de aprovecharse de ello. Es competitivo hasta la médula.

—Sí, siempre que quieras desayunar a mediodía. —Oigo la risa al otro lado de su esternón mientras me acaricia la nuca.

—Me parece bien —digo, y cierro los ojos y lo inhalo profundamente.

Permanecemos así unos minutos perezosos y exquisitos, abrazados, medio dormidos, conscientes de que tenemos que levantarnos pronto. Pero remoloneamos, porque estos son los momentos que importan, los que hacen que seamos Freddie y yo contra el mundo. Estos instantes son los cimientos sobre los que se erige nuestro amor, una capa invisible sobre nuestros hombros cuando estamos ahí fuera, en el mundo, ocupándonos de nuestros asuntos. Freddie nunca devuelve la mirada de interés a la despampanante chica que espera el tren de las 7.47 en el andén 4, y yo nunca permito que Leon, el camarero de la cafetería en la que a veces me compro la comida, cruce la línea que separa las bromas del coqueteo, aunque su atractivo sea digno del de una estrella de cine y me escriba cosas graciosas en la taza de café.

Estoy llorando. Tardo unos segundos en saber por qué, y luego lo recuerdo y trago grandes bocanadas de aire, como quien sale a la superficie tras hundirse en aguas profundas.

Freddie se sobresalta y se incorpora apoyándose en un codo para mirarme; me agarra el hombro con expresión de preocupación.

—Lyds, ¿qué pasa? —Su voz es apremiante, dispuesta a ayudar, a aliviar cualquier dolor que sienta.

No puedo respirar; el aire me abrasa el pecho.

—Estás muerto.

Pronuncio las espantosas palabras en un sollozo y escudriño su rostro amado en busca de signos delatores del accidente. No hay nada, ni un solo indicio de la devastadora lesión craneal que le costó la vida. Tiene los ojos de un azul inusual, tan oscuros que pueden confundirse con el marrón si no estás tan cerca como para fijarte de verdad. A veces se pone unas gafas de montura negra para las reuniones de trabajo con clientes importantes, sin graduar, una ilusión de debilidad donde no la hay. Ahora lo miro a esos ojos con fijeza y le acaricio con la mano la incipiente barba rubia del mentón.

Una risa suave brota de su interior y el alivio le inunda los ojos.

—Pero mira que eres tonta. —Me abraza con más fuerza—. Lo has soñado, eso es todo.

Oh, cómo me gustaría que fuera verdad. Niego con la cabeza, así que me coge la mano y se la lleva al corazón.

—Estoy bien —insiste—. Siéntelo, el corazón me late y todo eso.

Es cierto. Presiono lo suficiente para notarlo saltar bajo la palma de la mano y, aun así, sé que no está latiendo, no de verdad. No puede ser. Ahora me cubre la mano con la suya, ya no se ríe porque advierte lo angustiada que estoy. No lo entiende, por supuesto. ¿Cómo iba a poder hacerlo? Este Freddie no es real, pero, Dios, esto tampoco se parece a ningún otro sueño que haya tenido. Estoy despierta mientras duermo. Siento el calor de su cuerpo. Percibo el olor de la loción para después del afeitado en su piel. Noto el sabor de mis lágrimas cuando se agacha y me besa con ternura. No puedo parar de llorar. Intento no respirar hondo mientras lo abrazo, por si está hecho de humo y sale volando si exhalo demasiado fuerte.

—Es solo una pesadilla, nada más —susurra, y me acaricia la espalda. Me deja llorarlo porque no puede hacer otra cosa.

Si él supiera que esto es más bien lo contrario… Las pesadillas vienen cuando esperas con impaciencia la llegada de tu novio el día de tu cumpleaños, con tu familia ya reunida a la mesa de un restaurante del centro.

—Te echo de menos. Te echo muchísimo de menos —digo entre lágrimas.

Soy incapaz de mantener una sola extremidad quieta, así que me estrecha entre sus brazos, esta vez con mucha fuerza, y me dice que me ama y que está bien, que los dos estamos bien.

—Vamos a llegar tarde al trabajo —dice con delicadeza al cabo de unos minutos.

Permanezco quieta, con los ojos cerrados, intentando memorizar el tacto de sus brazos a mi alrededor para cuando me despierte.

—Quedémonos aquí —susurro—. Quedémonos aquí para siempre, Freddie.

Me desliza una mano en el pelo y me echa la cabeza hacia atrás para mirarme a los ojos.

—Ojalá pudiera —dice con el rastro de una sonrisa en los

labios—. Pero ya sabes que no, esta mañana tengo que presidir la reunión con los de PodGods.

Me está recordando algo de lo que no sé nada.

—¿Los de PodGods?

Arquea las cejas.

—¿Los de las cápsulas de café? ¿No te acuerdas de que te conté que en la primera reunión se presentaron todos con camisetas y gorras de béisbol verde fosforito con el logo de la empresa?

—¿Cómo iba a olvidarlos? —digo, pese a que no tengo ni idea de lo que está hablando.

Se desenreda de mí y me da un beso en la mejilla.

—Quédate en casa —me dice con aire preocupado—. Nunca te tomas un día libre, ¿por qué no lo haces hoy? Te traeré una taza de té.

No discuto con él. Al fin y al cabo, llevo cincuenta y seis días sin ir a trabajar.

Mi vida ha estado entrelazada con la de Freddie Hunter desde la primera vez que me besó y se insufló en mi ADN una tarde de finales de verano. Las cosas llevaban un tiempo fraguándose entre nosotros, acumulándose como el vapor en un motor: su asiento siempre al lado del mío en la cafetería del instituto para robarme el helado, coqueteos lanzados de un lado a otro de la clase como si fuera un partido de tenis. Empezó a volver a casa por el mismo camino que Jonah y yo a pesar de que así se desviaba de su ruta, por lo general inventándose alguna excusa tonta acerca de tener que recoger algo para su madre o de visitar a su abuela. Cuando Jonah cogió la varicela y tuvo que quedarse en casa una o dos semanas, no me quedó escapatoria. Todavía siento mariposas de nostalgia en el estómago solo de pensarlo: Freddie me regaló un anillo con una flor de plástico amarillo, de esos que vienen en las bolsas sorpresa, y luego me besó sentado en el muro de delante de la casa de mis vecinos.

—¿No estará tu abuela preocupada por ti? —le pregunté después de los cinco minutos más emocionantes de mi vida.

—Lo dudo. Vive en Bournemouth —respondió, y ambos nos echamos a reír, porque eso estaba a ciento cincuenta kilómetros de distancia por lo menos.

Y eso fue todo, me convertí en la chica de Freddie Hunter, entonces y para siempre. A la mañana siguiente, me metió una chocolatina en el bolso junto con una nota que decía que me acompañaría a casa. Si hubiera venido de otra persona, quizá me habría resultado posesivo; mi tierno corazón de adolescente no vio más que una franqueza emocionante.

Ahora lo veo moverse con decisión, camino del baño para abrir el grifo de la ducha, hacia el armario para descolgar una camisa blanca y limpia.

—No quiero gafarlo, pero creo que los tengo en el bote —dice, y responde enseguida a una llamada de trabajo.

Saca la ropa interior del cajón con el móvil sujeto bajo la barbilla. Observo sus movimientos cotidianos, le contesto con una sonrisa trémula cuando me mira poniendo los ojos en blanco porque quiere que quienquiera que lo esté llamando termine de una vez.

Él desaparece en el baño, y yo me incorporo y aparto la colcha cuando oigo que el agua comienza a caerle por el cuerpo.

—¿Qué me está pasando? —susurro. Apoyo los pies en el suelo, sentada en el borde de la cama como un paciente de hospital tras una operación a corazón abierto. Porque así es como me siento. Como si me hubieran abierto el pecho y me masajearan el corazón para que volviera a funcionar—. No creo en los cuentos de hadas ni en las habichuelas mágicas —murmuro, y me muerdo el labio inferior, tembloroso, con fuerza suficiente para saborear la sangre, metálica y fuerte.

Freddie sale del baño envuelto en una nube de vapor, metiéndose la camisa por dentro de los pantalones mientras se los abrocha.

—Tengo que irme. —Tiende la mano hacia su móvil—. Si enciendo el hervidor, ¿te encargas tú misma de preparar el té? Si me doy prisa, llego al tren.

Elegimos esta casa precisamente para estos casos, las mañanas en que vamos tarde y agradecemos tener una estación a la vuelta de la esquina. El trabajo de Freddie en el centro de Birmingham le exige mucho tiempo, así que cuanto menos se sumara en el trayecto, mejor. Yo tardo menos en llegar al ayuntamiento: diez minutos y estoy en el aparcamiento del trabajo. Me encanta nuestro edificio protegido, me recuerda a algo sacado de un cuento infantil. Se cree que es la estructura más antigua de la localidad y se alza, con su entramado de madera y encorvado, al final de la calle principal. Es similar a gran parte de la arquitectura que se encuentra a lo largo de la céntrica calle; nuestro pueblo de Shropshire es antiguo y se enorgullece muchísimo de haber aparecido en el Libro Domesday, una especie de censo manuscrito que se completó a principios del siglo XI por encargo de Guillermo el Conquistador. Criarse en una comunidad tan unida tiene numerosas ventajas; muchas familias llevan aquí desde hace generaciones, de la cuna a la tumba. Es fácil pasar por alto el valor de algo así, agobiarse por el hecho de que todo el mundo conozca los asuntos de los demás, pero también hay cierta riqueza y consuelo en ello, en especial cuando alguien está en apuros.

Sin embargo, no fue solo la ubicación lo que nos hizo enamorarnos de la casa. La vimos a primera hora de la mañana de un fin de semana de primavera, con el sol a la altura perfecta para resaltar la piedra dorada y la profundidad de la ventana en mirador. Se encuentra en medio de una hilera de casas adosadas, y decorarla terminó siendo una pesadilla, porque no tiene ni una pared o puerta recta. «No hace sino aumentar su encanto», argumentaba yo cada vez que Freddie se golpeaba la cabeza con la viga baja y expuesta de la cocina. Me gusta pensar que la decoración tiene ecos de la casita de Kate Winslet en la película *The Holiday (Vacaciones)*: todo suelos de madera natural y un desorden acogedor. Es un estilo que he cultivado con esmero en mercadillos y rastros, reprimido de manera ocasional por la preferencia de Freddie por cosas más modernas. Se trata de una batalla que siempre estuvo dispuesto a perder: a mi ojo de urraca le encantan las cosas bonitas, y Pinterest se me da de miedo.

Hace un par de días, tras obligarme a vestirme y acercarme a la licorería a por reservas de vino, se me ocurrió que no quería volver a casa. Es la primera vez que he sentido algo así por la casa desde la mañana en que recogimos las llaves, y se me rompió otro pedazo de corazón al darme cuenta de que mi hogar ya no era mi hogar. Jamás se me habría pasado por la cabeza la idea de vender la casa, pero en ese momento me sentí desconectada y eché a andar en la dirección contraria; tuve que dar dos vueltas al parque infantil antes de poder enfrentarme a regresar. Y entonces, por curioso que resulte, una vez dentro de nuevo, no quise volver a salir. Soy un amasijo de contradicciones, no me extraña que mi familia se muera de preocupación por mí.

Era nuestra casa, y ahora es mía, aunque no es que obtenga mucho placer de haberme quedado sin hipoteca a los veintiocho años, porque también me he quedado sin Freddie. En su momento, ambos tuvimos la sensación de que nuestro asesor financiero nos había engañado como a un par de tontos con el seguro de vida; la idea de que pudiera pasarnos algo a cualquiera de los dos antes de que la casa estuviera pagada parecía ridícula. Qué maravillosamente afortunados éramos de sentirnos tan seguros. Aparto mis pensamientos al advertir que estoy a punto de echarme a llorar otra vez. Freddie me mira con curiosidad.

—¿Ya estás bien? —me pregunta mientras me sujeta el mentón y me acaricia una mejilla con el pulgar. Asiento y vuelvo la cara para rozarle la palma de la mano con los labios cuando me besa la cabeza—. Esa es mi chica —susurra—. Te quiero.

Por indigno que sea, quiero aferrarme a él, rogarle que no me deje de nuevo, pero no lo hago. Si este va a ser mi último recuerdo de los dos, quiero que se selle alrededor de mi corazón por las razones correctas. Así que me levanto, lo agarro por las solapas de la chaqueta del traje y lo miro a los ojos azules, hermosos y familiares.

—Eres el amor de mi vida, Freddie Hunter. —Me obligo a pronunciar las palabras con claridad y sinceridad.

Agacha la cabeza y me besa.

—Te quiero más que a Keira Knightley. —Se ríe con suavidad al iniciar nuestro juego.

—Tanto, ¿eh? —digo con sorpresa, porque por lo general empezamos por lo más bajo y vamos subiendo, hasta Keira en su caso y Ryan Reynolds en el mío.

—Tanto —repite, y me lanza un beso mientras sale de la habitación.

El pánico me sube desde las entrañas, caliente y bilioso, y clavo los dedos de los pies en la madera del suelo para evitar salir corriendo tras él. Oigo sus pasos en la escalera, el ruido de la puerta de la calle al cerrarse y me acerco a toda prisa a la ventana del dormitorio para verlo dirigirse entre caminando y trotando hacia la esquina. Demasiado tarde, abro la ventana, forcejeando con las manijas viejas, y grito su nombre, aunque sé que no me oirá. ¿Por qué lo he dejado marcharse? ¿Y si no vuelvo a verlo nunca? Me agarro al alféizar, con la mirada clavada en su espalda, casi esperando que se esfume, pero no lo hace. Se limita a doblar la esquina, sumido en sus pensamientos, camino de no sé qué desayuno con un cliente de la empresa, de la chica del andén 4, de todos los lugares en los que yo no puedo estar.

Despierta

Viernes, 11 de mayo

Cuando me despierto, tengo la cara empapada y la boca recubierta de algo que sabe a sangre. Cojo mi teléfono y, al examinarme con detenimiento, advierto que me he mordido con saña el interior del labio inferior; veo las marcas que me he hecho con los dientes y que el labio se me ha hinchado como si me hubiera inyectado bótox de mala calidad. No es mi mejor cara. Sin duda Freddie habría encontrado divertido mi asombroso parecido con un pez globo.

Freddie. Cierro los ojos, resollando por lo hiperrealista del sueño o de lo que quiera que haya sido eso. Solo puedo compararlo con cuando entras en una tienda de electrónica y ves el modelo de televisor más nuevo y ostentoso, el que cuesta una pequeña fortuna. Los colores son más brillantes, los contornos más nítidos, el sonido más claro. Era en tecnicolor brillante, como ver una película en un cine IMAX. No, más bien como salir en una película en un cine IMAX. Resultaba demasiado real para no serlo. Freddie estaba vivo y se duchaba y llegaba tarde al trabajo y volvía a hacer chistes sobre Keira Knightley.

Me devano los sesos tratando de recordar si, antes de morir, mencionó un desayuno con un cliente de la empresa. Estoy segura de que no me había comentado nada; es como si Freddie hubiera seguido viviendo los últimos cincuenta y siete días detrás de un velo, ocupándose de sus asuntos cotidianos con toda la tranquilidad del mundo.

Una vez más, me abruma la urgencia de intentar dormirme de nuevo, de ir a buscarlo, de volver a esa vida en la que el corazón de Freddie continúa latiendo. Pero en ese mundo él ya está dándolo todo en la industria publicitaria, con los gemelos resplandecientes y una sonrisa en la cara. Para ser alguien que anoche ni siquiera quería meterse en la cama, ahora no tengo ningunas ganas de levantarme y afrontar el nuevo día. Tardo más de un cuarto de hora en convencerme de que salir de la habitación es una buena idea, aunque sea remotamente. Al final, llego a un acuerdo conmigo misma: si me levanto y paso el viernes, si me ducho, como y quizá incluso salgo de casa un rato, luego podré tomarme otra pastilla. Cenaré pronto, volveré a la cama y quizá, solo quizá, pueda pasar la noche con mi amor.

Despierta

Sábado, 12 de mayo

—He soñado con Freddie. —Rodeo la taza de café con las manos más en busca de consuelo que de calor.

Elle me mira desde el otro lado de la mesa de la cocina y asiente despacio con la cabeza.

—A mí también me pasa de vez en cuando. —Remueve su bebida para disolver el azúcar—. Si te soy sincera, me sorprendería más que no soñaras con él.

—¿En serio? —La miro de hito en hito, deseando que se concentre en mí y me preste toda su atención, porque esto es importante—. No me había pasado nunca.

La decepción me encoge el estómago. Lo que me está ocurriendo es demasiado íntimo para tomárselo como algo normal y corriente.

Elle levanta la vista hacia el reloj de la cocina.

—¿Lista para marcharnos?

Nos vamos a desayunar a casa de nuestra madre; es algo que hemos empezado a hacer casi todos los sábados por la mañana, antes de mis visitas a la tumba de Freddie; creo que es la forma de mi madre de aportar algo de estructura a mi fin de semana. Elle no hace comentarios acerca de mi pelo revuelto ni sobre el hecho de que lleve la misma camiseta que ayer. Era de Freddie. Mi pelo también era para él; le encantaba largo, así que llevo años sin apenas cortarme más que las puntas. A ver, no es que me llegue hasta el trasero ni nada por el estilo, pero poco a poco se ha convertido en uno de mis rasgos distintivos. Lydia, la novia de Freddie, la del pelo largo y rubio.

De haber ocurrido la semana pasada, lo más probable sería que me hubiera puesto la cazadora vaquera, me hubiera recogido el pelo con una goma, enredado y todo, y me hubiese considerado preparada para salir. Pero no es la semana pasada. Si algo me han enseñado mis recientes encuentros con Freddie, es que estoy viva, y la gente que lo está debería, como mínimo, ir limpia. Hasta Freddie, que en teoría no está vivo, se duchó.

—¿Me das diez minutos? —Le dedico a Elle una levísima sonrisa—. Creo que va siendo hora de que me maquille un poco.

Desde el funeral, ni siquiera he vuelto a abrir el neceser de maquillaje.

Elle me mira de forma extraña y sé que la he sorprendido.

—Bueno, no quería decirte nada, pero hace tiempo que vas un poco hecha un asco —dice para quitar hierro al asunto.

La broma hace que me dé un vuelco el estómago, porque siempre hemos estado muy unidas, tanto como, no sé, como dos cosas muy unidas. ¿Como uña y carne? No creo que eso lo refleje muy bien, porque cada una tiene su vida. Decir que somos como hermanas tampoco es lo más exacto, porque Julia, mi compañera de trabajo, incluso niega que su hermana mayor, Marie, pueda proceder del mismo acervo génico porque es una gilipollas, y luego hay hermanas como Alice y Ellen, las gemelas con las que fui al instituto, que iban vestidas igual y se terminaban las frases mutuamente, pero que se habrían empujado la una a la otra delante de un autobús por salir elegidas capitanas del equipo de netball. Elle y yo somos... Somos Monica y Rachel. Somos Carrie y Miranda. Siempre hemos sido la animadora más entusiasta de la otra, y su hombro preferido para llorar, y es ahora cuando me percato de lo mucho que me he alejado de ella. Sé que no me lo echa en cara ni me culpa, pero debe de haber sido duro para ella; en cierto sentido, no ha perdido solo a Freddie, sino también a mí. Tomo nota mental de que un día, cuando esté mejor, le diré que a veces, en los días oscuros, ella ha sido la única luz que he visto.

—No tardo. —Empujo mi silla hacia atrás, lo que provoca un chirrido de madera contra madera.

—Me prepararé otro café mientras espero —dice.

Dejo a Elle en la cocina, reconfortada por el ruido que hace al abrir el grifo y trastear en los armarios. Siempre ha sido una visitante habitual y muy bien recibida. No tan habitual como Jonah Jones, claro; él pasaba casi tanto tiempo aquí con Freddie como yo, muy a menudo despatarrados en nuestro sofá viendo una película de la que nadie había oído hablar o comiendo pizza de una caja, porque en la cocina ninguno de los dos era Jamie Oliver precisamente. Nunca llegué a decírselo a Freddie, pero en ocasiones me sentía como si a Jonah le molestara tener que cederme a su mejor amigo. Supongo que el tres es siempre un número extraño.

—¿Hoy no viene David?

Mamá mira a nuestra espalda cuando abre la puerta de su casa. A veces creo que David le cae mejor que nosotras. Hacía lo mismo con Freddie; le gusta consentir a los hombres con ese rollo de madre e hijo.

—Venimos solas, lo siento —dice Elle, aunque no lo piensa.

Nuestra madre deja escapar un suspiro dramático.

—Tendré que conformarme. Aunque iba a pedirle que me cambiara el fusible del enchufe del secador de pelo... Ha vuelto a estropearse.

Elle me mira de reojo a espaldas de mamá, y sé justo lo que está pensando. A David se le da fatal cualquier cosa relacionada con el bricolaje. Es siempre Elle quien se encarga si tienen que montar una estantería, decorar una habitación o, en efecto, cambiar un fusible, pero nuestra madre insiste en aferrarse a la anticuada inferencia de que David es el hombre de la familia y, por tanto, quien hace todas las cosas varoniles. Además, podría cambiar el fusible ella misma sin ningún problema: nos crio sola y no nos morimos, distingue a la perfección un cable de tierra de uno de fase. Sin embargo, parece que cree que infunde a David una mayor sensación de autoestima si le pide que se haga cargo de alguna que otra tarea, pero en realidad él nos mira a nosotras con cara de pánico y de «ayudadme, por favor». No puede ni subir una escalera de mano sin romper a sudar; hace unas semanas, tuve que distraer a mi madre en la cocina mientras él agarraba la escalera para que Elle subiera a limpiar los canalones. Es un juego en el que participamos todos. Freddie era el manitas innato de la familia y, en su ausencia, David se ha visto ascendido al puesto contra su voluntad.

—Estoy haciendo tortillas de queso y cebolla —anuncia mamá mientras la seguimos por el pasillo—. Probando una sartén nueva.

Nos enseña una sartén de un rosa chillón.

—¿Otra vez la teletienda? —pregunta Elle al tiempo que deja caer su bolso en la mesa de la cocina.

Mamá se encoge de hombros.

—Dio la casualidad de que estaba puesta. Ya sabéis que no suelo comprar por la tele, pero Kathrin Magyar estaba muy impresionada con ella, y se me acababa de caer el mango de la sartén vieja, así que pareció cosa del destino.

Contengo una sonrisa, y Elle mira hacia otro lado. Ambas sabemos que los armarios de la cocina de nuestra madre están atestados de artículos innecesarios que la superglamurosa presentadora de televisión Kathrin Magyar la ha convencido de que revolucionarán su vida.

—¿Quieres que corte las cebollas? —pregunto.

Ella niega con la cabeza.

—Ya lo he hecho. Están en la minipicadora.

Asiento al verla en la encimera de la cocina. No le pregunto si también la ha sacado de la teletienda, porque la respuesta es afirmativa, por supuesto, como en el caso del rallador mecánico de queso que ha utilizado para el cheddar.

En lugar de eso, preparo café, por suerte sin la ayuda de chismes superfluos.

—¿Has probado las pastillas? —me pregunta mi madre mientras casca huevos en un cuenco.

Asiento con la cabeza, pues me falta el aire al recordar a Freddie.

Hurga en su jarra de utensilios de cocina hasta que encuentra unas varillas.

—¿Y?

—Y funcionan. —Me encojo de hombros—. He dormido del tirón.

—¿En la cama?

Suspiro, y Elle me mira esbozando una sonrisilla.

—Sí, en la cama.

El alivio suaviza las arrugas de la frente de mi madre, que sigue batiendo los huevos.

—Eso es bueno. Pues se acabó lo de dormir en el sofá, ¿vale? No es bueno para ti.

—No, prometido.

Elle pone la mesa para tres personas. Nuestra familia aumentó hasta cinco y ahora se ha reducido a cuatro, pero en su forma más esencial siempre hemos sido tres: mamá, Elle y yo. No conocemos mucho a nuestro padre. Se largó cinco días antes de que yo cumpliera un año, y mi madre nunca lo ha perdonado de verdad. Elle era una vivaracha cría de tres años, yo daba mucho trabajo, y él decidió que vivir con tres mujeres no era lo suyo y se mudó a Cornualles para dedicarse al surf. Es de esos hombres. Cada pocos años nos envía noticias de dónde está, e incluso se presentó en casa sin avisar una o dos veces cuando todavía íbamos al instituto. No es mala persona, solo voluble. Me gusta saber que está ahí, pero lo cierto es que nunca lo he necesitado en mi vida.

—Estoy pensando en comprarme una mesa de cocina nueva —comenta mamá cuando nos pone el plato delante y se sienta.

Elle y yo nos quedamos mirándola.

—No puedes hacer eso —digo.

—Imposible —dice Elle.

Nuestra madre alza la vista al techo; está claro que había previsto nuestra resistencia a la idea.

—Chicas, esta está en las últimas.

Llevamos toda la vida sentándonos a esta maltrecha y desgastada mesa de madera, cada una en su sitio, siempre. Estuvo cuando desayunábamos antes de ir al colegio, cuando nos comíamos nuestros sándwiches de beicon y remolacha favoritos los fines de semana y en las broncas familiares. Nuestra madre es, en líneas generales, un animal de costumbres; su casa no ha cambiado mucho con los años, y Elle y yo confiamos en que siempre seguirá siendo más o menos la misma. Ahora que lo pienso, se podría decir lo mismo de mamá: lleva el mismo corte rubio ceniza a lo garçon desde que tengo uso de razón. Elle y yo hemos heredado de ella nuestra cara en forma de corazón, y las tres compartimos los hoyuelos profundos cuando nos reímos, como si alguien nos hubiera clavado los dedos en las mejillas. Ella es nuestra red de seguridad, y esta casa es nuestro santuario.

—Hacíamos los deberes en esta mesa. —Elle posa una mano protectora encima.

—Todas las cenas de Navidad de mi vida se han hecho en esta mesa.

—Pero está toda pintada —insiste mamá.

—Sí —dice Elle—. Con nuestros nombres, lo hice cuando tenía cinco años.

Mi hermana grabó nuestros respectivos nombres en el tablero con un bolígrafo azul no mucho después de aprenderse el abecedario. Cuenta la leyenda que estaba orgullosísima y que se moría de ganas de enseñar a mamá lo que había hecho; y ahí siguen, mayúsculas infantiles debajo de los manteles individuales. Gwen. Elle. Lydia. Con un pajarito esquelético detrás de cada uno en sustitución de nuestro apellido, Bird.

—¿Quieres llevártela a tu casa? —pregunta mamá, mirando a Elle, en cuya casa reina un orden exagerado, donde todo hace juego o se complementa y no hay absolutamente nada maltrecho o deteriorado.

—Su sitio es este —replica ella en tono firme.

Mi madre me mira.

—¿Lydia?

—Ya sabes que yo no tengo sitio —digo—. Pero, por favor, quédatela. Es parte de la familia.

Mamá suspira, vacilante. Me doy cuenta de que sabe que es verdad. Tampoco creo que quiera perderla.

—Tal vez.

—La tortilla está muy rica —tercia Elle.

Me viene una idea a la cabeza.

—¿Te ha vendido Kathrin Magyar una mesa de cocina nueva?

Mi madre coge su taza de café y da unos golpecitos contra el tablero como si de una vieja amiga se tratara.

—Cancelaré el pedido.

No digo que Kathrin Magyar no sea buena, pero no tenía ni una oportunidad contra el conjunto de la familia Bird.

Bajo la mirada hacia la tumba de Freddie, hacia un ramo de rosas envueltas en celofán y colocadas junto a la base de la lápida, llamativas al lado del mustio arreglo de margaritas y flores silvestres que dejé yo misma la semana pasada. Debe de haberlo visitado alguien más. Un compañero de trabajo, o puede que Maggie, su madre, aunque ella no viene muy a menudo; le resulta demasiado abrumador. Era su único y queridísimo hijo, tanto que le costó incluirme en el círculo familiar. No se mostraba antipática, sino que en el fondo disfrutaba teniendo a Freddie solo para ella. Nos hemos visto un par de veces desde la muerte de su hijo, pero no estoy segura de que nos haga algún bien a ninguna de las dos. Su pérdida es distinta, no puedo identificarme con ella.

Que a mí no me resulte angustioso visitarlo me ha sorprendido; valoro tener un sitio al que venir para hablar con él. Sin querer, vuelvo a fijarme en las rosas mientras desenvuelvo las flores frescas que he comprado en la floristería de camino aquí. Claveles del poeta, fresias y unas interesantes hojas de un verde plateado. Nunca nada tan obvio como las rosas. Las rosas son para el día de San Valentín, la elección romántica convencional del amante sin imaginación. Súmale un osito de peluche y misión cumplida. El amor que Freddie y yo compartíamos estaba a años luz de los clichés de las tiendas de tarjetas y los corazones de helio. Era grande y real, y ahora me siento como media persona, como si un artista le hubiera dado la vuelta al lápiz y también hubiera borrado mi mitad de la página.

«¿Quién ha venido a verte, Freddie?», digo cuando acomodo el trasero en la hierba y dejo la bolsa a mis pies. Hay algo muy deprimente en llevar en el maletero del coche una bolsa con lo básico para visitar un cementerio, ¿no? Una botella de agua vacía que lleno en el grifo, tijeras para cortar los tallos de las flores, toallitas limpiadoras, esa clase de cosas.

Cuando empecé a venir, intentaba preparar de antemano lo que iba a decir. No funcionó. Así que ahora me limito a sentarme en el suelo en silencio, cerrar los ojos e imaginar que estoy en otro sitio. He imaginado todo tipo de lugares para nosotros. He estado en casa en el sofá, con los pies en el regazo de Freddie. He estado a su lado en una tumbona en Turquía, durante un desacertado paquete vacacional en un hotel horrible al que sobrevivimos sobre todo gracias a los innumerables chupitos gratis de raki. Y hemos estado uno delante del otro en la pequeña y calurosa cafetería de Sheila, a la vuelta de la esquina de casa, adonde solíamos ir para acabar con la resaca con un desayuno inglés completo tras una buena noche de fiesta, el mío con remolacha, que Sheila compraba especialmente para mi pedido habitual. No tardo más de un par de segundos en decidir adónde vamos a ir hoy. Estamos a salvo en nuestra enorme y cálida cama del Savoy, recostados sobre nuestras respectivas almohadas, mirándonos, con la colcha subida hasta los hombros.

—Eh, hola… —digo cerrando los ojos, con una media sonrisa ya dibujada en la boca—. Soy yo otra vez.

Gracias a lo que ocurrió anoche, no me cuesta evocar con claridad la cara de Freddie como otras veces. Sus dedos se entrelazan con los míos entre nuestros cuerpos, cálidos y fuertes, y en mi cabeza él sonríe con ganas y dice:

—¿Ya estás aquí otra vez? Eres una ansiosa.

Resoplo con suavidad.

—No sabes lo maravilloso que fue volver a verte —digo en apenas un susurro—. Te he echado mucho de menos.

Estira un brazo y me acaricia la mejilla con el dorso de los dedos.

—Yo también te he echado de menos —dice.

Nos sumimos en el silencio durante unos minutos. Nos limitamos a mirarnos, de una manera lenta y contemplativa para la que jamás habríamos sacado tiempo cuando Freddie estaba aquí.

—Bueno, ¿alguna novedad? —pregunta al cabo de un rato mientras se enrosca un mechón de mi pelo en el dedo.

—No gran cosa, la verdad —contesto y, teniendo en cuenta que últimamente apenas salgo de casa, no puede decirse que esté exagerando—. Esta mañana he desayunado con mi madre y con Elle. Tortillas de queso y cebolla, porque mi madre quería probar una sartén nueva que había comprado en la teletienda. —Me quedo callada un momento, y luego arranco otra vez—: La tía June y el tío Bob han empezado a practicar el tiro con arco.

A Freddie siempre le hizo mucha gracia su lista de aficiones continuamente cambiante; da la sensación de que se apuntan a todas y cada una de las clases para adultos que aparecen en los folletos aunque no posean ningún tipo de habilidad innata para ellas. Pero es todo desde el cariño, son muy buenas personas y la tía June ha sido de gran ayuda para mi madre desde que murió Freddie. Sospecho que es ella quien ha apoyado a mamá para que pudiera ayudarme a mí. Adoro a la tía June, su parecido con mi madre es asombroso. Tienen la misma risa contagiosa, un sonido que garantiza que todo el que esté a su alrededor también se ría.

—Dawn y Julia, las del trabajo, se pasaron por casa hace unas noches. Me llevaron una tarjeta y unas uvas. ¡Uvas! Como si estuviera enferma o algo así. —Capto el dejo de desdén de mi voz y me siento mal por ello—. Pero ir a verme fue todo un detalle por su parte, eso sí. Ahora mismo, no soy una gran compañía. —Me quedo callada otra vez y después me río en voz baja—. Ni siquiera me gustan las uvas.

Mantengo los ojos cerrados mientras busco más noticias que compartir con él.

—Elle ha cambiado de trabajo —digo al recordar la gran novedad de mi hermana—. Va a ser organizadora de eventos en ese hotel tan elegante que han abierto en el centro. Tarta gratis a montones, o eso cree.

¿Qué más puedo contarle? Hay muy pocos cambios en mi vida cotidiana. Seguro que le gustaría que le hablara de deportes, de fútbol o rugby, pero en ese terreno estoy perdida.

—El médico me recetó unas pastillas nuevas hace un par de días —digo casi avergonzada, porque Freddie se enorgullecía de no tomar fármacos nunca—. Son solo para ayudarme a dormir. Mi madre insistió, ya sabes cómo se pone.

Sé que necesitar ayuda no es nada de lo que avergonzarse, pero quiero que esté orgulloso de cómo estoy afrontando todo esto. En mi cabeza, me pregunta si las pastillas han ayudado y yo sonrío, vacilante.

—No pensé que fueran a hacerlo. No había vuelto a dormir en nuestra cama hasta anoche.

—¿Y cómo te fue? —pregunta.

—No sabía que seguías aquí. —Cojo aire, se me acelera el corazón—. Me daba mucho miedo quedarme dormida, no tenía ni idea de que me estabas esperando. —Me río a medias, atolondrada—. Hoy me siento distinta, Freddie —continúo en voz baja, a pesar de que no hay nadie que pueda oírme—. Desde el accidente, todos los días tenía la sensación de que me movía entre una niebla gris o algo así, pero hoy hay un hilo de luz. Es como si... No sé... —Me encojo de hombros y busco una forma de explicarlo—. Como si me estuvieras enfocando con una linterna desde algún lugar muy lejano en una secuencia complicada y yo me concentrara muchísimo en seguir la estela. Para encontrarte. ¿Qué estamos haciendo ahora mismo donde te encuentras tú? —Miro mi reloj de pulsera—. Sábado a mediodía. Seguro que te vas al fútbol con Jonah.

Dios, puedo ser pasivo-agresiva hasta con un hombre muerto. Es que a veces, cuando pienso en Jonah y en esa cicatriz que va desvaneciéndose a toda prisa de su ceja, lo injusto que es todo esto hace que me hierva la sangre. Freddie debería haber ido derecho a casa el día de mi cumpleaños, no haber dado un rodeo para recoger a Jonah. La mayor parte del tiempo, mi cerebro lógico termina por activarse y me dice que es horrible echar la culpa a Jonah aunque solo sea un poco, pero otras veces, a altas horas de la noche, soy incapaz de detener esos pensamientos. Lo he evitado casi por completo desde el funeral; no he contestado a sus mensajes de texto, no le he devuelto las llamadas perdidas. Sé que no se merece que lo trate así, pero no puedo evitarlo.

—No seas tan dura con él —replica Freddie.

Suspiro, porque para él es fácil decirlo.

—Ya lo sé, ya lo sé. Pero es que... —Abro el paquete de toallitas limpiadoras y me quedo callada, porque el mero hecho de pronunciar esas palabras en voz alta me resulta demasiado—. Pero es que a veces pienso que si lo hubieras dejado apañárselas solo por una vez... —Resoplo y limpio la lápida con demasiado vigor mientras termino la frase mentalmente.

—Era mi mejor amigo —me recuerda Freddie—. Y también tu amigo más antiguo, ¿te acuerdas?

Meto las flores marchitas en la bolsa de basura y rompo los tallos quebradizos mientras sacudo la cabeza.

—Claro que me acuerdo —digo. Conozco a Jonah desde antes que a Freddie—. Pero las cosas cambian. Y también la gente.

—Jonah, no —dice Freddie, y yo no le aclaro que se equivoca, a pesar de que así es.

Una luz se apagó en Jonah el día del accidente, una luz que no sé si encontrará la manera de volver a encender. Suspiro y alzo la vista al cielo, consciente de que al distanciarme de él no hago sino aumentar la carga del mejor amigo de Freddie, y me siento fatal por ello.

—Lo intentaré, ¿vale? La próxima vez que lo vea, haré un esfuerzo. —Llego a ese acuerdo sabedora de que Jonah no es alguien con quien me encuentre a menudo—. Supongo que debería ir marchándome.

Empiezo a recoger mis cosas y a meterlas en la bolsa. De manera inconsciente, recorro con la mirada las letras doradas del nombre de Freddie. Freddie Hunter. Su madre quería poner Frederick… Estuvimos más cerca que nunca de discutir a cuenta de eso. Me mantuve firme. Odiaba que lo llamaran Frederick, ni de lejos iba a dejar que se lo grabaran en la lápida para toda la eternidad.

Me quedo merodeando junto a la tumba, lista y a un tiempo no tan preparada para marcharme. Esta es la peor parte de venir aquí: irme. Intento no pensar demasiado en ello, en la realidad de lo que queda de él bajo la tierra. Hubo veces, en las noches más oscuras justo después del funeral, en las que me planteé muy en serio saltar la verja del cementerio y escarbar en la tierra hasta cerrar los dedos alrededor de la sencilla urna negra que guarda en tanto mi vida como la suya. Qué diablos, menos mal que no enterramos a Freddie; no tengo claro si habría sido capaz de evitar aparecer con una linterna y una pala para enterrarme con él bajo la tierra oscura.

Exhalo un fuerte suspiro cuando me levanto del suelo y me despego la bolsa de plástico húmeda de la parte de atrás de los vaqueros; luego me beso las yemas de los dedos y las poso en silencio sobre la lápida.

—Te veo luego, o eso espero —susurro con los dedos de ambas manos cruzados, y después me doy la vuelta y echo a andar hacia el aparcamiento.

Meto las bolsas en el maletero y lo cierro con fuerza. Me sobresalta la vibración de mi móvil en el bolsillo trasero de los vaqueros. El nombre de Elle se ilumina cuando toco la pantalla.

¿Te vienes un rato al Prince conmigo? Yo ya estoy aquí, ¡los nervios del trabajo nuevo! Seguro que a ti tampoco te sentaba mal una copa.

Me quedo mirando el mensaje con curiosidad; no tengo ni idea de cómo contestarle. No he vuelto a pisar nuestro pub habitual desde el día del funeral de Freddie. Ella lo sabe, naturalmente; he rechazado la sugerencia cada vez que me la ha propuesto en las últimas semanas. Y no solo el pub: he dicho que no a cualquier invitación de ir a cualquier sitio. Luego vuelvo a pensar en cómo ha transcurrido esta mañana. Lo más seguro es que Elle haya interpretado el hecho de que me haya peinado y maquillado un poco como un símbolo de mi evolución de «dolor hierro candente» a la siguiente fase, sea cual sea. No sé cómo se llama: ¿«dolor gris plomo», quizá? Sé que los psicólogos han puesto nombres de verdad a las distintas fases, pero yo pienso en ellas como si fueran colores. Rojo furioso. Negro interminable. Y ahora, aquí, gris extrarradio hasta donde alcanza la vista. Pienso en la invitación de Elle. ¿Soy capaz de hacer frente al pub? No tengo ningún otro plan, mi sábado es una página en blanco y sé lo nerviosa que está por lo del cambio de trabajo. Elle me ha dedicado muchísimo tiempo desde el accidente... A lo mejor puedo compensarla un poco.

Vale.

Lo envío a toda velocidad, antes de que me dé tiempo a decir que no.

Te veo en diez minutos.

Cuando entro en el pub, me siento como si todo el mundo me estuviera mirando, como en uno de esos salones del salvaje Oeste donde todos se quedan callados cuando se abre la puerta de doble batiente y miran con furia al forastero que ha osado irrumpir en su entorno. Es probable que esté exagerando; de hecho, no cabe duda de que es así, teniendo en cuenta que hay menos de veinte personas en el local y que la mitad son jubilados que ven una partida de billar en la minúscula tele del rincón con una pinta de cerveza suave en la mano.

El Prince of Wales es un pub de toda la vida, con su desacertada moqueta verde y marrón y sus posavasos de los setenta. Ni una sola carta de comida a la vista: tras la barra, Ron recurre a los palitos de queso crujientes y a las cebollas encurtidas los días de partido, si tienes suerte. Pero es nuestro pub, justo a la vuelta de la esquina de mi casa, con escaso atractivo para los hípsters y adorado por los clientes precisamente por ese motivo. Jamás me había puesto nerviosa al entrar aquí, pero hoy sí. Estoy tan alterada que se me revuelve el estómago, de hecho, y me siento muy sola mientras escudriño el local en busca de mi hermana.

La localizo antes de que ella me vea a mí. Está de pie con David y varias personas más junto a la máquina tragaperras, de espaldas a mí, con una copa de vino en la mano e inclinada para escuchar al tipo que tiene al lado. Trago saliva con dificultad al reconocer a los amigos con los que Freddie solía quedar para tomar algo, personas con las que fuimos al instituto, que siempre han rondado los márgenes de mi vida. David me ve y levanta la mano; da un codazo suave a Elle para que sepa que he llegado. Mi hermana se planta a mi lado en un instante y me coge de la mano.

—Buena chica —dice. Podría haber sonado condescendiente viniendo de cualquier otra persona, pero no de Elle, porque sé que ella entiende lo difícil que me resulta esto, y también sé cuánto echa de menos las cosas que antes hacíamos juntas—. Venga, vamos a pedirte una copa.

De camino a la barra, me aprieta los dedos en un gesto sutil que agradezco.

Mantengo la vista al frente, sin desviarla hacia el grupo de la tragaperras pese a que sé que deben de estar mirándome todos a mí. A decir verdad, había evitado ir a cualquier sitio donde la gente conociera a Freddie porque no podía enfrentarme a preguntas sobre cómo lo estoy llevando ni a escucharles hablar de cómo les ha impactado y dolido a ellos. ¿Es egoísta por mi parte? Soy del todo incapaz de hacer acopio de los recursos emocionales necesarios para preocuparme por ellos.

Ron, el dueño, sonríe a Elle y coge una copa limpia.

—¿Otra de lo mismo?

Dirige los ojos hacia mí y tarda unos segundos en identificarme como la novia de Freddie. Algo parecido al pánico le invade la cara un momento, luego se repone.

Elle asiente y se vuelve hacia mí.

—¿Lydia?

Durante un instante, me siento como si fuera la primera vez que piso un pub, confusa y avergonzada, como si volviera a los diecisiete años y fingiera tener la edad legal para beber. Paseo la vista por las botellas demasiado rápido y noto que se me empieza a acelerar el corazón.

—¿Un vino? —sugiere Ron, que ya ha cogido una segunda copa de la repisa que tiene encima, y no puedo sino asentir agradecida.

No me pregunta cuál quiero, se limita a ponerme delante una copa generosa de algo blanco y frío, me da unas palmaditas breves en la mano y fulmina a Elle con la mirada cuando intenta pagar las consumiciones.

—Invita la casa —dice con tal brusquedad que parece un gruñido, y después coge su paño y se pone a limpiar la barra haciendo todo lo posible por actuar con indiferencia.

Me vuelvo hacia Elle y advierto que está algo conmovida por el gesto. A mí se me están llenando los ojos de lágrimas y Ron corre el riesgo de hacer un agujero a la barra, así que cojo mi copa con una sonrisilla de agradecimiento y me dirijo a la mesa de la esquina. Elle se acerca un momento a David y el grupo de la tragaperras, y yo le doy un buen trago al vino y echo una ojeada para ver quién hay. Los sospechosos habituales. Deckers y compañía tomándose unas cervezas antes del fútbol; los viejos amigos de Freddie. Están Duffy, el contable estirado, con una camisa azul claro demasiado formal para un sábado, y Raj, un compañero nuestro del instituto que ahora es dueño de su propia empresa de construcción, creo. Hay un par más: Empalmado —no me preguntes por qué lo llaman así, porque ni siquiera quiero saberlo— está aporreando los botones de la tragaperras, y también está Stu, creo, que se pasa la vida en el gimnasio. No miro a los ojos de ninguno, cosa que estoy convencida de que agradecen muchísimo. La muerte es un método infalible para convertirse en un absoluto paria social.

—Copas gratis —dice Elle, que se sienta en el taburete contiguo al mío de la mesita redonda—. Tiene que haber una primera vez para todo.

No se equivoca. Ahora mismo todo me parece una primera vez. La primera vez que frío beicon sin que Freddie se lo coma directamente de la sartén antes de que pueda ponérselo en el sándwich. La primera vez que duermo sola en nuestra cama. La primera vez que voy al pub como la novia del pobre chico que murió. Ninguna de las primeras veces que había previsto o esperado en esta etapa de mi vida.

—Un detalle por parte de Ron —murmuro, y me acerco la copa, ya medio vacía.

Debería bajar el ritmo.

Entonces se abre la puerta y el que entra es Jonah Jones, vestido de negro de los pies a la cabeza como de costumbre y con el pelo moreno tan rebelde como siempre. No puedo evitarlo: al verlo solo se me contrae las entrañas, es como Woody sin Buzz. Se para un momento a hablar con los chicos de la tragaperras, poniendo una mano en el hombro a Deckers, y luego se encamina hacia la barra. Estampa un posavasos contra el borde mientras Ron le sirve una pinta, y luego se vuelve hacia nosotras con una sonrisa vaga que le desaparece de la cara en cuanto se percata de mi presencia. Seguro que él también nota una especie de puñetazo en el estómago al ver el vacío a mi lado, seguido de cerca por una oleada de incomodidad por cómo están ahora mismo las cosas entre nosotros. La última vez que lo vi fue en el funeral, cuando ninguno de los dos era apenas capaz de mantener la compostura. Hoy tiene mejor aspecto y, obedeciendo a un impulso, se lleva los dedos a la herida ya curada que tiene encima de la ceja, sin dejar de sostenerme la mirada. No tengo claro si debo levantarme y saludar, así que permanezco clavada en mi taburete, retenida por la indecisión. Tampoco creo que él sepa qué hacer, y es una estupidez, porque nos conocemos desde que teníamos doce años. Media vida de amistad, y sin embargo nos miramos desde extremos opuestos del pub como leones recelosos, sin tener claro si seguimos formando parte de la misma manada.

Jonah coge la pinta que Ron le pone delante y se bebe casi un tercio de golpe; masculla un agradecimiento cuando Ron se la rellena sin hacer ningún comentario. Siento un gran alivio cuando David entra en escena y rompe el momento de manera inconsciente. Se coloca en la barra junto a Jonah y después lo guía por el pub hasta nuestra mesa. David se sienta junto a su esposa mientras Jonah se agacha para besar primero a Elle y después a mí; noto su mano cálida en el hombro cuando se inclina hacia mi mejilla.

—Eh, hola… —dice, y ocupa el taburete que tengo al otro lado. Jonah era todavía más alto que Freddie, aunque es larguirucho y delgado en lugar de ancho como un jugador de rugby; más una pantera que un león, como Freddie—. Cuánto tiempo.

Podría decirle el número exacto de días que han pasado desde el funeral, pero me limito a toquetear un borde suelto de la mesa de contrachapado y lo empeoro.

—Sí.

Bebe más cerveza y la deja en la mesa.

—¿Cómo te va?

—Estoy bien —digo.

Me he quedado sin palabras. En mi cabeza, Jonah se halla tan ligado a Freddie que ahora no sé estar con él. David le está enseñando algo a Elle en su móvil, es probable que para darnos a Jonah y a mí un poco de intimidad.

—He intentado llamarte.

Asiento con la cabeza, incómoda.

—Lo sé. No he tenido muchas ganas de… No he podido…

—Tranquila —dice a toda prisa—. Lo entiendo.

No le digo que eso es imposible, porque sé que es una de las personas que más echa de menos a Freddie. Jonah no tiene gran cosa en lo que a familia propia se refiere. La relación más significativa de su madre siempre ha sido con la botella y su padre estaba casado con otra persona. Nada de hermanos con los que compartir la carga, nada de consuelo del hogar que esperar al final de la jornada escolar. Conozco estos detalles más de segunda mano por Freddie que a través del propio Jonah; de pequeño ponía excusas vagas por la ausencia de su madre en las reuniones de padres, y de adulto no menciona nunca a ninguno de sus padres. Supongo que Freddie y yo éramos lo más cercano a una verdadera familia que conoció en su vida.

—Pero ¿lo estás llevando bien? —pregunta.

Unas palabras sobreentendidas flotan entre nosotros mientras Jonah utiliza los dedos para asegurarse de que el pelo, un pelín demasiado largo, le tapa la cicatriz.

Me encojo de hombros.

—Bien. Al menos no me desmorono en público, cosa que, créeme, es una mejora.

Capto el sutil dejo de «mi dolor es más grande que el tuyo» de mi voz; no es justo y lo sé. Baja la vista y se frota los muslos con las manos, inquieto, y cuando levanta la mirada oscura y desazonada hacia la mía otra vez, me da la sensación de que se está preparando para decir algo, así que me adelanto:

—Lo siento… —digo jugueteando con el pie de mi copa—.

Parece que he perdido la capacidad de charlar sin más. No me hagas ni caso.

Suspira y niega con la cabeza.

—No pasa nada —dice.

Uf, esto es horrible, muy incómodo. Jonah golpetea la mesa con el borde de un posavasos, un ritmo nervioso. Lleva la música en los huesos, es pianista autodidacta y toca quién sabe cuántos instrumentos más. Ya se le daba bien cuando éramos pequeños. A Freddie no le interesaba nada la música, con la breve excepción de un verano en el que decidió que iba a convertirse en estrella del rock. Se le pasó tan rápido como le había llegado, pero de vez en cuando se topaba con su vieja Fender en el desván y durante unos minutos se creía Brian May.

—Te dejo tranquila —dice Jonah en un tono repentinamente decidido, y me da un ligero apretón en el hombro con la mano al levantarse.

Estoy a punto de estirar el brazo para detenerlo, porque creo que debería intentar tenderle una especie de rama de olivo o algo así; una hora atrás le he dicho a Freddie que lo haría. Abro la boca para decir algo, cualquier cosa, y entonces todos levantamos la vista, distraídos, cuando Deckers se acerca a nuestra mesa. Era uno de los chicos conflictivos cuando íbamos todos juntos al instituto: pequeño y peleón, seguro que la pesadilla de la sala de profesores. La verdad es que apenas he hablado con él en los últimos años, y ahora me pone un vaso delante y parece incómodo. Lo miro y me fijo en las manchas gemelas de bochorno que le cubren las mejillas y desentonan con su habitual actitud chulesca. Después miro el vaso que ha dejado en la mesa: algún tipo de licor de alta graduación, diría que ginebra o vodka con hielo. Nada más. No sé si es porque piensa que necesito algo fuerte o porque ni siquiera se le pasa por la cabeza que alguien pudiera querer rebajar el alcohol de manera voluntaria.

No dice nada y, durante un instante terrible, parece a punto de echarse a llorar.

—Gracias —susurro, y él asiente con la cabeza, solo una vez, con ganas, y después regresa a la tragaperras caminando despacio y girando los hombros.

—Otra copa gratis —dice Elle para quitar hierro a la situación—. Puedes venirte con nosotros cuando quieras.

Esbozo una sonrisa temblorosa, y Jonah aprovecha para marcharse y dirigirse a la barra.

Cojo el vaso y lo olisqueo.

—Vodka, creo.

Deckers se gira hacia nosotros desde la seguridad de la máquina tragaperras, así que hago lo que manda la cortesía y me echo la mitad al gaznate. Ostras, es tan fuerte que me escuecen los ojos.

Cuando vuelvo a dejar el vaso, miro a Elle.

—Se me han dormido los dientes.

Mi hermana emite un sonido entre el resoplido y la risa.

—Tampoco te hará ningún daño.

—Es poco más de mediodía y estoy bebiendo vodka a palo seco —murmuro.

En ese momento, aparece Empalmado junto a nuestra mesa, larguirucho y flaco como un palillo. Se desarrolla una escena muy similar a la anterior: una bebida sin identificar para mí, un gesto de asentimiento con la cabeza.

—Gracias, eh… Empalmado —digo, y mi voz suena como la de una abuela remilgada.

David levanta su cerveza y lo veo intentar ocultar una sonrisa tras ella. Empalmado deja escapar un suspiro de alivio y se bate en retirada a toda prisa.

—¿Dónde está la gracia? —mascullo.

—Es que me ha sonado raro, lo de que lo llamaras Empalmado.

—¿Y cómo iba a hacerlo si no?

—¿Pete? Ahora la mayoría de la gente lo llama así.

Mierda.

—Freddie siempre lo llamaba Empalmado, estoy segurísima —replico con la cara colorada.

—Sí, es su apodo, pero… no sé. Es más bien una cosa de tíos. De pequeño era incapaz de controlarse cuando había chicas cerca, siempre se… —David se interrumpe, como si estuviera buscando una forma de expresarlo con delicadeza.

—Me hago una idea —lo corto, y ambos bajamos la vista hacia nuestras respectivas bebidas.

Elle está hurgando en su bolso en busca de algo que hacer, y David es demasiado buena persona para reírse de mi bochorno.

—No puedo beberme todo esto —digo para cambiar de tema, y después gruño en voz baja cuando otro de los amigos de Freddie me trae una copa más.

Duffy, el contable estirado. El hecho de que sea tan estirado hace que, por algún motivo, el gesto resulte aún más significativo.

—Te acompaño en el sentimiento —dice con la formalidad de un director de funeraria.

Es una frase que yo suprimiría encantada de nuestro idioma, pero sé que la pronuncia con buena intención.

—Gracias, muy amable —digo, y se desvanece con el deber cumplido.

Lo entiendo. Me están presentando sus respetos. Estos tíos eran los que jaleaban en los partidos de fútbol junto a Freddie y los que formaron una guardia de honor no oficial ante la puerta de la iglesia en el funeral. Estas copas son más para Freddie Hunter que para mí.

Pongo los vasos en fila y me pregunto, desesperada, si sería muy mala idea verter todo el contenido en una sola copa y bebérmelo de golpe. Cuando levanto la cabeza, veo a Jonah al otro lado del pub y me sostiene la mirada unos segundos, no sé si con expresión divertida o apenado.

Por suerte, el desfile de copas gratis parece haber terminado; supongo que el grupo de la máquina se ha dado cuenta de que toda chica tiene un límite, o tal vez les preocupe que me ponga demasiado sentimental y monte un numerito.

—¿Quieres que te traiga algo para rebajarlo? —Elle finge solicitud—. Creo que bastaría con un par de litros de Coca-Cola.

—Vas a tener que beberte una por mí —suplico en voz baja.

—Ya sabes que no puedo mezclar. —Ríe—. Me vuelvo loca.

David asiente para apoyarla, con los ojos grises cargados de miedo, siempre en el #EquipoElle. Tampoco puedo contar con que él me ayude, porque es, en sentido estricto, un hombre de tres cervezas. Creo que nunca lo he visto borracho. Pero no es un soso, tiene un sentido del humor cortante que consigue hacerme llorar de la risa, y está enamorado hasta la médula de mi hermana, lo cual lo transforma en una superestrella a mis ojos.

Cojo la ginebra y me recuerdo que en inglés hay un dicho según el cual es la salvación de toda familia. ¿O era la ruina? Optaré por salvación, porque es lo que necesito: que me rescaten de este dolor implacable. Desvío la mirada hacia la ventana y veo un camión de limpieza que avanza despacio junto a la cuneta. Ojalá pudiera barrer los rincones oscuros de mi mente, las habitaciones polvorientas del fondo, atestadas de recuerdos de vacaciones, de mañanas perezosas en la cama y de noches largas bebiendo calvados junto al lago en Francia. ¿Borraría de verdad a Freddie de mi memoria si pudiera hacerlo? Dios, no, claro que no. Pero resulta difícil saber qué hacer con todas las cosas que tengo en la cabeza ahora que él no está aquí. Puede que con el tiempo esos recuerdos se conviertan en preciados y sea capaz de deleitarme sacándolos uno a uno y extendiéndolos a mi alrededor como una alfombra. Pero todavía no.

Vino, vodka y ginebra. No es una buena combinación en rápida sucesión.

—Creo que voy a necesitar echarme un rato —digo.

—Estás pedo, muchacha. Hora de marcharse a casa, diría yo. —David se pone de pie—. Te acompañamos.

Elle comprueba que no la está mirando nadie y entonces se bebe el brandy de un trago.

—Lo que tengo que hacer por ti —masculla con un estremecimiento.

Le agradezco el gesto, porque habría sido de mala educación dejar alguna de las copas en la mesa.

Ron levanta una mano hacia mí mientras nos dirigimos a la salida, y todos los chicos de la tragaperras se quedan callados y agachan la cabeza a mi paso, como si fuera la reina Victoria, de luto eterno por el príncipe Alberto.

Parpadeamos al salir a la débil luz del sol de principios de verano y David me agarra del codo para frenarme cuando estoy a punto de desequilibrarme en el bordillo de la acera.

—Menuda papeleta ahí dentro —me dice—. Lo has hecho muy bien, Lyds.

—Gracias —contesto un poco abrumada y bastante llorosa.

Cogidas del brazo, Elle y yo caminamos hacia casa meciéndonos juntas con suavidad. David va un paso por detrás de nosotras, sin duda para no perdernos de vista y garantizar nuestra seguridad.

—Es un trabajo duro de narices, esto del duelo —digo.

—Te deja agotada —conviene mi hermana.

—¿Crees que será siempre así?

Me aprieta el brazo contra su costado.

—Tu vida continúa siendo tu vida, Lydia. Sigues aquí respirando, por muy inoportuno que te parezca, viendo cómo se pone el sol y sale la luna con independencia de que tú creas que es una desfachatez que saque a relucir su brillante carita todos los puñeteros días.

Elle me sirve de apoyo mientras recorremos los últimos pasos que nos separan de la puerta de mi casa, pintada de color turquesa pálido. En nuestra hilera de adosados, cada uno tenemos los elementos de madera pintados de un color, un despliegue de tonos pastel pensado para añadir un factor sorpresa a las casas. La nuestra ya era turquesa cuando la compramos; alguien superorganizado que vive más abajo hizo circular un muestrario de pinturas para que cada uno escogiera su color.

—Necesito dormir un rato —farfullo.

David se acerca, me coge las llaves de la mano y me abre la puerta.

—¿Quieres que nos quedemos un rato? —pregunta Elle.

Los miro, primero a uno y luego al otro, perfectamente consciente de que, si se lo pidiera, lo harían. Entrarían, se asegurarían de que duermo, se asegurarían de que me despierto otra vez, se asegurarían de que como, y por muy tentador que me resulte dejar que se ocupen de mí, niego con la cabeza. Entrar sola en el pub ha hecho que algo cambie en mi interior. Puede que mi encuentro onírico con Freddie me haya dado ánimos, o tal vez haya descubierto un pocito de valentía aún sin explotar en algún rincón profundo, no lo sé. Lo que sí sé es que las personas que me quieren me han tenido agarrada de la mano con tanta fuerza que todavía no he tenido que caminar sola. Pero, tarde o temprano, tendré que hacerlo. Hoy, ahora, es tan buen momento como cualquier otro para empezar.

—Vosotros seguid, luego os llamo. —Le doy a cada uno un rápido abrazo de «en marcha»—. Necesito un vaso de agua y una cabezada.

Veo que Elle abre la boca para protestar, pero David le apoya una mano en el brazo y habla por ella.

—Vale —dice—. ¿Y qué tal si te tomas también una pastilla para el dolor de cabeza?

Asiento, saludo, busco una sonrisa en lo más profundo de mi ser.

—Buena idea.

Los observo durante unos instantes mientras se dirigen a su casa y David le pasa un brazo por los hombros a Elle. Obligo a permanecer callada a la parte de mí que quiere gritarles para que vuelvan, y por fin entro en casa y cierro la puerta.

Dormida

Sábado, 12 de mayo

—¿Lydia?

¿Sabes ese tipo de sueño en el que te sumes después de haberte pasado con el alcohol durante el día, ese que es como dormir en el fondo del mar? Estoy a varias brazas de la superficie cuando oigo que Freddie me llama, y emerger del fondo requiere toda mi concentración; me impulso con las piernas con violencia para salir del agua y llegar hasta él antes de que se marche.

—Madre mía, Lyds, estabas en coma. —Freddie me ha apoyado una mano en el hombro y me sacude ligeramente—. ¿Has salido de compras con Elle?

Me revuelvo hasta sentarme en un extremo del sofá y me froto el cuello para aliviar el calambre que me ha producido la postura en que me había desplomado. Soy incapaz de calcular qué hora es, si llevo fuera de combate cinco minutos o cinco horas. Me palpita la cabeza, y también el corazón de ver a Freddie.

—Me estás mirando de una forma muy rara.

«Tú también lo harías si fueras yo —pienso—, pero no lo digo, sino que me limito a aclararme la garganta.»

—¿Me traerías un vaso de agua? —pregunto con la voz ronca.

Frunce el ceño y me mira con más detenimiento; luego se echa a reír.

—¿Ya os habéis puesto hasta arriba de vino? Vaya, Lyds, eso es bestia hasta para vosotras.

Cuando vuelve con un par de pastillas, además del vaso de agua, me dice:

—Ten, tómate esto también.

Las acepto, una por una, y me las trago enseguida.

—Pareces una extra de *Zombies Party: Una noche de muerte*. —Sonríe y me mete un mechón de pelo detrás de la oreja—. No habrás estado llorando, ¿verdad?

Me fijo en el reloj de pared. Son poco más de las dos de la tarde, no debía de llevar mucho rato dormida. Repaso el tiempo transcurrido desde que Elle y David me han dejado a la entrada de casa; el intento fallido de dormir en el sofá a pesar de que me dolía hasta el cerebro; el último recurso a un precioso somnífero rosa con el alcohol todavía borboteando en mi organismo.

Y ahora esto. Vuelvo a estar completamente despierta en sueños y Freddie se encuentra aquí, riéndose de mí por haber bebido demasiado con Elle. Tiene muy poco sentido decirle que también he estado bebiendo con Jonah Jones y que hemos sido incapaces de encontrar algo que decirnos, porque no se creería ni una palabra, ¿por qué iba a hacerlo? En realidad no tengo ni idea de qué he estado haciendo aquí, en este mundo. A lo mejor sí que he salido a relajarme yendo de compras y a tomarme un par de copas de vino mientras comía con mi hermana.

—No te lo tomes a mal, Lyds, pero a lo mejor quieres quitarte el rímel de los mofletes, porque Jonah va a venir a ver el partido conmigo dentro de... —Se interrumpe para consultar el reloj de pulsera—. Diez minutos. Llega tarde, para variar.

—¿Y si mejor haces algo conmigo? —propongo—. Llevarme a algún sitio, a donde sea. Solos los dos.

—Cada día suenas más a Ed Sheeran cuando hablas —dice mientras se saca el móvil del pantalón trasero de los vaqueros, no me cabe duda que para mandarle un mensaje a Jonah.

Pero vuelve a guardárselo en cuanto oímos que se abre la puerta de atrás.

—Llegas justito. —Freddie esboza una gran sonrisa cuando

Jonah entra en el salón con una caja de cervezas debajo del brazo—. Dime que al menos ha sido por una mujer.

Jonah me mira de reojo y estoy convencida de que va a decir: «Sí, estaba con Lydia».

—¿Vas a presentarte al *casting* de *The Living Dead*, Lyds?

Me quedo mirándolo, tratando de averiguar si está interpretando un papel. Si es así, no se me ocurre ningún comentario mucho más cruel que el que me ha hecho. A ver, en serio, ¿*The Living Dead*?

—Gilipollas —masculло, y él esboza un ligero gesto de sorpresa.

—Gruñona —replica, y después sonríe.

—Se acaba de despertar —dice Freddie al coger las cervezas—. Necesita cinco minutos para volver a ser el sol de siempre.

Me guiña un ojo y se va a la cocina muerto de risa.

Jonah se deja caer en el otro extremo de mi sofá, con los brazos estirados sobre el respaldo. No debería estar aquí, ¡es mi sueño! Estoy casi segura de que eso quiere decir que tengo derecho a tener a Freddie solo para mí. Experimento con la idea de tomar las riendas de la situación e intento expulsar mentalmente a Jonah del salón. Casi espero que se levante de un salto y se marche caminando de espaldas, como si alguien hubiera pulsado el botón de rebobinado en un DVD. Pero no lo hace. Continúa apoltronado en esa postura invertebrada suya, como si siempre estuviera tirado en alguna playa, con una cerveza en la mano y los dedos de los pies enterrados en la arena.

—Bueno, ¿qué me cuentas, Lyds?

Vale, o sea que vamos a seguir con este rollo. ¿No podría salirse del personaje ahora que no está Freddie delante?

—Ya sabes —susurro inclinándome hacia él, poniéndolo a prueba—. ¿En el pub, hace un rato? ¿Vino, ginebra, vodka y brandy?

Se me queda mirando, desconcertado.

—¿Esta mañana? Joder, Lyds, no está nada mal.

Lo observo sumida en un silencio especulativo y me percato de que no hay ni el menor rastro de comprensión en su límpida mirada de ojos marrones. Solo reflejan perplejidad, y después atisbos de incomodidad cuando el silencio comienza a alargarse. Incluso de vergüenza. Me encojo un poco y me hago un ovillo en mi extremo del sofá, consciente de que el aliento debe de olerme como la moqueta de un pub y de que es probable que mi aspecto sea el de alguien a quien deberían clavar una estaca de plata en el corazón.

—No me hagas caso —digo, y me tapo la cabeza con un cojín—. Actúa como si no estuviera aquí.

No se me escapa la ironía de mis palabras. Es imposible que esté aquí.

—¿Quieres que ponga agua a calentar? Puede que te siente bien tomarte un café.

Combato el impulso irracional de mandar a Jonah a la mierda por intentar ayudar. Me quito el cojín de la cara, enderezo la espalda y me froto las mejillas justo cuando Freddie vuelve y se desploma en el sillón.

«Freddie.» Quiero encaramarme a su regazo. Quiero llenarme la cabeza con su olor, que me rodee con los brazos y que me bese en los labios. Quiero que Jonah Jones se marche, aunque acabe de aceptar la cerveza que Freddie le tendía por encima de la mesita de café y ambos se enfrasquen en una conversación relajada. Me recuesto en el sofá durante un par de minutos, con los ojos cerrados, fingiendo desinterés mientras observo a Freddie a través de las pestañas. Y entonces abro los ojos de par en par cuando oigo a Jonah decir:

—Voy a comprarme una moto.

Estoy atónita, consternada. Freddie siempre estaba hablando de comprarse una moto, siempre con prisa por ir más lejos, más rápido, pero Jonah nunca me había parecido de esos. Desde el accidente de Freddie, la idea de que alguien se someta de manera voluntaria a cualquier tipo de peligro en la carretera me aterroriza. El mero hecho de volver a sentarme al volante del coche ya fue todo un logro para mí.

—Es solo que a veces me apetece cambiar el Saab —dice en

confianza, de hombre a hombre. Jonah conduce un viejo Saab descapotable negro, un acorazado con ruedas tapizado de cuero que, sin motivo aparente, le encanta—. Empieza a estar bastante cascado, puede que haga un cambio.

—Ni se te ocurra —suelto en voz demasiado alta, demasiado nerviosa.

Ambos me miran, sobresaltados por mi arranque inesperado.

—Una decisión espontánea. Había un cartel de «se vende» colgado en el tablón de anuncios de la sala de profesores —dice mientras aparta la mirada despacio de mí y la desvía hacia Freddie. Ha decidido no hacer ningún comentario sobre mis palabras, debe de pensar que he perdido la cabeza—. Era de Garras Grimes, nada más y nada menos.

Freddie estalla en carcajadas.

—¿Le vas a comprar una moto a Garras Grimes?

Garras Grimes fue nuestro profesor de matemáticas. Se ganó el apodo por cómo agarraba a los alumnos por la parte de atrás del cuello de la camisa para sacarlos a rastras de clase; a Freddie más a menudo que a ningún otro. Es raro que Jonah hable de los profesores que nos aterraban cuando éramos pequeños como sus compañeros de trabajo actuales.

—No te lo vas a creer cuando la veas. —A Jonah le brillan los ojos—. Una Classic Norton Manx. Apenas la ha sacado del garaje desde que se la compró, nueva.

Por lo que recuerdo de Garras Grimes, no era precisamente de esos tíos de patillas al viento y carretera en medio de la nada.

—Siempre llevaba un Volvo blanco, viejo y desvencijado —recuerda Freddie.

Jonah asiente con la cabeza.

—Sigue haciéndolo, tío.

—¡Venga ya!

Jonah vuelve a asentir.

—Le hace revisiones dos veces al año y lo cuida muchísimo. Está hecho para durar, como su esposa, dice.

Si ya me sorprende que el Garras siga vivo, lo de que todavía haga chistes más bien propios de la década de los setenta acerca de la sufridísima señora Grimes ni te cuento. Ya debía de haber superado la edad de jubilación cuando nos daba clase a nosotros, así que el hecho de que continúe trabajando, y más aún el de que siga conduciendo, me deja estupefacta.

Freddie cambia de canal para poner la previa del partido: los comentaristas en las bandas, cada uno con un micrófono más grande que el anterior, como si compitieran, entrevistando a todo aquel al que puedan echar mano. De repente me entran calor y ganas de vomitar; la resaca y hablar con su prometido muerto tienen ese efecto en cualquiera. Me pongo en pie con dificultad, mascullo algo sobre ir al baño y echo a correr hacia las escaleras.

Diez minutos después, me agarro al lavabo y me pongo de pie, aliviada una vez que el agua de la cisterna arrastra el contenido de mi estómago por el desagüe. Me enjuago la boca y me miro en el espejo del armario que hay encima del lavabo. Madre mía, estoy horrible. Los rastros recientes de las lágrimas provocadas por el vómito surcan las manchas de rímel que ya tenía en las mejillas. Y es entonces cuando advierto que llevo al cuello el colgantito esmaltado de un pájaro azulejo que me regaló mi madre por mi decimoctavo cumpleaños. No me lo había puesto esta mañana. Imposible.

Lo perdí hace cinco años.

—¿Estás mejor? —pregunta Freddie, que levanta la vista hacia mí cuando vuelvo abajo.

Asiento y esbozo una sonrisa apagada.

—Creo que necesito comer algo.

—Tienes el estómago vacío —dice Freddie, ya concentrado de nuevo en el partido.

—¿Pizza? —Jonah señala con un gesto de la cabeza la caja abierta sobre la mesita de café.

La imagen del queso solidificado hace que se me revuelva de nuevo el estómago.

—Creo que mejor me conformo con unas tostada.

Me aferro con la yema de los dedos al azulejo que descansa en el hueco que forman mis clavículas. Cómo me alegro de volver a verlo. Lo perdí en una discoteca; ni siquiera lo eché de menos hasta el día siguiente. No tenía ningún valor especial para nadie que no fuera yo, pero, como no podía ser de otra manera, no lo habían devuelto. Mi cerebro está tratando de reconstruir lo que significa que lo conserve aquí.

Sentada a la mesa de la cocina, apoyo la cabeza en los brazos cruzados y escucho: los animados comentarios que hace Freddie sobre el partido y a Jonah diciéndole entre risas que se calme antes de que le dé un ataque al corazón; el tintineo de los botellines de cerveza que se abren y se deslizan por la mesita de café de cristal que Freddie adoraba y que a mí nunca ha llegado a gustarme; la vida que solía dar por sentada y que sigue adelante a pesar de que él murió hace cincuenta y ocho días.

Es demasiado para que mi cerebro resacoso lo procese. No quiero tostadas, ni agua, ni despertarme y descubrir que Freddie no está, así que vuelvo al salón, me siento en el suelo junto a su sillón y apoyo la cabeza en su rodilla. Me acaricia el pelo con aire distraído y bromea acerca de que no sé beber; está demasiado absorto en el partido para notar la mancha húmeda que le dejan mis lágrimas en los vaqueros. Me tapo la cara con el pelo y cierro los ojos, demasiado cansada para hacer cualquier cosa que no sea apretujarme contra su cálida solidez. No creo que quede mucho partido; intento mirar mi reloj de pulsera, pero tengo los ojos llorosos. «Vete a casa, Jonah Jones —pienso—. Vete a casa para que pueda tumbarme en el sofá al lado de Freddie y preguntarle cómo le ha ido el día.» Necesito el rumor de su pecho en mi oído mientras me habla. Se enrolla mechones de mi pelo en los dedos, y yo lucho, lucho de verdad, por no quedarme dormida, pero no sirve de nada. Tengo los párpados forrados de plomo. Es como si no pudiera levantarlos, aunque estoy desesperada por mantenerme despierta, porque ya lo echo de menos.

Despierta

Sábado, 12 de mayo

Es espantoso. Acabo de despertarme sola en el salón, con agua en lugar de cervezas en la mesita, sin pizza fría y sin Freddie. Este. Este es el motivo por el que no duermo. Porque despertar y recordar otra vez que está muerto resulta demasiado cruel, demasiado desgarrador. El precio que me supone soñar con él es más alto del que podría aspirar a pagar jamás; es más de lo que nadie debería tener que pagar jamás. Sin ninguna razón lógica, una cita del poema más famoso de Tennyson que continúa incrustada en mi cerebro desde la escuela me da vueltas en la cabeza mientras permanezco tumbada en el sofá tratando de reunir la voluntad necesaria para levantarme: «Es mejor haber amado y perdido que nunca haber amado». Esa, la única que se sabe todo el mundo. Bueno, Tennyson, querido amigo, apuesto a que tu esposa no se empotró contra un árbol y te dejó tirado como a una colilla, ¿verdad? Porque, de haberlo hecho, tal vez habrías considerado más prudente no amar. Suspiro y me siento un poco cruel, porque también recuerdo haber estudiado que Tennyson escribió el poema mientras sufría por la muerte de su querido mejor amigo, así que puede que su corazón también las pasara canutas. Me pregunto si lloró tanto como yo. A veces resulta catártico, llorar, y otras es lo más solitario del mundo, porque sé que nadie va a venir a darme un abrazo de consuelo. No intento contener las lágrimas cuando vuelven a resbalarme por la cara, por el pobrecito de Tennyson y por la pobrecita de mí.

Dormida

Sábado, 12 de mayo

—¿Ya te encuentras mejor?

No pensaba tomarme otra pastilla. Aguanté renqueando hasta las ocho, pero al final cedí y engullí una antes de meterme en la cama.

Y ahora me he despertado en el sofá con la cabeza en el regazo de Freddie. Él me alisa el pelo con aire distraído mientras ve una serie policíaca en la tele y está claro que he ido purgando los restos de mi dolor de cabeza a base de pequeñas siestas.

Me tumbo de espaldas.

—Eso creo —digo, y le agarro la mano.

—Te has perdido la mitad —dice—. ¿Quieres que rebobine?

Miro la pantalla, pero no tengo ni idea de qué serie es, así que niego con la cabeza.

—Estabas roncando como una morsa, Lyds —dice riéndose en voz baja.

Es su broma habitual: él siempre me dice que ronco mucho, y yo siempre lo niego. No creo que haga el menor ruido, solo lo hace para tomarme el pelo.

—Apuesto a que Keira Knightley ronca.

Arquea las cejas.

—No. Seguro que suspira con suavidad, como un...

—¿Camionero? —sugiero.

—Gatito —dice.

—Los gatitos no suspiran —replico—. Te muerden los dedos de los pies mientras duermes.

Freddie lo piensa un segundo.

—Me gusta bastante la idea de que Keira Knightley me muerda los dedos de los pies.

—Tendría unos dientes superafilados —digo—. Te haría daño.

—Hum. —Frunce el ceño—. Sabes que no aguanto bien el dolor.

Es verdad. Para ser un hombre fuerte y competitivo, Freddie es de lo más quejica cuando le duele algo.

—Creo que lo mejor será que me quede contigo —dice—. Me parece que Keira da demasiado trabajo.

Le levanto una mano que apoyo contra la mía, palma con palma, para ver la gran diferencia de tamaño.

—¿Aunque ronque como una cerda?

Entrelaza sus dedos con los míos.

—Aunque ronques como una pocilga de cerdos.

Me acerco su mano a la cara y le beso los dedos.

—No te ha quedado muy romántico, ¿sabes? —digo.

Pausa la serie que está viendo y baja la mirada hacia mí, con los ojos azules cargados de diversión.

—¿Y si te digo que eres una cerda muy guapa?

Tuerzo la boca como si me lo estuviera pensando y luego niego con la cabeza.

—Sigue sin ser romántico.

Asiente despacio.

—Vale. ¿Que no te pareces en nada a una cerda?

—Un poco mejor —contesto, pero exijo más e intento no sonreír mientras me incorporo para sentarme en su regazo con las piernas estiradas sobre el sofá.

Freddie me sostiene la barbilla y me mira fijamente a los ojos.

—Si tú eres una cerda, yo soy un cerdo.

Estallo en carcajadas. Es evidente que le he hecho ver demasiadas veces *El diario de Noah* si es capaz de soltar esa frase.

—No tienes ni idea de lo mucho que te quiero, Freddie

Hunter —digo, y luego se lo demuestro con un beso y me hago una promesa: este lugar, dondequiera que esté, lo que quiera que sea, es hermoso y, dure lo que dure, pienso aprovechar al máximo cada instante.

Despierta

Domingo, 20 de mayo

Están llamando al timbre. Desvío la vista hacia el reloj de pared, molesta porque me interrumpan mientras no hago nada. Sí, ya es mediodía y sigo en pijama, pero, eh, es domingo. Además, hasta me he duchado. Lo cierto es que me gustaría quedarme aquí tumbada como una estatua hasta que me engulla el sofá. Puede llegar a ocurrir de verdad, lo vi en un programa matutino de la tele: los productos químicos del sofá te devoran viva si permaneces tumbada en él el tiempo suficiente. Me entrego a una ensoñación no del todo desagradable en la que el sofá se abre como una enorme venus atrapamoscas de tela y me traga entera, pero no puedo permitirme el lujo de que suceda: Elle me está espiando desde el otro lado de la ventana en mirador y, al ver cómo hurga en su bolso, observo que está buscando las llaves para entrar. Yo nunca les he dado ni a mi madre ni a Elle unas llaves de mi casa. Una de ellas debió de apoderarse de las de repuesto en los horribles días posteriores al accidente, y es obvio que han hecho copias para que un montón de gente pueda entrar por sorpresa en mi casa e interrumpir mi baño de autocompasión siempre que lo considere necesario.

Me siento e intento que mi cara adopte una expresión menos malhumorada cuando deja sus bolsas en la entrada y grita un «hola».

—Estoy aquí —digo forzando en mi voz una alegría que no siento.

—¿No has oído el timbre? —Elle asoma la cabeza por el marco de la puerta mientras se quita las botas. No espero que la gente se quite las botas cuando entra, que conste. Es solo una costumbre que nuestra madre nos ha inculcado a las dos desde que puso una moqueta de color crema en la casa donde nos criamos—. He llamado dos veces.

—Estaba dormitando —digo, y me sacudo un poco para recuperar la compostura al ponerme de pie—. Me has pillado.

A Elle se le cae el alma a los pies.

—¿No has dormido bien?

—A ratos —digo.

La respuesta sincera es que apenas he descansado. No quiero tomarme las pastillas para que me ayuden a dormir por la noche porque visitar mi otra vida cuando allí todos los demás están dormidos me parece un desperdicio. Lo hice la otra noche, y, oh, juro que sí, que fue maravilloso en todos los sentidos ver dormir a Freddie, pero en general echo mucho más de menos el tiempo, las palabras y el amor de cuando está despierto. Me he convertido en un animal nocturno: estoy despierta con Freddie cuando debería estar dormida e intento dormir cuando debería estar despierta. Pero no le cuento nada de esto a Elle; si le digo que he encontrado un acceso oculto a un universo en el que Freddie no está muerto, pensará que estoy ida o borracha. Otra vez.

Me sigue hasta la cocina tras pararse a recoger una bolsa de la compra de lona en el vestíbulo.

—Te he traído unas cuantas cositas que podrían apetecerte —dice mientras coloca unas crepes ya preparadas y varios limones frescos encima de la mesa.

El martes de carnaval siempre era un acontecimiento importante para nosotras cuando éramos pequeñas; ella es la chef de la familia y siempre se enorgullecía de lo bien que se le daba dar la vuelta a las crepes como una profesional. Las mías solían terminar en el suelo, mientras que las suyas eran círculos perfectos servidos con azúcar y limón.

—¿Limones para la ginebra?

Mi pésimo intento de hacer una broma no da resultado; mi hermana coge la redecilla y la coloca intencionadamente sobre las tortitas. No es que yo sea una gran bebedora de ginebra, pero ella es muy aprensiva, así que estoy segura de que tiene la cabeza llena de horribles imágenes de mí bebiendo a solas sentada a la mesa de la cocina en plena noche. Después saca unas pechugas de pollo; hay dos en el paquete. No le pregunto para quién se supone que es la otra. No es culpa suya que el mundo esté hecho para las parejas y yo ahora sea Lydia la Solitaria.

—Tarta —dice—. De café y nueces, tu favorita.

Es como si pensara que se me habrá olvidado. Miro el elegante envoltorio de papel encerado y asiento con la cabeza.

—Así es.

Saca leche y zumo de la bolsa, luego pan, huevos y jamón.

—Sabes que no es necesario que hagas esto, ¿verdad? —digo mientras abro la puerta del frigorífico para guardar las cosas.

El escaso contenido de la nevera me llama mentirosa a gritos; la mayoría de las cosas que hay dentro las ha comprado otra persona. Sopa en una fiambrera de mamá, uvas de mis compañeras de trabajo, queso y yogur que la propia Elle me trajo a principios de semana. Lo único que he aportado yo es el vino y una tarrina de Philadelphia.

—Ya sé que no es necesario, pero me gusta hacerlo. —Me pasa un paquete de mantequilla—. ¿Un café?

Asiento, agradecida.

—¿Se suponía que íbamos a hacer algo hoy? —pregunto al atisbar el cargamento de bolsas que ha dejado en el vestíbulo; espero que no hubiéramos hecho planes y se me hayan olvidado.

Me mira de forma extraña durante un segundo, callada, y luego niega con la cabeza.

—He ido al centro antes de venir aquí. No pensé que te apeteciera.

—La próxima vez —digo en tono jovial.

Sonríe con indecisión, supongo que porque, salvo por la excursión del fin de semana pasado al Prince, es la primera vez desde hace semanas que insinúo que podría apetecerme hacer algo distinto a vagar por la casa como Nicole Kidman en *Los otros*.

—¿Te has comprado algo bonito? —pregunto—. Aparte de la tarta de café y nueces.

La cojo y la huelo para demostrarle lo mucho que aprecio que haya pensado en mí.

—Solo algunas cosas para el trabajo.

Resta importancia a la pregunta, aunque mi madre me ha dicho que está eufórica con su nuevo trabajo en el hotel.

—¿Puedo verlas?

Sinceramente, la mirada que me lanza hace que me sienta la mayor mierda de hermana del mundo. Es de esperanza mezclada con desconfianza, como de gatita recelosa, como si fuera a cambiar de opinión y a arrebatarle el platillo de leche si se muestra demasiado ilusionada. Avergonzada, emito sonidos de aprobación cuando me enseña la ropa que se ha comprado, e incluso siento una auténtica punzada de envidia de sus zapatos nuevos; no de los zapatos en sí, sino de lo que representan. Zapatos nuevos, trabajo nuevo, comienzo nuevo. Espero que no encuentre también una mejor amiga nueva.

—¿Estás nerviosa? —pregunto mientras la observo doblar el papel con meticulosidad sobre los zapatos antes de cerrar la tapa de la caja. No hay duda: Elle sería Monica.

—Muchísimo —responde—. Me preocupa ser como la alumna nueva del cole que no cae bien a nadie.

Me río con suavidad.

—No creo que haya una sola persona que te conozca y a la que no le caigas bien.

Parece dudosa.

—¿Soy sosa?

—No —digo—. Por supuesto que no. Solo amable y divertida. —Frunzo la nariz—. Y un poquito mandona a veces. —Coloco el pulgar y el índice a un par de centímetros de distancia—. Solo así.

74

Me mira con arrogancia.

—Solo porque tú a veces necesitas a alguien que te mande.

—Me alegro de que seas tú.

—Podría ser peor. Podría ser mamá —señala, y ambas asentimos porque sabemos que es cierto.

—¿Deberás mandar a alguien en el trabajo?

—Tendré unos diez subordinados.

—Ah —digo en tono resabiado—. Entonces no serás la alumna nueva, sino la profesora nueva. Todo el mundo intentará impresionarte llevándote manzanas y cosas así.

—¿Tú crees? Si es así, te las traeré y te obligaré a comértelas. Necesitas las vitaminas más que yo.

—Ya te estás poniendo mandona otra vez.

—Practico para el trabajo.

—Lo tienes más que controlado.

Nos callamos un segundo y nos tomamos el café.

—¿Quieres tarta? —digo.

—Solo si tú también quieres —contesta, una frase que me recuerda a muchos otros momentos de nuestra vida.

Bajar en trineo por la colina que había detrás de nuestra casa en las mañanas de invierno cuando éramos pequeñas, con el trasero en una de las bandejas de té de mamá: solo si tú también bajas. Hacernos los agujeros de las orejas en el sospechoso salón de belleza que había en el centro comercial cuando éramos adolescentes: solo si tú también te los haces. Otra copa cuando están a punto de cerrar, a pesar de que las dos hemos bebido ya bastante: solo si tú también te la tomas. Seguir respirando aunque tengas el corazón destrozado: solo si tú también sigues.

Cojo la tarta y le quito el bonito envoltorio.

—Trato hecho —digo.

La tarta se convierte en un festival de cine improvisado cuando Elle enciende el televisor y se topa con *Dirty Dancing*. Pasamos un par de horas viendo a Patrick Swayze meneando las caderas con cara seria ante Baby Houseman. Me estrujo las meninges intentando acordarme de la última vez que bailé, pero no lo consigo. Es como si mi vida hubiera quedado partida en dos: antes y después del accidente. En ocasiones me cuesta recordar con nitidez los detalles de mi vida anterior, y el pánico me oprime el pecho cuando pienso que quizá nos olvide, que quizá olvide a Freddie Hunter. Sé que siempre seré capaz de rememorar las cosas más importantes: su cara, nuestro primer beso, cuando me pidió que me casara con él… Pero es lo demás: el olor de su cuello a altas horas de la noche, la determinación obstinada de su expresión cuando rescató a una ranita de la carretera y fue pedaleando hasta el parque con ella envuelta en la camiseta, el hecho de que pudiera doblar hacia atrás el meñique de la mano izquierda más de lo normal. Son esos recuerdos los que temo perder, los fortuitos, las ocurrencias que nos hacían ser nosotros. La última vez que bailamos, por ejemplo. Y entonces me acuerdo y el nudo del pecho se me afloja poco a poco. La última vez que bailé fue en Nochevieja, tanto en el Prince como en las calles iluminadas por la escarcha de camino a casa, con Freddie sujetándome a pesar de que él también iba como una cuba. Recorrí el mismo trayecto la semana pasada, en esa ocasión con Elle asegurándose de que no me caía en la cuneta.

Bueno, domingo por la tarde, aquí ya lo tenemos todo hecho. Mi hermana ha vuelto a casa con su marido y yo también tengo que irme con alguien.

Dormida

Lunes, 21 de mayo

Tardo unos segundos en orientarme y caer en la cuenta de que estamos en Sheila's, la minúscula cafetería que hay a la vuelta de la esquina de casa. La camarera acaba de dejarnos en la mesa dos desayunos ingleses completos a pesar de que son más de las doce. Es lo que solemos pedir aquí; a Freddie le gusta más que a mí y siempre se zampa la mitad del mío. La familiaridad de volver a sumirnos en nuestra vieja rutina me reconforta.

—Es lo mejor de los días de fiesta. —Pincha con un tenedor una de mis salchichas y se la pone en su plato—. El desayuno extra.

Es una cafetería de esas de sillas de plástico y formica descascarillada. Té de batalla y café instantáneo en tazas disparejas. La pintura del cartel de fuera está desvaída y desconchada, pero, pese a todos sus defectos, la comida es abundante y el trato de Sheila, muy cálido. Fue su marido quien pintó el cartel del exterior hace cuarenta años. Falleció hace un par, fulminado mientras freía beicon en la cocina de la cafetería; tal como él deseaba, según dice todo el mundo. El día de su funeral tuvimos que quedarnos de pie en la iglesia. Recuerdo estar apretujada entre Freddie y un vecino de unas puertas más abajo, que se reclinó contra mí con pesadez y sollozó que nunca había conocido a nadie con tanto talento para la morcilla. Juro que no me lo estoy inventando. Miro a Sheila a la cara cuando cruza la cortina de cuentas de la cocina y me dedica una sonrisa. A Freddie le guiña un ojo y él le responde levantando el pulgar en señal de aprobación.

—Este beicon está más rico que el de mi madre —dice con una gran sonrisa que hace que Sheila se hinche como un pavo—. Pero no se lo digas a ella, ¿eh?

Tiene un don para eso, para conseguir que todo el mundo se sienta su favorito. Le he visto hacerlo infinidad de veces a lo largo de los años, convertir a alguien en su centro de atención durante un instante.

—Voy a por el kétchup —digo, impulsada a hablar con Sheila.

Me pongo de pie y llego al mostrador en cinco pasos, así que no me da tiempo a transformar mis pensamientos en palabras.

—¿Todo bien, cielo? —me pregunta ella tras echar un vistazo a mi desayuno, que está casi intacto.

Sheila se siente tremendamente orgullosa de su cocina, pese a la apariencia sin pretensiones de la cafetería.

Asiento y me muerdo el labio inferior.

—¿Quieres más té? —aventura desconcertada.

Niego con la cabeza y me siento como una idiota.

—Solo quería un poco de kétchup. —Me quedo callada y después continúo a trompicones—: Y decirte lo mucho que siento lo de Stan.

La he sobresaltado; veo algo familiar que le vela la mirada. Reconozco la punzada fugaz, la observo tomar una bocanada de aire de más antes de volver a hablar, como suelo hacer yo cuando mencionan a Freddie de manera inesperada. Sheila sigue sin decir nada, así que lleno el vacío.

—Es solo que… No me he olvidado de él. Nada más.

Es mi propio miedo expresado en voz alta, que el mundo se olvide de Freddie Hunter. Yo no lo haré, por supuesto, pero ahora hay otra persona sentada a su escritorio en la oficina y otro chico luce su número en el equipo de fútbol sala los lunes por la noche. Es del todo normal que el mundo haya continuado girando, pero a veces solo quiero que la gente diga que lo recuerda, así que se lo digo a Sheila, pero enseguida me siento como si me hubiera pasado de la raya.

—Cuando eres joven, crees que tienes todo el tiempo del mundo —dice—. Y de repente te das la vuelta y eres viejo y uno de los dos ya no está, y te preguntas cómo es posible que los años hayan pasado tan rápido. —Señala a Freddie con la cabeza y se encoge de hombros—. Hay un refrán que dice que hay que recoger el heno mientras brille el sol, es lo único que te digo.

No he oído nunca esa expresión, y sin embargo no me parece extraña, porque es una forma bastante precisa de resumir mi mundo cuando estoy despierta: alguien me ha apagado el sol. Cojo el kétchup que Sheila me tiende con un ligero gesto de asentimiento y regreso con Freddie.

—¿Te apetece recoger heno esta tarde? —pregunto en voz baja, y le acaricio un hombro con la mano antes de sentarme.

—¿Recoger heno? —repite perplejo—. ¿Es así como os referís las chicas al sexo cuando habláis en clave? Porque, si es eso, la respuesta es sí, claro.

Sonrío y dejo en la mesa el kétchup, que en realidad ni siquiera necesitaba. Por suerte para él, nunca sabrá a qué me refiero.

—Tengo que contarte una cosa —anuncia—. Prométeme que no te enfadarás.

—No puedo prometértelo —digo—. Al menos hasta que sepa de qué se trata.

Unta su tostada con mantequilla mientras niega con la cabeza

—De eso nada. Primero prométemelo.

Qué típico de Freddie.

—Vale —me rindo—. Prometo no enfadarme.

Se deshace en sonrisas al instante.

—He reservado nuestra luna de miel.

El corazón me da saltos de alegría y después se me cae a los pies, porque es muy posible que el año que viene a estas alturas no sea capaz de regresar aquí; todo esto podría terminar mañana. Siento que de verdad cae a cámara lenta, que da vueltas de campana detrás de mi esternón.

—¿En serio?

Parece muy satisfecho consigo mismo. Está que revienta de ganas de contármelo.

—¿Quieres que sea una sorpresa?

Niego con la cabeza, porque no me fío de mí misma si hablo. Espero que interprete el brillo de las lágrimas que me inundan los ojos como una señal de alegría.

—¿Adónde vamos?

Se queda callado, como si se estuviera planteando en serio no decírmelo, pero es incapaz de contener las palabras.

—¡A Nueva York!

Ah, por supuesto. Siempre he querido ir a Nueva York. He visto todos los episodios de *Friends*, quiero ser la mejor amiga de Carrie Bradshaw y me muero por pasear descalza por Central Park. Ni siquiera le riño por el precio, porque en mi cabeza ya estamos en el ferri a Staten Island. Es tan perfecto para nosotros que hasta resulta ridículo.

—No podrías haber dado más en el clavo. —Estiro el brazo por encima de la mesa para cogerle la mano—. No me cuentes más. Déjame soñar despierta un rato.

Me acaricia los nudillos con el pulgar.

—Te va a encantar, Lyds.

No me cabe duda. Noto que estoy a punto de llorar, así que cambio de tema.

—Bueno, ¿qué hacemos esta tarde?

—O sea que ¿no era un código femenino para referirte al sexo? —Pone cara de pena y luego se echa a reír—. Vamos al cine, ¿te acuerdas? —dice para recordarme un plan del que no sé nada—. Vamos a darnos el lote en la fila de atrás.

—¿A darnos el lote? —Me río—. Eso ya no lo dice nadie.

Extiende la mano y apuñala la yema de mi huevo.

—Yo sí. Date prisa, la película empieza a la una y media.

—Pues al cine, entonces —digo.

Es un lunes festivo, estoy con Freddie y estamos bien. Mejor que bien: estamos como de costumbre, él y yo contra el mundo. Ni siquiera me he enfadado con él por lo de la yema, aunque siempre lo hace solo para tocarme las narices. Vamos a ir al cine y a darnos el lote como colegiales en la última fila. Vamos a recoger el heno mientras brille el sol.

Despierta

Domingo, 27 de mayo

Estoy sentada en el suelo de la cocina, con la espalda empapada de sudor apoyada contra la alacena y el bote de pastillas sujeto con fuerza en la mano, todavía temblorosa. Hace unos minutos, las he tirado sin querer de la encimera y luego me he arrastrado por el suelo como una adicta para recuperarlas antes de que se colaran por las grietas. Como recompensa por las molestias, me he clavado una astilla en el índice, pero lo único que me importaba en esos segundos de pánico era asegurarme de que hasta la última pastilla que me queda volvía sana y salva a su sitio.

Llevo seis días seguidos visitando a Freddie y estoy agotada por completo, como si me hubiera dedicado a correr maratones mientras duermo. Aunque me cueste, reconozco que esto no puede seguir así. No son solo los estragos físicos; también hay que pagar un precio mental muy alto. Las horas de vigilia se han convertido en horas de espera, llenas de impaciencia y expectación, bordeadas por el miedo enfermizo a que quizá no vuelva a ocurrir la próxima vez, a que quizá no vuelva a experimentar el subidón. Es imposible explicar lo que se siente estando allí. Cuando Elle y yo visitamos la Galería Nacional hace un par de años, vimos un cuadro, un paisaje australiano de un artista cuyo nombre soy incapaz de recordar. No es una de las piezas más conocidas ni más espectaculares, pero en la claridad del color y en la cualidad intensa de la luz había algo que hizo que me llamara la atención más que cualquier otra. Mi mundo onírico está ahí, entre las pinceladas y los pigmentos de ese cuadro; vivo y audaz y fascinante. Adictivo.

Apoyo la cabeza entre las manos, desolada porque el incidente de las pastillas me ha obligado a reconocer la verdad que ya llevaba un par de días acechando bajo la superficie: me estoy poniendo en verdadero peligro con todo esto.

Desde la muerte de Freddie, cada día ha sido una nueva montaña que ascender y, aunque nunca he sido muy deportista, todas las mañanas he sacado de no sé muy bien dónde la fuerza necesaria para calzarme las botas de escalar y comenzar ese ascenso solitario otra vez. Durante los últimos días, ni siquiera me he tomado la molestia de atarme las botas, porque tampoco es que le diera demasiada importancia al hecho de destrozarme las plantas de los pies. Tampoco he mirado por dónde pisaba ni he pensado más allá de la siguiente curva de la pista, porque todos los caminos llevan a la seguridad de Freddie, que me espera en la cima.

Pero, como con todo, hay una contrapartida inevitable. Hay que alcanzar un acuerdo y darme cuenta de que el precio que pagar puede ser mi cordura me cala en los huesos como el agua fría de una bañera.

Empieza a molestarme estar despierta, y también toda persona presente en mi vida despierta. Le contesté de manera horrible a mi madre hace un par de días por teléfono, y ayer por la mañana, cuando Elle se pasó por aquí, me dijo que tenía una pinta horrorosa. Pasé de ir a casa de mi madre a desayunar con ella; estuve bastante borde, porque en lo único en lo que podía pensar era en la pastilla rosa que me esperaba en la encimera de la cocina. Se marchó al cabo de unos minutos incómodos, con los hombros hundidos por el desánimo, y me quedé mirándola mientras se alejaba; me sentí como una imbécil, pero me negué a llamarla, porque el canto de sirena de la pastilla era demasiado atronador, demasiado persuasivo para ignorarlo. Y ese es el verdadero problema: que veo el camino que se extiende ante mí y está lleno de los sentimientos que pisoteo al alejarme cada vez más de las personas de mi vida hacia el otro lugar, hacia Freddie.

Dejo el bote de pastillas en el suelo de la cocina, a mi lado, y tras mirarlo fijamente durante unos segundos dolorosos e indecisos, me estiro y lo coloco fuera de mi alcance.

¿Aguantaré con una cada dos días? ¿Tal vez cada tres? ¿Una a la semana? Frunzo el ceño y recuerdo que el sábado me tomé dos para darme un atracón de Freddie, como una niña glotona. Y eso es lo que más me preocupa. No tener la fuerza de voluntad para resistirme a sumergirme tanto en mi otra vida que al final me vuelva más de allí que de aquí, que me abstraiga demasiado para regresar a casa sana y salva.

Despierta

Martes, 29 de mayo

—Estoy pensando en volver pronto al trabajo.

Mi madre intenta ocultar su sorpresa en vano. Nos encontramos en su pequeña e inmaculada sala de estar, descalzas, como siempre, por respeto a la moqueta de color crema; no la tiene solo en la entrada, le encantan los descuentos e hizo que se la pusieran en toda la planta baja. Teniendo en cuenta que esta es la sala de estar, hay reglas muy estrictas sobre qué tipo de «estar» se permite. El vino tinto queda totalmente prohibido, al igual que cualquier tipo de comida que no sea blanca. Así pues, el vino blanco sí se permite, y el puré de patatas y el arroz con leche también. Y no es una broma. Elle y yo nos atiborramos de esas cosas durante toda nuestra adolescencia, y a pesar de que la moqueta tiene por lo menos quince años, está casi como nueva. El sofá tapa la única mancha imposible de quitar: una Elle adolescente llegó a casa hasta arriba de ginebra con grosellas negras una mañana de Navidad, después de visitar durante menos de media hora al que entonces fue su novio. Impresionante, la verdad, hasta que vomitó en la moqueta de mamá y se desmayó durante la comida de Navidad.

—¿En serio? —me pregunta. Advierto que está intentando decidir qué dirá a continuación. La imagino evitando un «joder, ya era hora» y parándose a considerar un «gracias a Dios», antes de terminar optando por lo que al final sale de su boca—. ¿Seguro que estás preparada, cariño?

Me encojo de hombros y niego un poco con la cabeza, pese a que en realidad estoy intentando asentir.

—No puedo quedarme sola en casa mucho más tiempo sin acabar volviéndome loca, mamá. Y ahora duermo mejor con las pastillas.

Lo que no le digo es que necesito buscar algo que hacer, algo tangible para concentrarme en el mundo real. No hay que ser un genio para cumplir con mis funciones de organizadora de eventos del ayuntamiento, es más que nada trabajo de oficina, pero mis compañeros son buena gente y el sueldo no está mal. Aunque han sido amables y hasta ahora me han permitido tomarme este tiempo como si fuera una baja por enfermedad, las cosas no pueden seguir así para siempre.

Mi madre se acerca, se sienta a mi lado en el sofá y me apoya una mano en la rodilla.

—Podrías volver e instalarte aquí durante un tiempo, si te sirve de algo.

Siento que empieza a temblarme el labio inferior, porque ambas sabemos que para ella sería un horror, pero me quiere tanto como para decírmelo de todas formas. No es la primera vez que me lo propone; me lo ha dicho por lo menos una vez a la semana desde la muerte de Freddie. Para mí también sería un horror. Me gusta comer curry de un plato en equilibrio sobre mis rodillas en el salón, con el consiguiente riesgo de manchas, y desmoronarme cuando nadie me ve.

—Lo sé. —Coloco una mano sobre la suya y le doy un apretón—. Pero no es lo mejor, ya lo sabes. Tengo que «pasar el duelo de manera consciente», y no creo que eso implique volver a vivir con mi madre.

Se le escapa un poco la risa; esa frase se está convirtiendo a toda prisa en una broma recurrente en nuestra familia.

—Pues entonces te prepararé la comida. Solo para el primer día, o los dos primeros.

Seguro que conserva la fiambrera rosa claro con la que me mandaba al instituto.

—Vale —digo—, me resultaría de gran ayuda, mamá.

Aunque sospecho que la ayudará más a ella que a mí.

Asiente con la cabeza, rápido.

—Te compraré esas galletitas de menta que tanto te gustaban, las del envoltorio verde brillante.

Intento deshacer el nudo que se me ha formado en la garganta, me siento como si volviera a tener quince años, como si hubiera retrocedido a la época en que dormía arriba, en una cama individual en la habitación que compartía con Elle.

—¿El primer lunes de junio, entonces? —sugiere, y me lo planteo, preguntándome si seré capaz.

Estamos en la última semana de mayo; no me concede más que unos días de gracia para recomponerme. Imagino que está ansiosa por coger la ola, no vaya a ser que la siguiente me arrolle y me haga cambiar de opinión, y como no puedo prometer que eso no vaya a suceder, asiento despacio.

—El primer lunes de junio, hecho.

—Buena chica. —Me da unas palmaditas en la rodilla y se pone de pie—. Voy a la cocina a apuntar las galletas en la lista de la compra.

La veo alejarse y siento curiosidad por saber si es consciente de que es una de las guardianas de mi cordura. A Freddie le hacían mucha gracia mi madre y sus listas. Solía añadirles cosas aleatorias cuando no lo veía: mangueras, casas de muñecas o cortapelos para la nariz. Recordarlo me hace sonreír, y luego sufrir, porque, aunque a regañadientes, he decidido tratar de racionar mis visitas a una vez por fin de semana. Es demasiado de algo bueno, tan insostenible como comer azúcar a cucharadas. El problema de la adicción es que en algún momento tienes que renunciar a lo que sea que te ha poseído o, por el contrario, entregarte a ello por completo. No quiero que ocurra ninguna de las dos cosas. Quiero mis dos vidas, y para eso debo tener un asidero seguro aquí, en el mundo real. Ha llegado la hora de atarme las botas.

Despierta

Sábado, 2 de junio

Supongo que no debería sorprenderme que el cementerio me resulte un lugar tranquilo; casi alcanzo a oír a Freddie haciendo un chiste malísimo sobre el hecho de que los residentes son bastante reservados. Llevo aquí sentada el tiempo suficiente para que se me haya entumecido el trasero y, cuando miro la lápida de Freddie, veo una salpicadura blanca sobre el granito gris; está claro que las palomas de esta zona no tienen ningún respeto por los muertos. Hurgo en mi bolsa en busca de las toallitas, pero han desaparecido, así que suelto un suspiro de irritación. No puedo dejarla así.

—Vuelvo enseguida. —Cojo las flores marchitas que he quitado y mi basura para tirarla en la papelera del aparcamiento—. Debo de tener las toallitas en el maletero.

Ya en el coche, un par de minutos después, veo que estoy en lo cierto. Lo cierro y regreso caminando despacio bajo el sol; cojo el camino largo, porque el cementerio está en plena floración y no me irían mal unos minutos para recuperar el aliento. Es casi el único lugar donde me siento realmente en paz. Ahora valoro más que nunca la oportunidad de apartarme de mi doble existencia de espejismos.

Cuando me voy acercando de nuevo a la tumba de Freddie, advierto que hay otra persona sentada delante la lápida, en el lugar que he abandonado hace apenas unos minutos. Jonah Jones, con las rodillas dobladas ante él y charlando. Me encamino hacia él tratando de pensar en qué decirle, pero entonces se aclara la garganta y tose como si se estuviera preparando para dar un discurso a sus alumnos de inglés en el instituto del barrio.

—Lo intentaré, pero no te prometo nada —dice en voz baja.

Me detengo, preguntándome qué le habrá dicho a Freddie que intentará hacer, sin tener claro si debería interrumpirlo, porque tiene los ojos cerrados. A lo mejor está haciendo lo mismo que yo: imaginarse que ahora mismo están en otro sitio. En el pub, quizá, o a punto de ver el partido, con los pies encima de la mesita de nuestro salón.

—Ya es sábado otra vez —dice Jonah—. Ha sido una semana estresante en el trabajo. Han venido los inspectores de educación, nos falta personal, la misma mierda de siempre. Tuve que dar una clase de educación física la semana pasada, y todos sabemos lo mal que se me dan los deportes. Te habrías meado de la risa.

Freddie y Jonah estaban en extremos opuestos del espectro deportivo; si había una oportunidad de ganar algo, Freddie se implicaba al máximo y estiraba los brazos para coger el trofeo. A Jonah, por el contrario, no le importa jugar algún partidillo, pero el afán competitivo no le quema por dentro. Se conforma con los deportes de sillón, porque su pasión son la música y los libros. Eran distintos en muchos aspectos. Freddie era un hombre de acción; Jonah es más bien un soñador, un observador de estrellas. Por su decimoquinto cumpleaños, un grupo de amigos acampamos en el jardín trasero de Freddie para intentar ver un cometa que pasaba aquella noche, o tal vez fuera una lluvia de asteroides. El caso es que Freddie se pasó todo el rato roncando, mientras que Jonah y yo nos quedamos acurrucados bajo las mantas, con la mirada clavada en el cielo, con la esperanza de presenciar un espectáculo astral.

—Anoche no me habría venido nada mal tomarme una cerveza con mi viejo compinche —continúa Jonah—. Nada exagerado, solo que los chavales me vacilan y que las luchas de poder en el aula me tocan las narices. Por no hablar de que Harold me soltó una reprimenda por no llevar corbata en la asamblea de ayer. —Se ríe, con los ojos aún cerrados—. ¿Te lo puedes creer? Hace diez años que salimos del instituto y el viejo Harold sigue dándome la murga. —Se queda callado como si escuchara la respuesta de Freddie—. Ah, y el miércoles gané a los dardos. Duffy se puso hecho una puñetera furia. Perdió la apuesta. Tuvo que pagar una ronda, y ya sabes lo rácano que es. Todo el mundo se pidió whisky solo para fastidiarlo.

No puedo evitar que se me escape una pequeña sonrisa al oírlo. Escuchar a Jonah recordando las payasadas del Prince es raro, pero a la vez agradable; sé que Freddie me habría contado de primera mano estas mismas historias si todavía estuviera aquí.

Jonah se queda callado y toquetea con aire distraído la rodilla deshilachada de sus vaqueros grises y gastados, con el ceño fruncido, supongo que en busca de más palabras. Entonces abre los ojos y suspira; se inclina hacia delante para posar la mano durante unos segundos silenciosos sobre el nombre de Freddie en el granito frío.

—Hasta la semana que viene, amigo.

Es lo más cerca que puede estar de poner la mano en el hombro a Freddie. Lo sé porque yo misma he llegado a abrazar esa maldita cosa de bordes afilados y he apoyado la mejilla contra las palabras grabadas en oro. Aunque no lo he hecho demasiadas veces. A fin de cuentas, somos británicos; hay una cierta etiqueta de cementerio que debe observarse, y no incluye desmoronarte por completo cada vez que te presentas aquí.

Tal como ha hecho Jonah hace unos instantes, me aclaro la garganta. Me mira y parpadea dos veces, sorprendido.

—Lydia —dice, y luego frunce el ceño—, ¿cuánto tiempo llevas ahí?

Detesto la idea de que alguien me oiga hablar con Freddie, así que miento.

—Solo un segundo o dos. —Guardo silencio—. Puedo volver dentro de un rato, si necesitas más tiempo.

Se pone de pie y se sacude unas briznas de hierba de los vaqueros.

—No, no pasa nada. Ya he terminado.

Llevo sin ver a Jonah ni hablar con él desde aquel día en el pub hace tres semanas y sé que tengo que hacer las cosas bien. Jonah era la mano derecha de Freddie, pero en realidad era amigo mío antes de que Freddie entrara siquiera en mi órbita. Su sarcasmo callado encajó con el mío cuando nos obligaron a formar pareja en un proyecto de química a los doce años; creo que el profesor albergaba la vana esperanza de que se me pegara algo de la lógica de Jonah. No fue así. Enseguida abandonamos toda esperanza de que llegara a aprenderme la tabla periódica, pero cogimos la costumbre de pasar juntos la hora de la comida, con la espalda apoyada en el tronco del viejo roble para ver las idas y venidas del instituto, los romances pasajeros, algún que otro desbordamiento del temperamento adolescente entre los más mayores. Nuestra amistad llegó en un momento en que la necesitaba, cuando la mayoría de las chicas de mi clase habían decidido que yo no era lo bastante guay para estar con ellas. Agradecida, mi madre a veces me metía en la fiambrera una galleta de menta extra para Jonah. Él siempre intentaba rechazarla por educación, aunque yo sabía que le gustaban y que eran un añadido agradable al sándwich medio rancio de queso de untar que su madre le ponía todos los días. No obstante, no se trata de una de esas historias cursis de «chico conoce a chica»; nos hicimos amigos de verdad, más del tipo «vaya, eres como yo» que del tipo «vaya, haces que el estómago me dé vueltas como una lavadora». Me gustaba saber que me estaría esperando a la hora de comer, que podía confiar en que me hiciera reír aunque hubiera tenido una mañana de mierda. Y entonces Freddie llegó al instituto, se lo pusieron a Jonah de compañero de pupitre porque sus apellidos eran consecutivos en la lista y, en cuestión de un par de semanas, de dos pasamos a ser tres comiendo junto al roble. Freddie Hunter entró en mi vida como un soplo de aire fresco y me arrastró en su carnaval de colores, risas y ruido. Y con él empezaron a considerarme más guay, así que dejé de necesitar tanto mis charlas con Jonah a la hora de comer. Cosa que es buena, porque tres es sin duda un número extraño, sobre todo cuando dos de esos tres entablan una relación romántica. Es probable que Freddie se sintiera atrapado entre nosotros algunas veces; ambos competíamos por su atención y nos molestábamos con el otro cuando no la conseguíamos. Aun así, no sé muy bien cómo logramos que funcionara a lo largo de los años, porque nuestra amistad era demasiado importante para perderla. Y ahora volvemos a estar los dos solos, y la verdad es que ya no tengo ni idea de cómo funcionamos. Jonah siempre me importará, lleva demasiados años formando parte de mi mundo para que no sea así. Pero el accidente se interpone entre nosotros, es el rey desnudo que nadie quiere señalar.

—Pues todo tuyo. —Se saca las llaves del coche del bolsillo de los vaqueros—. Ya nos veremos.

Lo observo en silencio mientras hace un gesto con la cabeza a la lápida de Freddie y se aleja por la avenida de tumbas. No obstante, justo cuando estoy a punto de sentarme, se da la vuelta y regresa.

—Mañana por la mañana hay una cosa en el instituto —dice—. Podrías, bueno, venir, si quieres.

Lo miro fijamente, perpleja.

—¿Una cosa?

Se encoge de hombros.

—Ya sabes, una especie de taller.

—No me lo estás vendiendo muy bien —digo y esbozo una sonrisa a medias, porque no sé qué otra cosa hacer.

—Es un taller sobre el duelo, ¿vale? —Escupe las palabras deprisa, cargadas de desprecio, como si le molestara que le estuvieran saliendo de la boca—. Mindfulness, ese tipo de cosas.

—¿Un taller sobre el duelo?

Lo digo en el mismo tono que habría utilizado si me hubiera pedido que hiciera puenting o paracaidismo. Jonah no suele ser el tipo de persona que se centra en sus chakras o en lo que sea que hagan en los talleres de mindfulness. Me esperaría algo así de Elle; pero, viniendo de Jonah, es una sorpresa.

—Se celebrará en el salón de actos. —No podría parecer más incómodo aunque lo intentara—. Dee, una de las nuevas suplentes, es profesora certificada de yoga y mindfulness. Se ha ofrecido a dirigir una sesión si hay suficientes interesados.

La imagen de Dee se pasea por mi cabeza: le brilla el pelo, es muy flexible y siempre tiene a punto una sonrisa que raya en lo santurrón. Me sorprendo siendo cruel sin ningún motivo y me pregunto si es en esto en lo que me he convertido ahora, en algo tan amargo como un café requemado.

—No tengo claro que esas cosas sean lo mío. —Suavizo el rechazo con una sonrisa de disculpa.

—Yo tampoco tengo claro que sean lo mío —dice mientras se pone las gafas de sol—. Solo era una idea.

Yo asiento, y él también, y tras un silencio incómodo, se gira para alejarse de nuevo, pero entonces se detiene y se vuelve por segunda vez.

—El caso es que… creo que podría resultarnos de ayuda.

—¿De ayuda con qué, exactamente? —pregunto despacio, aunque creo que sé a qué se refiere.

Ojalá hubiera seguido caminando en lugar de volver por segunda vez, porque noto que esta conversación se está adentrando en un terreno peligroso.

Alza la vista al cielo y piensa antes de hablar.

—Con esto… —Extiende un brazo hacia la lápida de Freddie y más allá—. Podría ayudarnos a lidiar con todo esto.

—Yo estoy lidiando con ello a mi manera, gracias —digo.

Lo último que me apetece es sentarme en una sala llena de extraños y hablar de Freddie.

Jonah asiente y traga saliva.

—Te lo dije —murmura, pero no me está mirando a mí, sino a la lápida de Freddie—. Te dije que se negaría.

«Eh, espera un momento.»

—¿Le habías dicho a Freddie que me diría que no?

Unas ronchas rosas invaden las mejillas de Jonah.

—¿Me equivocaba? —No es de los que levanta la voz; es el mediador natural de cualquier discusión—. Le he dicho que iba a acudir porque creía que me sentaría bien y que te pediría que me acompañaras. Pero también le he dicho que te negarías.

—Bueno, pues ya está. —Levanto las manos—. Ya has cumplido con tu deber y ahora puedes marcharte sin sentirte culpable.

Me arrepiento de haber pronunciado esas palabras en cuanto abandonan mis labios.

—Sin sentirme culpable —repite—. Muchas gracias, Lydia. Te lo agradezco un huevo.

—¿Qué esperas si te alías con mi novio muerto en mi contra? —replico.

—No es una alianza contra ti —dice, más comedido de lo que me siento yo—. Solo pensé que tal vez te iría bien, pero lo entiendo. Estás ocupada, o no te interesa, o te da miedo, o lo que sea.

Resoplo y niego con la cabeza al mismo tiempo que desvío la mirada hacia la hilera de lápidas grises.

—¿Miedo? —murmuro, y él se encoge de hombros sin el más mínimo rastro de arrepentimiento.

—Dime que me equivoco.

Vuelvo a resoplar y añado un gruñido por si no había quedado claro. Sé que está intentando provocarme y no soy capaz de evitar entrar de lleno en su juego.

—¿Miedo? ¿Crees que me aterroriza una mierda de taller escolar? Te diré lo que es tener miedo, Jonah Jones. Es un coche de policía que se para delante de la ventana de tu salón, y es tener que enterrar al hombre que amas en lugar de casarte con él. Tener miedo es estar en el supermercado pensando en tragarte todas las puñeteras pastillas del estante de las medicinas porque acabas de recordar la estúpida discusión que tuvisteis en el pasillo de al lado por nada más y nada menos que las galletas, y eso te deja sin aliento. Hace que te falte físicamente el aire justo aquí. —Me clavo dos dedos en el corazón, lo bastante fuerte para hacerme un moratón—. El miedo es saber lo larga que parece la vida sin la persona con la que planeabas pasarla, y también lo impactante e inesperadamente corta que puede ser. Es como ese truco del mantel y las tazas de té, solo que lo que se rompe son putos seres humanos, no tazas de té, y...

Me callo y cojo una gran bocanada de aire, porque he perdido el hilo de lo que es tener miedo y estoy llorando de rabia, y porque Jonah está pálido y horrorizado.

—Lyds... —dice, y extiende una mano para ponérmela en el hombro.

Lo aparto con desdén.

—No me toques.

—Lo siento, ¿vale?

—No. No, no vale. Nada de todo esto vale. —Gesticulo con brusquedad, como si quisiera abarcar todo el cementerio—. Nunca lo hará.

—Lo sé. No quería disgustarte.

No sé de dónde ha salido esta avalancha de rabia. Es como si Jonah hubiera movido una roca y provocado un desprendimiento, y ahora sale de mí a borbollones, incontrolable como la lava.

—Ah, claro, no querías disgustarme —le escupo en un tono terrible hasta a mis oídos—. Por eso me has criticado sirviéndote de un hombre muerto. ¿Qué pasa, Jonah? ¿Que necesitas que alguien te haga de carabina y le diga a la profesora suplente que te gusta? —Parece confundido, y no me extraña—. Pues escríbeselo en la puñetera pizarra. O invítala a salir. Una cosa o la otra, cualquiera de las dos vale, pero no pienso llevarte agarradito de la mano. No soy la sustituta de tu compañero de correrías. No soy Freddie.

Nos miramos de hito en hito un instante, y luego me doy la vuelta y me largo a toda prisa, furiosa.

No puedo contarle a Jonah lo que ocurre en realidad: que

tengo el cuerpo destrozado y la cabeza hecha polvo por el tira y afloja de vivir la vida con y sin Freddie. Anoche me quedé tumbada en la cama, despierta, intentando dar con una forma racional de explicar a los demás lo que me ha estado pasando, pero es imposible. ¿Cómo voy a esperar que alguien entienda que a veces puedo estar con Freddie mientras duermo? No deliro y no finjo que Freddie siga vivo en mi vida cotidiana. Pero existe ese… ese otro lugar en el que él y yo continuamos juntos, y me siento como si estuviera disputando una batalla constante contra sus cantos de sirena. ¿Qué pasará cuando se me acaben las pastillas? Aparto ese pensamiento de mi mente. No puedo ni planteármelo.

Despierta

Domingo, 3 de junio

No sé qué estoy haciendo aquí. Nunca me gustó mucho el instituto; es la primera vez que lo piso desde que el día en que recogí los resultados de las pruebas de acceso a la universidad. Lo cierto es que sí sé qué estoy haciendo aquí, he venido porque ayer me sentí como una bruja por portarme así con Jonah y terminé enviándole un mensaje de texto para disculparme, avergonzada, en el que le decía que tal vez no me fuera mal un poco mindfulness, a fin de cuentas. Me contestó que era o eso o clases de control de la ira, porque corría el riesgo de convertirme en Hulk e inflarme hasta reventar los vaqueros, así que le dije que entonces lo mejor sería que lo intentara, porque el verde no queda nada bien con mi color de pelo. De modo que aquí estoy, arrastrando los pies por la entrada de cemento como cuando tenía catorce años y no había hecho los deberes. Llego tarde, a propósito. Me dijo que era de diez a doce y ya han dado las once. Tengo pensado entrar cuando esté a punto de acabar, esconderme hacia el fondo y luego contarle a Jonah la mentirijilla de que llevo ahí casi desde el principio, para que podamos dejar atrás el golpe de ayer. Puede que ya no nos veamos todos los días, pero no quiero sentir que estamos peleados; me parece una deslealtad terrible hacia Freddie ponerme en contra de su mejor amigo.

Cuando abro la puerta del salón de actos del instituto, el olor nostálgico a abrillantador de suelos y aire cargado me retrotrae directamente hasta las asambleas que celebrábamos por las mañanas. Casi siento el dolor de rodillas de estar sentada en el suelo con las piernas cruzadas mientras la directora nos sermoneaba sobre el buen comportamiento, con Freddie a un lado aflojándose la corbata y Jonah al otro jugueteando con los botones de su reloj de pulsera. Esta mañana en el salón de actos no hay ni de lejos la cantidad de gente suficiente para disimular mi llegada, veinte personas, como mucho, sentadas alrededor de varias mesas con té y tarta en lugar de en filas bien alineadas. La mayoría levantan la mirada cuando llego y me quedo parada, insegura, hasta que Jonah se pone de pie y se acerca caminando hasta mí.

—Pensaba que al final habías decidido no venir —susurra—. No pasa nada si no quieres quedarte, no tendría que haberte presionado ayer.

—Tranquilo. —Echo un vistazo a la concurrencia, inquieta. Hay más mujeres que hombres, unos cuantos de mi edad, pero casi todos mayores. Me invade un pensamiento horrible: ¿y si están aquí la tía June y el tío Bob? Les encantan los talleres. Echo una ojeada a mi alrededor y suspiro de alivio cuando veo que no hay ni rastro de ellos—. ¿Cómo ha ido hasta ahora?

Asiente con la cabeza.

—Bien, ha ido bien. Son buena gente. De verdad, Lyds, no tienes por qué quedarte, puede que tengas razón en lo de que estas cosas no son lo tuyo. —Se cruje el cuello, algo que no le había visto hacer en años. Antes lo hacía cuando estaba nervioso; cuando tenía un examen en este mismo salón de actos, por ejemplo—. De hecho, cojo el teléfono y me voy contigo.

Lo miro, confundida.

—Fuiste tú quien me pediste que viniera —le digo.

Jonah abre la boca para decir algo, pero una mujer se acerca a nosotros tendiéndome la mano.

—Hola —dice—. Soy Dee. Tú debes de ser Lydia.

Ah. O sea que no me equivocaba mucho con Dee. Es morena y un poco más baja que yo, y la coleta se le balancea de un lado a otro cuando me estrecha la mano. No es increíblemente esbelta, sino que más bien encaja en lo que se ha dado en llamar «yoga curvy»; entiendo por qué Jonah podría sentirse atraído por ella. Su cordial mirada castaña no se aparta de la mía, y me doy cuenta de que ya conoce mi triste historia. Cierra las dos manos en torno a la mía con una calidez algo excesiva para mi gusto.

—Bienvenida.

—Hola —contesto con una frialdad y un estoicismo demasiado excesivos para mi gusto, y me zafo de su presa.

No sé qué me ha dado. Es solo que detesto la idea de que una completa extraña piense que lo sabe todo sobre mí.

—Me temo que te has perdido la sesión de mindfulness —dice—. Pero has llegado justo a tiempo para la tarta, que, para mí, siempre es la mejor parte.

Me guardo la desagradable opinión de que no creo que la tarta vaya a servirme de mucha ayuda y opto por decir:

—Ya me contará Jonah lo del mindfulness.

—O puedo hacerte una sesión individual algún día si te interesa —se ofrece Dee y, aunque veo que su única intención es ser amable, vuelve a sulfurarme.

¿Acaso irradio señales de SOS silenciosas? Aquí estoy yo, pensando que mantengo la compostura, y ahí están todos los demás, echándome encima paladas de ayuda hasta aplastarme. Estoy empezando a caer en que soy una persona muy reservada; prefiero esconderme detrás de una capa de barniz brillante y luego desmoronarme cuando no me ve nadie.

—Lo tendré en cuenta —digo de forma evasiva—. Pero gracias.

Dee mira a Jonah a los ojos durante unos segundos de silencio, lo justo para dar a entender «Tu amiga es dura de pelar, ¿no?». O a lo mejor me equivoco y solo lo miraba en un plan mucho más new age y filosófico, algo así como «Está claro que tu amiga tiene un largo camino que recorrer en su viaje de curación». O puede que haya sido una sencilla mirada de «¿Vamos a tomar algo más tarde?» y yo me esté interponiendo. Ojalá no hubiera venido, pero ahora ya es demasiado tarde, porque Dee me pone una mano en el codo y me guía hacia el grupo con el que Jonah estaba sentado.

Se recolocan para dejarme un sitio junto a Jonah, todos intentando no quedárseme mirando, pero ansiosos por hacerme sentir bienvenida. La mujer de enfrente me sirve un té; se llama Camilla, me dice mientras deja la taza en la mesa. Agradezco la falta de artificio de su actitud, apenas una sonrisa tensa y una inclinación de la cabeza como gesto de camaradería.

—Esta es Lydia —dice Jonah con aspecto sombrío.

Todos asienten.

—Yo soy Maud. —La mujer mayor que está sentada al otro lado de Jonah se inclina hacia delante y grita un poco, toqueteándose el audífono. Si tuviera que adivinar su edad, diría que tiene por lo menos noventa años—. Mi marido, Peter, se cayó del tejado mientras intentaba ajustar la antena de la televisión hace veintidós años.

—Vaya. —Me ha pillado por sorpresa—. Lo siento.

A juzgar por la cara de póquer de los demás ocupantes de la mesa, diría que no es la primera vez que oyen hablar de la desgracia de Peter.

—No lo sientas, yo no lo lamenté. Llevaba sus buenos diez años zumbándose a la mujer que trabajaba en la carnicería.

Uau. Esto no es lo que me esperaba, para nada.

—¿Tarta?

Me vuelvo hacia la señora que tengo sentada al otro lado, agradecida por la interrupción.

—Es de manzana y dátiles. La he hecho esta mañana. —Me tiende la bandeja—. Soy Nell.

—Gracias —digo, y cojo un plato de papel.

No estoy segura de si le estoy dando las gracias por la tarta o por ahorrarme la presión de tener que encontrar una respuesta adecuada. Su presencia tranquila me calma. Me recuerda un poco a mi madre, tanto por la edad como por la estatura, y su alianza me dice que está casada. O lo estaba.

—Te pido disculpas por lo de Maud —dice en voz baja mientras me sirve un trozo de tarta en el plato—. Imagino que te haces una idea de lo mucho que nos ha ayudado durante la sesión de mindfulness de antes. —Me mira a los ojos y su humor me relaja.

—Hay unos cuantos libros —dice Camilla. Las mejillas se le tiñen de un rojo apagado, como si el esfuerzo de hablar fuera demasiado—. Este en concreto me resultó bastante útil. —Toca la cubierta de uno de los libros relacionados con el duelo que hay esparcidos por la mesa—. En los primeros momentos, al menos.

—Últimamente me cuesta mucho leer —digo—. Siempre me han encantado los libros, sobre todo los de ficción, pero me da la sensación de que mi mente ya no es capaz de retener una historia.

No estoy segura de dónde ha salido la necesidad de compartir algo así, pero ahí está.

—Lo recuperarás —dice—. Durante un tiempo yo solo fui capaz de leer estas cosas, pero va se va haciendo más fácil. —Acaricia con los dedos el collar de perlas que lleva al cuello—. De verdad.

Alcanzo el libro que me ha recomendado, agradecida.

—¿Y a ti, Jonah? —pregunta Nell—. ¿Te gusta leer?

—Sí —contesta—. Soy profesor de lengua y literatura, así que podría decirse que son gajes del oficio. —Traga saliva con dificultad—. Con lo que tengo problemas es con la música, sobre todo.

No tenía ni idea. La música es el punto fuerte de Jonah: tocarla, escucharla, escribirla.

—Yo no pude ver la televisión después de la muerte de Peter —grita Maud—. El muy cabrón partió la antena.

Me siento dividida entre echarme a reír y querer estrangularla.

—Es comprensible —dice Camilla mirando a Jonah—. Seguro que todavía la relacionas con el accidente.

Yo no soy capaz de relacionar ambas cosas en mi cabeza. No estoy segura de cuánto les habrá contado Jonah sobre Freddie a todas estas personas antes de que yo llegara, así que parto un pedacito de tarta y dejo que la conversación me envuelva.

—Sí. —Jonah se frota la cara con las manos—. Ya no puedo escuchar la radio.

—Dale tiempo.

Nell también debe de haberse dado cuenta de que le temblaban las manos, porque le pasa un trozo de tarta.

—¿Por qué relacionas la música con el accidente? —pregunto con la mirada clavada en Jonah.

—Su amigo iba cambiando la emisora de radio en el coche —interviene Maud en voz demasiado alta—. No miraba por dónde iba.

Me cuesta arrancarme de la garganta las palabras necesarias para preguntarle a Jonah si es verdad.

—Pero en la investigación...

Me interrumpo, porque acabo de caer en la cuenta de que aquí están pasando más cosas de las que imaginaba.

Toda la mesa se sume en un silencio incómodo, y Jonah levanta la cara para estudiar la pintura desconchada del techo.

—Pensé que no ibas a venir —dice—. Has llegado muy tarde, así que pensé que no ibas a venir. —Y entonces se da la vuelta, me mira a los ojos y, en voz baja, solo para mí, dice—: Estaba trasteando en busca de una canción que pudiéramos cantar, Lyds. Ya sabes cómo era.

Frunzo el ceño, aunque sé muy bien a qué se refiere. Freddie afrontaba la conducción de la misma manera que afrontaba todas las demás cosas de la vida: a toda máquina. Su coche era un modelo deportivo con un tubo de escape ruidoso, y le gustaba llevar la música alta y cantar con más entusiasmo del que justificaba su voz.

—Pero en la investigación dijiste que no había hecho nada malo. Yo estaba allí y te oí decir que no había hecho nada malo.

Oigo que mi voz atraviesa las escalas hacia los tonos agudos.

—No quería... —dice en voz tan baja que me cuesta muchísimo oírlo—. No quería que dijeran que había muerto por conducir de forma negligente.

—No tan negligente como caerse del tejado —suelta Maud con desdén, y levanta su taza de té.

La fulmino con la mirada, a punto de estallar, pero no lo

hago. Maud no es la verdadera razón por la que se me ha desbocado el corazón. Jonah y yo nos miramos con fijeza. Me pregunto qué más no me habrá contado.

—Me pediste que viniera hoy aquí —digo mientras me froto la frente con una mano—. Me pediste que viniera, y ahora sueltas esta... esta bomba, a pesar de que sabes muy bien el daño que va a hacerme.

Él empieza a negar con la cabeza antes incluso de que me dé tiempo a terminar de hablar.

—No venías, Lydia. Te había estado esperando y no llegabas, y todo el mundo estaba hablando de las personas a las que han perdido, así que, sin ni siquiera saber por qué, yo también me puse a hablar. Me sentía seguro, supongo.

Lo miro, a las palabras que le caen de la boca.

—No mencionaste la radio ni una sola vez en la investigación...

Digo que no con la cabeza porque desde el accidente me he servido del breve relato de Jonah sobre lo que pasó en el coche para intentar reconstruir los últimos momentos de vida de Freddie. Oficialmente, se hizo constar como una muerte accidental, uno de esos extraños momentos que son imposibles de predecir. Se mencionaron las condiciones climáticas adversas, que hacían que la calzada estuviera resbaladiza; había habido una ola de frío bastante extrema y es posible que incluso hubiera hielo. Yo lo escuché y asumí que se había debido a algo tan mundano como el tiempo meteorológico, pero ahora la escena que me había montado en la cabeza se está haciendo añicos delante de mis ojos.

—Mentiste —digo—. Mentiste ante una habitación llena de gente, Jonah. —Miro a Nell, a mi lado—. No les contó lo de la radio. No se lo dijo.

—A veces la gente hace cosas raras por buenas razones —dice ella—. Quizá si Jonah pudiera contarte un poco más...

Se vuelve con aire de disculpa hacia Jonah, que traga saliva con fuerza.

—No mentí —dice—. No dije ninguna mentira. Es muy posible que hubiera hielo en la carretera y, desde luego, había estado lloviendo. —Me mira—. Sabes que es cierto, Lydia.

—Pero no mencionaste la radio en ningún momento...

Ahora todos los demás guardan silencio, incluso Maud. A mi lado, Nell suspira y me agarra la mano un instante para darme un apretón en los dedos. No tengo claro si me está ofreciendo su solidaridad o pidiéndome que me calme.

Jonah emite un sonido gutural, de frustración, y cierra la mano en un puño tenso sobre la mesa.

—¿Por qué iba a hacerlo? ¿Qué diferencia habría supuesto? Freddie y yo estábamos solos aquella noche, nadie más resultó herido. Ni de puta coña iba a permitir que lo último que alguien dijera de él fuera que él mismo había provocado el accidente, que había sido negligente aunque solo fuera una milésima de segundo. —Echa un vistazo en torno a la mesa y niega con la cabeza—. Lo siento. —Suspira—. Por los tacos. —Le brillan muchísimo los ojos cuando vuelve a mirarme; me doy cuenta de que está al límite—. No quería leerlo en el periódico, no quería que imprimieran que su muerte había sido superflua, que la gente usara su historia como una advertencia para que se tenga más cuidado.

Está pasando algo en mi interior. Es como si se me estuviera calentando la sangre.

—Pero podrías habérmelo contado a mí —digo despacio—. Deberías habérmelo contado.

—¿Ah, sí? —Levanta un poco la voz, y Camilla se estremece al ver su dolor—. ¿Por qué? ¿Para que sintieras aún más angustia de la que sientes ya, para que pudieras insultarlo por ser tan imbécil, para que pudieras reproducir una y otra vez la imagen de Freddie yendo unos cuantos kilómetros por encima del límite de velocidad y toqueteando la radio?

Y entonces lo veo con nitidez. El pie de Freddie en el acelerador, la vista momentáneamente apartada de la carretera.

—Quieres decir que iba demasiado rápido para llegar a mi

cena de cumpleaños, ¿no? Tampoco mencionaste que fuera por encima del límite de velocidad.

Jonah mira por la ventana hacia la verja de entrada del instituto. Cuántos años pasamos los tres entrando y saliendo por esa verja, despreocupados y seguros de que la vida duraría para siempre. Casi alcanzo a vernos, a oír el eco de nuestros pasos y nuestras risas.

—En realidad todo esto no importa —dice—. No cambia el hecho de que él ya no está.

—¡Claro que importa! —Me exaspera que Jonah ignore así mis sentimientos—. A mí sí me importa. Has dejado que creyera que la muerte de Freddie se debió al clima y, por algún motivo, esa razón sosa, cotidiana, tenía cierta lógica estúpida. —Miro a mi alrededor mientras intento entender y articular mis sentimientos en tiempo real—. ¿Y ahora me dices que todavía estaría aquí si hubiera tenido más cuidado y que iba por encima del límite de velocidad? —Me interrumpo, angustiada—. No te atrevas a decirme que no importa, Jonah Jones. Freddie debería haber vuelto directo a casa. Nada de esto habría pasado si hubiera ido directo a casa.

—¿Crees que no lo sé? —susurra—. ¿No te parece que es lo primero que pienso cada puñetero día? —Nos miramos de hito en hito. Jonah se muerde el labio inferior para que deje de temblarle—. No quería que te enteraras de todo esto —dice, en tono sombrío, atrayendo mi atención hacia su cicatriz cuando se frota la frente con la mano—. Has llegado tarde… Pensé que no ibas a venir.

—Ojalá no lo hubiera hecho —digo.

—En eso estamos de acuerdo —replica con las manos entrelazadas en un nudo delante de él.

El silencio invade la mesa. Creo que ha llegado el momento de que me vaya.

—Mi hijo murió hace un año. —Maud está mirando al techo—. Llevaba treinta y seis años sin hablarme. Por todo y por nada.

No respondo, pero sus palabras se me meten en la cabeza de todos modos. Treinta y seis años. Ambos estaban vivos y, aun así, permitieron que alguna trivialidad los separara hasta el punto de no volver a hablarse nunca.

—Eso es muy triste, Maud.

Camilla estira una mano y da unas palmaditas a la anciana en el antebrazo.

Maud aprieta los labios, se ha quedado sin comentarios ingeniosos. No creo que su razón para venir hoy aquí haya sido ni por asomo hablar de su marido descarriado. No estoy segura de si ha compartido esa información sobre su hijo para ayudarme, pero lo ha hecho, más o menos, porque sé que, si ahora me levanto y me marcho de aquí, puede que no vuelva a ver a Jonah Jones hasta dentro de treinta y seis años, o nunca más.

Permanecemos sentados, rígidos, el uno al lado del otro en silencio absoluto.

—Debería habértelo contado antes —dice él al final, sin levantar la vista de los pies.

—Sí —digo—. Pero entiendo por qué no lo hiciste.

Miro a Camilla, sentada frente a mí, y ella asiente con los ojos llorosos, un gesto de apoyo silencioso que agradezco mucho. Me resulta muy difícil controlarme, y a él le resulta muy difícil no desmoronarse.

—A esta tarta le iría bien un poco de mantequilla por encima —dice Maud—. ¿Queda?

Nell le pasa el envase desde el otro lado de la mesa.

—Llévatela, en mi casa no se comerá.

Me paso la mano por los ojos, rápido, y me levanto.

—Tengo que irme —digo, y miro alrededor de la mesa—. Ha sido un placer conoceros a todas.

Jonah me mira.

—¿Nos vemos pronto? —dice.

—Sí... —digo, aunque lo más probable es que no sea cierto.

No puedo decir que me alegre de haber venido porque no es del todo verdad, pero ser tan dolorosamente sinceros ha sido catártico para ambos. Mantengo la compostura hasta que llego a mi coche y entonces me dejo caer en el asiento del conductor con la cabeza entre las manos. Creo que no debería conducir, pero quiero irme a casa. Quiero estar con Freddie.

Dormida

Domingo, 3 de junio

Estamos en el aparcamiento del hospital. Freddie lleva a Elle en brazos. Mi hermana tiene puesto un solo zapato y yo sujeto el otro en la mano mientras camino a paso ligero a su lado.

—Creo que me lo he roto —dice Elle con la cara contraída por el dolor cuando intenta mover el tobillo.

Hace media hora que se ha caído desde lo alto de las escaleras de nuestra casa, y Freddie y yo nos hemos llevado un susto de muerte. Es raro verla también a ella en este mundo abstracto. Me había acostumbrado a que fuéramos solo Freddie y yo, pero parece que la vida de los demás también continúa aquí. Y en este mundo, hoy, Freddie está justo como quiero recordarlo: muy vivo y controlando la situación.

—Es probable —dice—. Menos mal que me tienes a mí para llevarte a todos lados.

—Se parece un poco a esa escena de *Oficial y caballero* —apunto intentando no reírme.

A Freddie parece gustarle la idea.

—Aunque yo soy más guapo que Richard Gere.

—Está claro que el uniforme te quedaría genial —digo yo.

—Los venden en esa tienda de productos eróticos del centro —responde—. Si quieres me compro uno.

—Esto... ¿hola? —protesta Elle—. Aquí hay una mujer con los huesos rotos, ¿podéis continuar esta conversación más tarde?

—A lo mejor no está roto —sugiero intentando pensar en positivo.

—Dios, espero que no —dice—. No puedo ir al trabajo con muletas.

A pesar de que, aun con muletas, Elle seguiría siendo la mujer más eficiente de la sala.

Ver que llevan a alguien en brazos hacia la sala de Urgencias tiene algo que hace que la gente se aparte para dejarnos pasar, y nos asignan un box mucho más rápido de lo que lo habrían hecho en otro caso.

—Menos mal que estabas en casa —le digo a Freddie cuando me siento en el borde de la cama. El médico no cree que Elle se haya roto ningún hueso, pero se la han llevado en una camilla para hacerle una radiografía y comprobarlo—. No creo que nos hubieran atendido tan rápido si mi hermana hubiera entrado cojeando.

—El encanto de Freddie Hunter siempre funciona.

Él sonríe y yo pongo los ojos en blanco.

—¿Quieres que te suba luego en brazos a la habitación? —pregunta.

—Solo si te compras el uniforme —contesto.

Desvía la mirada hacia la percha que hay detrás de la puerta.

—Podría robar una bata de médico. ¿Servirá?

Rompo a reír en voz baja.

—¿Sabes qué? Yo creo que sí —digo justo cuando el médico vuelve a entrar con Elle.

—Nada roto —dice en tono alegre—. Está muy magullada, lo mejor es que haga reposo durante un par de días.

A Elle le está costando coger el tranquillo a las muletas que le ha buscado la enfermera, así que Freddie la levanta otra vez y vuelve a cruzar Urgencias con ella en brazos. Cuando la puerta de salida se abre automáticamente, empiezo a imitar a Joe Cocker tarareando «El amor nos eleva...» y Elle me propina una patada en el brazo con el pie ileso.

—Te has portado genial con Elle hoy —digo cuando llegamos de nuevo a casa.

—Sí, ¿verdad? —bromea, y luego niega con la cabeza—. Por suerte solo ha sido el tobillo. Por cómo ha rodado escalera abajo, podría haber sido mucho peor.

Me estremezco, porque tiene razón. Casi se me sale el corazón por la boca cuando hemos echado a correr para ver qué le había pasado; soy muy consciente de la velocidad a la que un día normal puede convertirse en una pesadilla.

—Yo nunca me he roto un hueso —dice—. ¿A que es increíble?

«Ay, mi amor», pienso.

—Yo tampoco —digo—. No, espera, estoy mintiendo. Sí que me he roto algo, un dedo en la fiesta de cumpleaños de Elle cuando éramos pequeñas. Mi madre invitó a Nicky, el vecino de enfrente, a pesar de que era un horror de crío y me pilló la mano con la puerta de la entrada.

Freddie esboza un gesto de dolor.

—¿A propósito?

Me encojo de hombros.

—Puede. —Levanto la mano derecha y me toco el índice—. Justo ahí.

Freddie se acerca y me da un beso en el lugar que señalo.

—¿Cómo se apellidaba? Lo encontraré y me vengaré por ti.

Le sigo el juego.

—¿Qué vas a hacerle?

—Creo que lo justo es que tenga algo que ver con sus dedos —dice Freddie—. ¿Se los corto uno por uno? ¿O se los machaco con un martillo, al estilo Thor?

La gran presencia física de Freddie forma parte de su identidad. Está totalmente convencido de que es mi protector, tanto si lo necesito como si no. En ese sentido, es bastante anticuado. Le gusta empuñar el destornillador cuando las cosas se rompen y se muestra posesivo con el cortacésped pese a que no tenemos más que un jardín trasero diminuto. A mí no me importa, la verdad;

sé que tiene que ver con el hecho de que perdiera a su padre cuando era pequeño. No tuvo más remedio que aceptar el papel de hombre de la casa, a pesar de que le quedaba grande, porque su madre era una mujer acostumbrada a que la cuidaran. Freddie ha acogido a la familia Bird de buen grado bajo su paraguas protector. No creo que mi madre haya cambiado una sola bombilla en la última década.

—Eres mi superhéroe. —Me río.

—Creo que eso ya ha quedado claro hoy. —Se desploma en su sillón—. ¿He hecho lo suficiente para ganarme un café?

—Y galletas —digo.

—¿Y sexo? —dice, porque nunca deja escapar una oportunidad de intentarlo.

Lo miro.

—Solo si has robado la bata de médico.

Despierta

Lunes, 4 de junio

Estoy sentada en el aparcamiento del trabajo, con mi vieja fiambrera rosa chillón al lado, en el asiento del pasajero. Me la he encontrado esta mañana en la puerta de casa, con una nota de «Buena suerte» pegada a la tapa. Distingo el papel metálico de la galleta de menta que es probable que mi madre haya tenido que buscar en tres supermercados distintos, y un cartón de zumo que asoma por debajo de un misterioso sándwich envuelto en papel de aluminio. No me había preparado el almuerzo desde hacía más de diez años, pero se ha retrotraído a ello sin ningún problema, como si yo volviera a tener catorce años. Me doy cuenta de que me reconforta cuando embuto la llamativa cajita en la parte superior de mi bolso e intento reunir el valor necesario para cruzar la puerta de entrada del personal del ayuntamiento por primera vez en más de ochenta días. Los demás saben que es mi primer día, por supuesto, y estoy segura de que van a hacer todo lo posible por facilitarme las cosas, pero aun así me cuesta mantener la tostada en el estómago cuando respiro hondo pensando «allá vamos» y salgo del coche.

—Tú puedes —murmuro, y levanto la barbilla y bajo los hombros hasta que los omóplatos casi se tocan—. Tú puedes.

Estoy imitando a un personaje imponente de una de esas series de televisión estadounidenses que tanto me gustan, a alguien mucho más atrevido y menos dispuesto a aguantar tonterías que yo. A Meghan Markle en *Suits*, tal vez. Hasta ahora, el código de vestimenta informal de mi trabajo, consistente en llevar vaqueros y camisetas, siempre había sido una ventaja, pero ahora mismo me gustaría mucho poder esconderme detrás de un traje de mujer fuerte, unos tacones de aguja y un moño.

Me quedo mirando el teclado para marcar el código de seguridad de la puerta y pulso con desgana los botones plateados. No funcionan, claro; el código cambia cada pocas semanas, sin más razón real que la de seguir el procedimiento, porque no tendría mucho sentido que alguien intentara entrar sin permiso. ¿Qué podría llevarse? ¿Los libros manidos de la biblioteca municipal, que se encuentra en la planta baja? Es bastante probable que seamos uno de los últimos sitios que todavía dependen de las tarjetas de la biblioteca y el sistema de sellos. Delia, nuestra bibliotecaria octogenaria, no sería capaz de lidiar con nada más moderno. Nuestra oficina, en la planta de arriba, no está mucho mejor equipada en lo que a tecnología se refiere; lo más avanzado que tenemos son un par de viejos ordenadores de sobremesa y una fotocopiadora. Algunos la considerarían encantadora; otros la tacharían de antigualla. Ambas descripciones son precisas. Trabajar aquí tiene un dejo de vieja escuela que me gusta, pero puede resultarme de lo más frustrante cuando las cosas no se sustituyen hasta que se caen literalmente a trozos. Como esta puñetera cerradura de seguridad, por ejemplo, con unos botones tan duros que tienes que apuñalarlos como si estuvieras de mal humor. Yo no estoy de mal humor, pero sí me está entrando miedo, y ya empiezo a plantearme volver al coche a toda prisa cuando un brazo cae con pesadez sobre mis hombros. Me veo arrastrada hacia un abrazo lateral, apretujada contra el costado de Phil, mi jefe.

—Lydia, gracias a Dios que has vuelto. —Me estrecha con fuerza mientras se inclina hacia el teclado y lo ataca con gusto—. Este sitio se ha ido a la porra sin ti.

Es justo lo que necesito oír. Nada de pompa y boato, nada de entrevistas de bienvenida en las que se miden las palabras con meticulosidad. Phil es uno de esos jefes a los que todo el mundo adora, rebosante de bondad y carisma, un hombre que conecta de forma natural con la gente, tanto que se ofreció a ser el compañero de parto de Dawn si daba la casualidad de que su marido estaba trabajando fuera cuando todo se pusiera en marcha. Por suerte, Dawn no necesitó aceptar su oferta, pero a todos nos hizo gracia la idea de que Phil se desinfectara bien y se pusiera manos a la obra en una situación tan delicada. No dudo de que lo habría hecho si hubiera surgido la necesidad.

—Mirad a quién me he encontrado intentando forzar la puerta trasera —dice mientras me guía hasta la oficina de arriba.

Es ridículo estar nerviosa, pero lo estoy. Llevo cinco años trabajando aquí: estas personas me conocen; yo las conozco. Pero también conocían a Freddie, y todos me miran con los ojos como platos y sé que ahora mismo están pensando: «Mierda, ¿qué narices le decimos? ¿Se pondrá a llorar si pronuncio el nombre de Freddie, se ofenderá si no lo hago? Creo que haré como que estoy ocupadísimo, sonreiré y veré cómo van las cosas tras una taza de té».

—¿Una taza de té? —me pregunta Dawn como si me hubiera leído el pensamiento, y yo asiento agradecida mientras ella se precipita hacia la cocina.

Mi escritorio, junto a la ventana, parece haberse convertido en el vertedero general: está hasta arriba de folletos y cajas, y mi silla ha desaparecido. No tengo claro cómo sentirme: aliviada porque nadie haya aprovechado para quedarse mi tentador puesto junto a la única ventana de la habitación o deprimida porque no se han anticipado lo suficiente para que me resultara un poco más acogedor. Ryan, de veintidós años y carne de cañón para convertirse en un participante de un reality de citas, con su pelo negro azulado y su bronceado artificial, levanta la vista y me guiña el ojo, con un teléfono pegado a la oreja. Mi cara debe de haberme delatado, porque sigue la dirección de mi mirada y se pone en pie de golpe, tras colgar a quienquiera que lo tuviese en espera.

—Lydia. —Sonríe, todo fachada, mientras cruza la pequeña sala para darme un abrazo.

No se me escapa el detalle de que mis dos compañeros masculinos parecen estar más preparados a nivel emocional para gestionar mi llegada que mis colegas femeninas. Dawn ha desaparecido nada más verme y, al fondo de la habitación, Julia ha alzado una mano de manicura perfecta sin levantarse siquiera de la silla. Es cierto que, por lo que parece, está en una teleconferencia; aun así no puede decirse que exude calidez, precisamente. Bueno, en realidad este comentario no es justo. Hace varios años que Julia y yo trabajamos juntas, y no puede evitar transmitir esa impresión de frialdad, aunque sé de sobra que es tierna como un bizcocho. Prefiere que nadie lo sepa y utiliza su glamurosísimo pelo trenzado y sus largas uñas rojas para aterrorizar a la gente y que piensen que es una tirana. Es sin duda la mayor de nuestra cohorte, con una edad sin determinar entre cincuenta y cinco y sesenta años; sospecho que permanecerá en esa horquilla hasta que alguien se lo discuta. Cosa que no hará nadie.

—Te pido disculpas por lo de tu escritorio —dice Ryan mientras me lleva de la mano hacia él—. Vamos a ordenarlo.

Su idea de ordenarlo implica cogerlo todo en brazos y soltarlo de golpe encima del armario archivador más cercano, pero le agradezco el gesto de todos modos. Echa un vistazo a la sala en busca de una silla y, como no encuentra ninguna, me acerca la suya y hace una pequeña reverencia para señalarme que ocupe su asiento.

—Su trono, mi señora.

No discuto. No puedo, porque su sencillo gesto de amabilidad ha hecho que se me forme un nudo en la garganta. Se da cuenta, pero, eso hay que reconocérselo, no se deja arrastrar por el pánico. Solo me da unas palmaditas en el hombro, me pasa un pañuelo de papel y asiente con aire entendido.

—Lo sé, Lyds —dice—. Soy devastador. Provoco este efecto en muchas mujeres.

Me río con una especie de hipido, agradecida por su humor, y capto la expresión de alivio de Dawn mientras se acerca a mí con la taza de té que me había prometido. Es evidente que se alegra de que esté sonriendo, y la verdad es que yo también. Noto que me voy calmando poco a poco, paso los dedos por los bultos y desconchones de mi viejo y desvencijado escritorio de nogal, que me resultan familiares. Tengo un lugar en el que estar.

—Sin azúcar, con demasiada leche —dice Dawn, tal como hace siempre.

Es sutil, pero lo entiendo. Es un «Lo recuerdo», un «Aquí estás entre amigos», un «Te apoyamos».

Julia aparece también en este momento y deja en mi escritorio un jarroncito con guisantes de olor rosas y morados.

—El olor me estaba atufando —resopla.

Su mirada de ojos perfectamente maquillados me evalúa; no cabe duda de que se percata de que he perdido algo de peso, así que toma nota mental de traer una tarta mañana y mentir diciendo que la ha comprado en la sección de descuentos.

Los miro a la cara, uno por uno, y trago saliva con dificultad.

—Gracias —digo—. Me alegro de estar de vuelta.

—No estábamos seguros de si, ya sabes, decirte algo acerca de... —dice Ryan, con los preciosos ojos oscuros repletos de consternación.

Una vez más, lo admiro por ser el portavoz no electo de un grupo de personas que le doblan la edad, a pesar de que al final sí se ha tropezado con la última valla.

—Freddie —digo obligándome a pronunciar la palabra con claridad y sin rastro de lágrimas; lo hago para evitar que Ryan tenga que hacerlo—, puedes decir su nombre, no pasa nada por pronunciarlo.

Todos asienten y se quedan ahí plantados, esperando algo más.

—Os agradezco la silla, el té y las flores —continúo—, pero, más que nada, me alegro por la compañía. Era incapaz de pasar un solo día más en casa yo sola, me estaba volviendo loca de aburrimiento.

—Avisa si necesitas cualquier cosa —dice Dawn demasiado deprisa, intentando impedir que le tiemble el labio inferior.

Busca un pañuelo de papel en el bolsillo de su enorme chaqueta de punto. Toda la ropa le queda demasiado grande, lleva meses a dieta para la boda y no le sobraba el dinero para renovar el armario. También se ha dejado crecer el pelo, castaño como las alas de un petirrojo; hoy tiene cierto aspecto como de niña de la calle.

Julia le lanza una mirada fulminante y se baja las gafas de montura de carey por la nariz hasta dejarlas colgando de la cadena de color oro rosa que le rodea el cuello.

—Tengo una lista de cosas por las que puedes empezar, cuando estés preparada.

Ryan pasa un pañuelo de papel a Dawn, y ella se enjuga los ojos mientras forcejea con mi fiambrera del almuerzo para sacarla del bolso.

—Te la guardaré en el frigorífico.

—Qué color tan horrible —murmura Julia.

—Me pido la galleta —dice Ryan, que intenta ver a través del plástico rosa entornando los ojos.

Los tres se alejan, y yo dejo escapar un lento suspiro de alivio, contenta de haber superado ya la valla de la vuelta al trabajo. La siguiente, el propio trabajo.

Entre los cuatro y Phil, llevamos el ayuntamiento. Ryan tiene mucha labia, así que está a cargo de la revista del municipio, un trabajo que consiste sobre todo en vender espacios para publicidad y en hacer alguna que otra salida para fotografiar calabacines que han ganado un concurso o a vecinos con aficiones poco comunes. Esta tarea tiene sus altibajos; no se recuperó del todo de su visita a una clase de pintura en la que el modelo de desnudo era su profesor de física, ya jubilado.

Julia se encarga de la parte económica: gestiona las finanzas, presiona a los negocios locales para que contribuyan al mantenimiento de nuestro edificio y a los fondos municipales. Eso nos deja a Dawn y a mí bajo el paraguas multifunción de la «organización de eventos», que en realidad quiere decir que planeamos todo lo que ocurre en nuestro histórico ayuntamiento, desde festivales veraniegos hasta ferias de Navidad, conciertos, bailes y fiestas. He oído a Phil referirse a nosotras como sus programadoras de actividades lúdicas, lo cual es bastante acertado. Organizamos actividades para matrimonios jubilados los lunes por la tarde, grupos de mamás y bebés los viernes por la mañana y, entre medias, todo lo que nos sea posible. Es uno de esos trabajos en los que sueles entrar como sustituto y al final te quedas para siempre, porque la vida se cuela entre las grietas que lo rodean y terminan por afianzarlo. Los usuarios se convierten en tus amigos, el edificio se convierte en tu segunda casa, tu silla se adapta a la forma de tu trasero. Sobre el papel, somos un grupo dispar, pero, aun así, juntos somos más que la suma de nuestras partes, de modo que el ayuntamiento se ha convertido en el floreciente centro de la comunidad, un pequeño milagro teniendo en cuenta nuestro ajustado presupuesto. Cuando empiezo con la lista de tareas pendientes de Julia, me doy cuenta de que ella ha cubierto parte de las mías, y de que Dawn ha estado trabajando cinco días en lugar de los tres habituales a pesar de que Tyler todavía no va al colegio y suele costarle encontrar con quién dejarlo. Se las han arreglado como han podido y nadie me ha dicho una sola palabra acerca de tener más agobio que de costumbre. Ahora entiendo por qué no me han preparado el escritorio: por la sencilla razón de que no han tenido tiempo. Han estado hasta arriba manteniendo mi puesto de trabajo a punto para cuando volviera, sosteniéndome desde la distancia sin que yo fuera siquiera consciente de ello.

El duelo es una cosa extraña. Es mío, y nadie puede pasarlo por mí, pero entre bambalinas ha habido todo un elenco de actores secundarios apoyándome en silencio. Añado mentalmente a mis compañeros de trabajo a la lista de personas a las que tendré que dar las gracias como es debido más adelante. Mi madre y Elle están las primeras, en mayúsculas, por supuesto, y todos los vecinos que se pasan a tomar una taza de té, y ahora Julia, Dawn, Ryan y Phil. Un guiso de la familia de tres casas más abajo, y una tarjeta de «¿Cómo lo llevas, muchacha?» del anciano de enfrente, que perdió a su mujer poco después de que nosotros nos mudáramos. Incluso Jonah al arrastrarme a ese puñetero taller sobre el duelo.

—Lo de la galleta iba en serio —dice Ryan, y me acerca la fiambrera de plástico rosa cuando todos nos dirigimos al comedor a la hora del almuerzo.

Hay cinco sillas desparejadas alrededor de la mesa y, una vez que nos sentamos todos, Phil levanta su taza de té.

—Me alegro de que ya no tengamos una silla vacía —dice, y todos asienten y levantan su taza.

Noto el escozor de unas lágrimas calientes en los ojos y, para disimular, abro la fiambrera y le lanzo la galleta a Ryan.

—No le digas a mi madre que te la he dado —digo mientras clavo la pajita en mi zumo.

El sabor me devuelve de inmediato al instituto, a mis almuerzos con Freddie y Jonah, y hoy escojo sonreír en lugar de permitir que las lágrimas me resbalen por las mejillas. Si yo soy la actriz principal, entonces el espectáculo debe continuar.

Despierta

Sábado, 23 de junio

—Ya hace tres semanas que volví al trabajo.

Estoy sentada con las piernas cruzadas sobre la hierba achicharrada por el sol del cementerio. Promete ser un verano inusualmente estable. Hay rumores de que habrá cortes de agua si el tiempo no cambia pronto.

—En algunos aspectos, me siento como si no me hubiera marchado nunca. Ryan va por la tercera cita en el mismo número de semanas y Julia sigue sacando el látigo.

Freddie mantenía una relación de amor-odio con Julia. A ella la sacaba de sus casillas el estruendoso buen humor de Freddie, y a él lo irritaba la vena implacable de «lo quiero para ayer» de Julia, creo que eran iguales. Sin embargo, en el fondo, ambos se tenían cariño; ella lo trataba como una madre y él la cautivaba. Freddie siempre decía que Julia era una de esas mujeres a las que les gusta que su hombre lleve collar y correa en el dormitorio. Y tengo que reconocer que a mí tampoco me cuesta imaginármelo.

—Además, mi madre por fin ha dejado de prepararme el almuerzo. —Me río en voz baja—. Menos mal, me estaba enganchando al zumo.

Hoy le he traído hortensias del jardín de Elle, capullos de un rosa desvaído y morados.

—Phil me ha pedido que sea la jefa directa de Ryan —continúo mientras meto una flor en el jarrón—. Creo que está intentando que me sienta indispensable.

Es algo que me pone nerviosa, pero sigo tratando de imitar a Meghan Markle. Quizá tenga que invertir en una americana con hombreras.

—La semana pasada fui a cortarme el pelo. —Me quito la goma de la coleta y sacudo la cabeza para que el pelo me caiga con pesadez sobre los hombros—. En realidad solo fueron las puntas, no se ha fijado nadie.

Tampoco esperaba que lo hicieran, me lo he cortado tan poco como siempre. Si me hiciera algo diferente, tendría una crisis de identidad.

—Hace tiempo que no veo a Jonah —digo, porque me siento obligada a ponerlo al día con novedades de su mejor amigo.

He contado con varias semanas para dar vueltas a las revelaciones de Jonah durante el taller de duelo y contemplarlas desde todos los ángulos posibles, y puedo llegar a entender de mala gana por qué hizo lo que hizo. Nadie más resultó herido ni hubo ninguna otra persona implicada en modo alguno; lo único que la verdad podía dañar para siempre era el recuerdo de Freddie. Fiel hasta el final, Jonah no quería que la despedida de la vida de su amigo fuera una deshonra.

—Le dejé un mensaje de voz la semana pasada, pero no me ha contestado.

Tampoco me sorprende, la verdad. El mensaje que le dejé en el móvil era tan breve que incluso podría parecer seco; fui incapaz de encontrar las palabras adecuadas para expresarme. Creo que me disculpé por no haberme puesto antes en contacto con él, y estoy casi segura de que dije algo ambiguo acerca de comprender lo que había hecho. Es probable que sonara moralizante, como si creyera que Jonah necesitaba mi absolución o algo así. No era para nada mi intención, pero no tuve fuerzas para borrarlo y volver a grabarlo.

—Es que me cabrea mucho lo innecesario que era, Freddie —suspiro.

Me ha supuesto un cambio mental enorme asumir la idea de que la falta de atención del propio Freddie contribuyó a su muerte. Él sigue sin estar aquí, se mire como se mire, pero echar la culpa al clima era casi reconfortante.

—No se lo he contado a nadie más —digo—. Ni a mi madre ni a Elle.

¿Para qué? Yo no me he sentido mejor por saber la verdad, así que ¿por qué cargarlas a ellas también con ese peso? Solo se preocuparían todavía más por mí, y detesto la idea de que la opinión que tenían de Freddie cambie, aunque sea un ápice. Así que me he callado la noticia y la he lanzado al mar de mi cabeza, un mensaje en una botella que con un poco de suerte nunca llegará a la orilla para que lo lea otra persona.

—Tengo que irme ya —digo, y rocío el agua sobrante de mi botella sobre la tierra reseca que rodea la lápida de Freddie—. Esta tarde voy al centro con Elle.

Mientras permanezco sentada en silencio, me pregunto qué estaremos haciendo ahora mismo en mi otra vida. Allí ocurren tantas cosas de las que no estoy al corriente que paso parte de mis visitas semanales intentando ponerme al día con sutileza de lo que me he perdido. Poso la mano sobre la lápida de granito y cierro los ojos para evocar la cara de Freddie, su olor, su sonrisa. Imagino sus brazos alrededor de mi cuerpo, su beso cálido en mi nuca.

—Hasta pronto, amor mío.

Qué calor hace aquí dentro. De hecho, creo que podemos afirmar que ahora vivimos en un país cálido. Básicamente, somos España, aunque bebemos más té y cenamos más temprano. No habrá más abrigos ni quejas continuas acerca del tiempo, porque vivimos en un mundo de sol omnipresente y ropa diminuta.

—¿Qué te parece esto?

Elle sujeta un top ajustado rosa fosforito. Tiene un estampado de cerezas brillantes hechas con lentejuelas rojas que reflejan las luces de los grandes almacenes.

—Bien —contesto—, si tienes dieciocho años y estás en Ibiza.

—Ni una cosa ni la otra —dice mientras vuelve a colgarla en el burro—. ¿Crees que parezco vieja?

—Tienes treinta años, Elle, no ochenta. —Niego con la cabeza—. Además, tienes una de esas caras que nunca envejecen.

Se mira en un espejo cercano.

—¿Eso crees? Me siento como si tuviera unos cien años cuando estoy en el primer turno del trabajo.

Su nuevo puesto en el hotel implica horarios extraños; llevan todo el largo y caluroso verano celebrando una boda detrás de otra. No hemos podido vernos mucho en las últimas semanas. He extrañado que se pasara por mi casa y me llenara el frigorífico de cosas que seguro que me olvido de comerme. Lo comprendo, desde luego. Al principio, todo el mundo estaba pendiente de mí las veinticuatro horas del día los siete días de la semana, pero intentar rellenar el enorme agujero que Freddie había dejado en mi vida generaba de manera inevitable agujeros en el tejido de la suya. Elle y David no llevan casados mucho tiempo; tengo la sospecha de que entre venir a visitarme y las exigencias del trabajo de Elle, David ha acusado la presión de no ver lo suficiente a su esposa. La idea de suponer una carga me pesa muchísimo sobre los hombros.

—Tienes que comprarte este top.

Vuelvo a sacarlo del burro. Mi hermana me mira con expresión inquisitiva.

—¿Por qué?

—De hecho, te lo regalo yo.

—No seas tonta. —Se ríe.

—No lo soy —insisto—. Va en serio, Elle. Voy a comprártelo, y esta noche vas a ponértelo con tus vaqueros ajustados y unos tacones altísimos y vas a hacer que a David se le salgan los ojos de las órbitas.

—¿Ah, sí? —Parece vacilar.

—Sí, claro que sí.

Nos ponemos a la cola de la caja para pagar.

—Vente con nosotros esta noche —dice, y entrelaza su brazo con el mío.

Me aparto el flequillo húmedo de los ojos y pienso que ojalá la tienda tuviera aire acondicionado.

—Vale —digo muy seria—. Deja que vaya a ver si hay otro top, uno que tenga velas.

—Ni se te ocurra decir eso —replica con el ceño fruncido y corrigiéndome a toda prisa—. Con nosotros nunca serás una sujetavelas.

Lo dice convencida, y David forma parte de nuestra familia desde hace el tiempo suficiente para que sepa que él diría justo lo mismo, pero eso no cambia el hecho de que a veces el dos es el número mágico. Nadie lo sabe mejor que yo.

Dormida

Sábado, 8 de septiembre

—Esta noche vas a volverme loco con ese vestido. —Freddie me acaricia el muslo con la mano cuando aparco el coche en el estacionamiento del restaurante. Es un sitio al que hemos venido unas cuantas veces a lo largo de los años, un híbrido de bar/ restaurante moderno, de esos de iluminación discreta y sillas algo incómodas—. ¿Te lo has comprado por mi cumpleaños? —pregunta, y me coge de la mano mientras nos dirigimos a la entrada.

Hace un par de días fue el vigésimo noveno cumpleaños de Freddie. En mi vida despierta lo celebré visitando su tumba después del trabajo; en mi vida dormida lo estoy celebrando llevándolo a su restaurante favorito y, por supuesto, comprándome un nuevo vestido azul.

—Claro —digo en tono ligero.

Tardo un par de minutos en orientarme, en leer los carteles y el paisaje de mi otra vida. Freddie lleva una camisa que le compré el año pasado durante las vacaciones, y el olor de su loción para después del afeitado se mezcla con mi perfume cuando entramos en el restaurante.

—Hunter, mesa para cuatro —dice sonriendo a la chica que hay detrás del atril de bienvenida.

Ella comprueba su lista y asiente posando los ojos sobre Freddie unos segundos más de lo estrictamente necesario. No me preocupa, ocurre a menudo. Estoy acostumbrada a la mirada de soslayo de «menuda suerte, arpía». Caigo en la cuenta de lo que Freddie ha dicho en la entrada mientras la seguimos entre las mesas abarrotadas. «Mesa para cuatro», han sido sus palabras. No tengo que preguntarme durante mucho rato quién va a sumarse a la fiesta. Jonah se pone de pie cuando nos acercamos a la mesa de la esquina y se ríe cuando le da un varonil abrazo de feliz cumpleaños a Freddie al tiempo que le propina unas palmadas en la espalda. Me bloquean la vista durante unos instantes, y solo cuando se separan distingo quién es la cuarta persona sentada a la mesa. Dee. Dee, la profesora de yoga.

Me mira a los ojos, sonríe y luego se estira rodeando a los chicos para tirarme de la mano y que me siente a su lado. Esta noche tiene un aspecto distinto a cuando la vi por última vez en mi vida despierta. Lleva el pelo oscuro suelto sobre los hombros, y el vestido suelto y sin mangas le destaca los brazos tonificados. Está claro que tanto yoga da sus frutos.

—Sé que es el cumpleaños de Freddie, pero ¿te sientas a mi lado? Ya sabes cómo se ponen estos dos cuando están juntos.

Sí, creo que lo sé, porque, al contrario que tú, los conozco desde hace media vida. No es muy agradable por mi parte, y espero ser capaz de impedir que esos pensamientos crueles se me reflejen en la cara mientras me siento en la silla a su lado. Estoy en desventaja, no sé hasta qué punto nos conocemos aquí. ¿Somos amigas? Dudo que hayamos celebrado fiestas de pijamas y que nos hayamos hecho trenzas en el pelo la una a la otra, pero debemos de tener cierta confianza si la he invitado a la cena de cumpleaños de mi prometido. Freddie se sienta a mi otro lado en la pequeña mesa cuadrada y me aprieta la mano.

—Eh, Dee, ¿qué te cuentas? —Le dedica una sonrisa relajada.

Ella se echa a reír de forma encantadora.

—Bueno, ya sabes. Muchos de esos rollos sentimentales y holísticos por los que te ríes de mí.

—No osaría reírme de ti —dice fingiendo inocencia.

Ella se vuelve hacia mí y pone los ojos en blanco, cordial.

—Díselo, Lydia, ¿a que el yoga puede ser tan exigente como el fútbol o el rugby?

Freddie estira una mano hacia cada lado y esboza una gran sonrisa.

—Venga ya. Media hora de mayores de sesenta años haciendo estiramientos no puede compararse con noventa minutos de pura adrenalina en el campo. ¿Tengo razón o no, Joe?

Freddie es la única persona del mundo que llama Joe a Jonah.

En cuanto a Jonah, mira primero a Dee y después a Freddie; ambos albergan la esperanza de que su conexión con Jonah lo acerque a su forma de pensar.

—Estoy demasiado implicado para ser un juez sincero. —Se ríe, de buen humor, y da un trago a su botellín de cerveza—. Parece que depende de ti, Lyds.

Hoy Jonah está distinto, y tardo un par de segundos en distinguir a qué se debe. No es solo que lo esté viendo sin la finísima cicatriz de encima de la ceja y sin las ojeras bajo su mirada oscura y expresiva. Parece estar más vivo, por algún motivo; tiene las mejillas coloreadas en lugar de demacradas. Pero no es solo eso. Está... no sé, ¿más relajado? Y entonces caigo en la cuenta: Jonah Jones vuelve a parecer él mismo. Ha recuperado su aspecto despreocupado, el de los pies enterrados en la arena, y solo ahora que lo estoy viendo aquí me doy cuenta de lo mucho que lo echo de menos en mi vida despierta. Pienso en todo esto mientras todos me miran, a la espera de mi respuesta. Apenas recuerdo la pregunta.

—¿Qué va a ser? —pregunta Freddie mientras me pasa el pulgar por los nudillos sobre la mesa—. ¿Yoga o fútbol?

Dee se fija en que Freddie ha puesto la mano sobre la mía y niega con la cabeza.

—Estás intentando influir en su decisión. Un golpe bajo, Freddie Hunter.

—No estoy intentando influir en ella —brama como si estuviera ofendido—. Es solo que no puedo quitarle las manos de encima.

Decido relajarme para disfrutar de la noche y seguirles el juego.

—Bueno, en primer lugar defenderé el yoga y diré que sin duda es mucho más que estiramientos suaves, pero, como es tu cumpleaños, elijo el fútbol.

—Sin dudar —dice Jonah, que niega con la cabeza cuando Dee me da un puñetazo de broma en el bíceps.

—¿Qué fue de lo de apoyarnos entre nosotras? —dice.

—Cualquier otro día menos el de su cumpleaños. —Sonrío y alcanzo la botella de vino que ya han pedido.

—Bueno, ¿qué tal va todo ese rollo de la relación secreta?

Freddie mira a Dee mientras da buena cuenta de los últimos bocados de mi postre. En realidad podría habérmelo terminado, pero se ha salido con la suya porque es su cumpleaños.

Ella mira a Jonah desde el otro lado de la mesa, con las cejas enarcadas, y juro que él casi se ruboriza.

—Creo que es probable que nos hayan pillado —contesta—. Cuesta bastante mantener algo oculto durante mucho tiempo en un instituto. Es un hervidero de cotilleos.

—A la gente le encanta hablar. —Jonah se encoge de hombros—. No creo que le importe a nadie, en realidad.

Dee da vueltas a su vino en la copa y mira a Jonah con aire sugerente.

—Aunque a mí me gusta bastante lo de andar a escondidas, señor Jones.

—Vaya. —Freddie deja su cuchara y se frota las manos, interesado—. ¿Habéis estado haciendo travesuras detrás de los cobertizos de las bicis?

Jonah pone cara de hastío y de que preferiría cambiar de tema. Pero Dee no lo hace.

—No... —Me mira con complicidad, y luego vuelve a centrarse en Jonah—. Bueno, no exactamente.

—No me lo digas. —Freddie disfruta haciendo pasar vergüenza a Jonah—. ¿En el armario de las escobas?

—Qué trillado —dice Dee, y al cabo de un instante, añade—: ¡En el laboratorio de química!

Su voz aumenta en la escala del entusiasmo; el vino le ha soltado la lengua.

—Dee —advierte Jonah en tono desenfadado.

Me mira y esboza una ligera mueca de «siento todo esto». No sé por qué; no es necesario que se disculpe conmigo. Sin embargo, lo entiendo. Nuestra dinámica siempre ha sido que formamos piña cuando Freddie se está pasando con las bromas, que es lo que está ocurriendo ahora mismo, con la ayuda inconsciente de Dee.

—A ver, no es que nos pusiéramos a hacerlo ni nada, solo tonteábamos —explica—. Es decir, yo todavía no me había quitado el…

—Oye, ¿y cómo van vuestros planes de boda? —la interrumpe Jonah.

Me lanza una mirada suplicante, así que le hago un favor y muerdo el anzuelo que me ha lanzado.

—Sí, todo bien —digo, contenta de haber recabado unos cuantos datos de una conversación que mantuve con Elle y mi madre la última vez que las vi aquí—. Hemos reservado provisionalmente el granero, y tenemos los anillos guardados en la caja fuerte de mi madre.

No me preguntes por qué tiene una caja fuerte. Es una de esas que están escondidas en un libro falso… De la teletienda, por supuesto. Lo peor era que no tenía ni una estantería; tuvo que comprarse una, además de varias enciclopedias, solo para esconder la caja fuerte.

—¿Y el vestido? —pregunta Dee con los ojos brillantes.

Cojo mi copa de vino, evasiva. La respuesta sincera es que no tengo ni idea de cómo es mi vestido de novia. Sé que lo he elegido y que mi madre se ha empeñado en pagarlo. Está todo encargado y no llegará a la tienda hasta dentro de varios meses, otra de las cosas que han sucedido durante mi ausencia. Me habría encantado estar ahí. Me imagino a mi madre llorando y a Elle conteniéndose a duras penas. Apuesto a que la tía June también vino. Mi madre y su hermana son como una versión mayor de Elle y mía; seguro que estaba sentada junto a mamá e iba pasándole pañuelos de papel sacados del bolso de mano más elegante que tenía.

Asiento y sonrío un poco.

—Voy a dejar que sea una sorpresa.

—Es genial ver a Jonah con alguien como Dee —dice Freddie mientras se desabotona la camisa más tarde, en nuestra habitación.

—Hum… —Me siento en el borde de la cama y me quito los pendientes con cuidado.

—¿Qué? —Se queda inmóvil, con los dedos en los botones—. Creía que te caía bien.

—Sí, sí, así es —digo en un tono demasiado elevado para que resulte convincente.

—Pues no lo parece —insiste. Me conoce muy bien, lo cual es bueno y malo, dependiendo de las circunstancias—. ¿Te ha dicho algo cuando habéis ido al baño? ¿Te ha dado detalles gráficos acerca de follar como conejos en el laboratorio de química, tal vez? Si es así, cuéntamelo todo.

—No, claro que no. —Me río, contenta de que su conjetura se aleje tanto de la realidad—. No, parece que les va bastante bien juntos.

Tira la camisa encima de la silla y me tumba de espaldas sobre la cama; su pecho ejerce sobre mí una presión cálida, bien recibida.

—No tan bien como a nosotros.

Siento sus labios en la clavícula mientras me levanta el bajo del vestido con las manos.

—A nadie le va tan bien como a nosotros —susurro, y él alza la cabeza y me besa en la boca, apasionado y tierno a la vez.

Es una combinación que siempre funciona conmigo.

—Te quiero más que a Naomi Campbell —dice, y me echo a reír porque Naomi Campbell se lo desayunaría y después lo escupiría los restos.

—Creo que eliges a Naomi porque te recuerda a Julia.

—Julia da muchísimo más miedo.

Tiene los dedos en el botoncito de nácar de la espalda de mi vestido.

—Te quiero más que a Dan Walker —sumo al presentador matutino de la BBC a la mezcla.

—Ese es nuevo —dice Freddie pensativo.

—El otro día salió en la tele con unos cachorrillos. —Le acaricio los hombros con las manos—. Fue lo que me convenció.

—Vale —dice—. Te quiero más que… —ha desabrochado el botón y está bajando la cremallera que me recorre la espalda— a Carol, la mujer del tiempo.

—No puedes elegir a otra persona del programa de la mañana, eso es copiarse.

Se ríe y se encoge de hombros.

—Es culpa tuya, no puedo pensar con claridad. Saltemos directamente a Keira y a Ryan para que puedas quitarte este vestido. —Ya se ha olvidado por completo de Dee y Jonah—. Me gusta cómo te queda puesto, pero creo que me gustarás mucho más con él quitado.

Lo ayudo a sacármelo por la cabeza y siento alivio cuando nos quedamos desnudos, cuando su piel roza la mía. Nuestro amor es demasiado grande para esconderlo en un armario de las escobas o en un laboratorio de química. Llámame clásica, pero no hay un solo lugar en toda la tierra en el que me gustaría más estar que en mi cama del Savoy con Freddie Hunter.

Despierta

Domingo, 16 de septiembre

—¿Estás segura?

Falta poco para las nueve de la mañana del domingo, y Jonah y yo estamos a la puerta del centro local de acogida de gatos esperando a que abran.

—Lo dices como si no te pareciera una buena idea.

Phil y Susan adoptaron un gato en este mismo refugio hace un par de meses, y él no se cansa de compartir fotos y anécdotas graciosas de su dulce gato de ojos azules; tanto es así que me ha convencido de que mi vida será mejor en todos los sentidos si incluye un amigo felino. He arrastrado a Jonah hasta aquí para que me ayude a elegir, más que nada por pedirle que hiciera algo conmigo. En realidad no hemos pasado nada de tiempo juntos desde el taller de duelo. Nos hemos mandado algún mensaje que otro; al final me contestó justo cuando estaba a punto de sentirme ofendida, y después me escribió hace más o menos un mes, cuando estaba de excursión con su clase en un parque de atracciones. No es precisamente un fanático de las montañas rusas; me mandó una foto suya en el primer vagón, acompañada del siguiente mensaje:

Freddie se mearía si pudiera verme ahora mismo, mis alumnos me han obligado a hacerlo.

Tenía razón. Freddie siempre fue de los de cuanto más grande mejor en lo que a montañas rusas se refería y se partía de risa si conseguía convencer a Jonah de que se montara con él. Ese día intercambiamos unos cuantos mensajes, pero luego nada otra vez, hasta que me topé con él el viernes durante mi descanso para comer. Antes de darme cuenta de lo que estaba diciendo, le pedí que viniera conmigo esta mañana, y a él no se le ocurrió ninguna excusa para contestar que no; así que aquí estamos, y acaban de abrirnos la puerta.

—¿Sabe lo que está buscando? —me pregunta el hombre mientras relleno el formulario de solicitud.

Me viene a la mente el gato de Phil.

—¿Algo bonito? —digo—. Un gato que se me siente en el regazo mientras veo la tele.

—¿Macho o hembra?

—Hembra, creo —respondo.

La verdad es que no sé por qué, es solo que me apetece tener a otra chica cerca.

Entramos en fila india en la zona de visita, detrás de una chica con el pelo verde que no puede tener más de dieciocho años. En el primer recinto, unos gatitos blancos y negros montan un alboroto tremendo en torno a su madre, de aspecto cansado. Paso de largo, no tengo ni el tiempo ni la energía que requiere una cría. Jonah se detiene junto a ellos, los observa y se ríe cuando uno se abalanza contra la malla metálica y le mordisquea un dedo.

Los siguientes son una pareja de gatos negros adultos. Hay una nota escrita en una pizarra blanca delante de su jaula que indica a los potenciales nuevos dueños que estos hermanos deben permanecer juntos. Otro no, así que sigo adelante.

—¿Estos tampoco? —Jonah pasa ante ellos—. Lo siento, chicos.

—No puedo hacerme cargo de dos —digo al tiempo que me asomo a la siguiente jaula.

La nota me dice que esta es Betty, una gata de carey de dos años.

—Hola, preciosa —murmuro, y meto los dedos a través de la malla metálica—. ¿Cómo estás?

Ella se roza contra la malla, toda pelo y enormes ojos verdes. Estoy fascinada, y a Jonah le ocurre lo mismo cuando se coloca a mi lado.

—Uau, qué bonita —dice—. Está siguiendo un método de venta agresivo.

—Y está funcionando. —Me río cuando la gata me da un cabezazo en la mano. Betty cumple todos mis requisitos—. Freddie jamás habría tenido gato.

Lo cierto es que no le gustaban nada. Era una de esas personas que consideran necesario tomar partido a favor de los perros o de los gatos, mientras que a mí me gustan ambos por igual. En circunstancias normales, creo que habría elegido tener perro, pero ahora mismo me parece una responsabilidad demasiado grande. Sin embargo, un gato… Me atrae su relativa independencia, al tiempo que me ofrece algo de lo que cuidar, otro latido en la casa. Haber regresado al trabajo es fantástico para mantenerme ocupada, durante el día voy a tope, pero también resalta lo tranquilo que está todo cuando vuelvo a casa. Además, estoy intentando no depender demasiado de Elle; sigue haciendo horas extra en el hotel, y eso ya le deja muy poco tiempo con David.

—Pues yo diría que con Betty tenemos una ganadora —dice Jonah—. Aunque puede que tengas que quitarle a los machos de encima con un palo.

—Eso puedo hacerlo —contesto. Puedo ser la defensora de Betty.

Es prácticamente cosa hecha cuando echo un vistazo a la última jaula y me cruzo con la mirada de un macho muy viejo y despeluchado, postrado en el suelo. Es blanco, con un parche negro en un ojo, rasgo en común con el inspector de policía de la película *Victor Frankenstein* que probablemente justifica el nombre escrito en la pizarra: Turpin, alrededor de doce años, no apto para convivir con niños u otros animales (ni siquiera peces), preferible que la adoptante sea una mujer.

Me agacho para verlo mejor, casi contra mi voluntad, y el

gato viejo y delgaducho me mira a los ojos con pesimismo, en plan Ígor el de Winnie the Pooh. «Aquí no hay nada que ver, chica —parece decir—. Ya he visto y oído demasiado. Déjame aquí para que me regodee en mi propia miseria, hermana.» Y entonces se tapa la cara con una pata y me ignora.

—Este —digo.

Jonah se acuclilla a mi lado.

—¿Este? —Es demasiado buena persona para decir nada malo, pero la duda le tiñe la voz—. Doce —dice cuando Turpin vuelve a levantar la cabeza—. Eso son muchos años para un gato. Puede que las facturas del veterinario sean un problema.

Valoro ese enfoque pragmático, y es posible que no le falte razón. Turpin es un viejito.

—Mi jefe me mataría por decir esto —interviene la chica del pelo verde, que mira hacia atrás para asegurarse de que nadie la está escuchando—, pero Turpin lleva aquí más de un año, es bastante insociable. Betty es una apuesta más segura.

Jonah me mira, y luego los dos miramos a Turpin, que nos devuelve el gesto con sus ojos color fango. Frunzo la nariz, a punto de permitir que mi cabeza se imponga a mi corazón, y entonces el abuelete deja escapar un decrépito suspiro de «lo sabía».

—Yo también estoy bastante insociable últimamente —digo—. Encajaríamos bien.

Jonah se lleva una mano a la cara para ocultar su sonrisa. Él haría lo mismo, tiene un corazón enorme.

La chica del pelo verde se encoge de hombros como diciendo «tú sabrás» y manipula el cerrojo de la puerta de Turpin.

Supongo que ha sido por su mirada abatida. La he reconocido. He conectado con ella. Decía: «Mi corazón negro no tiene nada que ofrecerte». Y yo quería decirle: «Ya, lo entiendo, tío, pero alguien a quien quiero me dijo que el sol va a seguir saliendo aunque me parezca una desfachatez, así que, como no nos queda otro remedio que verlo pese a que nos saque de quicio, podríamos hacerlo juntos. Por eso de que las penas compartidas son menos penas y tal».

Y ahora está aquí, en mi salón, mirándome de forma intimidante, y empiezo a preguntarme si no habré sufrido un acceso de locura transitoria al no elegir a la preciosa gata a la que le caía bien, porque no parece ser exactamente el caso de Turpin.

—¿Quieres comer? —pregunto, porque siempre fui muy consciente de que la forma de ganarse el corazón de Freddie era a través del estómago.

En el centro de acogida, me han facilitado una pequeña cantidad de la comida habitual de Turpin para los primeros días y, solo después de que hubiera firmado los papeles y el gato fuera oficialmente mío, han insistido en el hecho de que no se le da muy bien relacionarse con otros animales.

—En su expediente dice que una vez atacó a una cobaya —ha dicho una.

—Y cuando llegó aquí le montó una bastante espectacular a nuestro jefe —ha dicho otra—. Pero desde entonces nos hemos dado cuenta de que es un gato más de mujeres.

La expresión de su cara me da a entender que eso significa que lo mantenga alejado de los hombres a toda costa, aunque con Jonah se mostró bastante ambivalente. Durante el trayecto de vuelta a casa en el coche, no causó muchos problemas, se limitó a permanecer tumbado en su caja, sobre mis rodillas, mientras Jonah intentaba tomar las curvas con cuidado. Ha estado bien pasar un rato con él…, con Jonah, quiero decir. Sanar las profundas fracturas de nuestra amistad van a requerir tiempo. Le he pedido que me acompañe a la boda de Dawn dentro de unas semanas. No quiero decepcionarla, pero tampoco me veo capaz de ir sola, y al menos Jonah conoce a la mayoría de mis compañeros de trabajo, porque el instituto suele utilizar el ayuntamiento para algunas actividades. Ha aceptado; otra escayola sobre la fractura.

Turpin no me sigue hasta la cocina cuando le lleno el cuenco de comida, y al volver para ver si puedo tentarlo agitando la caja delante de él, me encuentro con que ha tomado posesión del sillón de Freddie y se ha puesto de cara a la esquina. Es evidente que me está dando la espalda peluda. Me parece un insulto gatuno.

—Te convendría elegir otro lugar —digo, sabedora de que Freddie pondría el grito en el cielo si viera un gato en su sillón favorito.

Nada. Ni la más mínima reacción. Solo un trasero obstinado.

—Turpin. —Pruebo a pronunciar su nombre con autoridad y calma, pero no me hace caso—. Eh, Turpin —digo en un tono animado, a lo Disney.

Nada. Le pongo una mano en el lomo y hace algo; no sé si es un ronroneo o un gruñido grave. Me gustaría decir que lo primero; me temo que es lo segundo. Suspiro e intento no sentirme como si hubiera cometido un error. Aún es pronto.

Dormida

Domingo, 30 de septiembre

Por todos los santos, ¿qué narices hacemos en un gimnasio? Este es un ámbito de nuestra vida en el que Freddie y yo estábamos divididos por completo: él lo adoraba, y yo habría preferido clavarme una brocheta en cada ojo a intentar mantenerme erguida en una cinta de correr. Es sencillamente algo que por lo general no solíamos hacer juntos; él iba al gimnasio de su trabajo y yo no iba a ninguno, y opino que el planteamiento de no hacer ejercicio juntos nos ha ido a las mil maravillas. ¿Quién en su sano juicio hace algo así un domingo por la tarde?

—¿Estás bien? —me pregunta Freddie, que me pone una mano firme en la parte baja de la espalda.

A lo mejor puedo proponerle que hagamos otra cosa.

—Bueno...

Se echa a reír.

—No puedes rajarte ahora que ya estamos aquí, Lyds. Si quieres, limítate a la máquina de correr, como siempre. Ya casi se te da hasta bien.

El tono de su voz hace que una oleada de exasperación me recorra de arriba abajo; además, acabo de darme cuenta de que ya llevo un tiempo viniendo aquí. ¿Me habrá dado por venir aquí para ponerme en forma para la boda? ¿O es que en este mundo disfruto de verdad viniendo al gimnasio? Me cuesta bastante creer esto último. Trago saliva y miro a mi alrededor en busca de algo poco amenazador que utilizar y que no sea la máquina de correr, pero no tengo la confianza suficiente para probar ningún aparato nuevo. De acuerdo. Me subiré a la puñetera máquina de correr y haré como que me encanta. Exhalo un suspiro de alivio cuando me las arreglo para programarla a un trote tranquilo y clavo la vista en la espalda de Freddie, que está en el extremo opuesto de la sala, mientras busco mi ritmo.

—¿Cómo te está yendo hoy, Lydia?

Un chico que no puede tener más de veinte años se detiene a mi lado. Agradezco que lleve una plaquita que lo identifica como Martin, monitor de fitness.

—Bien, muy bien —contesto—. Aquí, sumando unos kilómetros.

¿Qué estoy diciendo? ¿Sumando unos kilómetros? Creo que tiene que contener una carcajada cuando mira los parámetros de mi máquina. Voy a pasarme aquí un buen rato si quiero sumar unos kilómetros.

—Primero voy a calentar un rato —farfullo con las mejillas ardiendo.

—Claro —dice—. Siempre es mejor.

Se aleja y, tras unos cuantos pensamientos negativos, encuentro un extraño consuelo en el hecho de que las cosas tampoco tengan que ser perfectas aquí. Mi vida con Freddie no era todo paz y felicidad, así que ¿por qué aquí iba a ser todo de color de rosa? Una cosa está clara: si este lugar fuera producto de mi imaginación, no estaríamos pasando el domingo por la tarde en el dichoso gimnasio. Aprieto los dientes y aumento la velocidad de la cinta de correr para expulsar la frustración y la confusión a través de las plantas de los pies hasta que una hasta ahora inaudita capa de sudor provocada por el ejercicio físico me cubre la frente.

Ocurre algo raro cuando salimos del gimnasio. Tenía las llaves del coche en el bolsillo, y cuando salgo marcha atrás del aparcamiento, Freddie gira la cabeza sobre el reposacabezas y me mira.

—¿Qué he hecho mal, Lyds?

—¿A qué te refieres? —pregunto.

—Estabas bien cuando íbamos hacia el gimnasio, pero, en cuanto hemos llegado, has empezado a actuar como si fuera el último lugar del mundo en el que querrías estar. Y ahora esto. —Señala el volante.

—¿Qué?

Resopla.

—Pues que te has empeñado en conducir.

Miro de soslayo hacia el asiento del pasajero y de pronto le veo totalmente fuera de lugar y confuso, así que me doy cuenta de que, para él, debo de haber tenido un momento un tanto Jekyll y Hyde esta tarde. Nota mental para futuras visitas a este mundo: dedica un instante a analizar la situación con más cuidado antes de lanzarte de cabeza.

—Lo siento si he estado un poco gruñona ahí dentro —digo—. No lo he hecho a propósito, ya sabes que no es que me apasione el gimnasio.

Esbozo una mueca interna de dolor por si resulta que aquí soy una incondicional del ejercicio, pero Freddie no reacciona. Me habría sorprendido más de haberlo hecho, la verdad.

—Yo también lo siento. Ya sabes que no soy el mejor copiloto del mundo.

Estira la mano y activa el intermitente, y yo tengo que contener el impulso de apartarle la mano de un cachetazo.

De vuelta en casa, me pongo a preparar té y el mero hecho de volver a coger dos tazas en lugar de una me deja sin aliento. Estoy empezando a darme cuenta de que todos estos momentos tienen un precio; el de este lo pagaré la próxima vez que prepare una sola taza de té.

—El baño está listo, tía borde —dice Freddie, que me abraza desde atrás.

Me recuesto contra él, sonriendo.

—El té está listo, obseso del control.

—Es solo que sé lo que me gusta. —Se ríe para restarle importancia—. Y tú me gustas.

—Qué suerte tengo —contesto, y hablo en serio.

—Y que lo digas. —Esta vez se gana un codazo en las costillas—. Llámame si necesitas que te frote la espalda —continúa—. Aunque tendrás que gritar mucho, porque puede que ponga el partido.

Me doy la vuelta para mirarlo y le sigo el juego.

—¿Quieres decir que el rugby es más tentador que yo?

Tuerce la boca mientras se lo piensa.

—Juega el Bath, cariño.

—Tú te lo pierdes —digo, y le sacudo con el paño de cocina.

Me coge de la mano y me atrae hacia sí.

—Sabes que estoy de broma, ¿verdad?

—Más te vale —le digo, y él se ríe y me besa.

Yo también me estoy riendo, pero no tardo en parar, porque nuestro beso pasa de juguetón a serio, de tibio a abrasador, de «lo siento» a «te deseo».

—El baño… —murmuro cuando tantea la cinturilla de mis vaqueros con los dedos.

—Tienes que quitarte la ropa de todas maneras. —Me desabrocha el botón—. Te lo he preparado caliente, así que puede que te convenga esperar unos minutos a que se enfríe.

—¿Ah, sí?

Lo agarro de la camiseta para acercarlo aún más.

Me baja la cremallera, y cualquier posible recuerdo del baño desaparece de mi mente.

Más tarde, cuando por fin me sumerjo en la bañera, vuelvo a pensar en la tarde que Freddie y yo hemos pasado juntos. Estoy empezando a darme cuenta de que, a pesar de que el tiempo que ha transcurrido desde el accidente es relativamente corto, yo ya he cambiado de un modo intrínseco. He tenido que perder las anteojeras para sobrevivir, y la chica que soy ahora ve el mundo —mis dos mundos— de una forma algo distinta a como lo observaba la chica que era. Esta vida me resulta familiar al noventa y nueve por ciento —a fin de cuentas, estoy siguiendo mis propios pasos—, pero, aun así, es como si los zapatos no me quedaran bien del todo. No es nada y lo es todo, una pequeña rozadura en el talón, pero hace poco vi (en un programa de televisión matutino, por supuesto) un reportaje sobre una mujer que hizo caso omiso de una ampolla que le había salido en el talón y terminó con una septicemia que estuvo a punto de acabar con su vida. Es dificilísimo pasar tiempo con Freddie aquí, en esta vida, al tiempo que soy consciente de mi vida sin él, así que tomo una decisión: cuando esté aquí, voy a hacer un esfuerzo deliberado por no pensar en mi otra vida. No voy a desperdiciar más un tiempo valioso planteándome cosas que a la chica que soy aquí ni siquiera le preocuparían.

Despierta

Sábado, 20 de octubre

Estoy sentada a la mesa de la cocina, con un café al lado. Turpin estaba aquí cuando he bajado; ha devorado su comida y ha salido pitando hacia la puerta. Aunque nadie podría acusarlo de ser dependiente, no se lo echo en cara. Podría haber elegido a Betty, pero la actitud de lo tomas o lo dejas de Turpin me tocó la fibra sensible.

Como suele ocurrir, me siento como si tuviera resaca, un efecto secundario de las pastillas y del tiempo que paso con Freddie en el mundo invisible de aquí al lado. ¿Qué estaré haciendo allí en estos momentos? Seguro que algo no muy diferente a lo que estoy haciendo aquí, holgazanear en pijama todavía.

Es asombroso, incluso un poco aterrador, lo rápido que mi cerebro se ha adaptado a vivir entre dos mundos. Durante las primeras semanas, me costó mantener separadas las dos líneas temporales, pero, como con la mayoría de las cosas, la práctica hace al maestro. Ya llevo y viniendo al menos cinco meses y con cada visita se hace más sencillo racionalizarlas y compartimentarlas.

El otro lugar no es una copia exacta de mi vida de aquí salvo por Freddie; se trata de una versión totalmente distinta de mi vida. Lo que sé es que, si Freddie siguiera aquí conmigo, esta noche sería él y no Jonah quien me acompañaría al banquete de boda de Dawn. He visto a Jonah un par de veces desde la gran misión gatuna. Hemos desarrollado una especie de rutina de relevos junto a la tumba de Freddie: él va el sábado por la mañana temprano, yo me acerco más tarde y, en medio, los dos nos sentamos juntos unos minutos y hablamos de todo y de nada. Lo que estamos haciendo en realidad es reparar nuestra amistad, o cuando menos intentarlo, porque somos importantes el uno para el otro, siempre lo hemos sido. Tenemos muchísimos recuerdos compartidos. Muchos son de Freddie. Los tres visitamos el tapiz de Bayeux, durante una excursión del instituto a Normandía que consistió principalmente en largos trayectos en autobús, alcohol ilícito y desacertadas decisiones adolescentes. Por suerte, gran parte del viaje ha quedado relegada a la neblina de la juventud, pero mi único recuerdo duradero es la visita al tapiz en sí. En aquel momento, me pareció inconmensurablemente largo, con innumerables héroes y villanos, conquistas sangrientas y batallas perdidas, repleto de reyes, reinas, caballeros y soldados caídos. El tapiz de mi vida empieza a parecerme igual de atestado: con mi madre y Elle como heroínas, y Freddie como soldado caído.

—¿Lista?

El taxi acaba de dejarnos delante del lugar donde va a celebrarse la boda, y estoy tan nerviosa que hago temblar las pulseras que me regaló Elle y que hacen juego con el vestido verde que me compré cuando fuimos de tiendas por el centro hace unas semanas.

—La verdad, no mucho —digo—. Pero es el gran día de Dawn y le prometí que vendría.

Jonah asiente, aunque sin mirarme a los ojos.

—El vestido es bonito.

Se le nota incómodo, pero sé que está intentando que me sienta más segura, así que trato de esbozar una sonrisa.

—Gracias por haberte esforzado tú también —digo en señal de reconocimiento a su camisa oscura y su intento de domesticar su pelo.

Él es más feliz con vaqueros y una camiseta desgastados, así que me impresiona verlo arreglado. Asiente, luego me pone una mano en la espalda y abre la puerta.

—Venga, nosotros podemos.

—Estás preciosa —le digo a Dawn con cuidado de no dejarle una mancha de carmín en la mejilla cuando la beso.

Desvía la mirada hacia Jonah, que está a mi lado, y después me estrecha las manos entre las suyas.

—Gracias por venir. Sé que no debe de ser fácil.

Lo dice porque ambas empezamos nuestros planes de boda al mismo tiempo y nos pasábamos la hora de la comida hojeando con entusiasmo números de la revista *Novia*. Me obligo a sonreír con firmeza y le devuelvo el apretón de manos.

—No me lo habría perdido por nada del mundo —contesto, y lo digo con sinceridad.

Dawn no lo ha tenido fácil; su madre murió cuando ella era pequeña, y el resto de su familia no ha podido permitirse viajar hasta aquí desde Plymouth. Su suegra también le hace la vida imposible, siempre dispuesta a criticar las habilidades como madre de Dawn.

—Están todos en aquella esquina de allí.

Señala con la cabeza a la gente del trabajo. Tienen un aspecto algo distinto, vestidos con sus mejores galas y acompañados de sus respectivas parejas. Ryan es el primero en verme y coge dos sillas más de una mesa cercana. Es un chico de lo más atento; todavía no soy capaz de categorizarlo como hombre: sigue viviendo con sus padres y dedica tanto tiempo a los videojuegos como a las numerosas chicas con las que parece salir.

—¡Aquí está! —ruge Phil, que lleva una pajarita roja bien apretada al cuello. Se pone de pie y me besa en la mejilla—. Jonah. —Estrecha la mano a mi acompañante moviéndola arriba y abajo con gran entusiasmo.

Se han visto en varias ocasiones cuando el instituto ha hecho uso de las instalaciones del ayuntamiento y, por supuesto, todos son conscientes de la relación que existía entre Jonah y Freddie. Es una de las consecuencias de vivir en una localidad tranquila y aburrida: la mayoría de la gente se conoce de vista, cuando no por el nombre. Freddie habría preferido mudarse a otro sitio, a un apartamento bañado por las luces de Birmingham como los que tienen sus compañeros de trabajo más cosmopolitas, pero nos compramos la casa aquí porque yo quería seguir cerca de mi madre y de Elle.

Julia sonríe cuando nos unimos a ellos, esplendorosa de blanco y negro, y Bruce, su timidísimo marido, me mira a los ojos y enseguida desvía la vista.

—¿Una copa? —murmura Jonah a mi lado, y yo asiento agradecida.

Como era de esperar en él, se ofrece a invitar a una ronda a todos los ocupantes de la mesa, y Ryan se levanta de inmediato para echarle una mano en la barra. En el último momento, se vuelve para mirarme y me presenta a su acompañante.

—Lydia, Olivia. —Nos señala primero a una y luego a la otra con la cabeza y sonríe—. Olivia, Lydia.

No estoy del todo segura, pero me ha parecido detectar una breve pausa antes de que dijera su nombre, como si hubiera tenido que comprobar dentro de su cabeza que no se estaba equivocando.

Me siento al lado de la espectacularmente bella Olivia y le digo que me encantan sus uñas, perfectas y larguísimas, pintadas de color azul hielo, a juego con su minúsculo vestido.

—¿Hace mucho que conoces a Ryan? —pregunto para darle conversación.

—La verdad es que no —contesta, y le da un trago a su cóctel a través de la pajita—. Nos conocimos en una fiesta de la espuma.

No tengo ni la más mínima idea de cómo reaccionar a eso. Nunca he ido a una fiesta de la espuma; ni siquiera sabía que existían fuera de las islas Baleares.

—Qué divertido —digo al final, y ella asiente mientras aspira los cubitos de hielo con estruendo.

—¿Cómo conociste tú a tu chico? —pregunta echando una ojeada a Jonah, que sigue en la barra.

Me quedo perpleja un instante.

—¿A Jonah? —Sigo intentando decidir cómo expresar lo que es Jonah para mí cuando Olivia vuelve a hablar.

—Tiene buen culo —dice, y luego se echa a reír—. Lo siento.

Niego con la cabeza.

—No estamos juntos —digo—. Solo somos amigos.

Me mira como si le estuviera mintiendo.

—Sí, ya.

—Es en serio. Él tiene novia, y yo…

Frunzo el ceño, porque en realidad no quiero hablar de esto. Jonah ya lleva un tiempo quedando con Dee de vez en cuando; aún no es nada serio, pero ahí está. Por suerte, Olivia pierde el interés.

—Lo que tú digas.

No tengo claro si me cree o no. No insisto porque quedaría aún peor y porque tampoco tengo necesidad de justificarme. Además, seguro que la estoy malinterpretando; mis habilidades sociales han sufrido un bajón, otra secuela de pasar demasiado tiempo sola. La esposa de Phil, Susan, que está sentada al otro lado de Olivia y ha oído nuestra conversación, me evita tener que contestarle.

—¿A que Dawn está espectacular? —dice tras inclinarse hacia nosotras.

Intento telegrafiarle un agradecimiento silencioso. Susan se deja caer por la oficina al menos una vez a la semana, a menudo para llevar cosas que le ha cocinado o comprado a Phil y repartirlas entre la plantilla. Todos la queremos a rabiar; yo nunca tanto como ahora. El rápido cambio de tema basta para hacer avanzar las cosas hasta que Jonah y Ryan vuelven de la barra haciendo equilibrios con bandejas llenas de copas. Insisto en levantarme para dejar que Ryan vuelva a sentarse al lado de Olivia, puesto que no deseo separar a los jóvenes tortolitos. Él trata de impedírmelo, y cuando nuestras miradas se cruzan un segundo, ambos advertimos una cosa: ninguno de los dos tiene especiales ganas de sentarse junto a Olivia. Creo que la acompañante de Ryan tiene los días contados y, teniendo en cuenta que ella se estaba fijando más en Jonah que en su chico cuando estaban en la barra, tampoco creo que vaya a llevarse una gran decepción. En cualquier caso, ha venido con Ryan, así que es él quien debe sentarse a su lado.

—¿Todo bien? —me pregunta Jonah en voz baja para ver cómo estoy cuando ocupamos nuestros respectivos asientos.

Con ademán relajado, apoya el brazo estirado sobre el respaldo de mi silla, y yo me siento agradecida por su presencia. Es una de esas personas camaleónicas capaces de encajar en cualquier grupo, es fácil estar con él y se interesa de veras por lo que cuentan los demás. Yo diría que eso es lo que lo convierte en un buen profesor. Escucha de verdad cuando le hablas, sin buscar constantemente una forma de reconducir la conversación de nuevo hacia él.

—Eso creo.

Bebo un sorbo de sauvignon frío.

—¿Qué te parece Olivia? —pregunta.

Lo observo con curiosidad.

—¿Por qué quieres saberlo?

Se ríe con discreción tras su copa de cerveza.

—Ryan acaba de contarme que ha intentado cortar con ella dos veces esta semana y que ella se niega. Le tiene un miedo tremendo.

—Y con razón —digo lanzando una ojeada a la parejita.

Ella le está rozando la nuca con las uñas, un gesto lento y posesivo.

Me descubro riéndome cuando Ryan nos pilla mirando y articula un «¡Socorro!» por encima del hombro de Olivia. Jonah levanta su copa y yo me encojo de hombros, inerme. Es una lección que el chico tiene que aprender por sí solo.

La banda ataca una pieza de rock and roll, y es como si alguien hubiera apretado el botón de activado de Bruce. En un solo movimiento, pasa de estar sentado en silencio sujetando su pinta de cerveza a ser Buddy Holly y arrastra a Julia tras de sí de un modo que no admite discusión. Todos los miramos sin dar crédito cuando salen a la pista de baile. Bruce lleva sin duda la iniciativa cuando hace pasar a Julia entre sus piernas separadas con una confianza impredecible que jamás había mostrado en ninguna ocasión previa. Las comidas de Navidad y las demás fiestas de la oficina han pasado de largo sin que Bruce dedicara más de diez palabras a nadie, lo cual explica con bastante exactitud por qué los contemplamos todos boquiabiertos mientras vuelan por la pista superando a cualquier otra pareja que aspire a su corona de reyes del rock and roll. De hecho, la gente se aparta hacia el borde para dejarles más espacio, y mientras los observo, caigo en la cuenta de que tampoco había visto nunca esta faceta de Julia. Le encanta. A veces me he preguntado cómo era posible que Bruce y Julia encajaran como pareja, pero, viéndolos ahora, está claro que su vínculo tiene algo especial que no suelen dejarnos ver. Julia es una mujer diferente cuando está con él; o tal vez sea ella misma con su marido de una forma en que no lo es con nadie más.

He bebido demasiado. Todos lo hemos hecho. En este sitio, cargan mucho las copas, y parece que puedes sacar al chico de la fiesta de la espuma, pero no la fiesta de la espuma del chico: Ryan nos ha puesto a todos a beber Jägerbombs, una novedad para Julia y Bruce, y sospecho que también para Phil y Susan. A mí nunca me han gustado mucho, y tampoco son del estilo de Jonah, pero dado que Ryan ha aparecido con una bandeja de ocho chupitos y que Olivia nos ha mirado con un brillo desafiante en los ojos, todos hemos dicho «salud» y nos los hemos bebido de un trago que nos ha llenado los ojos de lágrimas.

Lo cierto es que esta noche me he divertido mucho más de

lo que esperaba, tanto que me siento casi culpable por ello. Madre mía, cómo me he reído. Jonah también se lo ha pasado muy bien, ambos eufóricos por el alcohol, emocionados por la compañía, dejándonos llevar por la música. Mi estado de ánimo hace gala de una ligereza a la que quiero aferrarme como a una balsa en un mar oscuro, un recuerdo de la chica despreocupada y libre de cargas que era antes. ¿Es terriblemente traicionero por mi parte decir que me siento como si me hubiera tomado la noche libre de mi propia vida? No me lo parece; de hecho, creo que es probablemente necesario encontrar una válvula de escape de vez en cuando, si no, te arriesgas a que estalle una junta.

—¡Baila conmigo!

Ryan me coge de la mano. El DJ ha puesto «Come on Eileen», haciendo cuanto está en su mano para mantener el temible cliché del DJ de bodas vivito y coleando. Niego con la cabeza, entre risas.

—Ni de broma. —Me agarro a la silla con ambas manos—. Me caería al suelo.

Entonces Ryan decide coaccionar a Susan, y Jonah me mira y sonríe.

—Te encanta bailar —dice—. Deberías hacerlo.

Tiene razón, me encanta bailar. Desde siempre. Tanto Elle como yo lo hemos sacado de nuestra madre, que siempre es la primera en cualquier pista de baile. Hago un gesto evasivo mientras vemos a Ryan y a Susan bailotear con los brazos en alto. Estamos sentados el uno junto al otro, de cara a la pista, y siento su brazo cálido sobre el respaldo de mi silla.

—Parecemos el jurado de un programa de televisión —comenta.

Me fijo en los bailarines de la pista.

—¿Quién es tu ganador?

El DJ baja la música y pide a Dawn y a su marido que vayan a la pista, y entonces empieza a sonar la canción que han elegido para su primer baile como marido y mujer. Como millones de parejas que se han casado este año a lo largo y ancho del mundo, han elegido a Ed Sheeran para que les dé la bienvenida a la felicidad conyugal, y cuando suenan los primeros acordes, el DJ pide a todo el mundo que se sume a la feliz pareja. No pasa mucho tiempo antes de que Jonah y yo seamos prácticamente los únicos que seguimos sentados; hasta Ryan y Olivia han salido a la pista. Lo más seguro es que Ryan se arrepienta de esto mañana, pero de momento parece haber abandonado toda precaución, porque Olivia le está metiendo la lengua en la garganta hasta un punto en que no le costará saber si le han extirpado las anginas.

Phil me alborota el pelo cuando pasa a nuestro lado guiado por Susan para unirse a los bailarines, un sencillo gesto paternal que dice más de lo que podrían expresar las palabras. Los observo un instante y el cariño que siento por ellos hace que se me forme un nudo en la garganta.

Jonah me mira y estoy segura de que alcanza a ver la batalla que se está disputando en mi cabeza. No sé qué es peor, si la idea de bailar o ser las únicas personas de la sala que no están bailando.

—Venga —dice al final, y me ayuda a levantarme.

Me sujeta con suavidad, entrelazando sus dedos con los míos y poniéndome la otra mano en la espalda.

—Es solo un baile —susurra con la sombra de una sonrisa en los labios.

No hablamos mientras nos movemos despacio entre las demás parejas. Veo a Dawn y a su orgulloso nuevo marido, ajenos a todos los que los rodean, con su hijo dormido en la cadera de su propio padre. Tengo que apartar la mirada, es demasiado duro.

—Eh —dice Jonah cuando contengo un repentino ataque de lágrimas. Me estrecha contra él y pega la boca a mi oído—. Lo sé, Lyds, lo sé.

Estoy intentando no llorar, pero no es que se me esté dando muy bien. Maldita sea, es muy injusto.

—Dios mío, Jonah.

Trago saliva, con la cara hundida en su camisa. Físicamente es muy distinto a Freddie: más alto, grácil. Puedo acomodar la cabeza bajo su barbilla incluso llevando tacones, y el olor conocido, sutil y cálido a especias y ámbar de su colonia me tranquiliza.

—Echo de menos a Freddie, echo de menos bailar y echo de menos el amor.

No me contesta, porque en realidad no hay palabras adecuadas. Ya no fingimos seguir bailando. Nos quedamos parados y nos abrazamos mientras los demás se mueven a nuestro alrededor. Jonah me susurra palabras ininteligibles, muy bajito, mientras me acaricia el pelo, y yo intento ofrecerle un consuelo parecido porque recuerdo qué aspecto tiene en mi otra vida: alegre, libre de culpa, sin ojeras. Aquí, en mi vida despierta, Jonah tiene las mejillas tan mojadas y el corazón tan arrasado como yo, está igual de perdido y tiene la misma necesidad de encontrar un hombro amigo. Lo estrecho entre mis brazos y espero que ambos podamos ayudar al otro a encontrar el camino de vuelta a casa.

Dormida

Sábado, 17 de noviembre

—Y este es el granero —dice Victoria al tiempo que abre con ademán ostentoso una enorme puerta de doble hoja.

Victoria es la organizadora de bodas del lugar donde hemos decidido celebrar el enlace, un hotel rural rústico con un granero reformado. Ahora mismo nos encontramos de pie en el umbral de dicho granero. La luz pálida del sol invernal entra a raudales por las ventanas altas e ilumina las motas de polvo que flotan en el ambiente. Mi corazón romántico ve brillantina.

—Está engalanado y a punto para la boda que tenemos mañana —dice Victoria, en referencia a las gruesas guirnaldas rojas y doradas que rodean las vigas desgastadas—. Es de temática invernal, claro. El mes que viene serán todo bodas navideñas, pero lo mejor es en verano. Lo llenamos de arreglos de flores silvestres y centenares de lucecitas blancas, un verdadero sueño de una noche de verano.

—Me encanta —resuello. Debo de haberlo visitado más veces en esta vida; imagino que habremos mirado varios sitios antes de decidir que este era el lugar perfecto para nuestra boda. Me felicito en silencio. No se me ocurre ningún lugar más apropiado para nosotros—. De verdad, no podría ser más perfecto.

Freddie me pasa un brazo por los hombros.

—¿La ceremonia también se hace aquí dentro?

—Sí y no. —Victoria echa a andar hacia una puerta situada en el extremo opuesto del granero—. La ceremonia se celebrará aquí.

La sala lateral es más pequeña y está hecha de unas losas de color gris pálido cuyo aspecto hace pensar que podrían haberse tallado a mano en una época en la que la maquinaria ni siquiera existía aún. La han restaurado con sumo cuidado para que conserve su encanto ruinoso; me recuerda de inmediato a la capilla en la que Ross se casó con Emily en *Friends*. De los dinteles cuelgan candelabros de hierro forjado. No están encendidos, pero en mi cabeza ya veo lo espectacular que va a quedar, ya sé que olerá a madreselvas trepadoras, que Freddie me esperará justo ahí, en la entrada.

—¿Sigue gustándote? —pregunta él mientras me aprieta la mano.

«Muchísimo», pienso. Me vuelvo hacia Victoria.

—¿Podríamos quedarnos un par de minutos a solas?

Estira una mano hacia cada lado. Sabe más que de sobra que estoy cautivada.

—Es muy especial, ¿verdad? Tomaos todo el tiempo que necesitéis, os espero en el bar.

Freddie y yo recorremos el pasillo despacio cuando Victoria cierra la puerta tras de sí.

—La próxima vez que pases por aquí llevarás puesto tu vestido de novia —dice.

—Y tú estarás ahí con tu traje. ¿Te pondrás nervioso?

Se echa a reír.

—¡Pues no! A no ser que te estés rajando y pienses dejarme aquí plantado con mi traje Jack Jones.

—Te prometo que no —le digo con más sinceridad de la que podría imaginarse, porque sé muy bien qué se siente cuando eres tú la que se queda compuesta y sin novio.

—¿Tú te pondrás nerviosa? —pregunta.

Asiento.

—Me pondré nerviosa por mil cosas. ¿Me queda bien el vestido? ¿Se empeñará Elle en decirle a Victoria cómo tiene que hacer su trabajo? ¿Se habrá olvidado Jonah de los anillos?

Ya hemos llegado al final del pasillo, al punto en el que innumerables parejas han pronunciado sus votos eternos el uno ante el otro.

—Jonah no se olvidará de los anillos, no se lo permitiré —dice—. Y Elle se relajará si se toma un par de copas de champán por la mañana. Se alegrará de estar fuera de servicio.

Tiene razón, desde luego, son preocupaciones insignificantes dentro del panorama general. Es muy típico de él no permitir que le agobien las trivialidades. Siempre ha dejado claro que él se encargaría de la luna de miel, pero que todo lo demás sería de mi competencia desde el primer momento. Y nunca me ha importado mucho, aunque habría estado bien que al menos fingiera algo de interés por los detalles de agradecimiento para los invitados y la decoración de las mesas. Dawn y yo nos mandábamos los vínculos de las cosas que encontrábamos en internet, lecturas para la boda y cosas así. Planear una boda tiene algo que te absorbe de una forma muy placentera; es algo festivo que está lleno de esperanza, una especie de limbo exquisito. Ojalá hubiera podido experimentarlo aquí, porque hay muchísimas cosas de nuestra inminente boda de las que no tengo ni idea. Es extraño pensar ahora en la boda de Dawn y recordar ese último y emotivo baile con Jonah mientras estoy aquí con Freddie.

Me atrae hacia sí.

—Vas a ser la chica más guapa del mundo con tu vestido de novia. Me casaría contigo aquí mismo, ahora mismo, en vaqueros, Lydia Bird. Si no fuera porque no llevo puestos los calzoncillos de la suerte.

—Qué idiota eres. —Me río, sobre todo porque no tiene calzoncillos de la suerte.

—Sí, pero soy tu idiota.

—Tienes toda la razón.

Me pongo de puntillas para besarlo. Tengo la nariz fría, pero todo el resto de mi cuerpo transmite calor. Freddie me coloca las manos debajo del trasero y me levanta del suelo.

—Creo que deberías besarme así el día de la boda —dice.

—Sería poco práctico con el vestido.

Le rodeo la cintura con las piernas, y él me sujeta a esa altura y me mira a los ojos, riéndose.

—Debería darte vergüenza, ponerme cachondo en un sitio así.

Lo abrazo con fuerza, con mucha fuerza. Él me devuelve el abrazo y, durante un precioso instante, soy absolutamente feliz.

Despierta

Martes, 25 de diciembre

—Un gin-tonic. —Elle me pasa una copa—. Más «gin» que «tonic».

Hace entrechocar el borde de su copa contra la mía, un gesto más de solidaridad que de celebración. Todos sabíamos que hoy sería un día duro; de hecho, la semana pasada pasé un par de días pensando que hoy ni siquiera vendría a casa de mamá. Freddie y yo nunca tuvimos ese incómodo tira y afloja de con qué familia pasaríamos el día de Navidad, porque hace al menos una década que su madre pasa las vacaciones en España. Y eso ha hecho que resultara todavía más difícil pensar en este día. He estado un poco de bajón, si te soy sincera. Es que la Navidad está hasta en la sopa, ¿no crees? En la radio, en las tiendas, en labios de todo el mundo. Lo peor de todo es que me encanta la Navidad. Soy una fanática absoluta de las películas, las luces, la comida. Empiezo a celebrarla en octubre, planeo qué películas veré, hago listas de regalos que comprar y de menús que probar que luego no paro de reescribir.

A lo mejor es porque Freddie era como un niño grande, le entusiasmaban estas fiestas y nos arrastraba a todos los demás consigo. Jonah me ha enviado una foto al móvil esta mañana, una de cuando eran adolescentes y Freddie compró un gorrito navideño ridículo para cada uno de ellos, con pompones rojos centelleantes. Es una foto tonta y alegre, y su vínculo fraternal brilla aún más que los gorros. No eran más que unos críos, pero ambos habían encontrado un hermano en el otro. Lo he llamado enseguida y me he alegrado de oír su voz y de que hayamos sido capaces de decirnos lo mucho que echamos de menos hoy a Freddie. He derramado las primeras lágrimas del día cuando Jonah me ha dicho que también me añoraba a mí; siempre venía a nuestra casa la mañana de Navidad a desayunar sándwiches de beicon. Este año Jonah va a pasar la Navidad en Gales, porque Dee tiene familia allí. Imagino que también tiene algo que ver con escapar de aquí, pero no puedo echárselo en cara. Luego le he mandado una foto de la bicicleta que Freddie me regaló hace un par de Navidades, porque una vez le había contado que cuando era pequeña siempre heredaba las de Elle. La escondió en el jardín, con un enorme lazo rojo. Me sentí como si tuviera ocho años. Y a los demás también les pareció que los tenía cuando me puse a probarla subiendo y bajando por la calle, absolutamente encantada, en compañía de otros dos flamantes propietarios de bicicletas nuevas, ambos menores de diez años. Estoy casi convencida de que mis gritos de alegría eran los que más se oían.

Hoy no hay ni rastro de esa alegría relajada; estamos todos apagados, frágiles, sonriendo porque tenemos que hacerlo en lugar de porque queramos. Me siento mal porque toda mi familia haya visto ensombrecida su Navidad también. Es como si un cuervo gigantesco se hubiera posado en el tejado y hubiera tapado las ventanas con las alas, deslustrando las luces del árbol y subrayando el día con melancolía. Al menos estamos solos. La tía June ha intentado de todas las maneras posibles que fuéramos a su casa para variar, lo cual ha sido todo un detalle por su parte, pero al final hemos decidido quedarnos aquí. Marcharnos a otro sitio no habría disminuido el impacto de la ausencia de Freddie, y por lo menos aquí puedo llorar encima de mi plato de pavo, si lo necesito. Sin embargo, me sabe un poco mal por la tía June, porque sé que le habría encantado recibirnos a todos, aunque solo fuera para rebajar los efectos cáusticos de mi prima Lucy.

—Tu madre ha entrado en pánico, se le ha olvidado meter las

patatas en el horno —dice David cuando sale de la cocina luciendo su jersey navideño de costumbre.

Freddie y él competían por vencerse el uno al otro con sus jerséis, cada año más estrafalarios que el anterior. David no quería seguir con la tradición hoy; Elle me lo dijo hace una o dos semanas, así que me conecté de inmediato a internet para poner remedio a la situación. Opté por uno con un enorme reno con gafas de sol y luces intermitentes en los cuernos; creo que habría sido la elección de Freddie si hubiera estado aquí. Se lo he dado a David hace unos instantes, y mi cuñado ha intentado sin mucho éxito esconder sus sentimientos mientras se lo ponía por la cabeza. Su cara seria contrasta de una forma extraña con la sonrisa de loco de Rudolph; ahora suspiro y sonrío al mismo tiempo cuando lo veo.

Es como si hubieran lanzado una piedra en medio de un estanque; onda tras onda, en círculos concéntricos, el dolor se va extendiendo hacia fuera. Freddie era la piedra. Yo soy el círculo más estrecho a su alrededor, luego están su madre y Jonah, y luego se abre por todas las demás personas que lo querían: mi familia y la suya, Deckers y compañía en el pub, sus compañeros de trabajo y amigos. Todas esas ondas, toda esa gente que es posible que piense hoy en él.

Da igual. Trato de salir de mi ensimismamiento y concentrarme en la tarea que tengo entre manos: superar la comida de Navidad con mi familia. Después puedo irme a casa y pasar mi verdadera Navidad con Freddie.

—¿No hay patatas asadas? —pregunto con el ceño fruncido. Mi madre presume con una arrogancia insufrible de lo bien que le quedan y, hay que reconocérselo, le sobran los motivos—. Eso no puede ser.

En la cocina, encuentro a mi madre con la cabeza metida en el congelador y el trasero en pompa.

—¿Qué es eso que me han dicho de las patatas al horno?

Se endereza y se vuelve hacia mí, con su diadema con antenas de alambre lanzando destellos rojos y la cara inundada de lágrimas.

—Ni me mires, Lydia, me estoy comportando como una vieja estúpida que llora encima de los guisantes congelados. Es la puñetera menopausia, ahora tengo memoria de pez. No, ni siquiera de pez. Solo quería que todo fuera perfecto, y voy y me olvido de las dichosas patatas asadas, y ahora todo es un desastre —dice—. Pensé que a lo mejor había por ahí una bolsa de esas patatas congeladas tan horribles, pero ni siquiera tengo una de esas asquerosidades.

Siento que una sonrisa comienza a curvarme los labios a mi pesar.

—¿Llamamos a los servicios de emergencia? —pregunto tras ponerle las manos sobre los hombros—. ¿Declaramos una catástrofe patatística?

Se sorbe la nariz.

—No bromees, no tiene gracia.

—Vale —digo—. Podría echar una bolsa de patatas fritas con sabor a pollo asado en un cuenco y nos comemos esas. Nadie lo notará una vez que se reblandezcan con la sala de carne.

Pone los ojos en blanco, y yo arranco un trozo de papel de cocina y se lo doy.

—No pasa nada, mamá —digo ya sin bromear—. De verdad, no importa.

Aunque parece poco convencida, asiente.

—Pero nada de patatas fritas de bolsa. Esto no es un piso de estudiantes.

—Nada de patatas fritas de bolsa —digo—. ¿Coles de Bruselas tampoco?

Es un chiste recurrente; siempre esconde las coles de Bruselas debajo de otras cosas en mi plato y en el de Elle porque sabe que las odiamos.

Se ríe sin ganas.

—Ayúdame a empezar a poner las cosas en la mesa.

Llevo el pavo hasta el comedor y lo dejo en la cabecera de la preciosa mesa festiva que ha preparado mi madre. Siempre es igual: flores frescas, su mejor cristalería y un adorno navideño de madera que Elle y yo hicimos juntas en el colegio cuando éramos pequeñas. No impresiona mucho, es solo un trozo de rama serrada cubierta con pegotes andrajosos de nieve en espray y un petirrojo deshilachado asido a la parte de arriba con unas patitas de alambre larguiruchas. Como siempre, mi madre lo ha engalanado con acebo fresco y una vela gruesa de color crema para vestir a la mona de seda. Me resulta consoladoramente nostálgico. En mi vida han cambiado muchísimas cosas, pero hay otras que siempre serán iguales.

Media hora más tarde, la comida está servida y ya estamos todos sentados a la mesa cuando nos topamos con el obstáculo siguiente: quién va a trinchar el pavo.

Mi madre coge el cuchillo de trinchar, con la cara llena de dudas. Siempre se encargaba Freddie.

—Déjame a mí —dice David, que carraspea mientras se pone de pie.

Parece tan nervioso como antes de dar su discurso de boda. Todos adoramos a David, pero es el hombre menos práctico del planeta y famoso por su torpeza. Mi madre abre los ojos como platos, como si no lograra convencerse del todo de pasarle los utensilios de trinchar por si se le resbalan y alguien termina en la sala de urgencias.

—Ha estado aprendiendo a trinchar con tutoriales de YouTube —dice Elle en voz baja.

Mi madre me mira, y yo asiento con la cabeza, porque me parece adorable que David haya estado estudiando en YouTube cómo se trincha un pavo. Las tres lo observamos mientras intenta no convertirlo en picadillo e inserta un tenedor de prueba antes de lanzarse de lleno a la tarea, con los dientes clavados en el labio inferior a causa de la concentración. No es un desastre absoluto; le daría un tres por la técnica y un diez por el esfuerzo, lo cual compensa más que de sobra las astillas de hueso de mi plato.

—¿Me pasas las patatas al horno? —Elle fulmina a nuestra

madre con la mirada de broma. Me doy cuenta de lo mucho que se está esforzando por intentar conseguir un ambiente animado.

Mamá no duda ni un segundo y le tiende las coles de Bruselas.

Mi hermana se mete dos dedos en la boca y finge vomitar, así que mi madre vuelve a dejar el cuenco encima de la mesa.

—Son buenas para la salud —dice mi madre—. No te iría nada mal tener algo de color en las mejillas, que parece que estás pachucha.

Por raro que parezca, ese comentario basta para que las mejillas de Elle se tiñan de rojo al instante. Supongo que hoy estamos todos un poco sensibles.

Cojo la botella de vino y sirvo primero a mi madre y después a Elle. Es a David a quien se le ve el plumero.

—¿No habías decidido… eh, bueno, no beber hoy, Elle? —dice, y ella le lanza una mirada asesina a modo de respuesta.

Mi cuñado se pone casi tan morado como la col lombarda de mi madre y trincha más trozos irregulares de pavo con grandes aspavientos para intentar cubrir sus huellas.

—Ya sabes, como estás a dieta…

Busco la mirada aterrada de mi hermana al otro lado de la mesa; Elle no se ha puesto a dieta un solo día en la vida, y en ese momento lo sé. Mi madre también se da cuenta, así que deja los cubiertos sobre la mesa y se lleva una mano temblorosa a la base del cuello.

—Elle… —dice en voz baja—. ¿Significa eso que…? —Se queda callada—. ¿Estás…?

—Lo siento —se disculpa David, que agarra la mano que Elle tiene apoyada en la mesa—. Se me ha escapado.

Parece muy arrepentido. Todos guardamos silencio unos instantes y nos miramos los unos a los otros. Elle es la primera en ceder a la presión.

—No íbamos a decir nada hoy. Nos hemos enterado hace solo unos días.

—Cariño —resuella y, por segunda vez hoy, rompe a llorar.

Y yo la sigo, y Elle también. Nos apiñamos en torno a la

mesa, mi hermana a la izquierda, mi madre a la derecha, David enfrente, y todos nos asimos con fuerza a las manos de los demás. Permanecemos así varios minutos, medio sollozando medio sonriendo, sin querer soltarnos.

—En ese caso, creo que será mejor que yo beba por dos.

Me río un poco y me lleno la copa de vino hasta arriba. Elle asiente y me escudriña la cara con expresión preocupada, intentando discernir si estoy fingiendo. No lo estoy haciendo, y a la vez sí.

No estoy fingiendo, porque estoy entusiasmada, desde la suela de los zapatos hasta las puntas de mi estúpido gorrito de fiesta. Mi hermana quiere ser madre desde que éramos pequeñas y paseábamos a nuestras muñecas en su carrito por el jardín de atrás. Ya entonces tenía mucho más instinto maternal que yo: sus muñecas estaban siempre impecables, con el pelo cepillado, mientras que a las mías solía faltarles un brazo y tenían bolígrafo en la cara. Entiendo por qué no quería decir nada hoy, pero me alegro de haberme enterado. No quiero que David y ella tengan que esconder una noticia que va a cambiarles la vida por miedo a disgustarme.

Pero también lo estoy fingiendo, porque es una conmoción, algo extrañamente optimista: un bebé. Una nueva vida, un afiladísimo recordatorio de que Freddie y yo jamás conoceremos la felicidad de tener un hijo propio.

Levanto la copa.

—Por vosotros dos —digo, y me seco las lágrimas, porque este es uno de los momentos más preciosos de su vida.

—Tres —añade mi madre en un tono tan agudo que raya en la histeria.

Entrechocamos las copas y le doy un apretón extra a Elle en la mano. Es una buena noticia.

Dormida

Martes, 25 de diciembre

—Es oficial: tu madre es la reina de las comidas de Navidad. No tendré que volver a comer hasta el año que viene —gime Freddie a mi lado en el sofá.

—Creo que ambos sabemos que antes de las ocho estarás babeando por un sándwich de pavo —digo.

Supongo que, como todos los años, habremos vuelto a casa pertrechados con sobras suficientes para hacer sándwiches, sopa, curris y hamburguesas de pavo al menos hasta mediados de febrero. Con firmeza, intento apartar de mi cabeza los recuerdos de la comida de Navidad que he tenido que obligarme a tragar.

—Me parece increíble que Elle vaya a tener un bebé —comenta.

O sea que también está pasando en este mundo.

—Lo sé. —Suspiro.

—Y eso quiere decir que vamos a tener una dama de honor embarazada.

Hace el gesto de tener una barriga enorme. Se parece más a Don Glotón, el personaje de los libros infantiles, que a una mujer embarazada, pero me río igual.

—Pues sí.

La verdad es que me ilusiona bastante la idea de tener a Elle embarazadísima y resplandeciente en nuestras fotos de boda. Una boda y ahora un bebé. Es como si alguien hubiera tocado un silbato en el éter: «todas a cambiarse, chicas, todas a cambiarse». Por suerte, hay cosas que no cambian: en Navidad siempre nos reuniremos en torno a la mesa de mi madre. El año que viene solo tendremos que apretarnos un poco para hacer sitio a una trona. Soy consciente, por supuesto, de que el bebé todavía no se sentará en una trona en esa época. Es solo una fantasía, un pensamiento profundo y significativo que una futura tía algo achispada tiene todo el derecho a albergar.

—¿Crees que nosotros tendremos hijos algún día? —pregunto en un tono pensativo inducido por el champán al tiempo que coloco los pies sobre el regazo de Freddie.

La verdad es que pensar en ello me resulta insoportablemente agridulce.

Él enciende el televisor y va saltando de un canal a otro.

—¿*Doctor Who*?

No contesto. ¿Está evitando mi pregunta? No lo creo; hemos hablado a grandes rasgos de tener hijos muchas veces, y se da más o menos por hecho que seguiremos ese camino. ¿No? ¿O he llegado a una conclusión precipitada? Me digo que me estoy comportando como una tonta. La paranoia del pavo comienza a afectarme.

Ajeno a mi contrariedad, Freddie se estira y coge la caja de dulces surtidos que hay encima de la mesita de café.

—Creía que estabas lleno —le digo.

—Nunca estoy demasiado lleno para un tofe.

Es una de los muchos millones de razones por las que somos compatibles: él se come los tofes, yo los bombones rellenos. No creo que pudiera vivir con alguien con quien tuviera que pelearme por los bombones rellenos de naranja, me pasaría todas las Navidades medio enfadada.

Niego con la cabeza cuando me ofrece la caja.

—Venga —me provoca—. Sabes que no puedes negarte a una de estas delicias de fresa.

—Quizá más tarde —digo, y Freddie agita la caja abierta delante de mí.

—¡Eh, Lydia! —exclama con una vocecita tonta—. ¡Aquí abajo! ¡Cómeme! ¡Sabes que lo estás deseando!

—Qué mal imitas a los bombones rellenos de fresa —digo riéndome a mi pesar.

—Era de naranja, y has herido sus sentimientos —replica Freddie muy serio.

Pongo los ojos en blanco.

—Vale —cedo—. Dámelo.

Vuelve a agitar la caja para que me sirva yo misma, y cuando bajo la mirada por fin entiendo por qué está insistiendo tanto.

—Freddie —suspiro mientras saco el regalo de entre los dulces que brillan como joyas—, ¿qué es esto?

Se encoge de hombros.

—Debe de habértelo traído Papá Noel.

Habíamos acordado no gastarnos mucho el uno en el otro este año; las facturas de la boda se nos están acumulando una barbaridad, y además están la casa y el coche… En este momento, todo resulta un poco abrumador. Aun así, creo que a Freddie le han encantado los gemelos que le compré en la tienda de antigüedades de la calle mayor. Le gusta ser el hombre mejor vestido en todas las reuniones, dice que eso le da ventaja antes incluso de que cualquiera empiece a hablar. También le gusta llegar el primero, un consejo que aprendió en un documental sobre Barack Obama. No oculta el hecho de que es ambicioso, pero, al contrario que muchos de sus colegas, no es despiadado, y eso, en realidad, lo convierte en una amenaza aún mayor.

El regalo está muy bien envuelto en un papel con dibujos diminutos de la torre Eiffel y atado con una cinta azul oscuro.

—Ábrelo entonces —dice mirándome, claramente desesperado por que abra el regalo.

—¿Lo has envuelto tú?

—Por supuesto —contesta, pero lo hace con una sonrisa traviesa, porque ambos sabemos que ha engatusado a alguien para que se lo envolviera; seguro que a alguien del trabajo.

No puedo mentir, estoy entusiasmada.

—No tendrías que haberme comprado nada —digo al tirar de la cinta.

—Sí, claro que sí.

—Pero yo no tengo más regalos para ti.

—Puedes compensarme de otra forma. —Esboza una gran sonrisa, pero me doy cuenta de que está impaciente por que vea lo que contiene el paquete.

Soy una de esas personas a las que les gusta abrir los regalos despacio, quitando el celo y alisando los bordes arrugados del papel, sin mirar a hurtadillas para ver si adivino lo que es. Freddie es todo lo contrario: lo palpa a toda prisa, afirma que es un libro, una camiseta o bombones, y luego arranca el papel de regalo como si tuviera cinco años. Lo vuelvo loco. De hecho, lo estoy volviendo loco ahora mismo, pero disfruto demasiado de esta parte para acelerarla.

—¿Quieres adivinar qué es? —dice, ansioso por agilizar el proceso.

La caja rectangular es estrecha y poco profunda, aproximadamente del tamaño de una tableta de chocolate grande.

—¿Una cámara? ¿Un juego de cubiertos? Más te vale que no sea un juego de cubiertos.

—Prueba otra vez.

Quito el celo con sumo cuidado.

—¿Un perrito?

Cuando aparto el precioso papel de regalo, veo una sencilla caja gris y me quedo callada. Muevo los dedos con lentitud extrema mientras abro la tapa. Estoy tomándole el pelo a Freddie, aunque en realidad me muero de ganas de saber lo que hay dentro.

—¿Quieres abrir la puñetera caja de una vez? —dice casi gritando, y se echa hacia delante como si no supiera lo que contiene.

Hago lo que me pide y luego lo miro con incredulidad.

—Freddie —susurro. Ha conseguido dejarme sin aliento—. No podemos permitirnos ir a París.

Hace un gesto de indiferencia.

—He vendido mi guitarra.

—¡No!

Soy incapaz de contener la exclamación. La Fender lleva con él aún más tiempo que yo.

—¿Cuándo fue la última vez que la toqué? —dice—. Estaba criando polvo en el desván.

—Pero la adorabas —digo todavía conmocionada.

—Te adoro más a ti.

Y ya ha vuelto a hacerlo, ya me ha iluminado de nuevo con su luz. Saber que nunca volverá a tocar su Fender hace que se me encoja el corazón, pero, al mismo tiempo, saber que la ha vendido para darme una sorpresa hace que se me hinche hasta que casi se me sale del pecho. Debo de haber mencionado París un millón de veces, pero no me lo esperaba para nada.

Lo miro a los ojos, y lo único que veo en ellos es un amor tan brillante como las estrellas.

—Me has dado una sorpresa enorme, Freddie.

—Solo hago mi trabajo. —Me coge las yemas de los dedos y me las besa.

Giro la mano y le agarro la mandíbula.

—Conque tu trabajo, ¿eh?

Me besa en la palma.

—Hacerte feliz.

—Para eso no te hacen falta viajes caros.

—Ya me conoces, soy un tipo sofisticado. —Sonríe y luego me mira, muy serio—. Solo quería regalarte algo especial, nada más.

—Bueno, pues lo has conseguido. Siempre consigues hacerme sentir especial de narices, Freddie.

—Genial. —Me da un golpecito en la nariz—. ¿Puedo ver ya *Doctor Who*?

Vemos la serie y después la película que la sigue, con un plato de sándwiches de pavo equilibrado en el sofá entre los dos.

—¿Has preparado tú estas cebollas en vinagre? —pregunta casi llorando y apretando la mandíbula de lo fuertes que son.

—Sí —miento.

En realidad las ha hecho Susan; Phil llevó una caja llena de botes al trabajo y nos suplicó que se las quitáramos de encima.

—¿Con ácido de batería?

—Qué maleducado —murmuro, e intento no estremecerme al morder una; están muy, muy avinagradas.

—Menos mal que no me caso contigo por tus habilidades culinarias —dice.

—Ni con la plancha.

En nuestra casa se plancha muy poco, y lo poco que se plancha suele hacerlo Freddie.

—Soy un hombre progresista.

—Y haces muy buenos regalos —añado.

—Madre mía, qué suerte tienes.

Deja el plato vacío en la mesa y me tumbo con la cabeza apoyada en su regazo.

—Sí. —Sonrío cuando cierro los ojos—. Sí que tengo suerte.

Estoy adormilada, en ese estado extático que solo alcanzas al final de un día especial con personas especiales. Freddie juega distraídamente con mi pelo, se enreda mechones largos en los dedos como si estuviera haciendo el juego del cordel.

—Solo para que lo sepas, Lyds, la respuesta es sí —susurra—. Algún día tendremos hijos. Muchos. Toda una camada, algunos tan listos como tú, y otros con mi bocaza y a los que tendremos que pasarnos la vida defendiendo cuando se metan en líos en el colegio.

Durante unos preciosos instantes, casi alcanzo a verlos, a oír sus pasos en las escaleras. «Por Dios, Freddie Hunter —pienso más dormida que despierta—. Mi corazón late por ti.»

Despierta

Lunes, 31 de diciembre

Aun en el más feliz de los años, la Nochevieja siempre tiene algo de terrible, ¿no? Toda esa afabilidad forzada, los abrazos y las palmaditas en la espalda, seguidos de las inevitables lágrimas inducidas por el alcohol. He plantado cara a todos los intentos de sacarme de casa esta noche: mi decisión de hacer cuanto esté en mi mano para olvidar el hecho de que hoy es Nochevieja es firme. No pienso ver el programa en el que Jools Holland aporrea el piano al ritmo de «Auld Lang Syne» con sus amigos famosos ni escuchar las campanadas del Big Ben a medianoche, anunciadas por fuegos artificiales y equipos de televisión, y Freddie no será la primera persona a la que bese en el año recién estrenado. Mi familia está muy descontenta con el hecho de que haya insistido en pasar sola la medianoche, tanto que he accedido a verlos al mediodía para compensar, y esa es la razón por la que ahora mismo arrastro los pies hacia la alegre puerta roja de mi madre. No quiero aceptar que sea Año Nuevo directamente, porque, por mucho que este año haya sido una prueba de resistencia, a partir de mañana tendré que decir que Freddie murió el año pasado. Eso lo distancia de mí de una manera que es total y absolutamente inaceptable y que me llena de rabia y lágrimas. Desde nuestra tarde de Navidad juntos, me he sentido más desanimada de lo que lo había estado en una temporada. Es tan sencillo como que mi vida despierta no puede competir con eso.

—Cariño —dice mi madre al abrir la puerta antes de que me

dé tiempo a levantar la mano para llamar—, me alegro de que hayas venido.

Fuera las aceras están cubiertas de escarcha, pero siento un calorcito agradable cuando entro en el recibidor de mi madre.

—Cuidado con la moqueta —me dice mirando mis botas de invierno con una expresión que sé que significa «Quítatelas ahora mismo, antes de que des siquiera un paso más en esta casa».

Me hace bastante gracia que siga sintiendo la necesidad de recordármelo a pesar de que lo tengo tan asimilado como los días de la semana. Es una de esas cosas en las que todavía puedo confiar. Sonríe al ver mis alegres calcetines navideños mientras alineo mis botas junto a las suyas en el banco bajo de madera provisto justo para ese fin. Esta mañana me he puesto los calcetines especialmente para ella; mi madre se fija en esos pequeños detalles, me observa en busca de síntomas de que estoy haciendo algo más que vivir por inercia. Por supuesto, no hago más que vivir por inercia, pero por ella trato de fingir lo contrario para ver si lo consigo. Aunque ¿qué ocurre si no lo logras nunca? ¿Te limitas a seguir intentándolo para siempre, hasta que seas una persona fingida por completo?

Elle y David ya están sentados a la mesa de la cocina cuando llego.

—Te he preparado chocolate caliente —dice mi hermana, que señala con la cabeza la alta taza con un muñeco de nieve que hay en la mesa.

Está hasta arriba de nata, malvaviscos y virutas de chocolate, la típica cosa que te costaría un ojo de la cara en el centro de la ciudad.

—¿Es esto lo que vamos a tomar ahora que no puedes beber? —digo tratando de hacer un chiste.

Hace una mueca.

—No me lo recuerdes. Os mataría a todos por un gin-tonic.

—Hace frío en la calle. —Me froto las manos—. Me va a sentar genial.

—Puedes echarle brandi si quieres —dice mi hermana con envidia.

Bebo un sorbo. Es dulce y está caliente, perfecto. Además, me conozco lo bastante bien para saber que antes de irme a la cama esta noche me tomaré un par de copas de vino. Si empiezo a beber ahora, puede que no termine hasta el año que viene y que acabe hecha un bodrio lloroso y exhausto que se balancea adelante y atrás en el suelo del baño.

—¿Mamá ha cocinado? —Aprovecho que no me ha seguido hasta la cocina para intentar averiguar cuánto está previsto que dure este encuentro. No estoy siendo maleducada, es solo que hoy quiero estar sola en mi casa.

Mi hermana niega con la cabeza.

—Solo unos sándwiches, creo.

Pues eso es que sí.

—¿Estás segura de que no quieres venirte esta noche? —pregunta David con las manos alrededor de su taza—. Todavía tenemos una entrada de sobra, por si acaso.

—Nosotros tampoco tenemos intención de quedarnos hasta muy tarde —añade Elle—. Podrías volver a casa con nosotros y quedarte a dormir.

Los dos me miran cautelosos, con la esperanza de que cambie de opinión en el último momento y me una a ellos en el Prince. Hemos celebrado allí todas las Nocheviejas de los últimos años, y siempre es lo mismo. Lleno hasta la bandera, todo el mundo demasiado bien vestido para un pub alejado del centro, un torbellino de caras conocidas y bebidas sospechosas que no paran de llegarte a las manos, una corriente de anticipación que arrastra a todo el mundo hacia la medianoche en un mar de corchos de champán y cañones de confeti. No se me ocurre ningún otro sitio en el que me apetezca estar menos esta noche.

—Este año voy a pasar —digo adoptando una expresión de disculpa.

No me presionan; supongo que saben que no cambiaré de idea.

Nos volvemos hacia la puerta cuando oímos pasos en la escalera, y mamá aparece cargada con una caja de cartón a rayas azules y blancas. Elle la mira y le dedica una de esas sonrisillas cómplices que me da a entender de inmediato que ha tenido algo que ver con lo que quiera que contenga la caja.

—¿Qué es esto? —pregunto sonriendo para ocultar mi intranquilidad—. ¿Unos zapatos nuevos?

Intercambian miradas nerviosas mientras mi madre se sienta, ambas claramente deseosas de que sea la otra quien hable.

Mamá posa una mano sobre la tapa de la caja y traga saliva.

—Como es Nochevieja, queríamos que supieras que tampoco ninguno de nosotros se olvidará jamás de Freddie —dice, y ya noto que las lágrimas le empañan la voz—. Hemos seleccionado algunas de nuestras fotografías favoritas y otras tonterías que nos recordaban mucho a él y las hemos metido todas en esta caja para que te las quedes.

Oh. Clavo la mirada en las profundidades de mi taza de chocolate caliente a medio beber y me obligo a no llorar.

—No tienes que mirarlas ahora si no quieres —se apresura a intervenir Elle—. Es solo que no podíamos dejar que pasara este día sin celebrarlo de alguna forma contigo.

Cuando me he despertado esta mañana, mi única intención era dejar que el día pasara sin ningún tipo de celebración. Ahora no tengo muy claro cómo sentirme.

—Me gustaría verlas —digo.

Mi madre asiente y levanta la tapa. Enseguida veo cosas que reconozco: fotografías y recuerdos familiares de las fiestas que apenas costaron nada pero que la ausencia ha transformado en objetos de valor incalculable.

Mamá coge una fotografía y la pone en la mesa alisando distraídamente con los dedos una esquina doblada.

—Creo que esta es la primera foto que tengo de vosotros dos juntos —dice—. Debías de tener unos quince años.

—Catorce —la corrijo en voz baja—. Tenía catorce.

Asiente sin apartar la vista de la foto.

—Al principio me preocupaba que fuera demasiado gamberro —continúa con una risita trémula—. Que fuera a partirte el corazón.

No me acuerdo de cuándo nos sacaron la fotografía, pero sí recuerdo con nitidez nuestro primer verano, largo y soleado, juntos. Viví todos y cada uno de aquellos días al borde de un abismo delicioso, ebria del vertiginoso cóctel del primer amor. Me miro a los ojos en la fotografía cuando mi madre me la pasa desde el otro lado de la mesa y durante un instante me pregunto si no habría sido mejor que no se hubiera equivocado con Freddie, que me hubiera roto el corazón aquel verano en lugar de catorce años más tarde. No lo pienso en serio. No puedo ni imaginarme cómo podría haber sido mi vida sin él. Más fría, eso está claro, y más aburrida. Menos… menos todo. Menos a secas.

—Mirad qué pelos lleva Jonah —ríe Elle, y le agradezco que intente aligerar el ambiente.

—En aquella época se llevaban las permanentes —interviene David en defensa de Jonah, y después se pasa la mano por la cabeza, cada vez más calva.

La verdad es que no recuerdo a David con pelo; es rubio, así que su transición de corte a cepillo a casi calvo no supuso un gran contraste.

—Eso no es una permanente. —Se me escapa una risa suave—. Es el pelo natural de Jonah.

—Mierda —masculla David con la boca metida en la taza.

En la foto, Freddie me rodea los hombros con un brazo, y Jonah está mirando hacia otro lado, distraído por algo fuera de cámara.

Mientras la observo, noto el calor de los vagos recuerdos escolares. Jonah con sus enormes rizos oscuros, mi mata de pelo rubio y Freddie sonriendo en el centro, ya convertido en el líder carismático a los catorce años.

—¿Te acuerdas de cuando me regaló esto? —Mi madre me pasa un abanico frágil. Es de color rojo sangre y está hecho de hueso elaboradamente tallado y papel.

—Lo escogió él mismo —digo, y lo recuerdo riéndose para sí mientras rebuscaba entre los abanicos de diferentes colores de un puestecito playero en Creta.

—Para los sofocos. —Lo digo justo al mismo tiempo que mi madre.

—Para los sofocos. —Niega con la cabeza y se enjuga una lágrima solitaria—. Menudo caradura.

Hay una foto de esas mismas vacaciones: Freddie con un bañador fosforito y una gorra de béisbol, y yo con los hombros achicharrados bajo un vestido azul claro que aún conservo en algún rincón del desván porque me recuerda a nuestro primer viaje al extranjero juntos.

Elle se acerca la caja.

—Esto es mío. —Saca una tarjeta de felicitación de cumpleaños.

La recuerdo enseguida; es la tarjeta de felicitación del febrero pasado, cuando cumplió treinta años. Pasé una eternidad buscando la perfecta tarjeta «de hermana», y cuando la abro ahora me avergüenzo al leer el mensaje inconexo que le escribí tras una noche en el pub. Pero no es mi mensaje lo que hace que la tarjeta sea digna de la caja, sino el que Freddie le escribió con un rotulador rojo.

«¡Feliz cumpleaños, Elle Pinrel! ¡Eres mi hermana provisional favorita! ¡No pareces ni un día mayor de cuarenta!»

—«Hermana provisional» —susurra, y después exhala un suspiro largo y tembloroso—. Lo siento.

—No tienes por qué —digo, mientras cierro despacio la tarjeta.

Elle y yo siempre nos hemos alegrado de ser solo dos, pero con los años Freddie llegó a convertirse casi en un hermano para ella, más o menos como me ha ocurrido a mí con David. Ahora es él quien alcanza la caja y saca una foto suya con Freddie, los dos vestidos con unos jerséis navideños verdaderamente horrorosos.

—Este fue el único año que fui el ganador indiscutible —dice incapaz de impedir que la voz se le tiña de orgullo.

No puedo rebatírselo; lleva un estrafalario jersey de lana tejido a mano, a rayas lima y limón, que le llega hasta por debajo de las rodillas y está salpicado de adornos de lana irisados en 3D: trineos, Papás Noel, cajas de regalo, renos. Es horrible tanto por el estilo como por la proporción. David encargó que se lo hicieran a medida, incluso las bolas de Navidad bordadas con nuestros nombres. Aquel jersey no tardó en convertirse en materia de las leyendas familiares. Entonces David vuelve a meter la mano en la caja y me pasa la bola de Navidad de lana bordada con el nombre de Freddie.

—Se la he arrancado al jersey esta mañana. —Se muerde el labio—. Quería que estuviera en la caja.

La estrecho entre los dedos y un sollozo repentino me sube a toda velocidad por la tráquea, urgente y deseoso de escapar, y descubro que no soy capaz de controlarlo poniendo buena cara.

—Ay, cielo. —Mi madre se coloca detrás de mí y me rodea los hombros con los brazos. Se agacha para besarme en la mejilla—. No queríamos disgustarte.

—Lo sé. —Las palabras se me atascan en los resuellos entrecortados.

—¿Hemos metido la pata?

—No —digo, porque, aunque lo hayan hecho, ha sido con la mejor de las intenciones—. Sí, puede ser. Uf, ni siquiera lo sé.

Lloro porque no puedo evitarlo, y nadie dice nada. Elle me agarra la mano, con las mejillas también surcadas de lágrimas silenciosas. Es de esas personas que siempre buscan soluciones; sé que la está matando no poder solucionarme esto.

David vuelve a guardar las cosas en la caja y cierra la tapa.

—Quizá otro día —dice.

Asiento, pero no contesto, porque lo único que acierto a pesar es que a veces no podemos permitirnos ese lujo, y ardo con una rabia interna que no tiene forma de extinguirse. Ahora siempre la llevo conmigo, en mayor o menor medida. En estos instantes me está abrasando, así que me excuso en cuanto puedo y me marcho.

Ya son las once de la noche y me he bebido la mayor parte de una botella de vino, he visto una película no muy buena en la tele y me las he apañado muy bien para evitar todos los especiales de Nochevieja en directo, siempre tan llenos de tintineos y serpentinas. Hasta Turpin ha decidido pasar tiempo conmigo esta noche; desde que llegó a casa hace unos cuantos meses, podría contar con los dedos de las manos las noches que ha permanecido bajo mi techo. A veces aparece para pedir comida cuando vuelvo del trabajo, pero por lo que dicen le ha cogido cariño a Agnes, mi vecina de unas cuantas puertas más abajo. Sé a ciencia cierta que ella le da de comer, la vi comprar comida para gatos en la tienda y ella no tiene ninguno. También he visto a Turpin durmiendo en el alféizar de la ventana delantera de Agnes… por dentro. No me siento traicionada. El gato no me hizo ningún tipo de promesa en el refugio, de hecho me lo advirtió de forma clara. Pero hoy es como si supiera que necesito un amigo. Aunque sea, a fin de cuentas, sarnoso y bastante pasota.

En conjunto, estoy bastante orgullosa de cómo me he desenvuelto hoy. Por la mañana, me he despertado con un nudo de miedo nauseabundo en el estómago, pero estoy terminando el día en un estado de ánimo tranquilo y reflexivo. Esta noche no voy a tomarme ninguna pastilla. Llevo un par de semanas dando vueltas sin parar al asunto en la cabeza y, por más que a una parte importante de mí le gustaría hacerlo, creo que no estoy emocionalmente preparada: es demasiado pedir a mi frágil corazón y, aunque a regañadientes, soy consciente de la necesidad de cuidar mi salud mental. Además, la Nochevieja es solo lo que tú quieras hacer de ella: el paso transcendental de un año al siguiente o un día más. Me arrebujo en la bata mientras apago las luces y me dirijo a las escaleras. Es solo un día más.

No llevo más de diez minutos en la cama cuando llaman a la puerta de mi casa. No me he tomado el somnífero, pero el vino me ha relajado lo suficiente para que durante un instante me cuestione si no habré pasado de un mundo al otro aun sin pastilla. Enciendo la lámpara, y todo está tal como lo he dejado cuando he cerrado los ojos. No hay ni rastro del desorden de Freddie en la habitación, todavía no es medianoche y ya no cabe la menor duda de que están llamando a la puerta de mi casa. El pánico me atenaza el estómago. ¿Elle? ¿Le habrá pasado algo al bebé? ¿Mamá? Estoy jadeando, corro hacia la puerta, me da miedo abrirla a pesar de que le grito a quienquiera que esté al otro lado que espere, que ya voy. «Por favor, que no sea el bebé. Por favor, que no sea mi hermana.» Apenas me doy cuenta de que estoy pronunciando las palabras en voz alta. «Por favor, que no sea mi madre.» No puedo perder a nadie más. Descorro el cerrojo con los dedos temblorosos y abro la puerta enseguida.

—¿Jonah?

Jonah Jones está recostado contra el marco de la puerta agarrado a una botella de Jack Daniel's medio vacía... Aunque puede que sea más exacto decir que el marco de la puerta lo mantiene erguido.

—¿Qué pasa? ¿Es Elle? —pregunto con atropello sin dejar de mirarlo, aferrada a las solapas de mi bata.

Jonah parece confundido, casi dolorido, mientras intenta descifrar mis palabras. Y entonces lo comprende y su expresión se tiñe de odio hacia sí mismo.

—Mierda, Lyds. —Se frota la cara con las manos—. No, no es nada de eso. Elle y David están bien, todo el mundo está bien, acabo de verlos en el pub. Dios, lo siento mucho. He sido un imbécil desconsiderado al llamar así a tu puerta, y precisamente esta noche.

Es la viva imagen de la derrota recortada contra mi umbral, y ahora que mi ritmo cardíaco ha vuelto a estabilizarse puedo hablar sin jadear.

—¿Qué estás haciendo aquí, Jonah?

Apoya la espalda contra la pared y levanta la vista al cielo.

—No tengo ni puta idea —contesta, y una única lágrima le resbala por la mejilla.

—Entra —digo, pero él niega con la cabeza y se queda clavado en el sitio.

—No puedo —dice, y su rostro contraído es un estudio de la agonía—. Esta noche hay demasiado Freddie ahí dentro para mí. He venido hasta aquí por él, y ahora que estoy aquí soy un cobarde de mierda demasiado grande para entrar porque ahí dentro él está en todas partes. —Señala con la botella hacia la puerta.

—Jonah, has estado aquí muchas veces desde que ocurrió el accidente. —Mantengo la voz baja y tranquila, porque me doy cuenta de lo angustiado que está—. No pasa nada. Entra, que te preparo un café.

—Pero si es Nochevieja. —Una comisura de la boca se le curva en la más triste de las sonrisas—. No puedes tomar café en Nochevieja, Lydia, va contra las normas. —Se le traba un poco la lengua, está lo bastante borracho para no ser capaz de contener las palabras, pero no tanto como para no saber lo que está diciendo—. No puedo sentarme en su casa, en su sofá, con su novia. Esta noche no. Yo no.

Puede que yo haya optado por ver la Nochevieja como un día más, pero está claro que Jonah no se ha permitido ese gesto de amabilidad consigo mismo.

Me mira con fijeza y entonces, por fin, dice lo que ha venido a decir.

—Siento… Joder, siento muchísimo lo que hice —susurra en tono sombrío—. Debería haber sido yo. —Se tapa la cara con los dedos estirados y se desliza por la pared hasta sentarse en el suelo—. Ojalá hubiera sido yo.

Suspiro con fuerza. Es obvio que no va a entrar en casa, así que coloco el pestillo de manera que la puerta no pueda cerrarse y me siento a su lado en el escalón helado. Del otro lado de la calle, nos llega el ruido que se filtra desde el interior de una casa vivamente iluminada.

—No digas eso. —Tomo una de sus manos frías entre las mías—. No se te ocurra repetir eso nunca.

—Es lo que tú piensas —suelta.

Me quedo mirándolo, dolida.

—Jonah, yo no pienso eso, de verdad que no. No pasa ni un solo día en el que no desee que Freddie siguiera aquí, pero juro por Dios que ni una sola vez he deseado que hubieras muerto tú y no él.

No estoy mintiendo. He deseado mil veces que Freddie no se hubiese desviado para recoger a Jonah, pero eso no es lo mismo.

Bebe de la botella y después se pasa un dedo trémulo por la cicatriz de encima de la ceja.

—Solo esto. Yo me hice esto, y a él le dejó de latir el puto corazón.

Acepto la botella cuando me la tiende y le doy un buen trago. Siento que el líquido me quema cuando se abre camino garganta abajo. Agradezco el calor, porque esta noche hace un frío que pela aquí fuera. No sé qué puedo decir para hacer que Jonah se sienta menos desgraciado. De repente me viene a la cabeza.

—Mi madre y Elle me han regalado hoy una caja de recuerdos, llena de cosas que les hacen pensar en Freddie.

—Como si alguno de nosotros pudiera olvidarlo. —Jonah apoya los codos en las rodillas extendidas.

—Había una foto del instituto —continúo—. Tuya, mía y de Freddie. Teníamos unos catorce años. Parecemos bebés.

Baja la vista al suelo y se ríe flojito.

—Catorce. Mierda. Ahora doy clase a críos de esa edad.

—Todos crecemos.

—Y todos nos estamos haciendo viejos... excepto Freddie —dice Jonah—. No soy capaz de imaginármelo de viejo.

Niego con la cabeza.

—Yo tampoco.

Bebo un poco más de Jack Daniel's. Es fuerte de narices; noto como se mezcla con el vino que ya tenía en el organismo, me suelta la lengua y me difumina los contornos helados y quebradizos.

—Tú sigues igual —digo—. Salvo por esa locura de pelo.

Me mira e imito una cabellera gigante haciendo gestos con las manos alrededor de mi cabeza. Resopla con suavidad.

—Sí, bueno, nunca sobraba el dinero para ir a cortármelo, y todavía no se habían inventado los moños masculinos.

De pequeña nunca fui excesivamente consciente de la falta de fondos de Jonah, porque él siempre me la escondía. Claro que por aquel entonces Jonah ocultaba muchas cosas; no fue hasta hace unos años cuando me enteré a través de Freddie de lo alejada que había estado su infancia de un cuento de hadas.

—Eras su mejor amigo. —Quiero saber qué decir para hacer que se sienta mejor—. Lo sacaste de un montón de embrollos cuando éramos pequeños.

Jonah echa la cabeza hacia atrás y la apoya contra la pared.

—Madre mía, siempre andaba metiéndose en líos. La única pelea que tuve en el instituto fue por su culpa.

Ahora siento curiosidad; no recuerdo ninguna pelea de Jonah.

—¿Con quién?

Se queda callado, dando ligeros golpecitos con la cabeza contra los ladrillos mientras piensa.

—Bah, hace mucho tiempo. Con un chaval a quien, si hubiera sabido lo que le convenía, Freddie ni siquiera debería haberle tocado las narices, para empezar.

—Nunca sabía cuándo parar —digo, porque esa era su naturaleza.

—No le tenía miedo a nada.

—Y eso no siempre es bueno —digo para atemperar aunque solo sea un poco el culto al héroe que el Jack Daniel's ha inducido a Jonah.

—Mejor que ser un cobarde —replica afligido, con la mirada clavada otra vez en las profundidades de la botella.

—¿Cómo te van las cosas con Dee? —pregunto, más para cambiar de tema que porque me interese.

Hace rodar la cabeza hacia un lado sobre la pared para mirarme.

—Un día arriba y otro abajo.

—¿Es un eufemismo? —Uau, he hecho un chiste, aunque sea malísimo.

—Muy graciosa —dice sin reírse—. Si te soy sincero, no tengo claro que nuestra relación vaya a llegar a ningún sitio. No le gusto tanto.

Le quito la botella y bebo otro trago.

—Por alguna razón, me resulta difícil creerlo.

—Cree que no tengo la cabeza donde debería.

—¿Qué? —Me enfado de inmediato en su nombre—. Perdiste a tu mejor amigo a principios de este año. ¿Qué clase de persona no entendería algo así?

Guarda silencio.

—No se preocupa solo por Freddie —termina diciendo—, sino también por ti.

—¿Por mí?

Apenas he visto a Dee desde el taller del instituto, una o dos veces de pasada con Jonah.

Se me queda mirando y durante un instante me parece que desearía no haber dicho nada. Después suspira y se encoge de hombros.

—Es que no lo entiende —intenta explicarse—. Que tú y yo éramos amigos primero, antes de que Fred y tú os hicierais pareja. Amigos platrónicos, quiero decir.

—Plantónicos —digo, y una carcajada inoportuna me sube por la garganta como una burbuja, porque yo tampoco soy capaz de decirlo bien.

Por Dios, estoy medio furiosa, medio contenta, y de repente los fuegos artificiales comienzan a estallar en el cielo por encima de nuestra cabeza.

—Debe de ser medianoche —resuella Jonah, que se pone en pie a trompicones y me arrastra con él.

Nos quedamos ahí plantados, hombro con hombro en la entrada de mi casa, y observamos el cielo nocturno, que cobra vida entre estallidos de color y luz mientras los conmovedores primeros compases de «Auld Lang Syne» brotan desde la ventana abierta de la casa de enfrente, donde se está celebrando una fiesta.

«Should old acquaintance be forgot.» Y olvidar a viejos conocidos. Con las mejillas empapadas de lágrimas, escucho la famosa letra de la canción escocesa que, siguiendo la tradición, se canta para despedirse del año que se va. «And never brought to mind.» Y no recordarlos jamás. Freddie nunca está lejos de mi mente, pienso, y siento que comienzo a desmoronarme. Esta es precisamente la razón por la que no quería salir esta noche. No quería oír esta canción. No quería experimentar estas emociones. Y ahora estoy haciendo ambas cosas, y es justo tan terrible como sabía que sería.

Jonah y yo nos recostamos el uno contra el otro, llorosos, prolongando el silencio hasta que la tristísima canción llega a su fin y las exclamaciones de «feliz año nuevo» resuenan en 2019.

—No soy capaz de decirlo, Lyds.

Jonah está desolado. Me doy cuenta de que le tiembla la voz y el corazón se me rompe por primera vez este año.

Me muerdo el labio trémulo. Yo tampoco soy capaz de pronunciar esas palabras esperanzadoras.

—Voy a hacer café —digo—. ¿Entras?

—No debería haber venido. —Se pasa una mano por los ojos y niega con la cabeza—. Esto no nos ayuda, Lyds.

Me destroza. Nuestra amistad es un barquito de madera que no para de verse zarandeado por las enormes olas de una tormenta desde el accidente, embestido una y otra vez por la rabia, el dolor y una frustración incesante. A veces hemos coronado la ola y ambos nos hemos agarrado de la mano como si nos fuera la vida en ello, otras veces nos ha arrojado a las profundidades y nos hemos preguntado si lanzar al otro por la borda para aligerar la carga no sería la única manera de sobrevivir. Parece que esta noche Jonah por fin ha tomado su decisión: este barco no va a arribar a casa sano y salvo con los dos a bordo.

—Lo siento —dice.

Imagino que sabe que me ha resultado difícil oírlo.

—Supongo que tienes razón. —Suspiro, y me arrebujo el cuerpo helado con la bata.

Al otro lado de la calle, la gente sale en tropel de la fiesta a la acera, un tumulto de luces, cantos y carcajadas estrepitosas, y el gato aprovecha la oportunidad para salir disparado de la casa hacia su opción predilecta unas cuantas puertas más abajo.

—Tengo que largarme de aquí —susurra un Jonah ojeroso.

Tiene cara de enfermo, como si estuviera a punto de vomitar. Y de repente se va, primero al trote y después corriendo, interponiendo lo más rápido posible toda la distancia que puede entre nosotros y nuestro dolor.

Retrocedo hacia las sombras de la casa, hacia el interior de mi vestíbulo silencioso y solitario, y me siento en el último peldaño de la escalera, con la cabeza apoyada en la pared. Han pasado nueve meses desde la muerte de Freddie. En nueve meses podría haber desarrollado de principio a fin una nueva vida humana. Pero no lo he hecho; más bien he perdido a mi humano favorito, y ahora, inevitablemente, he perdido también a uno de mis más viejos amigos.

2019

Despierta

Jueves, 3 de enero

Me he atrincherado en casa y he mentido a mi familia diciendo que estoy fatal del estómago, con vómitos y diarrea, para impedir que vengan a verme. En circunstancias normales, esto no los mantendría alejados, pero Elle debe tener cuidado por el bebé, y mi madre y la tía June se han ido a pasar su acostumbrado fin de semana de spa para inaugurar el año nuevo con clase. Intentaron engatusarme para que fuera con ellas, de ahí el virus ficticio que no quiero hacer circular por ahí a modo de regalito navideño tardío.

Estos últimos días he echado de menos a Freddie de una manera muy intensa. Cuando tengo la oportunidad de verlo, es mágico, pero lo he extrañado muchísimo aquí, durante mis largas horas despierta. Echo un vistazo a mi reloj de pulsera. Llevo despierta un par de horas, pero todavía son solo las ocho y media de la mañana, apenas hay luz. Dentro de un rato, voy a obligarme a dedicarme unos cuidados básicos: darme una ducha, calentarme un poco de sopa, ver los últimos programas de televisión navideños. No he parado de regodearme en la pena desde Año Nuevo, sin poder o sin querer salir de ella. Me trato con la suficiente bondad para saber que tal vez necesitara el bajón, una reacción inevitable al subidón de emociones de la Navidad, pero no puedo seguir así. Tengo que volver al trabajo, y a la vida, el lunes, así que debo asearme, comer, quizá hasta poner una lavadora y pasar el aspirador por la casa. Acabo de intentar llamar a

Elle. No me ha contestado; lleva un par de días sufriendo náuseas matutinas, así que seguro que está durmiendo.

Me siento en un extremo del sofá, con las rodillas pegadas al pecho. No me atrevo a llamar a Jonah, no después de cómo dejamos las cosas en Nochevieja. No se equivocaba, lo sé: a ninguno de los dos nos ayuda ya estar cerca del otro. La verdad, no tengo la menor idea de si eso cambiará en algún momento, y el mero hecho de pensarlo me hace apoyar la barbilla en las rodillas, agotada. Ya no hay manera de ignorarlo. Estoy profundamente sola. Poso la mirada sobre el bote de pastillas que descansa en la repisa de la chimenea y mi propósito de dedicar el día a hacer cosas productivas se evapora, porque puedo ir a un sitio en el que no me sentiré tan sola.

Dormida

Jueves, 3 de enero

Esta no es nuestra cama. Este no es nuestro dormitorio. Estoy tumbada, inmóvil por completo, bajo la luz grisácea de la mañana, paseando la mirada por las recargadas rosas de yeso que adornan el techo alto y las largas cortinas de seda que ocultan las ventanas. Freddie está echado a mi lado sobre las almohadas, con un brazo cruzado encima de la cara, una postura habitual cuando duerme. Me centro unos instantes en estudiarlo a esta media luz; está como un tronco, tiene la boca ligeramente entreabierta y los ojos le vibran bajo los párpados, como si estuviera soñando.

¿Dónde estamos? No había visto nunca esta habitación tan elegante. Es demasiado ostentosa para ser la habitación de invitados de nadie que conozcamos; para empezar, porque aquí no hay muebles de Ikea. Es un hotel, de eso estoy segura.

Los dedos de los pies se me hunden en la moqueta cuando salgo con cuidado de la cama y me acerco a la ventana para echar un vistazo por un lado de las cortinas. Y después me meto entera detrás de ellas, todavía en pijama, para ver mejor; contengo una exclamación, abrumada. Fuera está nevando, caen unos copos gordos, blancos, como del país de las maravillas, y no me cabe duda de que estamos en París. Por supuesto que es París. Dios, es tan bonito que parece sacado de un libro ilustrado. Mi aliento empaña el cristal frío y veo que se está formando una cola a la puerta de una pequeña *boulangerie* situada un poco más abajo. Antes de que me dé tiempo a pensarlo mucho, me doy la vuelta y me visto para salir y unirme al gentío. Es evidente que he venido preparada para unas vacaciones invernales: tengo las botas y mi abrigo más grueso junto a la puerta, y me enrollo la bufanda de Freddie en torno al cuello antes de salir a hurtadillas de la habitación. Su olor me invade la cabeza cuando entierro la cara en la lana suave, y durante un instante me quedo parada en el pasillo y me limito a inhalarlo. Su olor ha desaparecido de casi todo lo que tengo en mi mundo despierta, pero esta bufanda está impregnada del aroma de su gel de ducha y su loción para después del afeitado, como si el propio Freddie estuviera justo a mi lado. Casi me desplomo. Tengo que obligar a mis pies a moverse en la dirección opuesta, porque ellos quieren arrastrarme de nuevo hacia el interior de la habitación de hotel, hacia él. «Seguirá ahí cuando vuelvas», me digo. A estas alturas ya sé cómo funciona esto. Tengo tiempo hasta que vuelva a dormirme y, si estamos en París, pienso exprimir al máximo hasta el último segundo.

El edificio parece haberse convertido en un pequeño hotel boutique construido a partir de un par de casas adosadas altas. Bajo la escalera serpenteante que lo atraviesa justo en el centro, llego a una recepción muy silenciosa y devuelvo la sonrisa a la persona que ocupa el mostrador, que sin duda me reconoce como una de las huéspedes. Fuera me detengo unos segundos en los escalones de piedra e intento absorberlo todo. No puede llevar mucho rato nevando, porque la capa del suelo no mide más de uno o dos centímetros, pero basta para cubrir la escena de magia. Estamos en una calle secundaria, y mientras continúo ahí parada, en los escalones, me invade una sensación de euforia desorbitada y vertiginosa. Estoy en París con Freddie Hunter y nieva. Cruzo la calle sonriendo, los copos de nieve se me posan en la cara cuando me uno al final de la cola de la panadería. Hay un olor delicioso y a todas luces francés, una magnífica combinación de cruasanes y café caliente que es imposible recrear en casa por muy sofisticada que sea tu cafetera. Avanzo poco a poco hasta el interior del diminuto local disfrutando del alboroto y el ruido que me rodean, con los clientes intentando hacerse oír los unos por encima de los otros, todos embutidos en abrigos de invierno espolvoreados de nieve. Solo me doy cuenta de que tengo que pedir lo que quiero en francés cuando estoy frente al mostrador. No he dicho mucho más que *oui* y *non* desde que me presenté al examen oral de francés del instituto. Y tampoco es que entonces lo hiciera muy bien. Los nervios se me acumulan en la garganta cuando la dependienta por fin me mira, con los ojos oscuros y expectantes.

«Deux cafés et deux croissants, s'il vous plaît», digo —o al menos eso creo— con un francés de colegiala muy forzado. Menos mal que ya tenía las mejillas coloradas por el frío y la nieve, porque seguro que me estoy ruborizando. Por suerte para mí, la mujer está acostumbrada a que la gente maltrate su precioso idioma con tosquedad y mete un par de cruasanes en una bolsa de papel azul pálido sin requerir nada más de mi francés macarrónico. Siento una punzada de pánico cuando me pide dinero, pero encuentro billetes de euros al rebuscar en los bolsillos de mi abrigo. Le doy las gracias en silencio a mi otra yo por ser más organizada que de costumbre y me apretujo contra el marco de la puerta para poder salir de la panadería y dejar atrás la cola, que no para de crecer. Ya en la calle, en la otra acera, una chica resbala en la nieve entre risas, y el chico con el que va la agarra y la estrecha entre sus brazos para besarla largamente. No se cortan en absoluto, y me siento dividida entre mi muy británica voz interior, que dice: «buscaos un hotel», y quedarme embelesada, porque la escena no podría ser más francesa. Y entonces alzo la vista hacia la ventana de hotel tras la que me está esperando un hombre, alguien que también me va estrechar entre sus brazos en París, y sonrío como una loca mientras esquivo a la pareja, aún pegada, y vuelvo a toda velocidad al hotel.

—Eres la mujer de mis sueños —dice Freddie, que deja enseguida el teléfono en la mesilla de noche cuando vuelvo a entrar en la habitación.

Sigue en la cama, pero está despierto del todo y recostado sobre las almohadas.

—¿Porque traigo café?

Asiente.

—Y cruasanes. Pensé que anoche estabas de broma cuando dijiste que ibas a salir a por el desayuno.

Madre mía. Ahí estaba yo, pensando que había cruzado la calle siguiendo un impulso, y resulta que ya había hecho el mismo plan hacía doce horas. Le paso a Freddie la bolsa de papel.

—Escoge tú.

Escudriña el interior de la bolsa.

—Me pido los dos.

Le lanzo una mirada de «ni de coña» al pasarle el café y le pongo la mano helada en la mejilla.

—En la calle hace un frío terrible. Mira.

Se estremece.

—¿Te metes de nuevo en la cama?

Es tentador. Muy tentador. Pero… París.

—Es que ya estoy vestida —digo mientras me quito el abrigo húmedo—. Prefiero que salgamos a ver París.

Freddie me pasa la bolsa de papel cuando me siento en el borde de la cama, café en mano.

—¿Estás enfadada por no haber ganado la apuesta? —pregunta.

No tengo ni idea de a qué se refiere, así que saco un trozo de cruasán de la bolsa y lo mastico despacio.

—No te obligaré a cumplirla si estás empeñada en ver la *Mona Lisa* —continúa.

Ladeo la cabeza para intentar parecer absorta y divertida, animándolo a explicarse con más detalle. Madre mía, ¡este cruasán es divino!

—Ya me conoces —dice—. Es que no soy muy de museos.

Sí, lo conozco, y no, no le van los museos. En realidad no le va nada que tenga que ver con la historia, y aunque me encantaría que recorriéramos el Louvre agarrados de la mano y admirar las piezas de arte a su lado, sé que no le llegaría al alma de la misma forma que a mí. Y no pasa nada; no es un hombre ignorante, es un chico que sabe lo que le gusta. Sin embargo, siento curiosidad por conocer cuál es su opción.

—El café es bueno —murmuro, porque es verdad; está hirviendo y amargo como el tabaco.

Dice que sí.

—Casi tan bueno como el de PodGods —dice.

—Qué leal por tu parte. —Río.

—¿Seguro que no te importa merodear por ahí con la nieve?

Parpadeo un par de veces mientras pienso, y entonces caigo en la cuenta. Ya sé lo que vamos a hacer. Ya lo hemos hecho antes en Londres. A Freddie le gusta olvidarse de las guías turísticas y seguir su instinto, hallar su propia versión de la capital, o de París, o de donde sea. En Londres encontramos un parque escondido y nos tumbamos al sol, y comimos en un pub alejado del centro que no había cambiado ni un solo azulejo de la pared desde los tiempos de la reina Victoria. También me compró una pulsera de plata y ágata azul porque era justo del mismo tono que mis ojos. Descubrimos nuestro propio Londres, y hoy estamos a punto de descubrir nuestro propio París.

—Deja que lo piense un segundo —contesto, y deposito mi café en la mesilla de noche junto a su teléfono—. ¿Que si me importa pasear contigo bajo la nieve en la ciudad más romántica del mundo? —Levanto las mantas y me deslizo entre sus brazos cuando estira uno de ellos para dejar su café al lado del mío—. ¿Me prometes un chocolate caliente?

—Te prometeré cualquier cosa si te quitas la ropa —dice con una sonrisa.

Aprieto la cara contra su pecho para evitar pedirle que me prometa seguir con vida. Me besa en la coronilla y nos quedamos así un rato, con su calor filtrándose en mi cuerpo.

—No me siento los dedos de los pies.

Freddie y yo estamos sentados en un banco a orillas del Sena. Hemos pasado una mañana espléndida siguiendo nuestro olfato por calles estrechas y parques públicos, todo ello acompañado por la nieve, que no ha parado de caer. La torre Eiffel es una sombra alargada envuelta en niebla, pero incluso los atisbos momentáneos de su emblemática silueta bastan para hacerme increíblemente feliz. Estamos en París. Ya había estado una vez, unos días de excursión escolar con los de francés. Lo que más recuerdo es que nos pastoreaban de un lado a otro de la ciudad y que visitamos Notre-Dame como si fuéramos sardinas en lata. Desde luego, jamás me había imaginado que volvería y que pasearía por la misma ciudad durante una nevada con Freddie Hunter; por aquel entonces ni siquiera era mi novio. Se me hace raro pensarlo. Apenas recuerdo la época de mi vida en que su nombre y el mío no estaban unidos de manera inextricable.

—¿Tienes hambre? —me pregunta, y me echo a reír, porque sé que se está muriendo de ganas de que conteste que sí: tiene el mismo apetito que una manada de caballos salvajes.

Asiento y me ayuda ponerme de pie.

—¿Buscamos un sitio calentito?

Me baja un poco el gorro de lana para taparme las orejas.

—Sí.

Le vibra el móvil en el bolsillo del abrigo, pero no le hace caso.

—¿Tienes que contestar? —pregunto, porque no han parado de llamarlo del trabajo durante gran parte de la mañana.

—No —responde—. Que se vaya a la mierda quien sea. Estoy en París con mi chica favorita.

Sonrío, porque me parece precioso que me diga algo así, pero también me estremezco. Puede que sea por los copos de nieve que me han caído en la piel desnuda de la nuca, o puede que se deba a que el Freddie al que yo conocía habría sido incapaz de resistirse a comprobar si se trataba de algo urgente. Aunque en esta vida las cosas suelen parecer exactamente iguales, hay diferencias muy sutiles. Resulta inquietante.

Todas las calles a las que nos asomamos parecen tener un monumento imponente que se alza con aire despreocupado al fondo, y todos ellos nos llaman para que nos acerquemos y comentemos su grandiosidad. Es una ciudad construida para ser admirada, sobre todo hoy, con la nevada que blanquea el espectacular paisaje y su escala de grises. Es como si estuviéramos protagonizando nuestra propia película en blanco y negro. Los parisinos pasan a nuestro lado inmersos los unos en los otros o con la cabeza gacha, resueltos a llegar a su destino; la ciudad les pertenece en invierno, antes de que suba un poco la temperatura y los invadan las hordas de turistas. Hoy es suya y, milagrosamente, nuestra.

—Uau. —Me detengo delante de un edificio colosal rodeado de inmensas columnas de piedra. Mi mapa de la ciudad me informa de que se trata de La Madeleine, una iglesia—. Parece casi romana, ¿verdad?

Pongo la mano sobre una de las monumentales columnas y subo los peldaños anchísimos, atraída de una forma irresistible hacia el interior por su magnitud y esplendor. Freddie me alcanza, y caminamos despacio, cogidos de la mano, por el suelo de mármol, fascinados por el tamaño y la belleza del lugar. Me deja sin aliento; lujosas lámparas de araña bañan de un brillo cálido los magníficos frescos que decoran los techos abovedados, y reina una abrumadora sensación de paz y reverencia, un oasis en medio del ajetreo de la ciudad. Freddie y yo no somos religiosos, aun así me siento conmovida por la historia y la atmósfera de reflexión. Llegamos hasta una hilera de velas blancas y estrechas que los visitantes encienden en recuerdo de sus difuntos, y cuando miro a Freddie lo veo hurgándose el bolsillo en busca de algo suelto. Soy incapaz de pronunciar una sola palabra cuando introduce las monedas en la hucha de donaciones y coge un par de velas. No suele hablar de su padre, al que perdió cuando era niño; era demasiado pequeño para conservar muchos recuerdos, no obstante, ha notado su ausencia de un modo muy intenso. Era una de las cosas que más solían molestarme, que no se abriera conmigo para hablar de ello. Pero así lo habían educado. Su madre es muy de «vive el momento». A veces pienso que puede dar la sensación de que se trata de una mujer egoísta, pero lo más probable es que ella también sea producto de la forma en que la criaron. En sus tiempos, fue una reina de la belleza, adorada y muy cuidada por sus padres, y después por el padre de Freddie. Y después por Freddie.

No estoy segura de por qué me da una vela a mí también; por mis abuelos, quizá, o por pura cortesía. Lo veo suspirar mientras escoge dónde colocar su acto conmemorativo entre las demás velas. Algunas todavía son altas, otras han empequeñecido hasta casi desaparecer. Y entonces se vuelve y enciende la mecha de mi vela, y jamás olvidaré la expresión de su cara: es como si lo supiera. Me mira a los ojos, y durante unos instantes nos quedamos quietos observándonos el uno al otro. Aquí está. Esto es todos nuestros mañanas, todos los días de nuestro amor concentrados en una luz minúscula que se consumirá demasiado pronto. Me tiembla la mano mientras intento elegir dónde colocar mi vela. Al final la pongo junto a la de Freddie.

—Hora de irse —dice, y me pasa un brazo por los hombros.

Cuando llegamos a la puerta, vuelvo la cabeza para lanzar una última y larga mirada a las velas. Dos cenotafios altos y blancos. Uno por un padre al que echan mucho de menos, el otro por su amado hijo.

—¿Aquí te parece bien?

Nos detenemos delante de una diminuta cafetería esquinera, con el toldo a rayas esmeralda y dorado combado por el peso de la nieve. Dentro está lleno, pero las mesas de fuera están protegidas de las inclemencias del tiempo, así que asiento y nos dirigimos hacia un rincón cercano al resplandor de una estufa de exterior. Freddie se pide *moules-frites*, pero para mí tiene que ser chocolate caliente y una pasta de canela. Ya lo sé, he comido cruasán para desayunar y una pasta para comer, pero al fin y al cabo estoy en París. Nos sentamos y, durante unos minutos, nos limitamos a descongelarnos observando el discurrir de la ciudad, absorbiéndolo todo. El tráfico avanza despacio debido al mal tiempo, y la gente que pasa ante nosotros va encogida en chaquetas y bufandas para protegerse de los remolinos de nieve.

Desvío la vista del panorama hacia la sonrisa agradecida de Freddie cuando el camarero le pone el plato delante. Se le iluminan los ojos al ver la comida, y el intenso olor a vino y ajo se eleva en el aire. Cómo me gustaría poder conservarnos tal como estamos ahora mismo en el interior de una bola de nieve, dos eternos amantes en miniatura comiendo bajo el toldo a rayas de una cafetería parisina. Es uno de esos momentos de apretar el botón de pausa, esa especie de perfección inesperada que solo se alcanza un puñado de veces, y como nadie sabe apreciar estos momentos más que yo, lo hago. Aprieto el botón de pausa en mi cabeza y me lo guardo todo en mi memoria, hasta el último detalle. El patrón exacto del entramado de las sillas metálicas, el tono concreto de azul de la bufanda de Freddie, el minúsculo motivo floral de cerámica de los pesados cubiertos de plata, la costra de azúcar moreno de mi pasta. Y entonces, como para recordarme que la perfección no existe, mi móvil tiembla encima de la mesa y la pantalla se ilumina con un mensaje de David.

Siento molestarte durante tus vacaciones, Lydia, pero pensé que querrías saberlo de inmediato. Elle ha perdido al bebé. Está bien... Bueno, todo lo bien que se puede estar. Ahora está durmiendo. Llámame cuando puedas. Besos.

Despierta

Jueves, 3 de enero

Me incorporo de golpe en el sofá, con el corazón tan acelerado que no puede ser bueno para la salud, tan falta de aire como si hubiera corrido para coger el último tren. Cojo mi móvil y lo escudriño a toda prisa, pero no tengo llamadas perdidas ni mensajes. Me atrevo a entrar en Facebook y veo el punto verde de conectada al lado del nombre de Elle, así que le envío un mensaje rápido para comprobar si está bien de la manera más imprecisa posible. Me contesta casi de inmediato: sabe que aún es pronto, pero ¿me apetece acompañarla a mirar carritos de bebé el próximo fin de semana?

Qué alivio. Me dejo caer de espaldas sobre los cojines. Hasta ahora las visitas oníricas han sido mi salvavidas, mi camino de vuelta, mi cordura y mi refugio. Pero esto... Elle. Por alguna razón, no me había imaginado que allí también pudieran ocurrir cosas malas, cosas muy malas.

Dormida

Domingo, 6 de enero

—¿Cómo está? —pregunto mientras preparo un café a David, porque parece hecho polvo.

Elle está en la ducha, así que aprovecho la oportunidad para saber cómo se encuentra de verdad antes de que ella me diga que está bien. Mi cuñado se encuentra sentado a la mesa de la cocina y se frota los ojos con los dedos.

—No demasiado mal, en general —contesta—. Esta mañana estaba revuelta, pero ha comido un poco de sopa que le había traído tu madre.

Soy consciente de que había decidido tomar los somníferos con menos frecuencia, pero no podía mantenerme al margen sabiendo por lo que está pasando mi hermana. He hablado un momento con mi madre cuando venía de camino hacia aquí y ella también está preocupadísima por los dos. Sus caras el día de Navidad, su felicidad, y ahora esto. Es muy cruel.

—¿Y tú? —pregunto, y le rodeo los hombros con los brazos desde atrás.

—Quería llamarlo Jack, como a mi padre —dice—. Si era niño.

Apoya la cabeza en mi codo y, por desgracia, rompe a llorar. Permanecemos así un par de minutos, y entonces coge el paño de cocina y se lo pasa por los ojos.

—Perdona —se disculpa—. No esperaba que fuera a pasarme algo así.

Le doy un apretón cariñoso en el hombro.

—No te sientas como si siempre tuvieras que ser el fuerte —digo, porque sé que habrá estado manteniendo la compostura delante de Elle.

Nos volvemos cuando oímos que mi hermana baja las escaleras. Lleva puesto un sencillo pijama de algodón azul marino y el pelo húmedo peinado hacia atrás, apartado de la cara, pálida. Aparenta unos catorce años.

—Eh. —Sonríe—. No tenías por qué venir, ya te dije que no te preocuparas. Mamá ya se ha pasado por aquí, y esta mañana también ha venido la de David.

—Lo sé —digo. Quiero darle un abrazo o algo así, pero ella salta de una tarea a otra, coloca las tazas, repone el portarrollos del papel de cocina, vacía el lavavajillas. No la presiono, porque yo misma he estado en su posición: frágil y con el corazón roto, deseando que no me tocaran por si perdía los papeles—. No me quedaré mucho rato.

—¿Por qué no os vais las dos a ver un rato la tele? —propone David—. Os llevaré una taza de té. —Me mira en busca de apoyo. Asiento.

—Me parece bien.

Elle me sigue hasta la sala de estar. Estaba pasando por una fase náutica cuando lo decoró y está todo lleno de rayas crema y azul claro, con discretos toques de naranja. Se parece bastante a mi madre en los gustos decorativos, está claro que yo soy la oveja negra bohemia. Me siento en el extremo del sofá, y ella se queda parada un instante en la alfombra, en medio de la sala, con un pie descalzo detrás del otro tobillo, sin saber muy bien qué hacer. Abro los brazos e inmediatamente se le ensombrece la expresión de la cara y se acurruca a mi lado en el sofá para vaciar su corazón atormentado entre sollozos. Mientras la abrazo con fuerza, noto un escozor de lágrimas calientes en los ojos y pienso que ojalá se sintiera menos frágil. Mi hermana hipa y tiembla porque se le ha venido el mundo abajo. Ahora mismo no existe una sola palabra que pueda ayudarla, así que ni intento encontrarla. Me limito a estrechar contra mí a mi preciosa hermana mientras llora.

Despierta

Jueves, 17 de enero

—Pero si eso de las citas rápidas ya no lo hace nadie, ¿no? —digo.

La mesa que tenemos delante parece una central de Tupperware; como me resulta reconfortante, yo sigo utilizando mi vieja fiambrera rosa, a pesar de que Julia me compró una transparente por Navidad para no tener que ver esta ni un solo día más. Es un alivio haber vuelto al trabajo, alejarme de la confusión y la tristeza de mi otro mundo. Ver a Elle tan destrozada me rompe el corazón, y eso me ha llevado a llamarla aún más a menudo en esta vida, para asegurarme de que tanto mi hermana como el bebé están bien.

—Ya, pero no es un encuentro de citas rápidas cualquiera —dice Ryan con una sonrisa enorme dibujada en la cara, y después quita la tapa a su yogur y la chupa.

—No me lo digas —interviene Dawn—. ¿Son citas rápidas en pelotas?

Todos nos echamos a reír, y yo deseo con todas mis fuerzas que esté equivocada. Ryan pone los ojos en blanco.

—¡Por favor! —replica—. No puedo mostrar estos músculos en público, se producirían disturbios. —Se besa el bíceps y nos guiña un ojo, con lo que gruñimos todos.

—Bueno, venga —digo—, ¿qué es lo que las hace tan especiales?

—Son sin hablar.

Dawn frunce el ceño mientras abre un paquete de Oreo. Ahora que ya ha pasado su boda, se ha permitido volver a comer galletas.

—Y entonces ¿cómo sabes si las chicas te gustan o no?

—Yo me enamoré de la voz de Bruce antes que de su cara —dice Julia.

No nos reímos, porque es Julia, y tampoco lo ponemos en duda, porque es Julia.

—No tendrás que, no sé, que tocarlas en lugar de hablar con ellas, ¿verdad? —pregunto, preocupada por dónde podría estar metiéndose.

—Cuando yo era joven, a eso se le llamaba «orgía» —suelta Phil mientras desenvuelve un sándwich enorme; su comida siempre es la que tiene mejor pinta.

Ryan hace una mueca que da a entender que no podríamos estar todos más fuera de onda.

—Venga ya, chicos. ¿Por quién me tomáis? Es como que te quedas mirando a la otra persona durante unos minutos, y luego pasas a la siguiente mesa y entonces miras a quien haya allí.

A Dawn no le apasiona la idea.

—¿Y no puedes preguntarles nada de nada?

—Puedes hacer gestos con las manos.

—Porque es imposible malinterpretar algo así, claro —dice Julia en tono sarcástico.

Phil hace el gesto de beberse una pinta de un trago.

—A mí se me daría bien.

—Espero que a nadie le dé por mover la pelvis a lo Elvis. —Dawn se echa a reír.

Nos quedamos en silencio unos instantes, centrados en nuestros respectivos sándwiches. Es probable que yo sea la menos entusiasmada con su almuerzo. En un intento de ahorrar, me lo he hecho de atún, y debo de haberme pasado con la mayonesa, porque está demasiado reblandecido.

—¿Y dónde dices que es esa historia de las citas rápidas? —pregunta Phil.

Todos le lanzamos una mirada fulminante, porque adoramos a Susan.

—A tomar por saco de aquí —dice Ryan—. Y me toca conducir, así que ni siquiera puedo tomarme una copa.

—Pues no parece muy divertido —digo—. No se habla, no se bebe...

Ryan gimotea y le doy unas palmaditas en los hombros hundidos.

—Parece el tipo de actividad que podríamos celebrar aquí, en el salón de actos —señala Phil, y me doy cuenta con alivio de que su interés era profesional, no personal.

Y luego me doy cuenta de que me está mirando a mí para que le dé mi opinión, como si yo estuviera a cargo de nuestro programa de actividades. Últimamente andamos algo escasos de ideas, así que me lo planteo en serio y no le digo que preferiría organizar un congreso sobre los hongos de las uñas de los pies que dedicar mis días a pensar en citas y relaciones.

—Puede ser —respondo intentando escaquearme—. Ya lo investigaré.

—Puedes venir con nosotros si te apetece, así te harías una idea mejor de cómo funciona —dice Ryan, pero antes incluso de que termine de hablar, esboza un mohín, porque se da cuenta de que no debe de haber sido muy apropiado ofrecerse a llevarme a un evento de citas.

Dawn desvía la mirada, Phil parece incómodo y Julia suspira y hace el gesto universal de «pajillero» con la mano derecha. Es tan atípico y tan poco propio de ella que nos entra la risa a todos.

Despacio, Ryan me pasa por encima de la mesa el Babybel que su madre le mete siempre en la fiambrera. Es lo que más le gusta. Le doy una palmadita en la mano y le devuelvo el quesito con una sonrisa débil. Le irá bien esta noche. Tiene más que controlado este rollo de la comunicación no verbal.

Despierta

Miércoles, 13 de marzo

Mañana es mi cumpleaños.

Mañana hace un año que murió Freddie.

A lo largo de los últimos días, he ido poniéndome cada vez más nerviosa; en cierto sentido, no es muy diferente a lo habitual, porque lo echo de menos todos los días, pero he empezado a mirar el reloj de manera obsesiva y a intentar recordar lo que debía de estar haciendo el año pasado en ese momento, o a calcular cuántas horas de mi vida anterior me quedaban. Dios, mi corazón sufre por la chica que era entonces, y por todo lo que estaba a punto de pasarle. Daría cualquier cosa por volver e insistir a Freddie en que regresara directo a casa en lugar de desviarse para ir a buscar a Jonah.

Mi madre y Elle quieren llevarme a cenar fuera mañana, pero soy totalmente incapaz de hacerlo. No quiero señalar el día de ninguna forma, y menos como mi cumpleaños. Por desgracia, soy consciente de que mi cumpleaños se ha echado a perder para siempre, de que nunca volverá a ser apropiado celebrarlo. Freddie estaría cabreadísimo consigo mismo si lo supiera, siempre le daba muchísima importancia; una vez hasta le envió a mi madre una tarjeta de agradecimiento el día de mi cumpleaños por haberme parido, el muy idiota. Mamá me lo recordó el otro día, mientras hablábamos de qué hacer mañana. Creo que su intención era hacerme sentir obligada a salir de casa por Freddie, un poquito de chantaje emocional bienintencionado para que deje de andar lloriqueando por ahí. No pasa nada, le prometí, no pienso hacer eso.

Y lo digo en serio. Voy a ir a trabajar, al menos por la mañana. Me he pedido medio día libre para poder ir un rato al cementerio por la tarde. Iré y charlaré con Freddie, y luego volveré a casa y me acostaré pronto. No me he tomado ninguna pastilla rosa desde enero. Me he dicho que es porque me estoy racionando las provisiones, pero, siendo sincera, es más por el hecho de que allí Elle haya perdido el bebé. Su embarazo es una parte muy destacada de mi vida aquí, en el mundo despierta; sigue teniendo unas náuseas terribles por la mañana, y barajar sugerencias de nombres se ha convertido en nuestro principal tema de conversación. Ya luce una barriguita pequeña pero perfectamente formada que delata su estado. Dentro de unos meses, aquí habrá un humano recién creado que no existirá en mi otro mundo; es como el tictac de un cronómetro, o quizá como una bomba de relojería.

Despierta

Jueves, 14 de marzo

¿Es raro hacer un pícnic en el cementerio? Supongo que un poco sí, pero es mi cumpleaños y pienso hacer lo que me venga en gana. Además, tampoco es exactamente un pícnic, solo he sacado la manta que llevo en el maletero para sentarme en ella porque el suelo está frío y me he traído un termo con café. También tengo un trozo de tarta; todos mis compañeros se han reunido en torno a mi escritorio justo antes de que saliera del trabajo y me han cantado, desafinando un poco, mientras me lanzaban un globo de helio y me miraban con expresión de disculpa y esperanza a un tiempo. Me han regalado flores y una botella de algo con burbujas. Les agradezco el gesto. He dejado el globo y la botella en el coche, una fiesta en el asiento del pasajero, absolutamente fuera de lugar aquí, entre el granito silencioso. Las flores las he sacado para dejárselas a Freddie. Iba a ir a comprarle un ramo en una floristería, pero, como estas me las han regalado a mí, ahora se las regalo yo a él. ¿Suena extraño que me parezca que así comparto con él una parte minúscula de mi cumpleaños? Sin embargo, he aprendido a no cuestionar mis propias acciones y pensamientos de una manera demasiado profunda: a veces no queda más remedio que dejarte llevar por lo que sea que te ayude a superar el día.

—Hola, Freddie. —Me llevo las rodillas al pecho y las rodeo con los brazos—. Soy yo otra vez.

Cierro los ojos y me sumo en el silencio para imaginármelo

sentándose en la manta a mi lado. Siento el peso de su brazo sobre los hombros y sonrío cuando entierra la cara en mi cuello y me desea feliz cumpleaños. Es una tarde fría y despejada; casi siento la calidez de su cuerpo apretado contra el mío.

—¿Qué crees que habríamos hecho esta noche? —le pregunto.

Me responde que es un secreto, y unas lágrimas lentas comienzan a rodarme por las mejillas, porque oigo su risa tranquila en el aire inmóvil que me rodea.

—Dios, cómo te echo de menos. —Es un eufemismo como la copa de un pino—. Estoy bien la mayor parte del tiempo. Lo estoy llevando bien a pesar de que es complicado, Freddie, de verdad que sí. Pero hoy… —Me quedo callada, incapaz de encontrar palabras lo bastante significativas—. Es que es difícil de narices, ¿sabes?

Me tapo la cara con las manos, y en mi cabeza él me abraza y me dice que se siente igual, que a él también le resultan difíciles los días sin mí.

—Hola.

Me sobresalto al notar que alguien me roza el hombro con la mano. Alguien real. Levanto la mirada y veo a Jonah. Se acuclilla a mi lado y me escudriña con sus ojos oscuros y bondadosos.

—¿Te apetece un poco de compañía?

No he vuelto a ver a Jonah desde que me dejó plantada en Nochevieja. He empezado a escribirle una o dos veces, pero he borrado el mensaje antes de apretar el botón de «Enviar», y tampoco es alguien con quien suela cruzarme en mi día a día. Excepto aquí, al parecer.

—Vale —digo y me enjugo los ojos mientras me hago a un lado para dejarle sitio en la manta.

Se pasa un rato sin hablar, con la vista clavada en el nombre dorado de Freddie.

—Un año —dice al final.

—Sí. —Trago saliva—. Un año entero sin él.

—¿Cómo te ha ido? —me pregunta.

Capto su tono bajo, inseguro; se refiere a las semanas largas y frías que han transcurrido desde el día de Año Nuevo.

Asiento.

—Bien, en general —respondo—. El trabajo me mantiene ocupada, y el embarazo de Elle la tiene hecha polvo, así que también he pasado bastante tiempo con ella.

No es mentira. Elle lo ha pasado realmente mal y he ido a verla casi todos los días después del trabajo para hacerle compañía hasta que llega David. Sé que no es lo que me estaba preguntando Jonah en realidad, pero no puedo ofrecerle más que la logística de mi vida.

—¿Y a ti? —le pregunto—. ¿Cómo te ha ido?

Se encoge de hombros levantando solo uno, como si le faltaran las fuerzas.

—Bien, ya sabes. El instituto... lo de siempre.

Bebo un poco de café.

—¿Y Dee?

Jonah arranca briznas de hierba del suelo duro, una por una. Observo el movimiento —tirones fuertes, intencionados— mientras medita su respuesta.

—A veces —dice—. Nos lo estamos tomando con calma, a ver qué pasa. Me gusta su risa.

Hay más en las palabras que no decimos que en las que sí. No quiere contarme que las cosas le van bien con Dee porque sabe que yo estoy en un momento muy distinto de la vida.

Jonah imita mi postura sobre la manta y se lleva las rodillas al pecho. Va vestido de negro, seguramente porque es su configuración por defecto más que una elección lúgubre y consciente por el día de hoy. También lleva su gorro de lana azul marino, pero ahora se lo quita y se lo guarda en el bolsillo del abrigo.

—Perdóname, Lyds —dice desolado, con la mirada clavada en el frente—. Por lo de Nochevieja. No sabía lo que decía. No sentía lo que te dije.

Estudio su perfil, tan conocido. Está blanco como el papel y, aunque los pómulos altos siempre le han aportado una adustez clásica, hoy lo parece aun más. Tiene el pelo tan alborotado como de costumbre, y las pestañas le proyectan una sombra oscura en las mejillas mientras contempla la lápida de Freddie y suspira con fuerza. No recuerdo haberlo visto nunca tan abatido.

—He intentado mandarte un mensaje. Un par de veces, en realidad, pero era incapaz de encontrar las palabras acertadas, así que los borraba —le digo.

—Yo igual. —Asiente y se toma unos segundos antes de explicarse—. Lo intenté porque lo siento de verdad. Siento haberme presentado en la puerta de tu casa como un imbécil desconsiderado, y no haber entrado cuando me lo pediste, y haberte dejado sola, llorando, en Nochevieja. Eso es. Te pido perdón por todo eso, Lyds. Por todo.

—¿Dijiste en serio lo de que estar conmigo empeora las cosas?

Se aprieta el puente de la nariz con los dedos.

—Dios, no. Estar contigo me recuerda a él. —Jonah señala la lápida de Freddie—. Y eso a veces es duro, pero también reconfortante, ¿sabes? Esto, nosotros. Es reconfortante.

Le paso mi café. Se calienta las manos antes de beber un poco, y entonces se echa a reír, sin ganas.

—La próxima Nochevieja me iré fuera, me aseguraré por partida doble de no plantarme en tu casa. Me iré a algún lugar remoto, a tumbarme en la playa y olvidarme por completo hasta de que es Nochevieja.

—Vale. —Le lanzo una mirada triste cuando me mira—. Ya tenemos plan.

El alivio le relaja la postura tensa de los hombros. La Nochevieja nos ha pesado más de lo que creía a ambos.

Jonah me acompaña hasta el aparcamiento y me sujeta la manta mientras abro el coche. Su Saab está aparcado al lado.

—Ostras, pero si es tu cumpleaños, ¡pues claro! —dice avergonzado al ver el globo de papel de aluminio rojo que se mece en el interior del coche junto a la botella de espumoso y el resto de la tarta—. No lo había pensado.

—No estoy de humor para cumpleaños, si te digo la verdad.

Me distraigo cuando, al abrir la puerta, se me cae el termo de café. Me agacho para cogerlo antes de que se meta rodando debajo del coche y, con tanto lío y tanto rebuscar, el globo de helio consigue darse a la fuga. Ambos tratamos de agarrar el cordel metálico, pero no tenemos nada que hacer contra los elementos.

—Mierda —digo más enfadada conmigo mismo que otra cosa.

No es que quisiera el globo, es que no está bien que haya tenido que escaparse justo en este lugar. Nos quedamos de pie en silencio y lo observamos ascender, una mancha de color rojo chillón recortada contra el gris, y entonces, de pronto, se convierte en algo que en realidad está perfectamente bien. No soy para nada de liberaciones simbólicas de globos, pero resulta que sí soy de las accidentales. Seguimos contemplándolo hasta que desaparece, perdido en la neblina baja.

Permanecemos callados unos instantes, y cuando me vuelvo hacia Jonah él me está mirando de hito en hito.

—Siempre serás importante para mí, Lydia —dice—. No quiero que perdamos nuestra amistad de nuevo. Ya hemos perdido demasiado.

Asiento, otra vez al borde de las lágrimas, porque esto es lo que debería haber ocurrido en Nochevieja. Esta conversación sanadora entre dos viejos amigos, no aquella movida destructiva que nos hizo daño a ambos.

—Tú también serás siempre importante para mí, Jonah Jones —digo, y me pongo de puntillas y le doy un beso en la mejilla fría.

Apoya la mano en la puerta del coche mientras me siento.

—Feliz cumpleaños —dice en voz baja, y espera hasta que me pongo el cinturón de seguridad antes de cerrar la portezuela—. Ve con cuidado.

Asiento y levanto la mano, y cuando salgo del aparcamiento alzo la vista al cielo para ver si vislumbro el globo por algún lado. No queda ni rastro de él.

Ya estoy a medio camino de casa cuando tengo que frenar para que una mujer cruce un paso de cebra y, cuando pasa despacio ante mí, me doy cuenta de que es Maud, la del taller de duelo. Va encorvada y tira de uno de esos carritos de la compra con ruedas.

Bajo la vista hacia la tarta de chocolate que llevo en el asiento del pasajero y, no sé qué es lo que me impulsa a hacerlo, pero bajo la ventanilla y grito su nombre cuando llega a la acera.

—¡Eh, Maud! —digo en voz alta, y detengo el coche junto a ella—. Me alegro de volver a verte.

Ella se asoma al interior para mirarme.

—Yo no te he visto en mi vida —gruñe.

—Que sí. Nos conocimos en el taller de duelo, el verano pasado en el instituto, ¿te acuerdas?

Mueve la mandíbula de un lado a otro varias veces mientras desentierra el recuerdo.

—Chorradas modernas.

—Ajá —digo—. A mí tampoco me volvió loca, si te soy sincera.

Se me queda mirando, sin hacer el más mínimo esfuerzo por entablar conversación.

—Bueno —continúo sintiéndome un poco ridícula—. Hoy es mi cumpleaños y…

—¿Tan desesperada estás por tener amigos que vas molestando a extraños por la calle? Pues te has equivocado de persona, yo odio los cumpleaños.

—Vaya, es una pena. Porque me he acordado de que te gustaban las tartas y me preguntaba si querrías esta.

Señalo con la cabeza la tarta de chocolate que tengo en el asiento de al lado. Maud desvía la mirada hacia ella y tuerce la boca.

—La de chocolate no es mi favorita —dice con desdén.

—Ah, vale. Entonces nada.

—Me atrevería a decir que podría tolerarla. —Ya está desabrochando la solapa de su carrito—. Si tuviera algo que me ayudara a tragarla.

Clava la mirada en la botella de espumoso que hay junto a la tarta y no puedo evitar reírme de su descaro. Le paso ambas y espero mientras las guarda.

—Podría ir contigo y ayudarte a comértela —propongo intentando ser amable por si se siente sola.

—Búscate otra fiesta —dice al enderezarse—. Estás en un paso de peatones, ¿sabes? Está prohibido parar.

Y se acabó. Se aleja arrastrando el carrito y ni siquiera se gira cuando le grito un alegre «¡Adiós, Maud!» al arrancar. Estoy segura de que no le gustaría saber que me ha alegrado el día una barbaridad.

Dormida

Jueves, 14 de marzo

—Feliz cumpleaños, preciosa.

Estamos en Alfredo's. «Dónde si no.»

—Sé que ya vinimos aquí por tu cumpleaños el año pasado, pero esta noche cenaremos solos —dice Freddie—. A no ser que quieras que venga tu madre para que vuelva a quejarse de que su pollo está frío. —Se echa a reír—. Sabes que la quiero con locura, pero pensé que al final Alfredo terminaría sacándola de aquí a rastras por los pelos.

O sea que eso es lo que ocurrió en mi cumpleaños en esta vida. Nos sentamos a una mesa de este mismo restaurante y el recuerdo más destacado del día es que mi madre no paró de protestar porque su cena estaba fría. Trago saliva con dificultad e intento sonreír ante una anécdota que no recuerdo en absoluto, casi furiosa porque la primera cosa que se viene a la cabeza al pensar en el día que mi vida cambió para siempre sea algo tan tonto.

Paramos de hablar para pedir. Freddie, como era de esperar, elige un chuletón; yo varío un poco y escojo el salmón de la lista de recomendaciones del día. Aquí suelo pedir pollo, pero no quiero correr el riesgo de que se establezcan más comparaciones o parecidos con el año pasado.

—¿Cómo has visto a Elle esta tarde? —pregunta Freddie mientras me llena la copa de vino.

No sé cómo está Elle, obviamente, así que opto por una respuesta imprecisa.

—Bien, creo. —Quiero preguntarle más al respecto, pero no se me ocurre cómo hacerlo sin que quede raro.

—¿Quieres que te dé una noticia más alegre?

Guardamos silencio unos segundos mientras nos ponen los platos delante.

—Por favor —contesto cuando se marcha el camarero.

Cojo mi copa de vino, feliz de que exista otro mundo, un lugar en el que la barriga de Elle va creciendo al ritmo de su bebé sano y donde su corazón está intacto.

—Jonah se va a vivir con Dee —dice Freddie—. A él está a punto de terminársele el contrato de alquiler del piso, así que han decidido probar a vivir juntos. Dee tiene una casa de dos habitaciones en esa urbanización nueva del parque, ¿sabes cuál digo?

Sí, sé cuál dice. Fuimos a verlas cuando estábamos buscando casa y las descartamos porque Freddie llegaba a tocar la valla de ambos lados del jardín trasero a la vez.

Estoy, cuando menos, sorprendida. A Jonah le encanta su piso. Tiene una planta baja en una elegante y antigua casa eduardiana cerca del instituto. Se sale de su presupuesto todos los meses para tener una ventana en mirador lo bastante grande donde le quepa el piano.

—¿Tendrá sitio para el piano? —pregunto, y Freddie me mira de una forma extrañísima.

—A saber —dice—. Dudo que esté entre sus prioridades.

Tengo que bajar el ritmo de beber vino, pero, desde luego, no está resultando ser el cumpleaños que esperaba. Preferiría estar literalmente en cualquier sitio que no fuera Alfredo's; a decir verdad, este restaurante siempre le gustó más a Freddie que a mí.

—Van a dar una fiesta el próximo fin de semana para celebrarlo. No tenemos nada planeado, ¿verdad?

Niego con la cabeza y tomo nota mental de no tomarme un somnífero el próximo sábado.

—¿Alguna noticia del trabajo? —le pregunto mientras cojo el vino para rellenar las copas.

Nunca he llegado a manejar del todo el arte de hacer preguntas informales, pero me gustaría averiguar cómo le han ido las cosas desde la última vez que vine por aquí. Si le parece que sueno un poco forzada, lo deja pasar.

—Nada especial —contesta—. Hay rumores de una posible expansión de PodGods en Brasil, pero todavía es pronto.

—Vaya, eso sería muy importante.

Por lo que deduzco, PodGods monopoliza gran parte de las horas de trabajo de Freddie; ha estado tras una agresiva campaña de publicidad para hacer crecer la marca por todo el mundo. La ambición de Freddie siempre ha sido una espada de doble filo. Es fantástica para sus jefes, pero de vez en cuando el trabajo lo absorbe tanto que su vida personal se ve afectada. Ha ocurrido en una o dos ocasiones con otras cuentas, y empiezo a sentir una pequeña punzada de resentimiento cada vez que menciona a los de PodGods. Escucho a Freddie mientras jugueteo con la cena, más concentrada en él que en la comida. Observo su boca al formar las palabras, cómo mueve los hombros debajo de la camisa al cortar la carne, la definición de sus bíceps cuando levanta la copa. Se ha cortado el pelo un poco más de lo habitual; no tengo claro que me guste. O puede que solo sea que no me gusta que haya nada diferente en él en este mundo. Vuelvo a prestar atención a sus palabras.

—Al menos me aprobó el permiso antes de que le diera el ataque al corazón. Tres semanas enteras.

Llego a la conclusión de que debe de estar hablando de Vince, su jefe.

—¿Está bien?

—Lo estará, siempre y cuando se mantenga alejado de las hamburguesas.

Algo es algo. No es que Vince sea santo de mi devoción, pero tampoco quiero que la palme.

—Tres semanas, ¿eh?

—El 12 de julio saldré del trabajo y, cuando vuelva, seré un hombre casado.

Freddie levanta la copa para brindar conmigo. Yo sonrío y acerco la mía hasta que el cristal tintinea, pero esta noche mi corazón está con mi hermana. Aquí mi vida es de color de rosa, mientras que la suya se está haciendo añicos. No puedo librarme de la sensación de que su felicidad es el precio que estoy pagando por la mía.

Despierta

Viernes, 17 de mayo

—¿Y si no aparece nadie?

Ryan se mira en el móvil para ver si está bien peinado.

—Claro que vendrán. Hemos vendido treinta entradas con una copa incluida. Vendrán aunque solo sea por eso.

Siempre me pongo nerviosa en las actividades que he organizado yo, pero lo cierto es que esta vez tampoco he tenido que hacer gran cosa. La empresa que se encarga de las veladas de citas rápidas en silencio va a venir para gestionarlo todo. Yo solo he tenido que vender las entradas, supervisar a la plantilla del bar, preparar la sala, ese tipo de cosas. Me he asegurado de que las entradas se vendían al mismo número de hombres que de mujeres, pero, aparte de eso, no tengo mucha idea de qué va a pasar esta noche.

—¿Tengo aspecto de alguien con quien querrían tener una cita?

Ryan, que lleva unos pantalones estrechos, me lo pregunta con una mano apoyada en la cadera y mirando al horizonte con aire reflexivo, como en una portada taciturna de la revista *GQ*. Está ilusionado con lo de esta noche, siempre a la espera de que el siguiente gran amor de su vida entre por la puerta. A veces me entran dudas de si debería aconsejarle que no exponga siempre su corazón con un entusiasmo tan imprudente, pero creo que esa lección solo se aprende por medio de la amarga experiencia.

—No pararán de lanzarte besos desde el otro lado de la mesa —contesto.

—Espero no conocer a ninguna. —Finge estar horrorizado—. Sería muy incómodo tener que mirar a alguien a quien le
he hecho *ghosting*.

—¿*Ghosting*?

Frunce el ceño mientras busca las palabras adecuadas para
explicármelo.

—Ya sabes, es cuando no tienes narices de decirle a alguien
que lo vuestro se ha acabado, así que desapareces sin más. No
contestas a sus llamadas, no vuelves a ponerte en contacto con
esa persona. Simplemente te esfumas de su vida.

—Ah.

Sé que le está quitando hierro al asunto, pero no puedo evitar sentirme mal por todas las personas que hayan sufrido
ghosting por parte de alguien a quien quieren. Freddie no me
hizo *ghosting*, pero sé lo que se siente cuando alguien desaparece de tu vida sin previo aviso. Hacérselo a alguien por decisión propia es una cabronada.

—Yo solo he tenido que hacerlo una vez —recula Ryan, y
me doy cuenta de que se me debe de estar notando en la cara lo
que pienso—. Y fue porque era una acosadora en toda regla.
Después me pasé un mes durmiendo con la luz encendida.

—Da igual —digo de pronto—, hoy te irá bien, estoy segura.

Ryan es el único miembro de la plantilla que va a participar
esta noche. Todos los demás están casados o soy yo.

En cuanto llegan los de la empresa de citas rápidas, disponen el
salón de actos con eficacia y velocidad. Colocan quince mesas
para dos organizadas en un circuito que haría llorar de envidia a
los empleados de Ikea, quince manteles rojo purpúreo y quince
jarrones de peonías sintéticas, todo ello en el tiempo que tardo
yo en prepararles un café.

—¿Cuánto lleváis haciendo esto? —le pregunto a Kate, la
jefa, cuando le paso una de nuestras tazas «solo para clientes»:
lisas y blancas con un remate dorado, nada que ver con la colec-

ción de tazas descascaradas con eslóganes de publicidad y de «Mejor tía del mundo» que utilizamos en la oficina del piso de arriba.

Ella apoya el trasero en el anticuado radiador y sacude la melena, negra como el azabache. Es clavada a Uma Thurman en *Pulp Fiction* y se ha hecho un delineado ojos de gato con lápiz negro para enfatizarlo. Es un estilo llamativo, y puede que esa sea la clave para las citas rápidas, lograr que sea difícil olvidarte. Es baja, tiene unas curvas suaves y se ha embutido en unos pantalones de cuero que es imposible que a la vaca le sentara mejor.

—Un año, más o menos —contesta—. Antes organizábamos citas rápidas normales, pero pasamos a hacerlas silenciosas para diferenciarnos del resto. —Bebe un sorbo de café—. La gente siempre prueba las cosas al menos una vez, ¿no?

Pienso en ello. ¿Sí? Yo no tengo ninguna prisa por probar el salto base ni el toreo ni la natación en el Canal de la Mancha.

—Qué calores me están entrando —dice, y no sé si es por el café, por el radiador o por Ryan, que pasa a nuestro lado cargado con un montón de sillas extra.

—¿Tú participas? —pregunto.

Kate se ríe en voz baja.

—Ni loca.

No puede calificarse de respaldo enérgico precisamente.

—¿No?

—No estoy buscando el amor. En mi opinión está sobrevalorado.

«Eso lo ha dicho un corazón roto», pienso.

—Creo que no deberías comentárselo a tus clientes —digo entre risas.

—No suelo hacerlo. —Pone una mueca de «me has pillado»—. Y una cosa hay que reconocer, está claro que las citas rápidas silenciosas tienen algo que hace que funcionen. Existe una base científica: hay estudios que demuestran que la gente puede enamorarse de verdad si mira a otra persona a los ojos sin hablar durante unos minutos.

—Pero seguro que eso no pasa con un desconocido cualquiera, ¿verdad? —digo, porque no se me ocurre ni una sola persona que conozca de la que pudiera enamorarme en dos minutos.

Soy muy escéptica. Ay, madre… ¿Me he convertido en una cínica respecto al amor? El amor de mi vida me ha dejado, y ahora la fe en el amor me ha abandonado por completo.

—Bueno, supongo que las dos personas tienen que sentirse algo atraídas la una por la otra —dice—, y estar disponibles, claro. Pero, si están en un evento de citas rápidas, eso ya suele darse por hecho.

—Supongo que sí.

Me pasa la taza vacía y se levanta del radiador.

—Crucemos los dedos para que venga mucha gente.

Media hora más tarde, el salón de actos está hasta los topes y reina una atmósfera de expectación nerviosa mientras la gente merodea por la sala, empeñada en no separarse de su grupo de amigos y con la bebida gratis aferrada en unas manos ligeramente sudorosas. Los observo, distante pero fascinada. Ahora que las cosas están en marcha, yo ya no desempeño ningún papel en el proceso, pero me he quedado por pura curiosidad. Escucho a Kate pronunciar su eficiente discurso de bienvenida, que es una versión más detallada de nuestra charla anterior sobre la base científica que respalda el concepto de las citas silenciosas, sin mencionar su reticencia personal hacia el amor, por supuesto. Desde luego, sabe cómo animar al público. Todo el mundo presta atención, y la gente empieza a lanzar miradas rápidas y furtivas por la sala. Estoy impresionada; para cuando termina, están todos entusiasmados y dispuestos a dar una oportunidad silenciosa a todo esto. A cada uno de los participantes se le ha asignado una posición de partida y, cuando Kate se lo indica, se dirigen hacia su mesa, hacia sus dos primeros minutos de silencio inductor del amor. Me fijo en ella; tiene el ceño fruncido, y cuando sigo su mirada veo a una mujer que está metiendo los brazos en las mangas de su abrigo a toda velocidad mientras se precipita hacia la puerta. Su lenguaje corporal me dice que no quiere hablar con la ayudante de Kate, que la aborda cerca de la salida: tiene los hombros demasiado altos, tensos a la altura de las orejas coloradas.

—Joder —murmura Kate cuando se acerca a mí.

Observo el sitio vacío y al chico sentado solo a la mesa; se mueve con nerviosismo, porque si ya es bastante embarazoso que te dejen plantado en público, que te ocurra en una actividad organizada de citas a la que has pagado por asistir debe de serlo el doble.

—Participa tú, ¿vale? —me suelta Kate sin rodeos.

Me echo a reír y luego me doy cuenta de que habla en serio.

—No... No puedo —digo.

—Sería de gran ayuda —insiste—. No puedo poner las cosas en marcha con un número impar.

Su tono es pragmático; no me está pidiendo que sea romántica, solo que contribuya a sacar adelante la actividad que yo misma he contratado y que ella se encarga de llevar a cabo. Miro la silla vacía y me siento un poco desesperada. Solo tengo que seguir el recorrido por la sala y permanecer sentada en silencio; supongo que podré soportarlo. Paso un montón de tiempo sola, así que no cabe duda de que estoy bien entrenada. Entonces me llega la inspiración: si eliminamos a Ryan, volverá a restablecerse el equilibrio. Escudriño las mesas y lo encuentro al otro lado del salón. Está de cara a mí, pero no me ve: ya tiene la mirada clavada en la chica que tiene delante. Se me cae el alma a los pies. No puedo hacerlo; Ryan irradia un halo de esperanza tan brillante que siento su calor incluso desde aquí. Kate debe de percatarse de que estoy vacilando, porque me pone una mano en la parte baja de la espalda.

—No es más que silencio —susurra—. Desconecta y piensa en tu bandeja de entrada.

No llega a empujarme de verdad, pero, aun así, sus dedos en

mi espalda son un «échame una mano» que no deja lugar a dudas. Suspiro, y ella lo interpreta como un sí a regañadientes.

—Eres la leche —me dice.

«¿Cómo narices me he metido en esto?», me pregunto malhumorada mientras cruzo la sala arrastrando los pies. No quiero hacerlo. En serio, no quiero hacerlo. No puedo imaginarme nada peor que lanzarme de esta forma al mundo de las citas, sean silenciosas o no. Han pasado catorce meses desde el accidente, y ni siquiera se me ha ocurrido pensar en otro hombre de esa forma. No puedo.

Mientras aparto la silla, no miro al chico número uno a los ojos. Ni siquiera soy capaz de hacerlo cuando planto el trasero en ella. Él ha pagado para mirar a los brillantes ojos de la esperanza y el romanticismo, y en lugar de eso va a llevarse dos reticentes minutos de cinismo y desesperación. Desde la parte delantera del salón de actos, Kate nos dice que la espera ha acabado: ha llegado el momento de mirar los ojos del potencial amor de nuestra vida. Pero yo sé que se equivoca. Da igual lo larga o lo breve que resulte ser mi vida, nunca amaré a nadie tanto como a Freddie Hunter.

Vale. Yo puedo. Me escondo las manos temblorosas bajo las piernas y levanto la vista. He asimilado lo suficiente del discurso de Kate para saber que se nos permite hacer lo que nos apetezca siempre y cuando no rompamos la regla del silencio. Los gestos con las manos (no obscenos) están autorizados, sonreír es bueno; podemos incluso cogernos de la mano si nos da por ahí. No será mi caso. El chico de enfrente me observa con un desinterés que da a entender que en realidad no soy su tipo. No pasa nada, él tampoco sería el mío. Si tuviera que averiguar su edad, diría que tiene veintiuno como mucho; parece recién salido de la universidad, y como si todavía no hubiera aprendido las normas básicas de la vida adulta. No me ofende su no demasiado cortés aburrimiento, ni que se muerda las uñas, que ya parecen muñones, para matar algo de tiempo. Vale, eso sí me ofende un poco. Cuando entramos en el segundo minuto, le lanzo una sonrisa tensa, de disculpa, de podría ser tu madre, desde el otro lado de la mesa, y él me contesta con un encogimiento de hombros. No me la juego si digo que el número uno no irá a rellenar el formulario para obtener mis datos.

El número dos tiene una edad más parecida a la mía, y en cuanto me siento noto que es competitivo. Permanece absolutamente inmóvil y me mira como si estuviéramos compitiendo por sostener la mirada; es más desafiante que romántico. Me hace pensar en alguien que podría participar en uno de esos programas de supervivencia extrema, con el pelo cortado a cepillo y una camiseta de camuflaje. No puedo apartar la vista. Me irrita de una manera ilógica, y si pudiéramos hablar le recomendaría que se relajase un poco si es que quiere conectar con alguien esta noche, porque transmite una imagen un poco Norman Bates. No obtengo ni la más mínima pista de quién es a través de su mirada fija, pero la verdad es que tampoco creo que él saque nada de mí. Son dos minutos muy largos.

Tanto el tres como el cuatro y el cinco encajan en la misma categoría de «yo he venido por la cerveza». Está claro que son amigos, porque no paran de mirar para ver con quién están los otros y estoy casi segura de que están puntuando a la gente del cero al cinco con los dedos por debajo de la mesa. Son los típicos chicos que se sientan al fondo del autobús y que toman como ejemplo vital las reposiciones de *The Inbetweeners*.

Al número seis me lo quiero llevar a casa de mi madre para que lo alimente como es debido: tiene pinta de estar muy solo y de necesitar una comida decente. Podría verle los pezones a través de la finísima camisa de poliéster que lleva puesta; no le favorece nada. ¿Quién se compra una camisa verde menta? Y, aun peor, ¿quién la combina con una corbata estampada de *Regreso al futuro*? Este tío. A la mitad, rebusca en sus bolsillos y saca un paquete de caramelos para niños, unos Chewits, creo. Los rechazo educadamente y lo observo mientras abre uno con gran parsimonia, luego lo mastica con la misma lentitud y me mira desde detrás de sus gafas de montura dorada. Es como estar en un documental de naturaleza. Casi oigo la susurrante voz superpuesta de David Attenborough mientras explica la extraña llamada de apareamiento masticatoria de los humanos.

En realidad esto no es tan difícil. Imagino que se debe a que no tengo ningún interés romántico en la velada, pero me parece casi ridículo cuando hago un gesto de despedida con la cabeza a Chewit Man y me siento a la siguiente mesa.

Me doy cuenta de que el número siete es alto a pesar de que está sentado, y de que tiene los hombros fuertes aunque delgados. Tiene el pelo de un rubio sucio que recuerda a los vikingos, y sus ojos grises claros irradian una especie de diversión bondadosa, como si se hubiera equivocado de camino en el bar y hubiera terminado aquí por error. Yo tampoco pego nada aquí, creo, y me siento un poquito más erguida cuando él se inclina de una manera casi imperceptible hacia delante. No sé por qué el número siete me transmite una sensación diferente a los demás. Me resulta más difícil pasar de él, tiene algo que me remueve en la mirada. No es un chaval del fondo del autobús, y dudo que haya comido Chewits en los últimos diez años. Es un hombre, no hay ni el más mínimo rastro de infantilidad en él. Diría que me saca unos años, cinco, más o menos, y no puedo evitar mirarle la mano para ver si lleva alianza o si hay alguna señal de que se la haya quitado hace poco. Me pilla haciéndolo y niega con la cabeza como respuesta a mi pregunta. Luego es él quien me mira la mano. Está vacía. Ahora llevo el anillo de compromiso de Freddie al cuello, colgado de una cadena, siempre cerca aunque no sea en el dedo. Tras un par de segundos sosteniendo la mirada al vikingo, muevo la cabeza sin hablar para confirmarle que no, que no hay nadie esperándome en casa. Es lo bastante perceptivo para leer mi compleja expresión y entonces rompe una de las reglas cardinales de Kate y me pregunta de forma casi inaudible si estoy bien. Su amabilidad inesperada desencadena algo en los recovecos más profundos y oscuros de mi alma; es como el retumbar crepitante de un motor oxidado al encenderse. Tardo unos instantes en reconocer de qué se trata: chispas. Unas chispas aterrorizadoras, inesperadas por completo.

—Tramposo —susurro, y él se echa a reír y aparta la mirada.

Es un gesto cohibido, casi avergonzado, y cobro conciencia de que es atractivo casi como si recibiese un golpe seco. Dios mío. El número siete me resulta atractivo y no tengo ni puñetera idea de qué significa eso. No me recuerda a Freddie. No me recuerda a nadie. Si pudiéramos hablar, le contaría que solo estoy aquí para que salgan los números, que no hay un formulario para pedir mis datos y que no estoy buscando el amor, ni en silencio ni de ninguna otra forma. Pero no puedo, así que intento comunicárselo todo con la mirada. Y entonces se acaba, ya han pasado nuestros dos minutos. La consternación le inunda el rostro y, justo antes de que me levante, estira una mano y me cubre los dedos con los suyos.

—Me llamo Kris —dice volviendo a romper las normas.

Nadie lo oye por encima de los chirridos y crujidos de las sillas musicales. Trago saliva con dificultad y, aunque no pretendo hacerlo, digo:

—Lydia.

Me da un sutilísimo apretón en los dedos cuando me levanto para marcharme.

—Me alegro de haberte conocido, Lydia —dice.

Estoy aterrorizada, agradecida de que haya llegado el momento de marcharme a la mesa ocho. Gracias a Dios, pienso al sentarme frente a un extraño cuya camiseta y cuerpo de levantador de pesas no dicen nada en absoluto a mi motor crepitante y chisporroteante. Yo tampoco debo de decirle nada al suyo, por lo que parece, ya que no para de lanzar miradas descaradas de «nos vemos en la barra» a la chica que acaba de dejar su mesa. Ella le devuelve la mirada sin disimulo y sonríe, lo que hace que me sienta fatal por el chico frente al que está sentada ahora. Ya ha pasado más o menos un minuto, y no creo que lo haya mirado ni una sola vez. Desconecto mentalmente, pero, al contrario que el número ocho, tengo la buena educación de fingir interés. Ambos nos sentimos aliviados cuando se acaba el tiempo.

Casi me entran ganas de besar al número nueve de puro alivio, porque cada vez queda menos para el final y porque no tengo que seguir mirando al ocho mientras él tiene los ojos fijos en otra persona, pero sobre todo porque se trata de Ryan. Me dejo caer en la silla que tiene enfrente, y él hace un gesto sorprendido de «¿Qué narices haces tú aquí?» y luego se inclina hacia delante sobre la mesa, medio riéndose e incrédulo. Me encojo de hombros, impotente, con las manos vueltas hacia arriba. Durante un momento, resulta incómodo, pero luego él se pasa la mano despacio por la cara y emerge con una expresión serena y firme. Al cabo de unos segundos, yo también me tranquilizo, preparada para jugar, y abro los ojos como platos y lo miro a los suyos con cara de póquer. Ryan hace lo mismo, pero después su expresión se ensombrece y me doy cuenta de que está pensando en lo mucho que debe de haberme costado hacer esto esta noche. La congoja le frunce el ceño; está sufriendo por mí, por empatía, y lo único que puedo hacer es agarrarle la mano con fuerza sobre la mesa y mirarlo a los ojos, de repente afectada por el hecho de que estoy en una velada de citas y he sentido algo real por alguien nuevo. Ryan tensa la boca y veo lo que piensa con la misma claridad que si lo hubiera escrito en el aire con una bengala encendida. Está orgulloso de mí. No creía que tuviera el valor necesario para hacer algo así. Me está mirando como si fuera una princesa guerrera y, cuando nuestro segundo minuto termina, me aprieta la mano con muchísima fuerza para que me acompañe en el resto de mi paseo triunfal. En ese momento, no podría quererlo más aunque fuera mi hermano. Estoy a un suspiro de las lágrimas, y él se da cuenta y articula sin voz un «Lárgate, pringada» para hacerme reír. Funciona; un resquicio residual de mi princesa guerrera interior me ayuda a superar las últimas seis mesas. Todos sus ocupantes son igual de poco memorables, al menos para mí. Solo seré capaz de recordar a uno de los desconocidos de esta noche. Al número siete. A Kris. El tramposo. El vikingo.

Kate y su equipo vuelven a tener todo el evento guardado en su furgoneta con la misma rapidez con que lo han montado, y Ryan y yo cruzamos el diminuto aparcamiento después de despedirnos de ellos y cerrar con llave.

—¿Qué te ha parecido?

Ryan se desengancha las gafas de sol del cuello de la camiseta y se saca las llaves y el móvil del bolsillo de atrás de los vaqueros.

—Bueno. —Me encojo de hombros—. Parece que ha ido bien. Al menos han rellenado bastantes formularios.

Kate se los ha llevado todos para poner en contacto a las personas que se han interesado la una en la otra. Me las he arreglado para echar un vistazo a hurtadillas a algunos cuando los recogían. Uno estaba marcado con crucecitas de verde fosforito. Me pregunto qué revelará esa elección de rotulador sobre la persona que lo ha utilizado. ¿Extrovertida, le gusta destacar? ¿Demandante, necesita llamar la atención? ¿Desordenada del tipo «es lo único que he encontrado en el fondo del bolso»?

—También hacen fiestas silenciosas en discotecas —dice Ryan.

—Eso me ha dicho Kate. —Abro la puerta de mi coche y lanzo al interior una carpeta que he cogido para avanzar algo de trabajo en casa—. No sé si me convence la idea —digo con un brazo apoyado sobre la portezuela abierta—. Para mí la música tiene que ver con compartir el entusiasmo, con bailar al mismo ritmo. —Vale, ha sonado más hippy en voz alta que dentro de mi cabeza—. ¿Has pedido los datos de alguien? —pregunto para cambiar de tema.

Ryan me lanza una mirada de «¿acaso no sale el sol todos los días?».

—Pues claro, los de todas excepto la número cuatro. Me ha

dado miedo. Se ha quitado las gafas para mirarme y me ha recordado a mi madre justo antes de echarme una bronca. —Se queda callado—. Ni los tuyos, claro.

—Claro —repito en tono cortante.

No es que quisiera que marcara mi nombre, es que lo ha dicho de una forma que hace que parezca que nadie querría saber más de mí.

—No pretendía… —dice para empeorarlo.

Me echo a reír y lo dejo marcharse de rositas.

—Ya sé lo que querías decir. Yo participaba solo para que cuadraran los números.

Ryan también abre la puerta de su coche.

—¿De verdad?

—¿De verdad qué?

—Que solo participabas para que cuadraran los números. —Se le sonrojan las mejillas.

No entiendo por qué me lo pregunta. Durante un segundo horrible, pienso que está a punto de declararme su amor con palabras entrecortadas y me invade el pánico, aunque sé que es ridículo.

—Es que uno de los chicos que estaban ahí dentro me ha preguntado si podía darte esto.

Enseguida me siento aliviada como una tonta, feliz de no haberme precipitado y haber soltado alguna estupidez. Pero luego pienso en lo que sí acaba de decirme y en lo que significa de verdad y, al mirar el papel que Ryan sujeta en la mano, me pongo colorada de inmediato. Se lo arranco de los dedos como si quemara y lo meto a toda prisa en mi bolso, más para poner fin a la conversación que porque quiera saber lo que dice.

—No lo he leído —dice Ryan en un tono muy poco convincente; ni siquiera puede mirarme a los ojos.

—Y yo tampoco lo haré —digo—. Me voy ya.

Y, como es imposible que esta charla se vuelva aún más incómoda, me monto en el coche y cierro la portezuela de golpe.

Revoluciono el motor sin querer, furiosa conmigo misma.

Tendría que haberme negado cuando Kate me ha pedido que la ayudara esta noche.

Una vez que pierdo el trabajo de vista, tomo un desvío equivocado a propósito hacia una urbanización recién construida y aparco a un lado de la carretera. Las casas uniformes de ladrillo rojo son anónimas e inmaculadas, pues los recién casados con aspiraciones aún deben personalizarlas con preciosas parejas de laureles, o con cortinas de red, en el caso del cotilla de turno que establece su puesto de vigilancia. Paseo la mirada por el letrero que me informa de que estoy en Wisteria Close, y entorno los ojos ante el evidente intento de añadir algo de brillo a este lúgubre rincón de la nada. Sin embargo, el cartel de la casa piloto presume de que solo quedan dos vacías, así que está claro que por aquí abunda la esperanza. Me sorprendo poniendo los ojos en blanco, rebosante de cinismo ante todo este optimismo. Pero me estoy yendo por las ramas. Me siento casi como si un latido irradiara de mi bolso en el asiento del pasajero, como si la nota estuviera conteniendo el aliento a la espera de que la abran para poder poner en marcha una cadena de acontecimientos. Cuando meto la mano en el bolso y palpo los bordes del papel con los dedos, me planteo la opción de hacerlo trizas sin mirarlo. Podría abrir la ventanilla y convertirme en la primera persona que tira basura al suelo en Wisteria Close, pero no soy el tipo de persona que hace esas cosas. Me sacan de mis casillas la gente que deja desechos y desperdicios a su paso, colillas enterradas en la playa o envoltorios de sándwiches tirados en el parque. Así que, diciéndome que es porque no soy de esa clase de personas, saco la nota y la aliso sobre el volante.

Hola, Lydia:

Me he dado cuenta de que no había ningún formulario con tu nombre, así que voy a aventurarme a pensar que no tenías intención de participar esta noche. Para que conste, en realidad yo tampoco. No es algo habitual en mí, pero podría decirse que ese es justo el motivo por el que he terminado participando: estoy intentando hacer cosas poco típicas de mí porque lo de siempre no me ha funcionado mucho últimamente. Da igual. Me preguntaba si podría invitarte a tomar un café algún día, o un té, o un chai-latte desnatadísimo y vegano, si es lo que te va. Creo que me estoy haciendo un lío con todo esto y me estoy quedando sin sitio, así que este es mi número. Me encantaría volver a verte.

KRIS

Su caligrafía, con tinta azul, no es ni descuidada ni meticulosa, y al final no hay ni caritas sonrientes ni besos por los que sentir miedo o desdén. Es breve, pero cuando la leo por segunda vez, más despacio, y presto atención a lo que dice entre líneas, averiguo varias cosas de Kris. Ha pasado algún tipo de mala racha. Me descubro dudando de que su época complicada haya sido tan dura como la mía, y enseguida me siento mal por haber pensado algo así. Debería saber mejor que nadie que hay que evitar ese tipo de suposiciones.

El caso es que puedo dar por sentado que ha pasado por alguna clase de dificultad, romántica, lo más seguro, pero, teniendo en cuenta que esta noche ha acudido él solo a un evento de citas rápidas, diría que ha conseguido conservar su nivel de autoconfianza, o que es valiente, o un poco de ambas cosas. No añado que tal vez lo haya hecho por desesperación, porque lo cierto es que ninguna de las personas que han participado esta noche parecía especialmente desesperada. Y, por último, no da la impresión de tomarse a sí mismo demasiado en serio, si es que su chiste del chai-latte es base suficiente para juzgarlo. Es lo único que tengo para hacerme una idea y, junto con nuestro breve encuentro, basta para permitirle plantar el trasero en un asiento de la sala de espera de mi vida.

Despierta

Viernes, 14 de junio

—Mido lo mismo de ancho que de largo —refunfuña Elle cuando se deja caer en mi sofá—. Voy a tener que quedarme aquí hasta que dé a luz. No puedo levantarme.

—Estás espectacular —digo—, muy Madre Tierra.

Hago un mudra con los pulgares y los índices y pongo cara de yogui.

—Espectacularmente redonda —resopla—. ¿Sigo teniendo los pies ahí? Llevo un mes sin vérmelos. Y aquí dentro hace un calor de narices.

Me doy la vuelta para abrir una ventana y que no me vea reírme. Elle no es una embarazada resplandeciente y feliz. Es una embarazada gruñona y exigente. Cuando la semana pasada vi a David en casa de mi madre, me confesó que cada vez le tiene más miedo; la describió como ocasionalmente Jekyll, pero sobre todo Hyde. Cada centímetro que su hija añade a la cintura de Elle reduce su umbral de paciencia de manera proporcional. Mi madre intentó hacer que David se sintiera mejor explicándole que a ella los embarazos también le causaron un efecto psicótico temporal parecido, pero luego continuó contando que le había roto dos dedos a mi padre al apretarle la mano durante una contracción. Creo que, si mi madre pudiera revivir el día en que nací, el único cambio que haría sería romperle tres. O cuatro. O darlo todo y retorcerle el brazo hasta desencajárselo y acabar así con sus posibilidades de llegar a convertirse en un surfista medio decente. Sea como sea, el caso es que el pobre David ahora tiene que añadir el miedo a sufrir lesiones durante el parto a su ya demasiado larga lista de preocupaciones acerca de Elle y la niña. Es muy organizado; no le hacen ninguna gracia las situaciones que no puede controlar con números y listas de control de daños.

—¿Un té? —pregunto.

Elle se aparta el flequillo oscuro de los ojos con el dorso de la mano.

—¿Por si no tengo bastante calor ya?

Canto a voz en grito cual Pussycat Doll la frase de una canción, «Don't cha wish your girlfriend was hot like me?», aunque sé que, aprovechando el posible equívoco entre tener calor y estar buena, solo voy a conseguir que se enfurruñe aún más.

—No volveré a estar buena en mi vida —gimotea.

—¡Supéralo! —Me río—. ¿Agua con hielo?

Acepta de mala gana.

—Aunque justo después tendré que ir a hacer pis y no podré salir de este puñetero sofá.

—Yo te levanto —digo, camino de la cocina.

No se me ha escapado que nuestros papeles se han ido intercambiando poco a poco desde que Elle se quedó embarazada. El año pasado ella básicamente consiguió mantenerme cuerda; este año estoy intentando devolverle el favor. Durante los primeros meses, me encargué de proporcionarle un suministro continuo de galletas de jengibre, y últimamente siempre tengo cubitos de hielo en el congelador porque mi hermana está muerta de calor en todo momento, con independencia del tiempo que haga en la calle. Sé que David también lo agradece; «cuantos más seamos, más seguros estaremos», tal como me susurró en tono lúgubre hace un par de semanas; además, en ocasiones su trabajo lo obliga a ausentarse de casa durante varios días seguidos. Desde un punto de vista egoísta, me ayuda tener algo que hacer en las horas muertas. Aprecio tener a alguien de quien ocuparme, y no solo tomar decisiones sobre qué cenar y qué hacer durante el fin de semana. No me había dado cuenta de lo dependiente de Freddie que me había permitido llegar a ser. Solo ahora que debo tomar todas y cada una de las agotadoras decisiones de mi vida me percato de que es mucho más fácil tener a alguien con quien compartir la carga diaria, aunque sea en algo tan sencillo como qué hacer de cena. Si bien, la verdad sea dicha, eso es algo que yo solía decidir por los dos. Pero que no haya nadie a quien preguntarle o para quien cocinar ha conseguido que la decisión sea tan aburrida que a veces paso de todo y solo ceno una tostada. O una copa de vino. Estoy esforzándome en cambiarlo.

—¿Qué es esto?

Me vuelvo al oír la voz de Elle a mi espalda. No la he oído cruzar el salón, y tampoco se me había ocurrido esconder la nota de Kris, que está detrás de las tazas en la estantería de la cocina, intacta desde el día que lo conocí en la velada de citas rápidas silenciosas. Para ser sincera, no sé qué hacer con él. Intenté tirar la nota a la basura, pero no fui capaz de dejarla caer entre las botellas y las latas vacías, y como no lograba averiguar por qué, la metí detrás de la loza de la estantería y la dejé allí abandonada a sus propios medios. Un mal plan, al parecer, porque ha resuelto que lo mejor que podía hacer es resbalar por detrás de las tazas y acabar bocarriba en el aparador para que la vea todo el mundo. O, más concretamente, para que la vea Elle.

—¿Quién es Kris?

Me quedo paralizada y la miro, con la puerta del congelador aún abierta de par en par, azotándome con ráfagas de aire helado. No sirven para aliviar el calor que siento en las mejillas.

—No es nadie. —Opto por decir lo mínimo posible.

—Eeeh, no. —Vuelve a recorrer la nota con la mirada—. Es alguien que quiere invitarte a un café.

Dejo su vaso en la mesa y cierro la puerta del congelador, tomándomelo con calma.

—No he hecho nada malo —suelto al final.

Elle se sienta y se acerca el vaso de agua arrastrándolo por encima de la mesa.

—Siéntate un segundo, Lyds —me pide.

No quiero sentarme, no quiero hablar de la nota, pero hago lo que me dice porque tiene un brillo acerado en la mirada y se está acariciando la barriga de una forma amenazante.

—Cuéntamelo —dice con firmeza.

Me encojo de vergüenza, como si el profesor me hubiera obligado a quedarme después de clase para darle explicaciones sobre una nota que ha ido pasando de pupitre en pupitre. Parpadeo demasiado rápido, y luego dejo escapar un suspiro largo y lento.

—No es más que un tío de un evento de citas silenciosas.

Elle abre los ojos como platos a causa de la sorpresa.

—¿Fuiste a un evento de citas? ¿Cuándo? ¿Dónde?

Pongo los ojos en blanco, exasperada.

—Joder, por supuesto que no fui. Fue una actividad que organicé en el ayuntamiento. Estaba haciendo mi trabajo, Elle, nada más. No tenía intención de participar, pero una mujer se rajó literalmente en el último segundo y alguien tenía que sustituirla, y era o yo o yo o yo. No me quedó otra opción, y sin duda tampoco me lo pasé bien.

No pretendo sonar borde, pero lo consigo.

—No hagas eso —dice Elle con expresión seria.

—¿Que no haga qué? No hice nada, solo me senté y miré a cada uno de esos tíos durante un par de minutos tontos, seguí el recorrido que me habían marcado por la sala y eso fue todo, fin de la historia.

—No me refería a eso, pedazo de idiota —dice, y capto el brillo de las lágrimas sin derramar cuando levanta la mirada hacia el techo y niega con la cabeza.

—No se lo cuentes a nadie, por favor. —Me siento una traidora en mil sentidos—. Y menos a mamá.

Elle se muerde las mejillas por dentro, irritada.

—Por el amor de Dios, Lydia, no estoy enfadada contigo ni te juzgo ni pienso nada malo de ti, si eso es lo que crees.

Ha dado totalmente en el clavo, claro. Estupendo, creo que voy a llorar.

—Sabes que no habría accedido a sustituir a esa mujer en la actividad si Freddie aún hubiera estado aquí, ¿verdad?

Estira un brazo para agarrarme la mano, con las lágrimas resbalándole por las mejillas.

—Y tú sabes que ni siquiera tienes que preguntármelo —dice—. Pero la realidad es que él se ha ido, y tú eres demasiado joven para estar sola siempre. Estamos preocupados por ti.

—No estoy sola. —Trago saliva—. Os tengo a mamá y a ti, y pronto habrá un bebé. Además, el trabajo me mantiene ocupada, ya sabes, hago cosas… —Me interrumpo, porque me doy cuenta de lo penoso que suena.

Tengo más amigos, claro, pero Elle siempre ha desempeñado el papel de mejor amiga demasiado bien para que necesitara a nadie más. Si no estaba con ella, por lo general estaba con Freddie. Mi vida se encontraba hasta los topes con las personas de mi círculo íntimo; no preví un momento en el que Freddie fuera a marcharse, en el que Elle estuviese a punto de comenzar su propia familia y en el que yo anduviera dando vueltas por casa y cenando una copa de vino.

—Ya sabes a qué me refiero —dice—. Llevaba un tiempo queriendo comentártelo, pero no tenía ni idea de cómo sacar el tema. Sabes lo mucho que todos adorábamos a Freddie, pero, por más que lo echemos de menos, no volverá.

Asiento mientras me seco las mejillas con las yemas de los dedos, deseando poder contarle que en verdad sí que hay una forma de hacer que vuelva, lo delicioso que es deslizarse en una realidad distinta. Veo a mi hermana pasarlo mal, como si estuviera rebuscando en su cabeza la frase exacta y correcta.

—El caso es que David y yo, y mamá también, dicho sea de paso, pensamos que podría ser una buena idea que ampliaras un poco tu círculo. —Esboza una mueca de dolor cuando termina de decirlo, aprieta los dientes en silencio y tensa los hombros, preparándose para mi reacción.

—¿Ampliar mi círculo? —repito despacio. Y entonces lo entiendo, siento el frío de sus palabras como el de una vía intravenosa de suero que penetra en mi torrente sanguíneo—. Ah, ya lo pillo. Pensáis que me estoy apoyando demasiado en vosotros.

Se queda sin aliento.

—¿Qué? No, no es eso en absoluto, Lydia. Dios, no.

No le estoy prestando verdadera atención, porque lo único que soy capaz de oír es que les estoy robando demasiado tiempo, que Elle y David quieren recuperar su vida y volver a estar solo los dos, o los tres, y que mi madre está cansada de tener que preocuparse por mí. Todos necesitan volver a la normalidad, y eso quiere decir que yo tengo que buscarme a otra gente con la que estar y otros lugares a los que ir de vez en cuando. Bien. Muy bien. Me levanto de golpe de la mesa, enciendo el hervidor de agua y me pongo a trastear con las tazas para tener algo que hacer.

—¿Un té?

—No quiero ningún té y no creo que te estés apoyando demasiado en nosotros —dice con voz grave y firme—. Jamás diría algo así, y lo sabes.

Me doy la vuelta y me reclino contra la encimera de la cocina.

—No pasa nada —replico crispada, incapaz de dejar pasar el dolor—. Además, tienes razón. Tú vas a estar muy liada cuando llegue la niña, y ahora mamá tiene a ese tal Stef, así que...

Me encojo de hombros.

Stefan, o Stef, es un compañero de trabajo de nuestra madre. A lo largo de los últimos meses, ha dejado caer su nombre varias veces en nuestras conversaciones, «Stef ha dicho esto, Stef ha hecho lo otro». Y hace un par de semanas Stef estaba en la cocina de mi madre comiendo macarrones con queso cuando me pasé por allí sin avisar después del trabajo, y mamá se puso casi morada del susto, como si los hubiera pillado en la cama en lugar de cenando y viendo *La jauría humana* en la tele. Me siguió hasta la puerta de entrada cuando puse una excusa para marcharme, diciéndome que eran solo amigos, que Stef se había dejado caer para echar un vistazo a su portátil, que estaba estropeado, y que había preparado demasiados macarrones para la cena, así que le había ofrecido un plato. Era lo menos que podía hacer, en realidad, teniendo en cuenta que le había ahorrado una pequeña fortuna. Quise decirle que no tenía por qué darme explicaciones, que me alegraba mucho de que quizá hubiera encontrado a alguien. Elle y yo nos hemos pasado la mayor parte de nuestra adolescencia y de nuestra edad adulta intentando animarla para que buscara el amor. Pero tengo que reconocer que, ahora mismo, el momento no me parece muy oportuno. Es egoísta por mi parte, ¿no? Y, de verdad, no querría que dejara escapar una oportunidad que puede que no vuelva a presentarse. Es solo que… me siento más sola que nunca.

—Bueno, ¿cómo era? —Elle da unos toquecitos a la nota con una uña—. Ese tal Kris.

Agradezco que haya decidido hacer caso omiso de mi hostilidad.

—Casi ni me acuerdo —digo sin pensarlo. Es verdad, y al mismo tiempo no lo es—. Parecía bastante majo.

Mi hermana asiente y traga.

—¿Atractivo?

Frunzo el ceño. Me encojo de hombros. Miento.

—Normal y corriente.

—Pues eso no me dice nada —responde en tono sarcástico—. ¿Lo llamarás?

Niego con la cabeza.

—No creo.

Por suerte, Elle no me presiona para que le dé más detalles.

—Nadie será como Freddie, pero eso no quiere decir que no vayas a volver a ser feliz, hermanita.

—Ya —contesto. No le digo que me da más miedo pensar que, con el tiempo, quizá alguien vuelva a hacerme feliz. Puede que haya olvidado los matices del rostro de Kris, pero sí recuerdo los sentimientos que despertó en mí y que, en esos precisos instantes, no pensé en Freddie Hunter para nada—. Parecía buen tío, la verdad. No se tomaba demasiado en serio a sí mismo.

A Elle se le iluminan los ojos de esperanza, aunque trata de disimularlo.

—Desde luego, tomarse un café no tiene nada de serio.

—Eso es lo que tú dices. Podría tirármelo por encima y terminar con quemaduras de tercer grado.

Sonríe, agradecida por mi chiste tonto.

—O podrías pasar un rato agradable.

—Me lo pensaré —digo sin querer comprometerme.

—No te lo pienses mucho. Parece majo.

Cojo la nota y la doblo por la mitad.

—Vale ya de hablar de esto. Y te lo digo en serio: ni se te ocurra contárselo a mamá.

—Te prometo que no lo haré. —Mira su vaso de agua con cara de asco—. El puñetero hielo ya se ha deshecho.

Y vuelve a ser ella.

Me siento como si el teléfono me quemara en la mano. Elle se ha marchado hace media hora, y yo sigo sentada a la mesa de la cocina con la nota de Kris delante y el móvil en la mano, intentando decidir si soy lo bastante valiente para enviarle un mensaje. O incluso si quiero. ¿Lo estoy haciendo solo por complacer a Elle? Es probable que no, teniendo en cuenta que conservé la nota. Pero ¿qué se supone que voy a decirle? La leo otra vez, acalorada por los nervios. No he grabado su número en mi teléfono para poder abrir un mensaje y escribir lo que sea sin miedo a apretar sin querer el botón de «Enviar».

Hola, Kris, soy Lydia, la de la noche de citas, ¿te acuerdas de mí?

Resoplo y lo borro. ¿A cuántas Lydias va a conocer? Y si ya se ha olvidado de mí, quizá sea mejor que ni me tome la molestia de escribirle.

Eh, ¡hola!

Dios, no, eso es terrible.

¡Hola!

¡Me cago en la leche! ¿Tan difícil es?

Hola, Kris, he pensado que a lo mejor podía tomarte la palabra y que me invitaras a ese *chai-latte* desnatadísimo algún día, si la oferta sigue en pie. Lydia.

No creo que se me ocurra nada mejor. Es breve, desenfadado, de o lo tomas o lo dejas. Introduzco su número y envío el mensaje antes de que me dé tiempo a echarme atrás. Y entonces apoyo la cabeza en la mesa y gimo.

No tarda en contestar, diez minutos a lo sumo. Agradezco la velocidad, significa que no es alguien que se dedique a jugar porque sí.

Eh, Lydia, me alegro de saber de ti. Yo trabajo desde casa, así que tengo bastante libertad. Dime cuándo y dónde te va bien y allí estaré. K.

Dormida

Lunes, 17 de junio

—Va a salir tarde de trabajar —dice Jonah, que deja la taza de café que me ha preparado en la mesita de centro.

—¿Te ha mandado un mensaje? —pregunto.

Asiente.

—Dice que empecemos sin él.

Pongo los ojos en blanco, no solo por el hecho de que Freddie vaya a salir tarde del trabajo, sino también porque ha optado por el camino fácil de hacer que sea Jonah quien me lo diga. Son más de las ocho de la tarde, por el amor de Dios. «Empezad sin mí» quiere decir que no va a llegar. Es exasperante. Los planes de esta noche llevaban semanas anotados en el calendario de la cocina, habíamos quedado en casa de Jonah en lugar de en la nuestra para escoger la música de la boda. Me alivia que Jonah todavía no se haya ido a vivir con Dee. Se suponía que iba a mudarse hace varias semanas, pero la dueña de su apartamento prácticamente le suplicó que se quedara un par de meses más hasta que encontrara a un nuevo inquilino. Es muy propio de Jonah aplazar sus planes por el bien de otra persona; es una anciana que de vez en cuando sube desde su piso del sótano para oírlo tocar.

No suelo venir aquí muy a menudo, él siempre se ha sentido como en casa en nuestro salón.

Es un espacio muy típico de él: despejado, con una pared forrada de libros y discos de vinilo, un piano en la ventana en mirador de la planta baja. Es un lugar tranquilo. O lo sería, si no estuviera cabreada con Freddie por cargarme a mí con otra de las tareas de la boda.

—¿Cómo está Dee? —pregunto para cambiar de tema.

—Bien —contesta—. Emocionada con tu despedida de soltera. Creo que los planes ya están en marcha.

—¿Debería preguntar?

Sonríe y niega con la cabeza.

—He jurado mantener el secreto.

No tengo claro qué pensar de eso, así que no lo presiono.

—Bueno, nada de música religiosa —digo—, es una ceremonia laica.

—Vale. —Jonah repasa la pared de discos mientras habla. Tiene una taza de café en la mano, está descalzo y lleva una camiseta maltrecha de los Rolling Stones, como si fuera una estrella de rock en un retiro—. ¿Tradicional o…?

Hago un gesto de negación.

—No, más personal. Desde luego, ni «Marcha Nupcial» ni nada por el estilo.

Jonah deja la taza de café en el alféizar bajo y se sienta al piano para tocar unos cuantos compases perfectos de la marcha nupcial. Me siento sobre los pies descalzos en su sofá de lino a rayas blancas y gris topo, y refunfuño.

—Para, me pone nerviosa.

Se echa a reír y hace una transición impecable a «Somewhere Over the Rainbow» para después mirarme con las cejas enarcadas a modo de pregunta. Bajo la vista hacia las profundidades de mi taza de café; la emoción me pilla por sorpresa, porque la canción tiene algo dolorosamente apropiado. Demasiado incluso, así que niego con la cabeza.

—¿Los Beach Boys? —propone.

—Creo que no conozco ninguna canción.

En lo que a música se refiere, está claro que Jonah debería haber vivido en la década de los sesenta. Le encantan Elvis y los Stones, pero siempre vuelve a los Beatles.

—Seguro que esta sí la conoces.

Toca los primeros compases de una canción que reconozco al instante.

—Es verdad, me suena. —Alcanzo la libreta y el bolígrafo que tengo preparados para tomar notas—. Me gusta, ¿cómo se llama?

—«God Only Knows» —contesta Jonah.

Se me hunden los hombros.

—Nada que tenga que ver con Dios.

—En realidad no está relacionada con Dios —dice, pero no me convence.

—¿Y algo de los Beatles? —pregunta.

No creo que exista ninguna ocasión en la que Jonah piense que los Beatles no son la opción más adecuada.

—¿«Help»? —digo sonriendo.

Toca la melodía con un solo dedo, con la taza de café en la otra mano. Jonah no parece más cómodo en ningún otro sitio que sentado a un piano.

—Quizá no sea la más adecuada —dice—. ¿«All You Need is Love»?

Suelta la taza y toca el inicio a la perfección, pero lo único que me viene a la cabeza es la escena de la boda de *Love Actually*.

—No quiero nada que haga a Freddie pensar en Keira Knightley el día de nuestra boda —digo entre risas.

Jonah también sonríe, porque sabe de sobra que es el amor platónico de Freddie.

—Me parece bien —dice.

—Ay, madre, ¿y si no encontramos nada? —suelto mientras me recojo el pelo en un moño en lo alto de la cabeza.

Jonah se muerde el labio.

—¿Puedo probar una cosa?

Asiento, agradecida por cualquier tipo de sugerencia.

Toca unos cuantos compases de algo y luego para, sacude las manos y empieza de nuevo. Es otro tema de los Beatles, creo, uno que me suena pero no reconozco del todo, así que presto mucha atención a la letra. Jonah canta sobre estrellas brillantes en cielos oscuros y de un amor que no morirá jamás. Me cae una lágrima por la mejilla, porque es absolutamente perfecta.

—Me encanta —digo al final.

—También es una de mis favoritas —conviene.

Cojo mi libreta y escribo «And I Love Her» en el primer puesto de la lista.

Despierta

Jueves, 20 de junio

—Me alegro de verte —dice Dee al tiempo que se levanta—. Gracias por venir, no sabía si te parecería un poco raro.

Sonríe, cautelosa, y me lanza una mirada avergonzada con los ojos entornados. Estamos en una cafetería no muy lejos de mi trabajo. El correo electrónico que Dee me ha mandado esta mañana preguntándome si podíamos quedar para tomar un café me ha pillado por sorpresa; la he visto unas cuantas veces por ahí, con Jonah, pero no puede decirse que todavía hayamos construido una amistad de las de quedar para charlar. Y, sin embargo, aquí estamos. Levanto la mano para saludarla cuando la veo en una mesa de la esquina y pido un café. Ella se pone de pie y me da un beso rápido antes de que me siente en la silla que tiene delante.

—¿Cómo estás? —pregunto.

—Bien. —Juguetea con el asa de su taza—. Liada con el trabajo.

Sonrío cuando el chico de detrás de la barra me sirve el café, y me estrujo las meninges en busca de algo que decir. No me resulta nada fácil hablar con Dee sin tener a Jonah como intermediario.

—Supongo que te estarás preguntando por qué te he propuesto quedar —dice.

Agradezco que sea tan directa.

—Un poco, sí —reconozco, pero no puedo evitar añadir

educadamente—, aunque está bien que podamos ponernos al día, claro.

Qué británico por mi parte; hasta me ha costado contenerme para no hacer un comentario sobre el magnífico tiempo que hace.

Dee lleva una camiseta de tirantes de color amarillo canario y unas mallas negras, y el pelo moreno recogido en una coleta alta y muy tirante. Tiene el aspecto de alguien que siempre está camino del gimnasio; no cabe duda de que, en una fiesta de disfraces de las Spice Girls, ella sería la deportista.

—Tengo que pedirte un consejo. Bueno, ayuda, en realidad... —titubea—. Con Jonah.

Me invade el miedo.

—¿Está bien?

Asiente, y luego se encoge de hombros, angustiada.

—Sí y no. Estoy muy preocupada por él, Lydia. Se niega a hablar conmigo del accidente, se cierra en banda cada vez que menciono siquiera el nombre de Freddie.

La miro desde el otro lado de la mesa, me fijo en que no para de retorcer la goma del pelo que lleva en la muñeca ni de morderse la comisura del labio. Debe de haberle costado bastante reunir el valor necesario para pedirme que quedara hoy con ella.

—Yo no conocí a Freddie —continúa—. Bueno, sé que era su mejor amigo, claro, y sé parte de lo que pasó, pero, más allá de eso, no tengo ni idea de nada. Ni siquiera he visto una foto suya, ¿no te parece increíble?

Para mí es una novedad que Jonah se muestre tan cerrado con Dee. Siempre ha sido muy hablador, mucho más de lo que lo fue nunca Freddie, pero, ahora que lo pienso, él y yo tampoco hablamos mucho del accidente en sí. Como no es que me apetezca especialmente revivirlo, no me había dado cuenta de su reticencia. Estuve presente durante su doloroso relato de los hechos en la investigación, y luego él no volvió a mencionarlo hasta que se le escapó la desagradable verdad durante el taller de duelo. Hablamos de Freddie a menudo, pero ¿del accidente en sí? No tanto.

Rebusco en mi bolso para sacar el móvil y voy pasando las fotos hasta que encuentro una de Freddie y Jonah juntos. No tardo, tengo un montón. Dee estudia la pantalla de mi teléfono cuando se lo paso.

—Vaya —dice al cabo de unos instantes—. No me imaginaba así a Freddie en absoluto.

—¿No? —No tengo claro a qué se refiere.

—Supongo que me imaginaba que parecerían hermanos —dice, y entonces sonríe y me devuelve el teléfono—. Era muy guapo. Debes de echarlo muchísimo de menos.

¿Qué le contesto a eso? ¿«Hace quince meses que murió y, sí, lo echo de menos todos los días»? ¿O «Claro que lo echo de menos, pero a veces lo veo en secreto en un universo paralelo y eso calma el dolor de forma considerable»? ¿«Sí, pero estoy intentando seguir adelante con mi vida, de hecho tengo planeado quedar pronto con un tío al que conocí en una cita rápida silenciosa»? Todas las anteriores son ciertas, pero no creo que Dee haya venido hasta aquí para hablar de mí, así que me limito a sonreír y dedicarle una levísima sonrisa tensa.

—Puede que no parezcan hermanos, pero era como si lo fueran. Jonah se pasó la mayor parte de la adolescencia entrando y saliendo de casa de Freddie.

No añado que la vida doméstica de Jonah distaba mucho de ser ideal; seguro que ya conoce su pasado, pero, si no es así, no me corresponde a mí contárselo. Maggie, la madre de Freddie, me contó una vez que, cuando Jonah cumplió catorce años, ella le regaló una vieja bicicleta BMX que tenían en el cobertizo; fue el único regalo que recibió. Maggie se dio cuenta de que el chico no sabía montar en bicicleta cuando su temerario orgullo adolescente lo llevó a pasar la pierna por encima de la barra e intentar alejarse pedaleando. Tuvo que levantarlo de la cuneta, lavarle el hombro ensangrentado y pasarse la semana siguiente agarrándole el sillín mientras el muchacho cogía el truco a montar en bicicleta en la privacidad de su jardín trasero. Probablemente a Jonah no le guste recordar esa historia, así que no creo que agradeciera que yo la compartiese con Dee.

—Creo que no le vendría mal cambiar de aires —dice Dee, que vuelve a morderse el labio con nerviosismo.

—¿Unas vacaciones? —sugiero—. Pues, si vas a darle una sorpresa, no elijas un lugar demasiado cálido, porque no es muy de tumbarse al sol. ¿Italia, quizá? Un sitio con historia, eso le gustaría.

Parece incómoda.

—Pensaba en algo más a largo plazo —dice—. Mi madre se mudó a Gales hace unos años, y es un lugar muy bonito, Lydia, es precioso para hacer senderismo.

—¿Gales? —repito alarmada.

Sé que Dee tiene familia allí, porque Jonah y ella fueron a pasar unos días en Navidad, pero ¿qué quiere decir con «más a largo plazo»? No se referirá a mudarse, ¿verdad?

Dee aferra su taza con ambas manos y suspira.

—¿Te has fijado en las ojeras que tiene? No duerme muy bien, apenas toca el piano, incluso ha sintonizado la radio del coche en esas horribles emisoras donde solo hablan para así no escuchar música. Puedo contar con los dedos de la mano las veces que lo he oído reír con ganas; es como si de pronto se diera cuenta de lo que está haciendo y se sintiera culpable.

Solo oigo a medias lo que está diciendo, porque a mi cerebro le está costando superar la idea de que Jonah se mude a Gales. Puede que este rincón del mundo no signifique gran cosa para Dee, pero es el hogar de Jonah. Freddie y él forjaron su amistad en estas calles, en estos pubs. El ADN de sus años adolescentes, de toda nuestra vida, está aquí. Soy lo bastante mayor y lo bastante madura para comprender que las cosas no pueden permanecer igual para siempre, pero ya han cambiado muchas cosas, y mi parte egoísta quiere que lo que queda siga como está.

—No lo sé, Dee. Al menos aquí está rodeado de lugares y personas conocidas. A lo mejor es eso lo que necesita en estos momentos.

—O quizá le resultara más sencillo pasar página si estuviera en algún otro lugar —responde, y después se encoge de hombros—. No tengo ni idea, de verdad que no. Solo sé que es infeliz, y que no hacer nada no va a solucionarlo.

Bebo un poco de café y reflexiono sobre lo que me ha dicho.

—No puedes solucionarle el duelo, eso necesita el tiempo que necesita —contesto—. Mi médico me dijo que tienes que pasarlo de manera consciente para poder emerger de él.

Nos miramos la una a la otra.

—Pues menuda gilipollez —dice, y las dos nos echamos a reír. Es el primer momento de conexión verdadera que compartimos—. ¿Hablarás con él de lo de Gales? —me pregunta, poniendo al fin las cartas sobre la mesa.

La risa de hace un momento se esfuma. Mi reacción instintiva es decir que no, me resulta imposible aconsejar a Jonah que se mude a cientos de kilómetros de distancia. No es que últimamente lo vea muy a menudo; ha pasado de ser un elemento casi permanente en mi sofá a alguien con quien me encuentro de higos a brevas, pero saber que está cerca si lo necesito me transmite cierta seguridad. La posibilidad de que tal vez desaparezca de mi vida por completo me desespera, pero ¿y si Dee tiene razón? ¿Y si el aire fresco de Gales le borra las ojeras? ¿Y si aquí las sombras son demasiado alargadas para que Jonah llegue a ver la luz en algún momento?

—Me lo pensaré —digo.

Es lo mejor que puedo ofrecerle.

Despierta

Viernes, 28 de junio

En una escala de arrepentimiento del uno al diez, me muevo entre el ocho y el once, y los nervios hacen que me esté costando tragarme el desayuno. No le he contado a nadie que hoy he quedado con Kris, y he perdido la cuenta del número de veces que he cogido el móvil para anularlo. Estoy intentando convencerme a mí misma de que no es una cita; puede ser cualquier cosa que yo quiera que sea, así que lo estoy disfrazando como un encuentro informal con un amigo para ir a tomar algo después del trabajo. Aunque Kris no es un amigo como tal, porque solo lo he visto una vez durante un par de intensos minutos. Hemos intercambiado unos cuantos mensajes a lo largo del último par de semanas; me envió una fotografía aérea de la costa sacada desde la azotea de un edificio que ha diseñado; yo le mandé la de una cena que había quemado cuando me preguntó que si me gustaba cocinar. Hasta el momento, ha sido todo muy desenfadado, y esa es la única razón por la que no he presionado «Enviar» en ninguno de los mensajes de anulación que he escrito. Bueno, no es la única. Supongo que siento que, si puedo quitarme de en medio una cita —o «un encuentro informal con un amigo para ir a tomar algo»—, habré conseguido saltar otra valla. Aunque sea renqueando y despellejándome las espinillas. Estoy intentando no darle demasiadas vueltas a la cabeza, pero soy lo bastante sincera conmigo misma para saber que no quiero pasarme el resto de mi vida mirando una butaca vacía. Lo observo en este momento, el sillón azul en el que apenas me sentaba porque era única y exclusivamente de Freddie. Ahora tampoco suelo utilizarlo; por algún motivo, no me siento bien al hacerlo. Quizá sea porque los cojines tienen cogida la forma de su trasero. En la tele, aparece Piers Morgan arremetiendo contra un puñado de vegetarianos, así que me levanto para coger el mando a distancia y cambiar de canal y, mientras salto de uno a otro, me topo con un anuncio hortera de café PodGods. Contengo el aliento y luego niego con la cabeza y resoplo, porque es un hecho innegable que Freddie habría hecho un trabajo mucho más atractivo. Apago la televisión y me quedo plantada en medio de la habitación, y entonces un impulso hace que me dirija al sillón de Freddie para terminarme la tostada. Me siento. Y me revuelvo. Me obligo a permanecer ahí sentada un minuto, dos en el mejor de los casos, antes de levantarme de nuevo y colocarme delante de la chimenea, desconcertada. Hace unas semanas, compré por capricho un par de cojines nuevos, bordados y de colores brillantes, y ahora cojo uno y lo pruebo en el sillón de Freddie. Funciona. Estoy segura de que Freddie habría odiado los cojines, y desde luego no habría aceptado uno en su sillón. Me meto el último trozo de tostada en la boca, vuelvo a quitar el cojín y me voy a la cocina a prepararme la fiambrera del almuerzo.

Estoy a medio camino de la parada del autobús cuando caigo en que me he dejado el móvil en la mesita de café. Vacilo, porque no quiero llegar tarde y no me sé bien los horarios del autobús; solo lo cojo los escasos días en los que es probable que vaya a pasarme por el pub después del trabajo. Pero hoy tampoco quiero estar sin móvil, por si me da por anular mi encuentro informal con Kris. O por si lo anula él, lo cual, sinceramente, sería un alivio, y no me enteraría de que me he librado del trago porque me he dejado el teléfono en casa. Al final decido que lo único peor que quedar con Kris es que me deje plantada, así que regreso corriendo a por el móvil. Ya en el salón, me lo guardo en el bolsillo y luego, antes de que me dé tiempo a cambiar de opinión, vuelvo a colocar el alegre cojín nuevo en el sillón de Freddie. Acaricio con los dedos el respaldo, casi como si me estuviera disculpando, pero lo dejo ahí de todos modos y echo a correr para intentar coger el autobús.

¿Sabes esos días en los que una sola jornada parece una semana entera? Pues hoy no ha sido uno de esos días, es casi como si hubiera entrado por una puerta giratoria y me hubiera visto de nuevo en la calle. Y ahora voy arrastrando los pies, calzados con unas Birkenstocks, hacia la cafetería donde he quedado en encontrarme con Kris. No tenía claro qué ponerme; unos vaqueros me parecían demasiado «no me he tomado ninguna molestia», así que espero que el vestido azul y blanco transmita una sensación relajada y veraniega. He comenzado el día con el pelo recogido en una coleta, luego me lo he soltado a la hora de la comida y ahora me he hecho un moño descuidado porque hace demasiado calor para llevarlo suelto. Dios, estoy segura de que un encuentro informal para ir a tomar algo con un amigo no debería recordarme tanto a un campo de minas, ¿no? Lo más probable es que no esté ni remotamente preparada para salir con nadie; estoy cabreada conmigo misma por haberme puesto siquiera en esta situación, y a pesar de que ya voy de camino, hurgo en mi bolso en busca del teléfono. ¿Es demasiado tarde para anularlo? Sé la respuesta: sí, lo es, hace cinco minutos que tendría que haber llegado. Ah, aquí está. Echo un vistazo a la pantalla: nada de mensajes de anulación. Ya veo la cafetería un poco más adelante cuando coloco los pulgares sobre el teclado, dispuestos a empezar a escribir. Y entonces diviso a Kris, que se acerca a la cafetería caminando en sentido contrario al mío. Mierda, ya no puedo anularlo, sería de mala educación. Y además... Verlo hace que me acuerde de qué fue lo que me atrajo de él en un primer momento. Va vestido con unos vaqueros oscuros y una camiseta a cuyo cuello se engancha las gafas de sol, que se quita cuando va a cruzar la puerta. Ese movimiento relajado tiene algo, no sé muy bien qué, que me tranquiliza; creo que en mi cabeza lo había transformado en un desconocido aterrador, y en realidad es un tío normal y corriente. Puedo tomarme un café con un chico normal y corriente, ¿no? Vuelvo a guardarme el móvil en el bolso y me paso un mechón de pelo detrás de la oreja mientras me preparo para entrar. Yo puedo. No es más que tomar algo con un amigo después del trabajo.

El interior de la cafetería es agradablemente fresco, y aunque hay bastante gente aprovechando para tomarse algo después de salir de trabajar, no me cuesta divisar a Kris en una mesa de la esquina. Levanta la mano cuando me ve y reconozco la expresión de su cara como de alivio mientras cruzo el local en dirección a él.

—Hola —digo.

Él se pone de pie para saludarme, lo que me recuerda su altura. Pasamos un momento incómodo en el que no sabemos si darnos un abrazo, y durante un instante terrible estamos a punto de estrecharnos la mano, pero entonces Kris se echa a reír y me da un beso despreocupado en la mejilla, posándome una mano cálida en el hombro desnudo.

—Has venido —dice al volver a sentarse—. He pedido café sin más, pero puedo cambiarlo por otra cosa si lo prefieres. Creo que sirven bebidas alcohólicas, por si te apetece una copa de vino.

Señala la cafetera y las dos tazas que hay encima de la mesa.

—No, me vale con el café.

Sonrío mientras él nos sirve a los dos. Seguro que es mejor dar un pequeño descanso a mi hígado.

—¿Habías venido aquí alguna vez? —me pregunta.

Asiento.

—Alguna vez después del trabajo, en cumpleaños, fiestas de despedida, esas cosas. —Es un sitio bonito, reformado con gusto a partir de un viejo granero, todo madera a la vista y suelos desgastados. Abren hasta bastante tarde y sirven comida sin pretensiones, un cambio agradable respecto a las franquicias habituales—. Se llena bastante por las tardes.

Madre mía, soy aburridísima.

—Bueno —dice tras dejar de nuevo la cafetera—, ¿volvemos a miramos a los ojos en silencio durante unos minutos para atenernos a nuestra tradición?

—¿Te importaría que no? —Me río mientras cojo mi taza, ahora que ya ha roto el hielo—. Dios, fue una noche muy rara, ¿no?

Pone una expresión divertida.

—Una locura. No sé ni por qué lo hice, la verdad.

—Pues yo sí que lo sé —suelto sin pensar—. Trabajo en el ayuntamiento, y me presionaron para que participara y cuadraran los números.

Otra persona podría haberse sentido ofendida, pero Kris se limita a reírse.

—Ya me imaginé algo así. —Levanta su taza y entrechoca el borde con el de la mía—. Me alegra que te sacrificaras por el equipo.

Se le forman arrugas en las comisuras de los ojos al sonreír relajado, ¿y sabes qué? En realidad no pasa nada. Relajo los hombros para abandonar la postura tensa, bebo un sorbo de café y espiro despacio.

—¿Cómo va la construcción? —pregunto sin tener claro si lo he dicho bien; es arquitecto… ¿Los arquitectos construyen cosas?

—Bien, no va mal —contesta—. Ya casi está. Debería estar terminado en un par de semanas o así.

—Debe de ser gratificante —digo—, ver cómo tus diseños pasan del papel a la realidad.

Me contesta con un encogimiento de hombros.

—Algunas veces, sí. Otras puede ser un absoluto coñazo desde el principio hasta el final, dependiendo del edificio y del cliente.

—¿Es a lo que siempre has querido dedicarte?

—Aparte de a ser piloto de pruebas de Ferrari, sí, la verdad.

—Supongo que la competencia en eso es brutal.

—Ser italiano ayuda.

—Vaya, no pareces italiano.

—¿Demasiado alto? —pregunta—. Soy medio sueco, en realidad. Mi padre es británico; mi madre, de Estocolmo.

—Pero ¿siempre has vivido aquí?

Asiente.

—Sí, aunque de pequeños siempre pasábamos el verano en Suecia. Ahora mi hermana mayor vive allí, voy a verla cuando puedo.

—¿Tienes más de una hermana?

Sonríe con ganas.

—Tengo tres, todas mayores. Soy el único chico.

Uau.

—Al menos así no tuviste que llevar ropa heredada.

Creo que yo no tuve nada que Elle no se hubiera puesto antes hasta que fui lo bastante mayor para comprármelo yo.

—No pongas la mano en el fuego —dice entre risas—. Mi madre es bastante progresista.

Se cuela a hurtadillas por los límites de mi conciencia: estoy disfrutando de su compañía. Sonríe con facilidad y no parece tener intenciones ocultas. Hablamos de su trabajo y del mío, de la inestabilidad de la nación, del gato tuerto que ha adoptado porque apareció en su jardín y no se marchaba, y de Turpin, el desertor que prácticamente me ha abandonado por otra mujer. Rellena las dos tazas de café y, cuando coge la carta y propone que pidamos algo de comer, me doy cuenta de que el hambre ha sustituido a los nervios que sentía. Compartimos una tabla de embutidos y me descubro preguntándole qué lo llevó a participar en la actividad de citas silenciosas.

Se ha pedido una cerveza con la cena, y ahora clava la vista en el fondo del vaso como si buscara algo.

—La soledad, supongo. Estuve casado. Mi esposa y yo nos separamos hace un par de años.

—Ah —digo—. Lo siento. —En cuanto pronuncio esas palabras, me odio por haber repetido como un loro la expresión trillada que tanta gente me ha dedicado a mí.

—Sí, yo también lo sentí durante un tiempo —dice con voz triste—. Bueno, más bien sentí mucha lástima de mí mismo. Por Natalie no tanta; se mudó a Irlanda con su jefe, que da la casualidad de que conduce un Ferrari.

—Vaya. —Persigo una aceituna por mi plato con un palillo—. Qué cabrón.

—Sí. —Se ríe un poco—. El caso es que me harté bastante de que fuéramos solo el gato tuerto y yo y, no sé muy bien cómo, me sorprendí inscribiéndome para mirar a los ojos a desconocidas en el salón de actos del ayuntamiento.

—¿Rellenaste algún formulario al final? —le pregunto.

Vale, ahora estoy coqueteando.

—No —contesta con la mirada cargada de diversión—. ¿Y tú?

—Yo no tenía papel, ¿te acuerdas?

—Ya. Solo estabas haciendo tu trabajo. Ahora lo recuerdo. —Y luego añade en voz baja—: Para que conste, se te dio muy bien.

Siento una oleada de calor que me sube desde el cuello cuando no se ríe para rebajar el valor del cumplido.

—Gracias. Me daba miedo, pero me alegro de haberlo hecho. —Me quedo callada, tal como acaba de hacer él, y luego agrego—: Ahora.

—Por mí, ¿verdad? —Se ríe sin dejar de mirarme a los ojos.

—Por las aceitunas —digo, y Kris se lleva una mano al corazón como si le hubiera herido.

Me observa por encima del borde de su vaso.

—¿Por qué te daba miedo?

Sabía que en algún momento de la noche íbamos a tener que hablar sobre mi vida y he reflexionado acerca de hasta qué punto me conviene desvelarle la verdad. No es que quiera mentir; es solo que no me apetece que Kris me mire de una manera distinta a como lo hace ahora. Es la primera persona de mi vida que me trata con normalidad desde el accidente, sin compasión ni miradas de reojo para comprobar si estoy bien. Es un alivio.

—Hace mucho que no salgo con nadie.

Kris coge una loncha de jamón serrano de la tabla con los dientes del tenedor.

—¿No?

Es un «no» que significa «cuéntame más», y rebusco entre las distintas frases que tengo en la cabeza para encontrar una que encaje.

—Estaba con alguien —digo, y a continuación me corrijo—: Estaba con Freddie. Estuvimos mucho tiempo juntos, y él… eh… Murió.

Ahí está. Ya lo he dicho. Kris deja su tenedor y me mira, impávido. «Por favor —pienso—. Por favor, no digas que sientes mi pérdida.»

—Dios, Lydia, no me extraña que tuvieras miedo —dice—. Debe de haber sido como descender a los infiernos.

Es una descripción acertada. Algunos días he estado demasiado cerca de las llamas, con la cara abrasada, pero ahora me siento como si me estuviera alejando poco a poco del calor.

—Algo así —convengo—. Eres el primero. Ya sabes, el primer hombre desde…

No me deja titubeando mucho rato.

—¿Prefieres no hablar de ello?

—¿Te importa que no lo hagamos?

Agradezco que me haya dado opción y que no me haya presionado en busca de detalles. Estar aquí sentada con Kris me ha parecido algo sutilmente mágico, más alegre y brillante que las noches que suelo pasar habitualmente. No estoy preparada para renunciar ya a esos sentimientos.

—En ese caso, ¿te apetece un cóctel poco aconsejable de esta lista tan estridente? —Me pasa una carta plastificada de color turquesa fluorescente.

Y así, sin más, nos desvía del pasado y nos conduce de nuevo al presente.

—Me parece increíble que sean las diez —digo mientras me cuelgo la chaqueta del bolso, porque todavía hace calor cuando salimos de la cafetería—. No pensaba quedarme más que una hora.

—Yo también. Tenía a mi hermana mayor lista para fingir una emergencia si le enviaba un mensaje con una palabra en clave.

—Venga ya. —Me río.

—Claro que sí, podrías haber sido una persona horrible. —Camina a mi lado en dirección a la parada de taxis que hay un poco más arriba en la calle principal, y ahora las aceras están más tranquilas. Es una de esas noches agradables de verano inglés, aún más placenteras porque nunca pueden darse por sentadas—. Iba a romperse el brazo de forma misteriosa si le enviaba la palabra «púrpura».

—¿«Púrpura»? —Me hace más gracia de la que tiene, seguro que por el vino que me corre por las venas—. ¿Como en esa canción que habla de la lluvia y como en el envoltorio de chocolate?

Asiente y me rodea para colocarse del lado de la carretera.

—¿Qué quieres que te diga? Soy fan de Prince.

—A partir de ahora, voy a pensar en ti como si llevaras puesto un traje de terciopelo púrpura —digo, y aminoro el paso cuando llegamos a la parada de taxis, donde hay un par de coches esperando pasajeros.

Él me sonríe cuando nos detenemos, y estira una mano y me alisa el pelo suavemente con ella.

—Me gusta que vayas a pensar en mí aunque sea así —me dice, y por su expresión sé que ahora mismo no espera más de mí.

—Gracias —contesto, aterrorizada porque creo que yo sí quiero más—. Me lo he pasado muy bien esta noche.

—Gracias a ti por dejarme ser el primero.

Le cojo la mano.

—Me alegro de que hayas sido tú —le digo casi sin aliento.

Interpreta bien las señales y agacha la cabeza despacio para acercarse a la mía.

—Estás temblando —dice.

—Bésame —le pido, y él lo hace, y cierro los ojos y siento un millón de cosas olvidadas.

Es extraño y bonito y melancólico, siento su mano en la parte baja de la espalda, su boca delicada y casi demasiado breve. Algo cambia en mi interior. Es como destapar un frasco de perfume nuevo: matices florales de romanticismo y ámbar nocturno. Es un olor que no reconozco; no es el mío, pero creo que con el tiempo podría llegar a verlo así. Creo que incluso podría llegar a gustarme.

—Buenas noches, Lydia —susurra.

Sigo cogiéndole la mano, y me da un leve apretón en los dedos cuando abre la puerta del taxi.

Intento volverme con torpeza para entrar en el coche, y él se echa a reír.

—A lo mejor te resulta más fácil si me sueltas la mano.

Yo también me echo a reír al mirar nuestras manos y niego con la cabeza.

—Buenas noches —digo levantando la vista hacia él una vez que ya estoy dentro.

—¿Puedo volver a verte? —pregunta con la mano apoyada en la puerta abierta. —No finge que no le importe mi respuesta.

—Me encantaría —contesto también sin disimular que es cierto.

El taxista pone el intermitente para incorporarse a la calzada. Echo la cabeza hacia atrás y cierro los ojos mientras circulamos por las calles oscuras hacia casa. Casi veo a mi madre y a Elle pegadas la una a la otra dedicándome un gesto de aprobación entusiasmado, como si acabara de superar la primera ronda de un concurso de talentos. Respiro hondo para intentar captar los vestigios persistentes de ese perfume intrigante.

Dormida

Sábado, 6 de julio

—No pienso ponérmelo.

Elle está de pie delante de mí, riéndose, con una banda de «Hermana de la novia» colgada en bandolera. Está bronceada y relajada, lleva un mono rojo sin tirantes y tacones, y parece mucho más ella misma que la última vez que la vi. Siento una punzada de culpa por no haber venido más este último mes. Sostiene un velo cubierto con varios motivos estúpidos típicos de una despedida de soltera. Una tira de comprimidos de paracetamol. Alianzas de boda falsas y chabacanas. Un corcho de champán. No veo ningún condón, pero apuesto a que hay alguno por ahí.

—No te queda otro remedio —contesta—. Lo ha hecho Dee, se lo tomará a mal.

—¿Lo ha hecho Dee?

Elle juguetea con el pasador enganchado al velo y me fijo en su impecable esmalte de uñas rojo.

—Deberías darme las gracias. Quería encargar camisetas con eslóganes rosa fosforito para todo el mundo.

—Sigo pensando que era una buena idea.

Me doy la vuelta al oír la voz de Dee, que aparece en mi cocina cargada con una botella de champán. Se ha puesto muy glamurosa, con un vestido azul de lentejuelas que le llega hasta el muslo, y ha sustituido su habitual coleta por unas ondas voluminosas a lo Kate Middleton. No me la habría imaginado con un aspecto así.

—He pensado que podríamos probar algo bueno antes de marcharnos. —Agita la botella en dirección a mí, con los ojos brillantes.

Elle da unas palmaditas de alegría y se vuelve hacia el armario donde guardo las copas, a su espalda. A veces me toma el pelo por mi pequeña obsesión con la cristalería; tengo las copas adecuadas para todas las ocasiones, mi adorada y ecléctica colección sacada de mercadillos y tiendas de segunda mano. Vasos altos de cristal tallado, flautas finas y alargadas, copas de vino tinto, de vino blanco, de champán, y un precioso conjunto de vasos de colores para refresco fabricados en los sesenta. Me encantan. Intento no encogerme cuando saca las copas de champán —las *coupes*, si te las quieres dar de sofisticado— del fondo del armario. No suelo comprar juegos incompletos, pero estas tres copas, imposiblemente altas y de tallo delgadísimo, de color rosa pálido, me gritaron pidiendo ayuda, sucias y en un equilibrio precario entre una montaña de salseras y platos, en un mercadillo una fría mañana de domingo. Freddie refunfuñó por tener que cargar con ellas y la mujer que las vendía refunfuñó por tener que envolvérmelas; aun así las compré y les tengo mucho cariño. Demasiado para que Elle siga agitándolas de un lado a otro por los frágiles tallos.

—Ya lo hago yo —digo, y cojo la botella para hacerme cargo de la situación.

—Me parece increíble que te cases dentro de dos semanas. —Elle suspira, sensiblera—. Ojalá pudiera volver a casarme.

Levanto la vista del corcho de la botella de champán.

—¿De verdad te gustaría?

Su pasador enjoyado refleja la luz cuando se apoya en la encimera de la cocina.

—Es que es muy romántico —dice de repente en tono melancólico—. El vestido, la ceremonia, las flores…

Me encanta que, a pesar de que organiza bodas casi todos los fines de semana en el hotel, siga sintiendo nostalgia por la suya.

—Pero otra vez con David, ¿no? —pregunta Dee al sentarse a la mesa de la cocina.

Elle pone los ojos en blanco, sin enfadarse.

—Pues claro.

Ambas aplauden cuando descorcho el champán.

—Yo no sé si me casaré algún día —comenta Dee.

Elle me mira, y después mira a Dee.

—Creía que Jonah y tú ibais bastante en serio.

—Sí, cada vez más. —Acepta la copa de champán que le tiendo—. Es solo que no tengo claro que sea de los que se casan.

—Pero ¿tú sí? —pregunto.

—Todo el mundo es de los que se casan —interviene Elle antes de que Dee pueda contestar—. Créeme, en el hotel he visto de todo. En serio, no existe un tipo concreto de persona a la que le gusten las bodas, es más bien una cuestión de dar con el momento oportuno y la persona oportuna y, ¡bingo!, te ves recorriendo el pasillo de camino al altar vestida de merengue.

Dee resopla con suavidad.

—Entonces puede que no sea un gran fan del bingo.

Tengo sentimientos encontrados. Aquí, en esta vida, resulta evidente que Dee forma parte de mi círculo. Del más íntimo, teniendo en cuenta que esta es mi despedida de soltera y que está aquí, en mi cocina, con Elle. También debe de estar teniendo más éxito con Jonah aquí, si está pensando en una boda. Pero, claro, el Jonah que conoce aquí es distinto, afable y de risa fácil; el hombre que era antes.

—Dale tiempo —le aconsejo—. Siempre ha sido de pensarse mucho las cosas. Todo llegará cuando esté listo, estoy segura.

Dee no parece convencida.

—Tal vez.

—Jonah Jones. —Elle pronuncia su nombre con placer y luego se echa a reír—. Estaba enamorada de él en secreto cuando tenía unos dieciséis años.

—¡No! —Me río con sorpresa, nunca me había comentado nada al respecto.

A mi hermana se le tiñen las mejillas de rosa.

—¡No te lo había dicho nunca porque me daba vergüenza! —Se bebe la mitad del champán de la copa y la levanta—. ¿Qué quieres que te diga? Tenía ese rollo tan taciturno, todo pelo y pómulos...

Me doy la vuelta y alcanzo la botella para dedicar un momento a pensar en mi hermana y Jonah Jones como pareja. No. Ni de coña.

—Es guapo, ¿verdad? —dice Dee totalmente convertida en una adolescente soñadora.

Elle asiente.

—Es digno de su cara.

La miro de soslayo.

—¿Digno de su cara?

Se echa a reír.

—Ya me entiendes. Se da un aire... —Se señala la boca—. Se da un cierto aire a Mick Jagger, ¿no?

No puedo decir que haya pensado jamás en Mick Jagger al mirar a Jonah, pero empiezo a reírme porque entiendo a qué se refiere Elle. Jonah tiene la boca un pelín demasiado grande para su cara, y posee una especie de talante turbio capaz de dominar una habitación. No lo hace de la misma manera que Freddie: Freddie es energía y calor donde Jonah es templanza relajada. Juntos son el día y la noche, dos caras de la misma moneda. A lo mejor eso es lo que le falta a Jonah en mi mundo de vigilia, ha perdido su fuente de calor.

—Pero yo lo quiero —dice Dee.

Elle y yo nos sentamos junto a ella, cada una a un lado. Me aliso la falda del vestido negro con las manos. Es corto y veraniego, apropiado para salir de fiesta e inofensivo, y sin embargo no me gusta mucho. No es una prenda que yo elegiría, y me pregunto cómo habré terminado con un gusto para la ropa ligeramente frío y más conservador aquí. Suelo ser de vaqueros y camiseta, *boho* en el mejor de los casos. Caigo en la cuenta de que sigo sin tener ni idea de cómo es mi vestido de novia; qué extraño resulta no saber algo así el día de mi despedida de soltera.

Ni siquiera sé dónde está. En casa de mi madre, es de suponer, porque aquí no lo he visto por ningún lado.

—¿Quieres que Lydia le comente algo por ti? —Elle ofrece mis servicios sin consultarme. Dios, espero que diga que no.

Dee sacude las ondas brillantes.

—Me haría parecer desesperada.

—No tiene por qué, si es sutil —dice Elle—. Un empujoncito para tantear el terreno no causaría ningún mal.

Dee se anima un poco y me mira.

—¿Tú opinas lo mismo?

Quiero contestar que no, la verdad es que no opino lo mismo, Dee. No lo creo para nada, porque si os empujo a estar juntos es muy probable que os larguéis a Gales en un futuro no muy lejano para llevar una vida de senderismo galés en los valles galeses con tu madre galesa. Pero no lo digo.

En lugar de eso, sonrío, asiento con suavidad y relleno las copas de champán. Las entrechocamos, un brindis silencioso por mi vacilante aquiescencia a negociar el compromiso de Jonah y Dee. ¿Cómo demonios ha ocurrido esto?

—Ojalá no pidieras pato, Elle, ya sabes lo que pienso de eso.

Mi madre aparta el plato censurable en la bandeja giratoria y la detiene para servirse una gamba rebozada. Pese a que ha sido una carnívora convencida toda su vida, siempre se estremece ante la idea de que la gente coma pato.

—Doble moral —dice Elle, que maneja los palillos como una profesional.

Estamos en el restaurante chino del barrio, un sitio al que he venido muchas veces a lo largo de los años. Me acompañan mi madre y Elle, claro, y Dee, además de Julia y Dawn, las del trabajo, y la tía June, la hermana de mi madre. Sentada al otro lado está mi prima Lucy, que iba un curso por detrás de Elle y uno por encima de mí en el instituto, cuando se tomaba la molestia de asistir, claro. No tengo ni la menor idea de por qué están aquí, ella y su nariz alargada. Siempre me ha mirado por encima del hombro de una forma que da a entender que se cree que está muy por encima de nosotras. No lo está, que conste en acta. O sea que somos ocho en total, y todas llevamos una banda que anuncia el lugar que ocupamos en el cortejo nupcial. «¡Novia!» «¡Madre de la novia!» «¡Dama de honor principal!» Echo un vistazo a la de la tía June y descubro que es una «Conejita en una misión». ¿Qué narices quiere decir eso? ¿Qué haría una conejita en una misión? ¿Robar zanahorias? ¿Espiar a una granja rival? No tengo ni idea de dónde habrá salido esa idea tan ridícula, y aun así empiezo a reírme en voz baja, en gran parte gracias al champán de Dee, seguido por el vino, que ahora no paran de servirme como si mañana por la mañana fueran a extirparme el hígado y esta fuera mi última oportunidad de volver a probarlo. No obstante, tengo bastante cariño a mi hígado, así que estoy intentando bajar el ritmo, pero estoy batallando contra una marea creciente de sauvignon y temo que pueda engullirme en algún punto del transcurso de la noche.

—¿De qué te ríes? —me pregunta Elle, sentada a mi lado.

—De estas estúpidas bandas —contesto señalando la que he tenido que ponerme a regañadientes.

Ir señalada como la novia ya me ha granjeado unos cuantos silbidos obscenos por parte de un coche lleno de chicos y que el camarero del pub al que hemos ido antes de cenar se ofreciera a besuquearme. Que se haya interpuesto entre nosotros un condón de envoltorio rojo brillante no ha sido de gran ayuda (sí, he encontrado el condón. Dee ha tenido el detalle de graparlo al velo de tal forma que me cuelga justo delante de los puñeteros ojos).

Elle arranca una bolsita de la parte trasera del velo.

—¿Canela?

Dee estira una mano y le da unos golpecitos.

—Un afrodisiaco natural, por lo visto. —Guarda silencio unos instantes para incrementar la tensión y luego finge susurrar a voz en grito—: Para los hombres. —El gesto que hace al levantar el brazo con el puño cerrado no deja lugar a dudas de a qué se refiere—. Solo por si la noche de bodas se pone nervioso.

—¿Canela, dices?

La tía June enarca tanto las cejas que casi le llegan al pelo. Ya va por una desaconsejable tercera copa de vino, aunque casi nunca bebe. Tampoco suele salir mucho de casa sin el tío Bob, de hecho. Por lo general, te los encuentras haciendo puzles en el comedor o aprendiendo alguna afición nueva juntos. La última vez que fui a verlos, me senté en el sillón que ellos mismos habían retapizado, comí un trozo de la tarta que habían preparado juntos en su clase de repostería en el instituto del barrio y bebí vino de saúco que el tío Bob había hecho en su cobertizo. Son personas a las que les gusta implicarse en la comunidad, y siempre como pareja. Bob y June. June y Bob. Ahora mismo, la tía June está haciendo una rara aparición en solitario, y la revelación de la canela acaba de ponerle la cara de un poco favorecedor tono violáceo.

—Bueno, eso explica algunas cosas, al menos.

Elle se echa a reír a mi lado, más rápida que yo pillando las cosas al vuelo.

—Ay, tía June, ¿qué pasa, que el tío Bob se pone retozón con la canela?

Mi madre lanza a su hermana una mirada de incredulidad mientras Lucy intenta no atragantarse con su tostada de gambas.

—Llevamos un tiempo intentando aprender a hacer rollitos de canela, que son el dulce favorito de Bob —contesta la tía June mientras retuerce el colgante de plata de san Cristóbal que lleva al cuello desde que tengo memoria.

—Bueno, ya sabes lo que dicen, June —interviene Dee muy seria mientras se sirve el arroz especial frito en el plato—: la canela por la mañana convierte a Bob en un chico sexy.

Rompo a reír, porque Dee no ha visto nunca a mi tío Bob, a quien le gusta llevar chaquetas de lana y cultivar verduras gigantes.

—Dee, nadie ha dicho eso jamás.

—Pues yo creo que June acaba de decirlo —dice Dawn desde el otro lado de la mesa—. Creo que voy a incluir la canela en la compra semanal. Mi «Bob» —hace el gesto de entrecomillar el nombre con los dedos como si estuviera protegiendo al inocente, cosa que tiene bastante poco sentido teniendo en cuenta que todas sabemos de quién habla— y yo estamos intentando volver a quedarnos embarazados, y ha llegado un punto en el que él sería capaz de literalmente cualquier cosa con tal de no tener que volver a hacerlo. Está agotado.

—Pobre Bob. —Julia niega con la cabeza. Apenas ha comido, pero está haciendo un trabajo excelente con el vino—. Bueno, por aquí una que no necesita recurrir a la canela.

Miro hacia otro lado para esconder una sonrisa cuando me vuelve a la cabeza el recuerdo de Julia y Bruce bailando en la boda de Dawn; no cabe duda de que están armonizados el uno con el otro.

—Yo tampoco. —Elle pone cara de hartura—. Mi «Bob» ya es bastante vivaracho de por sí, por lo general a las seis de la mañana, mientras yo intento seguir durmiendo la media hora que me queda antes de que suene el despertador.

Al cabo de unos segundos, lanza una mirada de reojo a mi madre, como si se hubiera olvidado de que estaba ahí.

—Perdón, madre.

—Ay, Bob —digo entre risas—. Qué indiscreto por vuestra parte comentar sus hábitos conyugales mientras comemos bolitas de cerdo fritas.

Lucy suelta los palillos chinos y coge su copa de vino.

—Por favor, el tío Bob es mi padre, y preferiría hablar de cualquier otra cosa, muchas gracias.

Todas nos partimos de risa por su forma de decirlo, pero a Lucy no le hace ni pizca de gracia. Para ahorrarle un mayor bochorno a su sobrina, mi madre mete la mano en su bolso y saca un paquetito envuelto en papel de regalo.

—Estaba esperando el momento apropiado para darte esto —dice al entregármelo.

Las carcajadas van apagándose, y todo el mundo nos mira con interés. Parece una cajita de joyería o algo parecido.

—Siempre me ha fastidiado que tu padre y yo no os diéramos un buen ejemplo de matrimonio cuando erais pequeñas —dice mamá.

Elle y yo la interrumpimos a la vez.

—Lo hiciste genial —digo al tiempo que mi hermana asegura:

—Nos hiciste de madre y de padre.

—No lo echamos de menos —añado, y lo digo con sinceridad.

—Surfeando a su edad… —masculla la tía June, que levanta las palmas de las manos con asco.

—El caso —continúa mi madre— es que, a pesar de mis calamidades románticas, espero que vuestros abuelos, mis padres, ayudaran a mostraros que a veces los matrimonios pueden ser perfectos.

Elle y yo no hemos mantenido ningún tipo de relación con nuestros abuelos paternos, pero la familia de mi madre representó un eje vertebrador muy necesario durante nuestra infancia. Su casa, siempre limpia como una patena, situada unas cuantas puertas más allá, era casi una extensión de la nuestra; su mesa de comedor era el escenario de la mayoría de nuestras cenas. Si me esfuerzo mucho, casi puedo conjurar el olor de su casa, una acogedora mezcla de abrillantador de muebles, asados para la cena y tabaco de pipa. Hasta Lucy parece nostálgica.

—Los echo muchísimo de menos —dice Elle, llorosa a cuenta del vino.

Asiento. Todos los echamos de menos, sobre todo mamá y la tía June.

—Venga, ábrelo.

Agradezco la interrupción de Dee. Durante un instante, hemos corrido el riesgo de ponernos sensibleras.

—Vale —digo, y empiezo a desatar los lazos plateados y blancos con los dedos temblorosos.

Dentro hay una caja cuadrada de terciopelo rojo, muy desgastada en las esquinas. Cuando abro la tapa, encuentro un pequeño broche de marcasita con forma de pavo real que me resulta muy familiar y que me devuelve la mirada con sus ojos verdes y silíceos. Tiene muy poco valor económico, pero es muy importante para mi madre, y también para mí. Era el favorito de mi abuela, y se lo ponía en todas las bodas, bautizos y funerales. Recuerdo con nitidez haberme quedado dormida en su regazo durante alguna fiesta familiar mientras acariciaba las alas elevadas del pavo con un dedo hasta cerrar los ojos. Al pensarlo ahora, casi huelo su perfume, aunque por aquel entonces no podía tener más de cinco años.

—Fue el primer regalo que el abuelo le hizo a la abuela, cuando ella tenía unos dieciséis años —explica mi madre.

Elle acaricia el broche con cuidado.

—Se lo puso el día de mi graduación. Lo estoy viendo ahora mismo, enganchado a ese traje morado que le gustaba tanto.

Elle llevó puesto el reloj de pulsera de la abuela el día de su boda, otro recuerdo familiar de valor sentimental incalculable y escaso valor económico. A veces me fijo en que se lo pone en las celebraciones familiares.

Como estoy demasiado llorosa para dar una respuesta fiable, le paso la caja a Dee, a quien tengo sentada al otro lado, para que lo vea. Hace todo lo posible, pero, sin los recuerdos del broche enganchado a la solapa de nuestra abuela en los días señalados y de fiesta, no debe de resultar muy impactante.

La siguiente en mirarlo con atención es Dawn, que se lo pasa a Julia para que le eche un vistazo rápido.

—Hay gente que no metería un pavo real en su casa bajo ninguna circunstancia —comenta Julia, tan brutalmente sincera como siempre, antes de pasarle la caja a Lucy—. Dicen que dan mala suerte. Yo llevé una sola pluma a mi casa una vez, y mi madre salió enseguida y la tiró a una papelera.

—Vaya.

Me ha sacado de golpe de mi neblina sentimental para meterme en el cuerpo el miedo de que pueda pasarme algo malo. Me angustia hacer algo en esta vida que conduzca a que mi otro mundo se acerque.

—A este paso, ya no quedará nada para mí cuando me case —protesta Lucy—. Tampoco es que quisiera esta cosa... —observa el broche con los labios fruncidos—, pero no me refiero a eso.

La tía June suele morderse la lengua cuando Lucy está delante; es obvio que hace tiempo que se ha dado cuenta de que con su única hija la opción más sencilla es tomar el camino más fácil. Pero esta noche no.

—No te preocupes, cariño, puedes quedarte con su dentadura postiza, ella le tenía mucho cariño.

En el breve silencio que se hace a continuación, todas miramos a Lucy, demasiado asustadas para reírnos.

—No, no puede quedársela —dice mi madre—. La doné a la beneficencia, iba dentro de su bolso bueno.

Me río con tantas ganas que el condón de fresa me da en un ojo.

Son más de las once, estoy una o dos copas por encima de contenta y llena de pato laqueado, y al parecer me he puesto a bailar encima de una mesa del Prince of Wales. Supongo que era inevitable que termináramos aquí, igual que lo era que los de la despedida de soltero de Freddie hicieran lo mismo. Mi despedida se ha visto reducida a un grupo de tres después del restaurante; Dawn y Julia han cogido un taxi para volver a casa, y una Lucy todavía glacial era la chófer oficial de mi madre y la tía June, lo cual nos ha dejado a Elle, a Dee y a mí cruzando a duras penas las puertas del Prince poco después de las diez y media con una seguridad propia de las Destiny's Child. No sé cuál de las tres sería Beyoncé. Yo no, desde luego. Pero lo que nos falta de talento lo compensamos con entusiasmo al animar a todo el pub a cantar con vigor el estribillo de «All the Single Ladies».

En realidad no me sé más que el estribillo, pero importa demasiado, porque los demás tampoco tienen ni idea. Elle agita los brazos por encima de la cabeza; Dee menea los hombros mientras se señala el dedo anular, y Freddie empieza a gritar que él va a dominarme con el anillo dentro de justo dos semanas. A una parte de mí no le gusta que se refiera a mí como un mero objeto de su posesión, y cuando se lo digo, Freddie echa la culpa a Beyoncé y a Tolkien, y me baja de la mesa cogiéndome en brazos.

—Bonito vestido —dice cuando me deja en el suelo.

—¿De verdad? ¿No es de mujer madura?

—Es que ahora eres una mujer madura, Lydia Bird. —Acaricia el cuello de encaje de la prenda—. Te hace diferente, pero en el buen sentido.

«Sí —pienso—, es diferente.» En ese momento, aparece Jonah, que cambia a Freddie el botellín de cerveza vacío que tiene en la mano por uno lleno. Después se agacha y aparta el condón para darme un beso en la mejilla.

—Has cantado genial ahí arriba —miente.

—Cuidado con el… —digo señalando de forma imprecisa el velo y sus varios apéndices.

Jonah niega con la cabeza.

—No me puedo creer que te lo hayas puesto.

—¿Tú lo sabías?

Levanta la mano y da unos golpecitos al condón.

—Lo grapé yo mismo ayer a medianoche.

—¿Lo sacaste de tu cartera? —Freddie se echa a reír—. No lo pierdas, Lyds, a lo mejor te pagan algo en una tienda de antigüedades.

Frunzo la nariz, poco impresionada. Por supuesto, aprecio el esfuerzo que ha hecho Dee, con la valiosa ayuda de Jonah. También agradezco que Freddie y sus amigos hayan terminado la noche aquí y no en el centro, un cambio de última hora porque él tiene que ir mañana a trabajar para preparar una campaña para un nuevo cliente importante. Es todo muy secreto, alguien a quien están cortejando con la esperanza de robárselo a su rival más cercano delante de sus narices. A Freddie esa emoción le da la vida, tanto es así que está dispuesto a acortar su propia despedida de soltero para ser la persona más preparada de la sala cuando llegue el lunes. Otro consejo vital extraído de Barack Obama, sin duda.

Media hora más tarde, Jonah está al piano, Elle está en un rincón alejado sentada en el regazo de David y Dee está recostada contra mí de esa forma que da a entender que no cree que pueda mantenerse en pie por sí misma y que ya ha bebido bastante.

—No le digas nada —dice mientras mete la pajita en la botella a la que está aferrada.

No sé qué es lo que contiene, es un líquido de un azul chillón, y puede que no haya sido la mejor idea que Dee ha tenido esta noche.

—¿A quién?

Saca la pajita de la bebida y se da unos golpecitos con el extremo goteante en el dedo anular.

—A Jonah. Elle tiene razón, él es Mick Jagger y yo no soy Jerry Hall.

Me río porque es absurdo.

—No es Mick Jagger, y Jerry Hall se lo comería vivo.

Dee niega con la cabeza, poco convencida.

—Si ni siquiera sé cantar, Lydia. Jonah necesita a Adele, no a mí. Yo nunca seré Adele.

—Pues acabas de hacer una imitación de Beyoncé bastante buena —señalo—. Venga, deja de autocompadecerte. —La sacudo por los hombros para darle ánimos—. Tienes un pelo precioso.

—No, tú tienes un pelo precioso. —Suspira de forma dramática—. Tienes pelo de Jerry Hall.

—Pues preferiría tener su dinero —bromeo para quitar hierro al asunto.

Nos quedamos calladas y contemplamos a Jonah. Ni siquiera mira las teclas del piano mientras toca, sus manos se muestran seguras y confiadas, y el público lo acompaña como siempre aquí.

—La lleva en el ADN, ¿verdad? —dice Dee—. La música, quiero decir.

Asiento, y de repente me desespero desde la punta del ridículo velo de despedida de soltera hasta los tacones de vestir porque tiene toda la razón.

—La lleva en la sangre.

Pienso en lo perdido que está Jonah en mi vida despierta. Si la música ha desaparecido de su vida, está aún peor de lo que creía. Puede que al final Gales sí sea la mejor opción para él.

Dee se deja caer en la mesa que tenemos detrás, y yo me excuso un momento para ir al baño.

Encerrada en el retrete, me siento en el váter con la tapa bajada y saco el móvil del bolso, más por costumbre que por ganas de consultarlo. Necesito un respiro.

Se ilumina el salvapantallas. París bajo la nieve, en lugar de la imagen predeterminada por la que he optado en mi vida despierta. Apoyo la cabeza contra la pared del cubículo y me quedo mirándola mientras recuerdo con viveza las manos entumecidas en torno a una taza de café, los carámbanos colgando de los toldos de las cafeterías, los besos con los labios helados. Me produce una sensación extraña pensar en ello, como si fuera una escena de película más que mi propia vida.

—¿Todo bien ahí dentro?

Doy un respingo. Está claro que llevo demasiado rato monopolizando el único retrete.

—Un segundo —digo.

Vuelvo a guardarme el móvil en el bolso y tiro de la cadena a pesar de que no he usado el baño. La mujer que está esperando me lanza una ojeada algo curiosa cuando salgo, y me doy cuenta de por qué cuando veo mi reflejo en el espejo: me he convertido en la novia cadáver. Suspiro y me froto la parte baja de los ojos con agua fría para librarme de los manchurrones de rímel.

No es así como se suponía que debía terminar mi despedida de soltera, llorando en el puñetero lavabo.

Fuera, me quedo plantada en el pasillo frío, de baldosas sin esmaltar, sin tener claro si quiero volver al ruidoso bar o dar la noche por terminada y marcharme a casa. La puerta de acceso al bar se abre y deja paso a una ráfaga de música y ruido estridente y a Jonah Jones.

—¿Te estás escondiendo? —pregunta con una sonrisa cuando la puerta se cierra a su espalda y bloquea el ruido.

—No —contesto cuando llega a mi altura—. Sí, un poco.

—Es bastante difícil que pases desapercibida con eso puesto.

Señala el velo y apoya la espalda contra la pared contraria.

Asiento y me lo desenmaraño del pelo, pensando que ojalá se me hubiera ocurrido tirarlo a la papelera del baño.

—No lo saqué de mi cartera —dice—. Solo para que lo sepas. —Tardo un par de segundos en darme cuenta de que se refiere al condón del envoltorio rojo—. Los compró Dee.

¿Quiero imaginarme a Dee comprando condones de fresa? La verdad es que no.

—Un detalle por su parte —digo.

—Sí.

—Le tengo mucho cariño —digo mientras me pregunto si debería intentar meter con calzador en la conversación el comentario de que quiere casarse.

—Es fácil cogerle cariño.

—¿Y es fácil quererla? —digo en tono ligero.

Emite un sonido gutural, una mezcla de frustración y exasperación.

—Creo que ni siquiera sé lo que es querer a alguien, Lydia —dice—. Para ti es fácil, Freddie y tú lleváis juntos toda la vida. Habéis madurado juntos, ¿me explico? Habláis el mismo idioma. Pero ¿y si no tienes esa historia, y si no tienes todas esas capas de vida juntos para formar unos cimientos fuertes?

Es una respuesta mucho más elaborada que la que esperaba de él, tanto que no sé cómo reaccionar.

—Dee y yo no tenemos nada de eso —prosigue—. Yo no le sujeté el pelo mientras vomitaba la primera vez que se emborrachó, y no le llevé la mochila absurdamente cargada al salir del instituto. No empujé su primer coche hasta casa cuando se le quedó atascado en la nieve y no dejé que se copiara de mis deberes de química todos los lunes por la mañana antes de clase.

Se queda sin aliento, y no tengo ni idea de qué decir, porque acaba de hacer una lista de todas las cosas que han construido nuestra amistad a lo largo de los años. Él me sujetó el pelo en este mismo pub cuando teníamos diecisiete años, y empujó mi coche por la nieve cuando lo llamé muerta de miedo.

—No necesitas todas esas cosas para querer a alguien, Jonah —digo al final, sin tener claro a qué viene esto—. Lo que pasó ayer, o la semana pasada o hace diez años... Esas cosas no importan. Lo que importa de verdad es el aquí y el ahora, hoy, mañana, el año que viene. Algunas personas se enamoran a primera vista y siguen juntas para siempre; otras se casan con su amor de la infancia y terminan en el juzgado divorciándose. La vida es impredecible, Jonah, solo puedes intentar sacar el máximo partido a lo que te vaya plantando delante.

No sé de dónde ha salido todo eso, y tampoco me creo mi discurso al pie de la letra. En mi vida despierta, lo único que me queda de Freddie son los ayeres felices.

Jonah baja la vista al suelo y luego vuelve a levantarla hacia mí.

—¿Y si alguien se enamora de un amigo?

Pienso en Freddie.

—Entonces tiene suerte.

Jonah asiente, sombrío.

—Supongo. Siempre y cuando ese amigo le corresponda.

Abro la boca para decir algo, cualquier cosa, pero no me sale nada, porque de repente me da miedo hacia dónde se está encaminando esta conversación, me da miedo la atmósfera cargada que se respira entre ambos.

—Ser el compinche de Freddie Hunter ha sido siempre la

historia de mi vida —continúa, y se me encoge el corazón, porque, en otro universo, Jonah pronunció esas mismas palabras en el funeral de Freddie.

Allí dijo que había sido un honor y un privilegio; aquí no parece que esté a punto de decir lo mismo.

Como si nos hubiera oído, en ese momento Freddie irrumpe por la puerta del pub y se deshace en sonrisas al vernos.

—¡Eh, mis dos personas favoritas en el mismo lugar!

—Hola, cariño —digo, y me pongo de puntillas para besarlo en la mejilla; me doy cuenta de que estoy temblando.

—¿Nos vamos a por un curry? —pregunta al apoyarse en la pared junto a Jonah. Los recuerdo en la misma postura exacta en el instituto, con la espalda contra la pared, esperándome al final de las clases—. Me muero de hambre.

—Tú siempre te estás muriendo de hambre —dice Jonah, que se sacude como si quisiera despegarse de la piel la conversación rayana en la traición que acabamos de mantener—. Es tu noche, tú eliges, colega.

—¿Lyds? —Freddie se vuelve hacia mí—. ¿Te vienes?

Niego con la cabeza.

—No creo que esté bien visto que la novia participe en la despedida de soltero. Iré a buscar a Dee y a Elle.

—La última vez que las he visto estaban pidiendo chupitos de tequila —dice Freddie con una gran sonrisa—. Las cosas van a complicarse ahí fuera.

Desaparece en el baño de caballeros tarareando algo remotamente parecido a la canción que nos llega desde el bar, y Jonah y yo nos miramos de nuevo, otra vez a solas en el pasillo.

—Olvida lo que te he dicho, no son más que gilipolleces. —Traga saliva con dificultad y se frota la nuca con la mano—. Demasiada cerveza.

Asiento, agradecida por la mentira.

—Será mejor que vuelva ahí fuera —digo.

Dice que sí con la cabeza y se obliga a soltar una risotada al tiempo que se aparta de la pared.

—Por el tequila y todo eso.

Un par de chicas que recuerdo con vaguedad del instituto abren la puerta y aprovecho la oportunidad para marcharme. Me abro paso por el pub atestado en busca de Elle, todavía angustiada a pesar de que intento relegar mi encuentro con Jonah a un rincón de mi mente. No consigo dar con mi hermana ni con Dee, así que me rindo y me siento en un taburete vacío, con la cabeza apoyada en un lateral de la máquina tragaperras. Esta noche parece que todo está algo desequilibrado: Dee está demasiado superficial, Elle demasiado borracha, Jonah demasiado serio, Freddie demasiado alborotado. Y luego estoy yo, en medio de todos, con mi vestido negro de candidata por el partido conservador y mi velo engalanado. Cierro los ojos, cansada y preparada para dar la noche por finalizada. No quiero saber nada del tequila, ni de Dee, ni siquiera de Elle. Esta noche ha sido demasiado parecida a hacer equilibrios sobre una cuerda floja. De hecho, esa es una buena analogía de cómo es mi vida en estos momentos: estoy constantemente encaramada a un alambre invisible tendido entre dos mundos, siempre deseando con todas mis puñeteras fuerzas no caer en picado hacia mi muerte. Para una chica con problemas de equilibrio, es mucho trabajo.

Despierta

Domingo, 7 de julio

Tengo la cabeza a punto de estallar y anoche ni siquiera bebí antes de tomarme la pastilla. ¿Es posible que tenga resaca transuniversal? Mis viajes siempre resultan agotadores, pero hoy me siento como si me hubiera arrollado una apisonadora, tanto física como mentalmente.

Tres comprimidos de paracetamol y dos tazas de café hacen poco por aumentar mis niveles de energía y ánimo. A la hora de comer, pruebo con un poco de sopa y una tostada, en plan autocuidados del ejército, como un pase largo llegado de mi niñez, pero parece que todavía no hay forma de escapar de este estado lamentable en el que me encuentro. Me siento... No lo sé, ¿magullada, tal vez? Magullada por dentro, como si hubieran echado un partido en mi interior y hubieran utilizado mis órganos internos como postes de portería.

Pasarme la tarde en el sofá tampoco me ayuda a recuperarme. Me duelen hasta los huesos, como si estuviera convaleciente. En la televisión aparece un cartel que me informa de que es domingo 7 de julio. Mi cerebro exhausto es incapaz de hacer los cálculos, así que cuento con los dedos hasta el 20 de julio. Trece días. Dentro de una semana y seis días, Freddie y yo nos casaremos en un lugar en el que ni siquiera he llegado a ver mi vestido de novia. Pensar en la boda me lleva a pensar en Jonah, el mejor amigo y padrino de Freddie. La conversación que tuvimos anoche en el pasillo del pub en mi vida onírica... He estado evitando pensar en ella hasta ahora. A fin de cuentas, no se aplica a este mundo. Bueno, no del todo. ¿Verdad? No dijo nada explícito ni cruzó ningún límite, pero se acercó demasiado a la línea, tanto como para que alcanzara a oír las palabras que no llegó a pronunciar. Suspiro y cierro los ojos al tiempo que apoyo la cabeza en los cojines del sofá. Mierda, ¿por qué tiene que ser todo tan complicado? Puede que malinterpretara lo que dijo. Es posible. Pero en el fondo sé que no, que no me equivoco. La atmósfera se cargó de tensión entre ambos, había algo en su mirada oscura que formulaba preguntas para las que yo no tenía respuestas sencillas. Aquí, en mi mundo de vigilia, Jonah jamás habría hablado con tanto atrevimiento, y ahora va a hacer que la situación sea sin duda incómoda en mi vida onírica.

Tal vez de pronto él tenga que estar en otro sitio en nuestro gran día. Después de lo que me dijo anoche, todo sería más fácil si él no estuviera presente, al menos para mí. Pero no para Freddie, que se merece contar con su mejor amigo el día de su boda. No se me ocurre ninguna otra forma de soslayar el problema aparte de la que sugirió Jonah: olvidar por completo lo que dijo.

Estoy más dormida que despierta cuando, poco después de las cinco, me vibra el móvil. Hace un rato, he conseguido llegar nada más y nada menos que hasta la ducha, y ahora vuelvo a estar en el sofá en pijama, al menos limpia, fingiendo ver una película tan mala que ni siquiera me he quedado con el nombre del protagonista. Desentierro el teléfono de entre los cojines que tengo debajo de la cabeza y la pantalla me informa de que me ha llegado un mensaje nuevo; es de Kris. Hemos intercambiado unos cuantos últimamente, pero no he vuelto a verlo desde nuestra primera cita. Aunque me apetecía, no me he sentido cómoda con la idea.

¿Te apetece un café? No me vendría nada mal una amiga si estás libre.
Bs. K

Muevo los pulgares para escribir una mentira piadosa y que no se ofenda.

> Estoy en casa de mi madre, una celebración familiar, te doy un toque mññ

Me detengo y lo borro. Kris es la única persona que no desempeña un papel dual en mi complicada doble vida y parece que está teniendo un día difícil. ¿Cómo no voy a ser capaz de sacar fuerzas para ofrecerle algo mejor que una excusa para quitármelo de encima?

> Eh, hola, ¿todo bien? Estoy en casa con una resaca tremenda. Pareces depre, llámame si quieres. Bs. L

Me responde de inmediato.

> ¿Sería demasiado raro que fuera a verte un rato? Me vendría muy bien salir de casa.

Uy. Eso no me lo esperaba. Pero ahora ya me he delatado diciendo que estaba disponible para charlar, así que dudo y, antes de que me dé tiempo a organizar mis pensamientos, me llega otro mensaje.

> Lo siento. Olvida lo que te he dicho. Es solo un día de mierda, ya sabes cómo es a veces.

Y precisamente porque sé cómo es a veces, le digo que no, que no es raro, y que sí, que puede venir. Y en ese momento me invade el pánico más absoluto y voy a ponerme algo de ropa de verdad.

Nos sentamos a la mesa de la cocina a tomar café, y Kris me cuenta que su esposa ha aparecido esta mañana sin previo aviso.

Ha entrado en casa con la llave que no se había tomado la molestia de devolverle, ha estado dentro el tiempo justo para llenar una bolsa azul de Ikea con las cosas que quería y luego, cuando ya se marchaba, le ha dicho que está embarazada de tres meses de gemelos.

—Madre mía, no sé qué decirte. —Estoy horrorizada por él, parece un perro apaleado—. ¿Quieres que la ponga de vuelta y media?

—Eso ya lo he hecho, justo después de que se marchara —dice—. No me ha servido de mucho. Y se ha llevado el hervidor de agua. —Se termina el café de la taza—. ¿Quién hace eso, Lydia, quién se lleva el hervidor de agua?

Niego con la cabeza.

—¿Tenía algo de especial?

Se encoge de hombros.

—Hacía juego con la tostadora.

—¿Se ha llevado también la tostadora?

Asiente con tristeza.

—Si no hay té, no hay tostadas.

Le sostengo la mirada, contenta porque empiezo a captar indicios de diversión en sus ojos.

—Yo diría que puedes comprarte un juego nuevo por veinte libras en el supermercado.

—Ni siquiera me gustan las puñeteras tostadas —contesta—. Y tampoco bebo té.

Intento no reírme, pero no puedo evitarlo porque es algo muy ridículo, de verdad, presentarte en una casa y llevarte los pequeños electrodomésticos.

—Me han ofrecido un trabajo nuevo —dice para cambiar de tema—. Bueno, más bien incorporarme como socio de una empresa.

—Eso es bueno, ¿no? Suena bien.

Asiente, pero su expresión es contradictoria.

—Es en Londres.

Ah.

—¿Crees que lo aceptarás? —pregunto en tono vacilante.

—Es probable —responde—. Es con un amigo de la universidad, está expandiendo su despacho.

—Ya —digo.

La noticia de que va a marcharse cambia la dinámica entre nosotros a gran velocidad; no creo que vuelva a verlo después de hoy.

—¿Otro café?

Le pongo una mano en el hombro cuando me levanto para rellenar las tazas.

—No paras de presumir porque tú sí tienes hervidor de agua.

—Puede ser.

Pero ya no estoy pensando ni en café ni en hervidores. Estoy pensando en lo cómoda que me siento con él y en que sus ojos grises tienen motas verdes que solo se ven cuando te fijas de verdad, y cuando me agarra de la mano para tirar de mí y sentarme en su regazo, lo dejo.

Suspira y me rodea con los brazos, hunde la cara en mi pelo y no tengo claro cuál de los dos está ofreciendo consuelo y cuál lo está recibiendo. No ha venido hasta aquí para hablar de su hervidor. Ha venido hasta aquí porque ver a la mujer a la que amaba y a la que perdió lo ha dejado destrozado; entiendo ese sentimiento más de lo que cree. Está aquí porque yo estoy felizmente segregada de todas las demás partes de su vida; eso también lo entiendo. No conocemos a la familia ni a los amigos del otro, ni siquiera nos conocemos muy bien entre nosotros, pero ahora mismo eso es justo lo que hace que esto valga la pena. Yo soy para él lo que él es para mí: una página en blanco. Kris me gusta mucho, y en un momento distinto de nuestra vida, esto podría haberse convertido en un capítulo, o incluso en un libro entero, pero él se marcha a Londres y mi vida es demasiado complicada para dejar entrar a alguien nuevo en ella. Esta historia solo tiene una página: chico conoce a chica, se salvan el uno al otro, y después no vuelven a verse jamás.

—Lydia. —Me sujeta la cara con ambas manos, y entonces

arrastra los dedos hacia mi pelo y me besa de una forma que hace que hasta el último de mis pensamientos racionales se desvanezca de mi cerebro. Su desánimo se topa con mi corazón pisoteado y ambos perdemos el control—. No he venido buscando esto —dice mientras le quito la camiseta, y le creo.

—Lo sé —digo temblando cuando me desabrocha el sujetador.

—¿Quieres que pare? —pregunta; me cubre un pecho desnudo con una mano y con la otra seca una lágrima que me cae por la mejilla.

—No —susurro, y después lo beso—. No pares.

Jamás me había imaginado acostándome con alguien que no fuera Freddie. Bueno, aparte de alguna que otra fantasía con Ryan Reynolds, claro. Pero Kris es todo lo que necesito que sea. Y no pasa nada porque llore, porque él también llora, con la frente apoyada en la mía y una mano cálida en mi nuca.

Permanecemos tumbados, inmóviles en el silencio de la tarde, recuperando el aliento, hasta que al final él levanta la cabeza y me mira con expresión seria.

—Bueno, esto sí que me ha sacado el hervidor de la cabeza.

Hundo la cara en su hombro, riendo.

Vuelvo a estar sentada a la mesa de la cocina, ahora sola, rompiendo mi ley seca con una copa generosa de brandi desenterrado del fondo de la alacena de Navidad. Mis manuales sobre el duelo ya me advirtieron que es normal hacer cosas poco propias de ti, como esta; incluso hay una lista. No pienso saltar de ningún avión ni hacer rafting en aguas bravas, pero no puedo descartar por completo que no vaya a darme por el clásico «cortarme toda la melena» en algún momento.

Voy a esforzarme en no permitir arrepentirme de lo que ha pasado esta tarde con Kris. Ha sido maravilloso, y muy intenso, porque ambos sabíamos que era lo que era: un adiós. A lo mejor debería pensar en él como en un paracaídas metafórico; no podría haber soñado con un lugar más suave en el que aterrizar. Kris entendía esa sensación de ausencia profunda que experimentas cuando tu amor ya no está presente en tu vida, la sensación de que esa persona se ha llevado consigo demasiadas piezas de ti como para que puedas seguir funcionando con normalidad. O, al menos, para que seas como antes. He tenido que examinar qué piezas quedaban de mí y construir una nueva versión de mí misma, una Lydia 2.0, atornillando pedazos nuevos con el tiempo. Esta noche he asimilado un fragmento pequeño y positivo de Kris, y yo le he entregado un trocito de mí a cambio; un intercambio justo, espero.

Me termino el brandi y, mientras meto en el lavavajillas las tazas de café de antes, me pregunto por qué nos enamoramos de unas personas y no de otras, aun cuando nos gustaría hacerlo. Miles de millones de humanos, todos correteando por el planeta, enamorándonos y desenamorándonos unos de otros sin ninguna razón que la lógica, los números o el sentido común puedan explicar. Qué incomprensiblemente raros somos.

Despierta

Viernes, 12 de julio

Jonah me ha llamado antes al trabajo y me ha preguntado si podía pasarse por casa esta tarde; me ha dicho que se había quedado sin planes, todo muy relajado, pero creo que tiene en mente la boda. Yo diría que quiere ver cómo estoy y asegurarse de que, ahora que se acerca la fecha, no me estoy desmoronando en secreto.

Después de colgar, me invadió el pánico durante un par de segundos, pero luego me recordé que el Jonah Jones de aquí no es el mismo que el de mi universo onírico. Aquí es una persona de fiar, bondadosa y poco exigente, y tengo la certeza casi absoluta de que no lleva años enamorado de mí en secreto. Vendrá a pasar un rato conmigo, charlará de todo un poco con ese aire circunspecto suyo y luego se marchará camino del Prince para reunirse con Deckers y compañía. O a lo mejor encuentro la manera de sacarle el tema de Gales; ya veré cómo va la cosa. Lo he estado posponiendo, a decir verdad, pero esta noche intentaré mirar más allá de mis propias necesidades y pensar en qué es lo mejor para él. Y entonces me doy cuenta de que se trata de eso. Viene a decirme que se marcha.

—¿Estás bien? —le pregunto plantada en el umbral de mi casa.

Se encoge de hombros, levantando uno más que el otro.

—No demasiado mal.

—¿Quieres pasar? —digo al final, aunque sé muy bien que la respuesta es sí.

—Sí.

Me sigue hacia el interior y cierra la puerta a su espalda. Yo me acerco al hervidor de agua, él coge las tazas y entre los dos preparamos café mientras la televisión encendida en el salón nos proporciona un bienvenido ruido de fondo. Nunca me había sentido así de incómoda con él; me he enfadado con él, claro, pero nunca me había puesto tan nerviosa que me dejara muda.

—Siéntate —le digo mientras acomodo el trasero en un extremo del sofá, con la taza sujeta entre ambas manos.

Se deja caer en el sillón que siempre ocupaba, el que estaba enfrente del de Freddie.

—Bonito cojín.

Lo dice con una ligera entonación interrogativa... Jonah sabe tan bien como yo lo que significa.

—¿Cómo te van las cosas en el trabajo? —le pregunto, como si fuera un conocido con el que he coincidido en la sala de espera del médico.

—Bajando las revoluciones para el verano, por suerte —contesta.

—Claro —digo con apatía—. Qué suerte.

Las largas vacaciones escolares de Jonah hacían que Freddie se pusiera verde de envidia, aunque sabía perfectamente bien que su amigo dedicaba la mayoría de ese tiempo a ponerse al día con el papeleo y a preparar las clases.

—Es más o menos de lo que quería hablarte —dice—. Me voy fuera una temporada.

«Allá va —pienso—. Va a decirme que Dee y él se van a Gales a pasar el verano para averiguar si podría echar raíces allí.»

—No pasa nada, ya lo sabía. Dee me contó lo de Gales.

Deja el café en la mesa y se frota la cara con las manos.

—No me voy a Gales.

—Ah, ¿no?

Niega con la cabeza despacio, con la mirada clavada en una mancha de la alfombra.

—Se ha acabado, lo mío con Dee —dice—. Lo decidimos anoche. O, mejor dicho, lo decidí.

—Ah. —Suspiro. Me he quedado sin palabras, porque no tengo muy claro hacia dónde va todo esto—. Yo creía que... —me interrumpo.

—Ella quiere vivir en Gales, más cerca de su familia.

—Me lo contó. Creo que tenía la esperanza de que te marcharas con ella.

Jonah frunce la nariz.

—No sé lo que quiero, Lyds. Estoy agobiado, pero no por lo de Gales. Dee y yo... No estábamos aún en esa etapa, ¿sabes? Si te soy sincero, no creo que ella lo pensara tampoco, pero ha conseguido una plaza permanente en un colegio de allí, así que... —Vuelve a encogerse de hombros—. Así que va a marcharse de todas formas. Supongo que pensó que si yo también me iba podríamos probar a que las cosas fuesen en serio.

—Lo siento —le digo con sinceridad—, creía que a lo mejor llegabais hasta el final.

—Sí —contesta con aire resignado—. Yo también lo pensé durante un tiempo. Me siento como un imbécil por no haber terminado antes con ella, se merecía algo mejor.

Bebe un sorbo de café, pensativo, y tengo la sensación de que hay algo más, de que no ha venido hasta aquí para decirme que ha cortado con Dee.

—Me voy a Los Ángeles a pasar el verano.

Hala, un momento.

—¿A Los Ángeles?

Capto el tono de incredulidad de mi voz, más aguda de lo habitual. Podría imaginarme que Jonah se fuera a pasar el verano a muchos lugares del mundo, pero Los Ángeles no es uno de ellos. A Perú, quizá. A saltar de un camino inexplorado a otro en las islas griegas, desde luego. Pero ¿Los Ángeles? Soy incapaz de verlo entre las celebridades de Hollywood, con sus patines en línea y sus cuerpos pulidos. Sí, lo sé, es una forma horrible de generalizar y meter a todo el mundo en el mismo saco, pero es que estamos hablando de Jonah Jones.

—He vuelto a escribir —dice—. Desde el accidente.

Otra revelación inesperada. Cuando éramos más jóvenes, Jonah se planteó hacerse periodista, pero al final decidió que pelearse con los plazos de entrega no era vida para él. Decidió entonces ponerse a escribir otras cosas —canciones y música—, y también hizo alguna incursión en el mundo de las novelas y los guiones. Es creativo por naturaleza, y seguro que esa es la razón por la que es un profesor tan extraordinario.

—Eso es bueno —digo. Todavía no tengo claro qué relación guardan estas dos conversaciones. ¿Se va a Los Ángeles a un retiro para escritores?—. ¿Qué estás escribiendo?

—Ese es el quid, Lyds. —Se queda callado y me mira, me escudriña el rostro con gran atención—. He escrito un guion y lo he enviado a unos cuantos agentes y, la verdad, todo se ha movido mucho más rápido de lo que podría haberme imaginado.

Su discurso deshilvanado sigue sin cobrar sentido para mí. Vuelvo a tener la sensación de que aún tiene mucho más que contarme.

—Vaya, Jonah. —Río, pillada por sorpresa—. Qué emocionante.

—Es una locura. —Él también se ríe, cohibido, y en ese instante me doy cuenta de que esto es muy importante para él.

—Entonces ¿te vas a Los Ángeles a...?

—Hay tres productoras interesadas —contesta tratando de restarle importancia sin mucho éxito—. Voy a reunirme con ellos, a oír qué ideas tienen para el guion, ese tipo de cosas.

—¿Tres estudios quieren convertir tu guion en una película? ¿Se están peleando por ti?

Me estoy imaginando un duelo hollywoodiense multitudinario, con comida baja en calorías, sin carbohidratos, en la soleada terraza de un restaurante de lo más sofisticado.

Jonah vuelve a echarse a reír.

—No, no es eso. Es solo que mi agente piensa que sería bueno hacerse una idea de cómo trabajan, ver con qué me siento bien. Con quién me siento bien, en realidad.

Es mucha información que asimilar.

—Bueno, vale, pero ¿de qué va el guion para que todos se hayan puesto a tirarse de los pelos? ¿Has escrito la siguiente *Guerra de las galaxias*? —Dejo mi taza en la mesa—. Madre mía, ¡es eso! Vas a comprarte una casa en Hollywood Hills y serás vecino de Bruce Willis.

No sé por qué he elegido a Bruce Willis, podría haber elegido a alguien más joven. Debería haber elegido al puñetero Ryan Reynolds. Está claro que no estoy en plenas facultades.

—Me parece que te estás viniendo un pelín arriba, ¿eh? —dice—. Que se firme un contrato de opción está a miles de kilómetros de distancia de que llegue a hacerse realidad. Es poner un pie en la puerta. —Y entonces vuelve a poner esa cara, la que dice que está incómodo con lo que tiene que decir a continuación—. El caso es, Lyds, que podría decirse que va sobre Freddie —dice sosteniéndome la mirada, observándome con detenimiento a la espera de una reacción—. De una forma muy indirecta y generalizada, al menos. Es decir… Trata más sobre la amistad y perder a tu mejor amigo.

—¿Has escrito una película sobre Freddie? —Es una idea tan rara que me cuesta metérmela en la cabeza, y entonces un pensamiento terrible me sacude de arriba abajo—. ¿Freddie muere en la película?

Mi voz suena tensa, aguda.

—No es exactamente sobre él. Es más sobre los chicos adolescentes, la amistad masculina y los sentimientos que provoca la pérdida.

Soy un monstruo. Debo de serlo, porque en lo único en lo que puedo pensar es en que Jonah ha encontrado una forma de articular sus emociones con una libertad y una precisión mayores de las que yo alcanzaré jamás, y al conseguirlo, ha hecho que su pérdida sea más importante que la mía. En lugar de alegrarme por él, no puedo quitarme de encima la idea de que está sacando provecho de ese horror impensable que nos ocurrió a todos. Que le ocurrió a Freddie, y después ante todo a mí, no al puñetero Jonah Jones.

—No me habías comentado nada —digo con el ceño fruncido—. Ni siquiera me habías contado que habías vuelto a escribir.

—No se lo he contado a nadie —contesta—. Ni siquiera a Dee.

«Pero yo no soy Dee —pienso—. Soy Lydia, tu más vieja amiga, y estabas escribiendo sobre Freddie, así que deberías habérmelo contado.»

—Empecé a escribir porque necesitaba sacarme algo de mierda de la cabeza, ¿entiendes? —Me mira en busca de comprensión—. Me pesaba demasiado. —Eso sí lo entiendo a la perfección—. Y luego, a medida que las páginas se iban llenando, empecé a disfrutar del proceso de la escritura en sí, a recordar cómo me sentía cuando creaba mundos nuevos y distintos al mío, cuando dedicaba tiempo a pensar en una historia que no es la mía.

No tiene ni idea de lo mucho que dan en el clavo sus palabras. Salvo por que yo no tengo que escribir mi mundo distinto, sino que lo vivo.

—Entonces ¿qué, el héroe de la historia eres tú?

Es un golpe bajo, y me doy asco por dar a entender que Jonah era algo distinto a un héroe en la vida real de Freddie.

Jonah está sentado en el borde del sillón, echado hacia delante.

—Te lo he dicho, no somos Freddie y yo, no de forma específica. Pero la inspiró, así que quería que te enteraras por mí.

—Vaya, gracias —digo sintiéndome una imbécil.

—¿Te importa? —pregunta.

—¿Creías que me importaría? —No le contesto con una pregunta para enfrentarme a él. Solo estoy intentando averiguar si mis sentimientos egoístas están justificados de algún modo.

—La verdad es que no lo sé —responde, y le creo—. No

quería que creyeras que había encontrado un filón en todo esto, supongo.

—No lo pienso. —Suspiro, porque acabo de reconocer mis verdaderos sentimientos como lo que son, y no me siento orgullosa de mí misma—. Si acaso, te tengo envidia.

Me mira, incrédulo.

—¿Envidia?

Ahora me toca a mí batallar para encontrar las palabras adecuadas.

—Es que… Es que a mí también me pesa, ¿sabes? Tú vas a irte a otro sitio, a conocer a gente nueva, a estar en un lugar donde no te encontrarás recuerdos allá donde mires. —Asiente, y su mirada me dice que me entiende mejor que nadie—. Seguro que te vas a Los Ángeles a pasar el verano y decides que te gusta tanto que no vuelves jamás a casa.

Jonah se levanta y se sienta a mi lado.

—Volveré a casa, Lydia. Te lo prometo.

—Eso no lo sabes. A lo mejor te hacen una oferta que no puedes rechazar.

Pone cara de dudarlo.

—Es muy pronto para pensar eso. Podría celebrar esas reuniones igual desde aquí, por Skype o algo así —dice—. Voy tanto por largarme de aquí como por ir allí, si tiene algún sentido.

—Es una especie de huida —digo en tono lúgubre.

—No me gusta considerarme de los que huyen —dice—, pero sí, tal vez un poco.

Nos quedamos callados un minuto, y durante un instante me planteo la idea de hacer algo parecido, de coger un avión al otro lado del mundo y pasar allí una temporada para ver si lejos me siento más ligera.

—Entonces ¿qué, tu único plan es irte a Los Ángeles y esperar que las cosas te vayan bien?

—Tengo la sensación de que me vendrá bien un cambio. —Se encoge de hombros—. Los Ángeles es un lugar tan bueno como cualquier otro.

O sea que Dee tenía razón en parte; es cierto que Jonah necesita alejarse, pero con un poco de suerte no será para siempre.

—Bien por ti, Jonah —digo con suavidad, porque entiendo que, indirectamente, hoy ha venido aquí para que le dé mi bendición—. Espero que sea el comienzo de algo bueno para ti.

—Para mí es muy importante que digas eso. —Sus palabras son sinceras. Me agarra de la mano—. Tú siempre serás muy importante para mí, Lyds. No quiero que perdamos nuestra amistad jamás.

Ecos lejanos de la despedida de soltera, mis dos mundos tan cerca que se rozan. Aquí, por suerte, somos lo que hemos sido siempre. Viejos amigos.

—Yo tampoco —digo apretándole los dedos.

Echa un vistazo al sillón en el que se sentaba Freddie, y luego al resto del salón.

—Esta casa parece cada día más tuya.

—¿Tú crees? —pregunto sorprendida.

No he cambiado gran cosa: un cojín nuevo aquí, una lámpara allá, un espejo bohemio que vi el otro día cuando volvía a casa desde el trabajo. Sin embargo, entiendo más o menos a qué se refiere Jonah. Es inevitable, supongo, una evolución necesaria a medida que va cambiando la forma de mi vida.

Nos sumimos de nuevo en el silencio, y entonces le cuento algo que no tenía pensado contarle.

—He conocido a alguien.

Jonah me mira como si acabara de salirme otra cabeza.

—¿Que has conocido a alguien?

—Hemos quedado un par de veces.

Niega con la cabeza como si fuera la idea más rocambolesca del mundo.

—Nunca te habría imaginado saliendo con otro.

La crítica me duele.

—No eres el único con derecho a rehacer su vida ahora que él ya no está, ¿sabes?

Me pasa un brazo por encima de los hombros y me atrae hacia su costado.

—No lo decía en ese sentido. Es solo que… Tú con otra persona… Se me hace raro.

No tiene ni la menor idea de lo extraño que es.

—Pues imagina lo raro que se me hace a mí.

Permanecemos callados un rato, su brazo un peso agradable, los dos con la cabeza reclinada contra el sofá.

—Pez gordo de las películas.

Se ríe en voz baja cuando le doy un codazo flojito. Es una familiaridad que he echado más de menos de lo que pensaba.

—¿Pedimos una pizza?

Miro la mesita de café. Ha soportado innumerables pizzas a lo largo de los años, la acostumbrada cena de Jonah y Freddie los días de fútbol.

Supongo que podrá soportar una más.

Me quedo esperando en el escalón y le digo adiós con la mano cuando vuelve a meterse en el Saab justo después de las nueve. Jonah Jones en Los Ángeles. ¿Quién lo iba a decir? Se lo comerán vivo. O a lo mejor no. A lo mejor cambia las pizzas por las tortillas de clara de huevo y el café ultrafuerte por chupitos de kale. Cuando cierro la puerta, me consuelo con dos cosas. Una, no me ha declarado su amor, y dos, al menos no se va al maldito Gales.

Despierta

Sábado, 20 de julio

Está lloviendo. Son las seis y media de la mañana del sábado, y la lluvia golpea la ventana de mi habitación, los restos de una tormenta tropical que ha cruzado el Atlántico con gran estruendo desde el Caribe. Estoy en la cama, y hoy habría sido el día de mi boda. Hoy sigue siendo el día de mi boda, en un mundo situado en algún lugar más allá de este. ¿Estará lloviendo a cántaros también allí? ¿Estaremos todos apiñados en la cocina de mi madre, aún en bata, mirando por la ventana con un café en la mano y echando pestes contra el cielo encapotado? ¿O estaremos tomándonos un desayuno especial todos juntos en torno a la mesa sin que la lluvia nos importe un pimiento porque es el día de mi boda y, si hiciera falta, me casaría con Freddie Hunter en vaqueros bajo una granizada? Espero que sea esto último.

Mi familia ha optado por el enfoque «no hablar de ello» en los días previos a hoy. Elle está en el trabajo; es su última boda en el hotel antes de cogerse la baja. Ya está de ocho meses, e intenta impedir que la barriga aparezca por accidente en las fotos de boda de la gente. Stef, a quien todavía tienen que presentarme como es debido, se ha llevado a mi madre a pasar el fin de semana fuera. Mamá nos metió una milonga tremenda a Elle y a mí, nos dijo que se iba a los Lagos y que, por una tremenda casualidad, Stef había reservado en el mismo sitio en las mismas fechas, así que van a hacer el viaje juntos para ahorrar gasolina. Hasta David, que jamás hace comentarios, tuvo que subir el periódico y ponérselo delante de la cara para que mi madre no lo viera reírse.

Jonah se marchó a Los Ángeles hace también un par de días, así que todos los actores principales de mi ahora inexistente boda están ocupados haciendo otras cosas. La vida es así de rara, ¿no? Hoy habría sido un día repleto de cosas relacionadas con la boda para todo el mundo: mamá abrochándome los botones con los rulos puestos, Jonah comprobando con nerviosismo que sigue llevando los anillos en el bolsillo, los vecinos asomándose a la calle en zapatillas de andar por casa para despedirnos al salir hacia la iglesia. Y como ahora no va a ocurrir ninguna de esas cosas, se han colmado el día de otras actividades: el trabajo, los Lagos y Los Ángeles, como la estantería de una tienda en plena reposición para la nueva temporada. La única persona que no se ha llenado el día con otras ocupaciones soy yo. No lo necesito, porque yo sigo pensando ir a mi boda.

Dormida

Sábado, 20 de julio

Mi vestido es increíblemente hermoso. Estoy delante del espejo de la habitación de mi madre, ya preparada, sola y embelesada por la mujer que me devuelve la mirada. No sé qué hora es, si me sobran unos minutos o si llego tarde, como de costumbre; en cualquier caso, necesito un poco más de tiempo para recuperar la compostura. Alguien me ha peinado el pelo sobre un hombro, ondas amplias surcadas por trenzas finitas que se entretejen unas con otras. Levanto un dedo para acariciar la estrechísima diadema metálica de estrellas plateadas que me rodea la frente; es como si hubiera caído de los cielos nocturnos. Mi vestido no es blanco: es de delicados tonos espuma de mar, de seda recubierta de un tul tan vaporoso que casi me da miedo moverme. En el vestido titilan más estrellas diminutas cuando me vuelvo hacia un lado y hacia el otro. A saber dónde lo he encontrado; es en parte sirena, en parte diosa lunar, etéreo y fascinante. Paso los dedos por el corpiño y encuentro el pavo real de marcasita de mi abuela enganchado a la cintura.

—El coche acaba de llegar, Lydia, cariño.

Mi madre aparece en el umbral a mi espalda intentando ponerse uno de sus pendientes de perlas favoritos. Está espectacular, con un vestido de cuello de barco al estilo Jackie O, de un tono espuma de mar más oscuro que el mío y con accesorios azul marino.

—No tienes nada que envidiar a Carol Middleton —digo

sonriendo tras un velo de lágrimas, porque ahora ya sé qué aspecto tiene mi madre el día de mi boda.

—Y tú dejas a Kate y a Meghan a la altura del betún. —Se acerca y me agarra las manos.

Me fijo en su perfecta manicura color *nude* y en las conocidas manchas de envejecimiento de las que ha tratado de librarse probando todas las cremas del mundo.

—¿Lista para salir?

Asiento.

—Creo que sí.

—Pues venga. —Me da un último apretón en las manos—. Cuanto antes te cases, antes podré echar el guante a un gin-tonic.

Aquí no está lloviendo. Cuando Elle me ayuda a salir del coche, el cielo luce el mismo tono azul lavanda que los postigos de estilo francés. Lleva el pelo oscuro recogido en un moño a la altura de la nuca, y va guapísima, con un vestido sin tirantes azul Mediterráneo. Victoria, la organizadora de la boda, también está a mano tratando de ayudar; durante un instante me siento como si Elle y ella estuvieran enzarzadas en un juego de la soga y yo fuera la cuerda. Elle me mira a los ojos y yo le hago un guiño para recordarle con sutileza que hoy forma parte del cortejo nupcial en lugar de estar a cargo del evento. Veo su expresión de reticencia cuando cede el puesto a Victoria. No puede evitarlo; es una organizadora nata, y esto ha sacado su lado competitivo.

—¿Ha llegado? —pregunto.

Victoria se echa a reír.

—Claro. Todo el mundo está ya dentro esperándote.

El granero está bañado por la luz del sol, dorada como la miel; la enorme puerta de doble hoja se encuentra abierta de par en par, y capto atisbos del interior a medida que nos acercamos. Todo es un millón de veces más bonito que en esos sofisticados banquetes de bodas que aparecen en las revistas; es rústico, romántico y muy nuestro, está lleno de flores y velas de color crema encendidas en los huecos de las ventanas, profundos y sombríos. Percibo el olor de la madreselva y el de las agujas de pino, y oigo una música que no acabo identificar; tengo tantas ganas de ver a Freddie en el altar que está a punto de saltárseme el corazón del pecho.

Cuando llegamos a la entrada, mi madre y Elle se colocan una a cada lado y nos cogemos de las manos. No creo que tuviéramos pensado recorrer el pasillo las tres juntas, pero soy incapaz de soltar la mano de mi hermana, de manera que así es como lo hacemos. Mi madre, Elle, yo. Estuvimos las tres solas durante muchos años; a la mesa del desayuno antes de irnos a clase, los sábados por la tarde apelotonadas en el sofá peleándonos por el mando a distancia, aovilladas en la cama de mamá cuando una de las dos no podía dormir. Que hoy recorramos este camino siendo tres es justo como debía ser.

Empieza a sonar la música. Hay un pianista, y en cuanto empieza a entonar una canción de los Beatles me doy cuenta de que es Jonah. Por supuesto que es él, ¿a quién íbamos a pedir si no que cantara en nuestra boda?

La gente se vuelve hacia nosotras, y se produce un cambio en la atmósfera: el ambiente relajado en que contenían el aliento da paso a un rumor de voces expectantes, la emoción resulta palpable. Me veo bañada por los rayos de cálida luz del sol y, más adelante, veo a Freddie de espaldas a mí. A mi alrededor diviso caras conocidas: mis compañeros de trabajo, Phil y Susan sonriendo como si fuera su propia hija; Dawn llorosa y Ryan a punto de derramar unas cuantas lágrimas, a juzgar por su cara. Julia me avisó de que no podría asistir en cuanto envié las invitaciones; están en Ghana visitando a su familia con motivo del sexagésimo cumpleaños de su hermano.

Jonah canta sobre el amor y rosas maravillosas, y la tía June le coge la mano a mamá un segundo y me dedica un leve gesto de aprobación levantando los pulgares a nuestro paso. Hasta mi prima Lucy consigue esbozar una sonrisa debajo de su inmenso sombrero de color coral. No me atrevo a mirar quién está sentado detrás de ella, pero quienquiera que sea no va a ver nada. La familia de Freddie se ha congregado al otro lado del pasillo —parientes lejanos a los que conozco menos y que siempre aparecen ante la promesa de una cena gratis—, y los chicos del pub se han acicalado, con el traje que seguramente les sirve para bodas, funerales y entrevistas de trabajo. Su madre está en primera fila con un llamativo vestido rojo anaranjado que es más para una boda en la playa que para un granero, pero da igual, porque ya casi me encuentro a la altura de Freddie, que se está dando la vuelta para mirarme. Ay, mi corazón. Doy un paso al frente, sola, mientras me recorre de arriba abajo con la mirada y luego vuelve a subir para mirarme a los ojos, y la emoción me embarga de tal manera que es un milagro que me sostenga en pie.

—Estás aquí —susurra, como si supiera lo lejos que he tenido que viajar para llegar hasta aquí, y aunque no cabe duda de que no está en el guion, se agacha y me besa, sus labios cálidos sobre los míos.

—Y tú también estás aquí —murmuro maravillada.

Me agarra de la mano y no quiero soltársela. Su risa es suave, su voz tan baja que solo yo la oigo.

—Como si fuera a irme a algún lado.

La celebrante se aclara la voz, preparada para comenzar, y la escuchamos dar la bienvenida a todo el mundo, decirles lo contentos que estamos de que hayan venido a celebrar el más especial de nuestros días. Les dice que hemos elegido redactar nuestros propios votos, momento en el que asiento, y después asimilo de verdad sus palabras y me doy cuenta de que no tengo ni idea de qué iba a decir. El pánico me aletea como una polilla en la garganta. Me lo trago cuando la celebrante se vuelve hacia Freddie con una sonrisa; al menos le toca a él primero.

Freddie carraspea, y luego vuelve a hacerlo por si acaso. No se oye ni una mosca. Por una vez, su rostro refleja sus nervios con claridad.

—La verdad —empieza— es que me ha costado saber qué decir hoy. El artista con las palabras siempre ha sido Jonah. —Se vuelve hacia su amigo—. Incluso le pedí que me ayudara con esto, pero me contestó que eran los únicos deberes que tenía que hacer solo.

La gente se echa a reír, al igual que Jonah, que se encoge de hombros a modo de respuesta. Me mira a los ojos, durante una milésima de segundo como mucho, el espectro de una disculpa por las cosas que me dijo en mi despedida de soltera. Siento una sacudida, porque en mi vida de vigilia ya lo echo de menos y me pregunto si Los Ángeles se convertirá en su hogar permanente.

Freddie espera a que se haga el silencio antes de volver a concentrarse en mí.

—Lyds, la primera vez que te vi tenías catorce años, eras todo pelo rubio y piernas kilométricas, y ahí estaba yo, con una bicicleta BMX y unas mechas cutres que me había hecho mi madre.

Esta vez se vuelve hacia a su madre mientras el público se ríe de nuevo. Para estar nervioso, ya tiene a todo el mundo comiendo de la palma de su mano.

—Solo Dios sabe por qué te... —Se interrumpe y pide disculpas de inmediato a la celebrante, que agacha la cabeza con amabilidad a pesar de que se trata de una ceremonia no religiosa—. Me refiero a que, gracias a Dios...

Vuelve a quedarse callado, y la celebrante esboza un sutilísimo gesto de hartazgo mientras la gente se ríe en voz baja. Freddie espera a que se calmen antes de continuar.

—Lo que intento decir, a mi manera y esta vez sin meter a Dios de por medio, es que no tengo ni la menor idea de por qué me dijiste que sí, ni de cómo he conseguido mantenerte a mi lado todos estos años. Eres más lista y mejor persona que yo. Estás tan fuera de mi alcance que ni siquiera tiene gracia. Pero aun así dijiste que sí, y eso me convierte en el hombre más afortunado del mundo.

Sus palabras son perfectas porque son suyas.

—Sé que a veces te vuelvo loca, pero te prometo todo esto:

somos para siempre, tú y yo. Siempre te cuidaré. Me aseguraré de que te pones protector solar y, las mañanas frías, te abrocharé el abrigo. Tú iluminas mi mundo, Lydia Bird, no quiero una vida sin ti.

«Oh, Freddie —pienso—, si tú supieras…» Ese es el trato que hacemos cuando amamos a alguien, ¿no? En algún punto del camino, una persona siempre va a tener que encontrar una manera de seguir adelante sin la otra. Al mirar a Freddie ahora mismo, obtengo cierto consuelo del hecho de que él nunca tuviera que experimentar el sufrimiento que yo siento en mi vida de vigilia.

Me está costando mantener la compostura. Veo a Elle con el rabillo del ojo; se le ha corrido el maquillaje a causa de las lágrimas. No voy a permitirme llorar. No puedo. Tengo que hablar con claridad, decir las cosas que nunca tuve la oportunidad de decir.

—Freddie. —Pongo a prueba mi voz para ver si es firme. No puede decirse que sea perfecta. Trago saliva, carraspeo, y Freddie debe de advertir que estoy a punto de derrumbarme, porque me coge de la mano. Se hacen unos segundos de silencio entre nosotros y en toda la sala. Todo el mundo espera, y yo respiro varias veces para tranquilizarme, porque estas palabras son las más importantes que he pronunciado en mi vida—. Te veo hoy aquí ante mí, Freddie, y mi corazón… Bueno, me pregunto cómo es capaz de contener tantas cosas en su interior sin reventar por las costuras. —Le levanto la mano y me la coloco sobre el corazón—. Está lleno de deseos, de «algún día» y de ojalás. Está lleno de nuestros ayeres, todos aquí guardados en un solo lugar para que no se pierdan. También está lleno de nuestros mañanas. De las caras de nuestros hijos, de todos los lugares a los que iremos, de nuestras victorias y nuestras dificultades. —Ahora soy yo quien le pone una mano en el pecho; sus latidos bajo mi palma, los míos bajo la suya—. Mi vida lleva engranada con la tuya desde que tenía catorce años. —Él me mira a los ojos y conectamos. Lo siento muy hondamente, en todos y cada uno de los átomos de mi cuerpo, en todas y cada una de las versiones de nuestro mundo que giran alrededor de todas y cada una de las versiones del sol—. Al final el tiempo lo cambia todo, Freddie, y ahora me he dado cuenta de que no importa, porque lo que tenemos es más que solo aquí o solo ahora. Tú y yo somos en todo tiempo, somos siempre y somos en todas partes. Si vivo un millón de vidas, te encontraré en todas ellas, Freddie Hunter.

Lo miro, y él a mí, y lloramos. No con fuertes sollozos jadeantes que hagan que todo el mundo se sienta incómodo, sino pequeños arroyos silenciosos que se convierten en ríos y después en mares. Quiero recordarnos así para siempre.

La celebrante está a punto de declararnos marido y mujer, y yo estoy impaciente por oír esas palabras pronunciadas en voz alta, por que estemos casados, y las campanas repican una y otra vez, cada vez más alto y cada vez más insistentes. Estoy temblando, me tiembla todo el cuerpo a causa del esfuerzo repentino y hercúleo que me supone permanecer aquí. No puedo mantener ni una extremidad quieta. Las campanas ya no suenan como campanas de boda, y por más que me empeñe, por más que quiera evitarlo, empiezo a disgregarme de ellos, sumiéndome en la oscuridad, y tengo el pijama empapado de sudor a causa del esfuerzo. ¿Cómo es posible que esté en pijama? Sigo oyendo las campanas de boda. Pero entonces me doy cuenta de que no son campanas. Es mi móvil, que resuena malhumorado en mi mesilla de noche, que me llama desde un mundo hacia el otro. No soporto el ruido ni la sensación de angustia absoluta y salvaje mientras lo busco a tientas, aún medio dormida. A lo mejor puedo volver. A lo mejor, si consigo asirme a los vestigios del sueño, puedo cruzar de nuevo la puerta del granero antes de que se cierre. Sigo aferrándome a esos pensamientos cuando veo el nombre azul fluorescente en la pantalla del móvil. Elle. Me despierto de golpe, aterrada.

—Lyds, estoy sola. —La voz de mi hermana está tan contraída por el dolor que apenas la reconozco—. El bebé… Ayuda.

Despierta

Sábado, 20 de julio

Estoy allí antes de que llegue la ambulancia, aún en pijama. He llamado a emergencias desde el teléfono fijo sin dejar de hablar con mi hermana por el móvil. «Aguanta —le he dicho histérica porque no encontraba las llaves del coche, metiendo los pies en las botas mientras salía dando tumbos a la acera—. Ya van, ya voy, estaré ahí en un suspiro.»

Por lo que ha conseguido contarme entre resuellos entrecortados, vacilantes, sé que el bebé está en camino, que David está de viaje por trabajo y que no sabe por qué le ha empezado a doler tanto tan deprisa. Yo tampoco tengo ni idea; mi única experiencia con los partos hasta el momento ha sido con la pececita embarazada que gané en la feria cuando éramos pequeñas. La llamé Ariel, por razones obvias, y varios días más tarde la observé con horror y fascinación mientras daba a luz a una tormenta de nieve de huevos, dejándolos tras de sí con aire desinteresado, como una máquina de nieve falsa a punto de quedarse sin pilas. Cuento con eso y con unos cuantos episodios de *¡Llama a la comadrona!*; ninguna de las dos cosas me proporciona la menor cualificación para ser la única persona que esté con Elle cuando se ponga de parto.

Todo esto me pasa por la cabeza cuando freno de golpe en la calle de mi hermana cinco minutos más tarde. Rebusco entre mis llaves la que abre la puerta de su casa mientras recorro el sendero del jardín a toda velocidad. Tengo llaves de la casa de

Elle y de la de mi madre, otra de las cosas en las que insistieron tras el accidente.

—Estoy aquí, Elle, estoy aquí. —Me agacho para gritárselo a través de la abertura para las cartas, y cuando por fin encuentro la llave correcta, la meto en la cerradura.

Antes de subir corriendo al piso de arriba, dejo la puerta entreabierta para que pueda entrar el equipo de la ambulancia; al final parece que sí que me he quedado con algo de *¡Llama a la comadrona!*

Mi hermana está sentada al borde de la cama, a los pies, aferrada con los brazos al poste de madera como si estuviera en un barco que se hunde. Tiene el pelo oscuro pegado a la cabeza por el sudor, y cuando me arrodillo ante ella y le pongo las manos en las rodillas, su cara es un estudio de la fusión del pánico y el alivio.

—Es demasiado pronto, Lyds —me susurra con los ojos como platos. Tiembla tanto que le castañetean los dientes—. Tres semanas.

—Todo irá bien —le digo, porque hace unos minutos, cuando he llamado a la ambulancia y lo he preguntado, me han asegurado que todo debería ir bien—. Muchos niños nacen sanos tres semanas antes de lo previsto.

Elle no contesta; no puede, porque tiene el cuerpo crispado por lo que debe de ser otra contracción que la hace retorcerse de dolor, que la hace aullar como un animal herido. Amaina despacio, y me muevo para sentarme a su lado. Le rodeo los hombros con un brazo cuando se desploma contra mí.

—¿Cuánto tiempo hay entre contracciones? —pregunto, aunque en realidad no sé cuál debería ser la respuesta—. Más o menos.

—No el suficiente —resuella cuando puede—. Ni mucho menos.

—Vale. —Le froto la espalda. Tiene sangre en las piernas, pero no le digo nada—. ¿Quieres que hagamos ejercicios de respiración?

Madre mía, espero que ella sepa qué hacer, porque está más claro que el agua que yo no tengo ni idea. Ojalá me hubiera interesado más cuando me contó lo de las clases preparto a las que había asistido. Ojalá no hubiera estado tan ensimismada, joder. Por suerte, Elle asiente e inspira más hondo de lo que lo ha hecho desde que he llegado, y después espira con un bufido prolongado.

—Pareces un globo que se deshincha —le digo, y ella se ríe y llora a un tiempo.

—Me siento como un puto globo —jadea, y las dos nos reímos un poco, trémulas, rozando la histeria—. ¿Y si el bebé nace antes de que llegue la ambulancia? —pregunta, de nuevo más cerca de las lágrimas que de la risa.

—Pues nos las apañamos tú y yo —digo con mucha más convicción de la que siento.

Si esa ambulancia no llega aquí antes que la criatura, me va a dar algo. Si ni siquiera soy capaz de ver *Casualty*.

—No podemos —dice muerta de miedo—. ¿Y si le ocurre algo al bebé y no tenemos a nadie que nos ayude?

Noto que se le vuelve a agitar la respiración y al cabo de unos segundos la cara se le contrae de nuevo de puro dolor. Según mis cálculos, han pasado dos minutos. Sin duda, menos de tres. El dos es un número tan bajo que da pavor.

—Estoy yo. Yo te ayudo. Van a llegar, Elle, pero, si no, podemos hacerlo juntas, ¿de acuerdo? —Me mira a los ojos y yo le sostengo la mirada, resuelta, con una determinación férrea—. ¿De acuerdo?

Traga saliva.

—Es demasiado tarde para llegar al hospital.

—Pues no iremos —contesto.

—David no está —dice, y se le descompone el rostro.

—No, no está. Pero yo sí, y no pienso apartarme de tu lado hasta que llegue él, ¿vale? Lo he llamado, está en camino.

Me aprieta la mano y me fijo en sus dedos pálidos y tensos. Elle y yo solíamos darnos la mano cuando teníamos miedo de pequeñas: acampadas en el jardín de atrás a los cinco años; cuando nuestro padre apareció sin avisar el día de mi noveno cumpleaños; en el funeral de nuestro abuelo, cuando yo acababa de cumplir los veintiuno. Es algo tan instintivo como tranquilizador. Espero que obtenga de ello tanta fuerza como yo.

—Gracias.

Le tiembla el labio, y su voz suena como si tuviera alrededor de diez años, y me doy cuenta de que, ahora mismo, tengo que dar un paso al frente y ser la hermana mayor.

—Creo que te vendría bien tumbarte —digo.

—No sé si podré.

—Sí puedes —digo con firmeza—. Venga, vamos a hacerlo ahora mismo, antes de que llegue la siguiente contracción.

Juntas, conseguimos acomodarla contra las almohadas justo a tiempo, y entonces Elle se acerca las rodillas al pecho y comienza a resoplar. Por Dios, ¿dónde está la ambulancia? Hay regueros de sangre fresca en las sábanas, por donde se ha movido. Intento no pensar en ello, no sé si es normal o no.

—Siento hacerte esto precisamente hoy —solloza casi sin aliento a causa del dolor.

Una imagen fugaz de mi boda pasa ante mis ojos: mi vestido espuma de mar, la amplia sonrisa de Freddie, Elle y mi madre recorriendo el pasillo a mi lado.

—No seas tonta —le digo—. Me había quedado colgada.

Elle y yo compartimos una mirada antigua que no requiere palabras, y entonces ella cierra los ojos con fuerza y aprieta las manos en un puño con la llegada de otra contracción. Nunca me he sentido tan impotente. Le agarro la mano cuando vuelve a abrir los ojos.

—Yo no lo haría —me advierte—. No puedo garantizarte que no vaya a romperte los dedos.

Me río, porque hemos oído mil veces la historia del parto de mi madre.

—No querría que echaras a perder mis posibilidades de convertirme en una gran surfista —digo sin soltarla.

—Por Dios, Lydia, ya llega, noto que el bebé ya está aquí. —Ahoga un grito—. Necesito empujar.

Su tono es urgente, se coloca un brazo alrededor de la tripa con ademán protector y el otro por encima de la cabeza para agarrarse al cabecero de la cama. El blanco absoluto de sus nudillos contrasta con el resto de su piel.

—¿Puedes esperar? —pregunto y aprieto los dientes, preparándome para la respuesta que sé que me va a dar.

—¡No! —grita con la cara del color de la remolacha cocida a causa del esfuerzo.

No me lo pienso, rodeo la cama para colocarme a los pies.

—Voy a tener que mirar si veo algo, Elle —digo con mucha más valentía de la que siento.

—De acuerdo. —Está llorando—. Por favor, no dejes que mi bebé se muera, Lyds. No dejes que la ahogue el cordón ni nada parecido.

El velo de lágrimas no me permite ver gran cosa, pero, cielo santo, sí lo suficiente para saber que la ambulancia no va a llegar a tiempo.

—Creo que veo la coronilla de la niña. —Me acerco e intento recordar cualquier parto que haya visto o sobre el que haya leído en mi vida. El de Ariel no está a la altura.

»Escúchame, Elle —digo asomándome entre sus rodillas—. Cuando estés lista, tienes que empujar hasta que te diga que pares, y entonces, por lo que más quieras, deja de empujar para que pueda comprobar que no tiene el cordón alrededor del cuello, ¿vale?

Está aterrorizada, pero asiente, y en cuestión de segundos vuelve a atenazarla el dolor.

—Bien, buena chica. ¡Empuja! —Observo, sin aliento, la carita del bebé, que aparece lenta y milagrosamente, arrugada y morada—. ¡Para! —digo casi gritando, con la rodilla de mi hermana apoyada en el hombro. Con mucho cuidado, palpo el cuello del bebé y doy las gracias a todos los dioses del mundo cuando no percibo el cordón—. Está bien, la niña está bien —la informo asintiendo con vigor—. Puedes volver a empujar cuanto estés lista.

Ella también asiente con vigor y entonces rompe a gritar, y a lo lejos oigo sirenas.

—Venga, Elle, ya casi lo tenemos —prácticamente grito.

Sujeto la cabeza de la niña con las manos cuando empiezan a salir los hombros. Ayudo todo lo que puedo, sosteniendo el cuerpo minúsculo, maniobrando, animando a Elle para que dé un último empujón que expulse a la criatura resbaladiza, pegajosa y maravillosa de su cuerpo hacia mis manos.

—Que no se te caiga, ¿eh? —jadea.

—No la soltaré, Elle, te lo prometo.

No me pasa desapercibido el hecho de que es la segunda vez que hago promesas solemnes en las últimas horas. No puedo procesarlo todo, es demasiado. Entonces todos los pensamientos que se apartan del aquí y el ahora quedan relegados, cuando una vida totalmente nueva toma su primera bocanada de aire entre mis manos.

—¡Ya está aquí, está aquí! Joder, lo hemos conseguido, ¡te he dicho que lo conseguiríamos!

Me río y lloro de puro alivio, igual que Elle, y quito una sábana de la cama y la envuelvo alrededor de la pequeña, que gimotea y se retuerce. Se la paso a Elle, y mi hermana coge a su preciosa bebé en brazos.

—Ya llega la ambulancia, la estoy oyendo —digo en voz baja.

—Gracias —dice con la boca temblorosa.

Me agacho y la abrazo, con cuidado de no aplastar a mi sobrinita. Las sirenas se acercan cada vez más y luego se detienen, por fin han llegado.

—Lo has hecho genial.

—Tú también —susurra todavía llorando, conmocionada por el alivio.

—Nunca había ayudado a traer un bebé al mundo —anuncio como si fuera algo que ninguna de las dos supiera.

—Te olvidas de Ariel —dice.

—Cierto. Aunque ella no montó ni la mitad de este numerito.

—¿Hola?

Oímos una voz masculina y pasos de botas en las escaleras.

—Estamos aquí —contesto yo también a gritos.

Aparecen en la habitación dos médicos vestidos de verde oscuro, un hombre casi calvo y una mujer alta con una coleta rubia. Ambos se colocan a los pies de la cama para evaluar la situación al mismo tiempo que se presentan como Andy y Louise.

—Parece que has tenido una mañana ajetreada, cariño —dice Andy dedicando una sonrisa enorme a Elle.

—Es una niña —contesta mi hermana también sonriendo.

—¿Te molesta si le echo un vistazo?

Louise se coloca junto a Elle y la examina con gran cuidado. Yo me aparto para dejarles trabajar con calma y observo cómo ponen una pinza al cordón y después lo cortan.

—¿Puedes coger a la niña mientras examinamos a Elle? —me pregunta Louise.

Me alivia que haya otra persona al cargo cuando me pone a la niña arropada en los brazos. Me la llevo junto a la ventana mientras los médicos atienden a Elle; no presto atención a sus palabras, no son más que ruido de fondo mientras estudio a esta nueva humana. Le acaricio la punta de la diminuta nariz con un dedo, y después recorro con la ligereza de una pluma la ladera de sus mejillas. Mi sobrina. Ya no está morada, ahora me recuerda más a un precioso melocotón, aterciopelada y todavía un poco manchada de sangre. Frunce la boca cuando le rozo el labio inferior, una succión instintiva, fuerte, a lo Maggie Simpson. «Qué lista eres ya —pienso—, que sabes cómo sobrevivir. Espero que siempre siga siendo así.» Entonces se retuerce y aparece su manita; le acerco un dedo a la palma. Unos dedos minúsculos, translúcidos, se cierran en torno al mío, la cosa más frágil que he visto en mi vida. Me quedo mirándola, tan reciente que parece estar cubierta de rocío, y con un sobresalto me doy cuenta de que en el otro mundo ni siquiera existe.

—Oh —susurro.

Lleva en mi mundo solo unos minutos y ya ha ensanchado la distancia entre el aquí y el allí. Allí, Elle no es madre. Allí, esta niña no salió adelante. No sé qué significa todo esto, pero de repente me doy cuenta de lo agotada que estoy. Las últimas veinticuatro horas han sido intensas como poco. Casi siento alivio cuando llega el momento de devolverle la niña a Elle, que ya está incorporada en la cama con un aspecto mucho más normal del que habría imaginado que pudiera tener cualquiera después de traer a toda una persona al mundo. He oído a Louise calmar las preocupaciones de Elle respecto a la rapidez con que ha llegado la niña; al parecer, se tarda lo que se tarda. Ella ha asistido más de un parto en la trasera de la ambulancia, e incluso uno a los pies de una escalera mecánica en un centro comercial. Mejor que pasarse dos días sufriendo con un trabajo de parto duro, le ha dicho, y supongo que tiene razón.

Entrego la niña a Elle y salgo enseguida al rellano para llamar a David y decirle que tanto la madre como el bebé están bien y que debería volver lo antes posible. Se desmorona de golpe. Tengo que ser firme y decirle que deje los nervios a un lado y se recomponga.

—¿Tienes que ir al hospital? —pregunto al sentarme con delicadeza al borde de la cama cuando Louise y Andy bajan a la planta de abajo.

Elle niega con la cabeza.

—No, Louise está intentando hablar por teléfono con mi comadrona para pedirle que venga a verme y me examine otra vez. —Baja la vista hacia el bebé—. Y también a esta cosita.

Durante un instante, ambas contemplamos a la criatura dormida. No me sorprende que se haya quedado frita; por muy difíciles que hayan sido el último par de horas para Elle y para mí, lo han sido aún más para ella.

—¿Tenéis ya nombre?

Han barajado tantísimas opciones en los últimos meses y semanas que al final he perdido la cuenta.

Elle estudia a su hija.

—Nos habíamos decidido por Charlotte, pero ahora que está aquí no tengo claro que tenga cara de Charlotte.

—Hum… —digo pensativa—. ¿Qué te parece… Lydia Ariel Peach?

Elle sonríe agotada, pero lo hace igualmente.

—Solo hay sitio para una Lydia en mi vida.

«Y sin embargo en la mía hay dos versiones de todo el mundo —pienso—. De todo el mundo excepto de Freddie y de esta pequeña.»

—David no debería tardar.

—Tengo muchísimas ganas de que llegue —dice.

Echo un vistazo a las sábanas manchadas de sangre.

—¿Por qué no te preparo unas tostadas y te sientas en la silla a comértelas mientras cambio la cama? Así la habitación estará un poco menos, eh… ¿*Alien*?

Tuerce la boca. Sabe lo aprensiva que soy con la sangre.

—¿Lo has pasado muy mal ahí abajo?

—Es extraño, pero no. Ser la primera persona del mundo que ha visto a esta señorita ha sido bastante especial, la verdad.

Esa afirmación no hace justicia ni por asomo a la experiencia. La gente dice todo tipo de cosas grandilocuentes cuando presencian un parto; dicen que es un milagro, algo que les ha cambiado la vida, algo precioso. Para mí ha sido todo eso y mucho más: ha sido pura magia humana. Hoy Elle ha representado el truco de magia por antonomasia de todos los trucos de magia justo delante de mis ojos. Mi hermana es una hechicera y su hija, una obra maestra.

Ambas están dormidas cuando, un poco más tarde, David entra a toda prisa por la puerta y sube las escaleras de dos en dos. Yo estoy dormitando en el sofá, pero me despierto sobresaltada en el momento en que entra en la habitación respirando con pesadez.

—Están bien —digo en voz baja cuando se acerca a la cama.

Elle abre los ojos y lo ve, y la expresión de su cara... lo es todo. Es «Te quiero, mira lo que he hecho, cómo me alegro de que estés aquí».

La expresión de la cara de David... también lo es todo. Es «Yo te quiero más, mira qué cosa tan maravillosa has hecho, estoy muy orgullos de ti, mi superhumana».

Él se sienta a su lado y ella se desliza entre sus brazos llorando de nuevo, aunque ahora de pura alegría porque su nueva familia está por fin junta por primera vez. Me deleito en su felicidad y después salgo despacio del dormitorio porque no quiero inmiscuirme en sus primeros momentos siendo tres. No se dan cuenta, y me parece bien. Es como debería ser.

Me he quedado el rato suficiente para enterarme de que al final han optado por Charlotte. David ha bajado a la niña con sumo cuidado para dejar que Elle se duchara con mucha cautela. Nos sentamos en el sofá y examinamos las manos y los pies en miniatura de Charlotte, sus extremidades larguiruchas a la espera de engordar, su mata de pelo oscuro. David cree que se parece a Elle; yo creo que tiene razón. Ha venido la comadrona, rápida y eficiente con su balanza. Charlotte marcó el saludable peso de dos kilos y medio, lo cual al parecer es muy bueno para haberse adelantado tres semanas.

Ya estoy de vuelta en casa con una taza de té. Pero, ahora que he regresado, creo que nunca la había encontrado vacía ni me había sentido tan sola. El silencio es agudo. Podría poner la radio, pero no creo que soportara la charla inane ni las carcajadas banales. Estoy totalmente exhausta. Me siento extraña... Desvinculada, cosa bastante rara, teniendo en cuenta que acabo de presenciar algo tan fundamental como un nacimiento. Puede que esté sufriendo una sobrecarga emocional; casarse y asistir un parto en cuestión de horas puede ejercer ese efecto en las personas. No me resulta fácil explicarlo. Es un sentimiento de desconexión, como los chasquidos lejanos de la línea telefónica cuando llamas al extranjero. Ahora Elle se ha mudado a otro país, a un lugar donde puedo ir a visitarla pero no quedarme. Todos los que me rodean están avanzando, alejándose de mí: mi madre con Stef, Elle con el bebé, Jonah en Los Ángeles.

Mi pobre y maltrecho corazón. ¿Sabes esas cajas de música antiguas forradas de espejos para reflejar desde todos los ángulos la bailarina que da vueltas con lentitud? En algún sitio, tengo una con pájaros pintados de colores en la tapa; me la regaló Jonah por mi cumpleaños cuando todavía íbamos al instituto. Me imagino a mí misma como esa bailarina, con una miríada de versiones giratorias de mí.

Estoy reventada, y subir a la cama supone un esfuerzo excesivo, así que me arrastro nada más y nada menos que hasta el sofá y me dejo caer de costado sobre él. Me hago un ovillo y me tapo la cara con las manos para protegerme de la luz del día. Si tuviera la energía necesaria, lloraría hasta quedarme dormida. Sabe Dios que me merezco una buena llorera, dado lo que he vivido a lo largo de las últimas horas de mi puñetera vida. Pero no tengo fuerzas, y creo que tampoco me quedan lágrimas. Me siento seca como la yesca, como un montón de hojas resecas y apiladas que arderían sin dudarlo ante la mera sugerencia de una llama. Cierro los ojos y veo que el aire dispersa las hojas, unas por aquí, otras por allá, pedacitos de mí que se dejan arrastrar por la brisa.

Cuando me despierto, vuelve a ser de noche. Me he sumido en un sueño sin sueños, y ahora son las diez de la noche y estoy desvelada y embargada por la necesidad de hacer algo, de ir a algún sitio, de salir de aquí. No tengo que ir a trabajar ni esta semana ni la que viene; me las pedí libres sin mencionar que, si las cosas hubieran sido distintas, Freddie y yo estaríamos de luna de miel en Nueva York. Le dije a Dawn que tengo pensado reformar la cocina, y a Phil y a Susan que me iba a un *spa* con mi madre y con Elle antes de que llegara el bebé. Ninguna de las dos cosas era cierta. Me he reservado este tiempo para estar en casa, para enlazar una visita a mi otro mundo con la siguiente. Aunque parezca una locura, pienso irme de luna de miel.

Pero ahora caigo en la cuenta de que no tengo por qué quedarme en casa: un pastillero y carretera y manta. De hecho, cuanto más lo pienso, más sentido tiene que me marche. Si me quedo, otras personas requerirán mi tiempo. Elle, la niña, mi madre. Me digo que Elle y David agradecerán que les dé un poco de espacio para que puedan conocer a su hija. Si me voy, no tendré que pensar ni que hacer planes por nadie. La adrenalina me ha desbocado el corazón; la idea de estar en otro sitio se ha apoderado de mí. Es una necesidad, no un deseo. Me siento como una goma elástica estirada al máximo, a punto de romperse, que precisa aflojarse con cuidado. Repaso las opciones a toda velocidad en mi cabeza: playas, cumbres montañosas, océanos. ¿Adónde puedo ir? A ver, podría intentar coger un avión a Nueva York. Me lo planteo durante unos minutos, pero al final decido que sería demasiado raro incluso en mi escala de rarezas verme en esa ciudad en mis dos vidas a la vez. En la planta de arriba, me doy una ducha casi corriendo y me cambio, después meto ropa interior y de calle en la maleta que he sacado a rastras de la habitación de invitados, y también gafas de sol y sandalias. Me conozco lo bastante bien para saber que no quiero terminar en un sitio frío. «Luz solar.» Necesito levantar la cara hacia el sol y sentir que me cubre la piel con su calidez ardiente y pegajosa. Con la maleta hecha de cualquier manera, la bajo por las escaleras y saco el pasaporte del cajón de la cocina. Está en un sobre con el de Freddie, y durante un instante los estrecho contra mi pecho y nos imagino haciendo cola en el aeropuerto, con los documentos apretados con fuerza en las manos ilusionadas. No me atrevo a mirar el de Freddie ahora; tengo que conservar esta mentalidad, la que me va a llevar hasta un sitio nuevo. No puedo esperar a que llegue la mañana. No puedo esperar ni una hora, así que llamo un taxi y arrastro la maleta hasta la acera para esperarlo en la calle. Meto algo de dinero y una nota de disculpa garabateada en el buzón de Agnes; me siento obligada a pedirle que cuide de Turpin a pesar de que el gato prácticamente vive con ella y de que a él le importará un pimiento que yo no esté. Tampoco tengo a nadie más a quien dejar una nota alertando de mi locura. A mi madre y a Elle les enviaré un mensaje cuando tenga claro adónde voy, pero de momento cierro las puertas con llave y me meto en el taxi en cuanto aparece, eufórica. No consigo librarme de la sensación de que alguien o algo va a detenerme, de que van a agarrarme del brazo y a decirme que no puedo marcharme, pero no sucede. Estoy sola. Capitana de mi propio barco, aunque una capitana que no tiene ni idea de hacia dónde navega.

Estoy en la sala de salidas, mirando el panel informativo desconcertada. Hasta ahora no había sentido los primeros dedos de la duda, que empiezan a darme toquecitos en el hombro. Lo cierto es que me siento un poco trastornada, aquí plantada en medio del aeropuerto, sola, con una maleta hecha con prisas, un frasco medio vacío de somníferos y el pasaporte. Nadie sabe que estoy aquí. Podría darme la vuelta y volver a casa, nadie se enteraría de nada. Resulta tentador; me lo planteo. Mire a donde mire, hay parejas y familias, niños cansados que juegan con el iPad y grupos de despedida de soltera que caminan en línea recta hacia el bar. Si algo tengo claro es que no quiero ir a ningún sitio donde haya despedidas de soltera. No sé qué hacer, así que me quedo paralizada y dejo que todo el mundo se mueva a mi alrededor, envuelta por fragmentos de conversaciones y rastros de perfume del duty-free.

—¿Estás bien, guapa? —pregunta alguien, y me doy la vuelta y veo a un guardia de seguridad—. Llevas un rato aquí parada. ¿Necesitas ayuda?

Su cara parece gastada por el uso, como si se estuviera despidiendo en los años previos a la jubilación. Supongo que me está preguntando si necesito que me indique dónde está mi mostrador de facturación o algo así, aunque nuestra conversación bien podría responder a un fin mayor. Él no lo sabe, pero está a punto de convertirse en el segundo de a bordo de esta nave.

—Sí, la verdad —respondo—. ¿Adónde irías si pudieras marcharte a cualquier lugar ahora mismo?

Ted, según su placa identificativa, me mira con extrañeza, sorprendido por la pregunta.

—¿A casa? —dice.

Me río a medias, desesperada, porque es la respuesta menos apropiada posible.

—No, me refiero al extranjero. Si ahora mismo pudieras coger un avión, ¿adónde irías?

Clava la mirada en mi maleta y después en mí, evaluando la situación. Me pregunto qué estará pensando, ¿que estoy huyendo de la policía? ¿Que he plantado a alguien en el altar? Espero, puede que demasiado tarde, no haberle pedido ayuda a la persona menos indicada del edificio; es probable que este tío pueda incluso detenerme. Tiene una mano posada en la radio que lleva al cinturón, una gruesa alianza de oro incrustada en un surco profundo en el dedo.

—Bueno —dice despacio—, creo que me iría a un lugar con una buena conexión a internet para poder avisar a alguien de mi paradero cuando llegara.

Es paternal; tremendamente tierno para esta chica sin padre.

—Lo haré —digo, y señalo de nuevo con la cabeza hacia el panel de salidas—. Bueno, ¿adónde?

Ted suspira como si en realidad prefiriera que me diese la vuelta y regresara a casa.

—Quizá sea mejor que compruebes antes en qué vuelos hay plazas. Acércate a las ventanillas de venta en lugar de a los mostradores de facturación.

Me señala la hilera de ventanillas que ocupa la pared más alejada, iluminadas con luces rojas y amarillas.

—Ah, entiendo.

Hay bastantes, puede que más de doce, así que pregunto otra cosa a Ted.

—¿Un número del uno al doce?

Pone los ojos en blanco.

—El seis.

El seis. Un número tan bueno como cualquier otro.

—Gracias, Ted. —Me siento un poco rara, como si debiera darle un abrazo o algo así—. Debería… Bueno, ya sabes. Irme.

Él se hace a un lado y me hace un gesto para que siga mi camino.

—Pues adelante —dice—. Y no olvides llamar a casa.

Asiento. Tiene razón, debería llamar como mínimo a mi madre, pero no me atrevo a hacerlo todavía por miedo a que me convenza de que no me vaya antes incluso de haber despegado. Mañana es un buen momento; mamá ya está demasiado ocupada ahora mismo intentando volver de los Lagos para conocer a su primera nieta.

Muy bien. El seis. Me acerco a la pared de las ventanillas y voy pasando por delante mientras las tacho mentalmente. Ventanilla uno, United Airlines. No creo que pueda irme a Estados Unidos sin visados y todos esos rollos, así que sería un no de todas formas. La dos, Air France. Demasiado cerca, no me garantiza que mi madre no venga a buscarme. Además: París. Tres, Qantas. Demasiado lejos. Quiero marcharme, pero no a las antípodas. Cuatro, Emirates. Hum. No creo que la pompa y la ostentación de Dubái sean lo que necesita mi alma en estos momentos. Aer Lingus está en la cinco; otro no por exceso de proximidad. Vale. La ventanilla seis me da la bienvenida entre resplandores naranjas y rojos. Me llama, casi. Air India. Los nervios me encogen el estómago. Me había imaginado camino de las Baleares o de Portugal, pero de repente pensar en la India me resulta atractivo. Está lo bastante lejos para situarme fuera del alcance de mi madre, y es lo bastante distinto para ser justo lo que necesito… Aunque tampoco es que lo supiera hasta este mismo instante. Nunca había pensado en viajar sola a ningún sitio, y mucho menos a un lugar desconocido. Algunas de las ventanillas han cerrado hasta mañana, pero la suerte ha querido que en la número seis haya un chico que levanta la vista y me mira a los ojos.

—¿Puedo ayudarla? —pregunta sonriéndome.

Me resulta cordial, así que me acerco.

—Creo que me gustaría ir a la India —digo solo un pelín más despacio de lo habitual, como si estuviera probando mis palabras.

—Excelente —contesta—. ¿A qué parte de la India tenía pensado volar?

—Uy. —Me siento estúpida—. Ya. Bueno, ¿qué vuelo puedo coger primero?

Si mi respuesta le sorprende, es lo bastante profesional para que no se le note. Escribe algo en el teclado, y yo espero cruzando los dedos bajo el mostrador para que no me diga que no hay vuelos inminentes.

—Hay un vuelo a Delhi dentro de dos horas y veintisiete minutos —responde.

—Ese —digo fascinada.

—Pero me temo que está lleno —añade, y sonríe con aire compasivo.

Menuda decepción. Hace menos de treinta segundos que sé de la existencia del vuelo y ya es una oportunidad perdida.

El empleado echa un vistazo a su reloj de pulsera.

—Después de ese, el siguiente vuelo es a las dos y diecinueve, aunque es a Goa.

Me mira como si eso pudiera echarme atrás, pero a mí me da igual que sea a Delhi o a Goa.

—¿Tiene alguna plaza libre?

Presiona unas cuantas teclas más, tuerce la boca mientras piensa y por fin toma una decisión.

—Sí.

Saco la tarjeta de crédito del monedero y la coloco encima del mostrador antes de volver a hablar.

—Me la quedo.

Durante apenas una milésima de segundo, su expresión ultraprofesional flaquea.

—¿Está completamente segura?

—¿Tengo pinta de no estarlo? —pregunto—. Llevo una maleta y el pasaporte aquí mismo.

—¿Y tiene el visado en regla?

Se me cae el alma a los pies.

—¿Se necesita visado para ir a la India?

Su expresión amable comienza a teñirse de irritación.

—Claro, pero puede sacárselo enseguida por internet.

Cojo el móvil, esperanzada de nuevo.

—¿Ahora? ¿Podría sacármelo ahora mismo?

—Sí, señora, desde luego, pero tarda dos días en procesarse.

Me entran ganas de llorar. De hecho, creo que estoy horriblemente cerca de hacerlo cuando vuelvo a guardarme la tarjeta de crédito en la cartera.

—Muchas gracias por todo —digo negando con la cabeza—. Pero tengo que marcharme esta noche.

El chico parece verdaderamente apesadumbrado cuando me alejo arrastrando la maleta con ruedas, seguro que porque ha perdido una buena comisión.

La siguiente ventanilla es la de una de los mayores operadores turísticos con línea aérea propia, así que me acerco con mi maleta a la chica con cara de aburrida que hay detrás del mostrador y, escarmentada tras mi chasco con la India, pruebo un rumbo nuevo y más directo.

—Querría el siguiente asiento disponible en el siguiente vuelo disponible a un país cálido que no requiera visado, por favor.

Abre los ojos como platos detrás de sus gafas de ojo de gato.

—De acuerdo —dice, y toquetea el ratón para que su ordenador cobre vida mientras guarda en el cajón el sándwich que se estaba comiendo.

Tras consultar la hora en el reloj de la pared, chasquea la lengua, pensativa.

—Llegaría por los pelos al vuelo de Mallorca, el mostrador de facturación cierra dentro de diez minutos.

Sé que he dicho el siguiente asiento en el siguiente vuelo, pero ya he estado en Mallorca y me trae recuerdos de Freddie que no necesito ahora mismo.

—¿Y cuál es el siguiente después de ese?

Me lanza una mirada sutilmente cínica por encima de las gafas antes de comprobarlo, como si mi osadía inicial le hubiera causado cierta admiración y la hubiera decepcionado al ponerme quisquillosa.

—Ibiza a las doce y veinte.

—Buscaba algo menos turístico —aclaro.

—¿Conoce la isla?

Niego con la cabeza.

—Quizá la sorprenda, tiene muchas caras, no todo es fiesta fuera de San Antonio. O siempre podría pasar a Formentera si busca un lugar algo más hippy.

Me asalta la indecisión mientras ella vuelve a teclear con sus largas uñas pintadas de azul oscuro y entorna los ojos.

—Si no, parece que queda una plaza libre en el vuelo a Split de las tres cuarenta y cinco.

—¿Split?

—Está en Croacia.

Le entrego mi tarjeta de crédito.

Despierta

Domingo, 21 de julio

Cuando te paras a pensarlo, estar en un avión es raro, ¿no? No estás ni en tierra ni en el espacio, sino surcando las regiones celestiales a toda velocidad en un bote de hojalata. La familia que viaja a mi lado está intentando convencer a su hijo pequeño de que se coma el desayuno de la línea aérea, a todas luces poco apetecible, así que apoyo la cabeza contra la ventanilla e intento aislarme de ellos. Contemplo la alfombra de merengue de nubes que se extiende bajo el avión. Creo que Nigella, la chef de la tele, no estaría nada satisfecha con su aspecto, porque es un merengue ralo y sin consistencia en lugar de tener picos rígidos y brillantes. Manchas relucientes de color rosa y amarillo tiñen los cielos del amanecer, y cuando miro más allá de las nubes, veo unas cuantas estrellas desperdigadas a lo lejos. ¿Estará también mi otro mundo en algún lugar de ahí fuera? ¿Estoy ahora más cerca de él de lo habitual? ¿Se verá desde allí la estela de este avión? Es una idea terriblemente seductora. A lo mejor el piloto se equivoca al tomar una curva en el cielo y aterrizamos allí por error. Cuando cierro los ojos y comienzo a sumirme en el sueño, mi cerebro rescata una cita que Elle tenía colgada en la pared de su habitación, en un póster de Peter Pan, creo: «Segunda estrella a la derecha, y todo recto hasta el amanecer».

No me había planteado de verdad la realidad de estar en un país extranjero. Este viaje tenía más que ver con alejarse que con llegar. Pero ahora, cuando bajo la mirada y diviso una masa terrestre rodeada de islas minúsculas y estelas de barcos como renacuajos con volantes, siento los primeros atisbos de duda. Cientos de casas de ladrillo rojo, como de Monopoly, salpican el continente verde cuando descendemos, y las esporádicas pinceladas azul piscina me recuerdan que estoy en un lugar más cálido que mi casa. No sé nada de este sitio aparte de cómo se llama, y no tengo ni idea de qué voy a hacer cuando salga del aeropuerto. Es una aventura, más o menos, pero, en circunstancias normales, no me consideraría aventurera. En circunstancias normales... tal vez sea esa la diferencia. No he vivido mi vida en circunstancias normales desde la muerte de Freddie.

Logro pasar por la sala de control de pasaportes y la de recogida de equipajes siguiendo al rebaño, y después cruzo la puerta de salida entre los topetazos de las maletas. El calor me envuelve al instante. Me hago a un lado y me quedo inmóvil unos instantes, recomponiéndome. Me cago en la leche. Estoy en Croacia. No tengo ni idea de cómo suena el idioma, y el dinero que he cambiado en el aeropuerto me resulta irreconocible. Dudo hasta de que fuera capaz de localizar este sitio en un mapa. Pienso breve y anhelantemente en mi casa, en mi madre, Elle y el bebé, y decido llamarlas en cuanto encuentre donde alojarme. Me llevo una mano a la frente para protegerme los ojos del sol, casi como un marinero que escudriña el horizonte, mientras analizo mis opciones. Hay autobuses urbanos que circulan de un lado a otro, pero no sé dónde comprar un tíquet. También hay autocares privados, pero supongo que son de los operadores turísticos. Entonces veo a lo lejos una hilera de taxis, y me estoy mordiendo el labio, reflexionando, cuando se me acerca un hombre.

—¿Necesita taxi?

El hecho de que hable mi idioma me da el valor suficiente para contestarle.

—No estoy segura de adónde quiero ir.

—¿Quiere fiestas?

Frunzo el ceño. No sé si es una pregunta general o una propuesta. Parece un tío bastante decente, pero nunca se sabe, ¿no?

—¿O necesita un lugar tranquilo para leer libros?

Ah, era una pregunta general.

—Eso —respondo a toda prisa—. Tranquilidad. Y lo de leer también está bien.

Consulta su reloj de pulsera.

—Mi esposa alquila una habitación.

—Ah, ¿sí?

Asiente.

—En Makarska.

No tengo ni idea de dónde está eso.

—Tiene un restaurante, la habitación está encima. Cerca de playa.

—¿Está lejos?

Se encoge de hombros.

—Un poco.

Una vez más, no tengo ni idea de cómo cuantificar eso.

—Hum… —Intento concluir si es un golpe de buena suerte o si están a punto de matarme y tirarme por un acantilado. Entonces algo me dice que me lance sin más—. De acuerdo.

Esboza una sonrisa auténtica que le cambia la cara.

—Te llevo ahora. Vita te dará pollo gratis, en mi casa.

Deduzco que Vita debe de ser su mujer, salvo que esté hablando de sí mismo en tercera persona, lo cual sería raro. Coge mi maleta con una mano y se seca la otra en la camisa de cuadros de manga corta antes de tendérmela. Deseo con todas mis fuerzas que no se refiera a un pollo vivo.

—Petar —dice.

—Lydia —contesto, y le estrecho la mano con una sonrisa vacilante.

Me sacude el brazo de forma breve y yo diría que bastante poco sanguinaria.

—Por aquí —me indica.

Me siento aliviada cuando me lleva hasta una miniván blanca en una hilera de taxis similares, deteniéndose para dar unas palmadas en el hombro a otro conductor a través de la ventanilla abierta. Eso me tranquiliza. Aquí la gente conoce a este hombre, y parece que les cae bien. Empiezo a creer que haber conocido a Petar es un golpe de buena suerte… Sabe Dios que ya era hora de que me tocara alguno.

Vita es mi nueva persona favorita. Me ha mirado de arriba abajo durante unos segundos silenciosos cuando Petar me ha sacado de su taxi, como un pastor con su oveja perdida, y después ha hecho un gesto de asentimiento con la cabeza y me ha abrazado. Me ha pillado con la guardia baja y me he quedado ahí plantada más tiesa que una vela en medio de su sombreado restaurante familiar, todavía aferrada al asa extensible de mi maleta. No ha sido uno de esos abrazos demasiado entusiastas con palmada en la espalda incluida, sino más bien una forma terapéutica de envolverme con sus brazos, y después ha dado un paso atrás y me ha escudriñado los ojos y la cabeza a un tiempo.

—Puedes quedarte conmigo.

Me descuelga la pesada bolsa de viaje del hombro y se la echa al suyo mientras me habla.

—Tus secretos son tuyos aquí.

Es un comentario muy simple y a la vez profundo. ¿Acaso llevo la historia de mi vida escrita por toda la cara para que la lea cualquiera que se tome la molestia de fijarse? ¿O es que Vita es una especie de mística capaz de leerme la mente sin necesidad de palabras? No soy tan fantasiosa como para creer en todas esas cosas, pero Vita tiene algo, una serenidad suave, que me llama la atención. Es un poco más alta que yo, alrededor de una década mayor y esbelta. Va vestida con sencillez, con unos vaqueros y un delantal rojo, con el pelo oscuro apartado de la cara sin maquillar.

—Sígueme. Te enseñaré la habitación.

Se despide de su marido con un gesto de la mano y ladea la cabeza hacia la puerta abierta del patio.

La sigo, tal como me ha pedido, y de pronto me encuentro en la terraza en primera línea de playa del restaurante. Durante un instante, me siento demasiado deslumbrada para hablar. Deslumbrada por la cualidad de la luz del sol matutino, por el calor, por el brillo del mar. Plantada entre las sencillas mesas y sillas de madera, levanto la cara hacia la calidez y una oleada de algo parecido a la libertad se desliza por mi piel. Aquí no me conoce nadie. Nadie conoce mi historia. Puedo existir sin más.

—Esta es la tuya —dice gritando—. Aquí arriba.

Dejo la maleta a los pies de la escalera de piedra que sale de un lateral del restaurante y subo tras ella. Espero mientras rebusca una llave en el bolsillo del delantal. La habitación está impoluta y es humilde: paredes blancas, una cama doble de madera, baja, con las sábanas limpias dobladas sobre un colchón rojo. Tiene una cierta simplicidad monástica que aprecio mientras Vita abre la puerta doble con postigos que da acceso a un pequeño balcón con vistas al mar. Hay una única tumbona de madera, baja y con un cojín rojo. Con una vista así, no hace falta colgar cuadros en las paredes.

—Por ahí hay un baño. —Señala una puerta cerrada.

—Es justo lo que estaba buscando —digo, aunque en realidad hasta ahora no tenía ni idea de lo que estaba buscando—. Gracias.

Asiente como si le pareciera evidente y luego me comenta el coste semanal.

—O también puedes ayudar en el restaurante, si lo prefieres. Por las mañanas y por las noches. Es cuando hay más ajetreo.

O sea que tengo una habitación y, ahora, si quiero, también tengo un trabajo. «Qué fácil está siendo reinventarme —pienso—, ser otra persona.»

—Vale. —Sonrío y me río un poco—. A lo mejor acepto. ¿Puedo pensármelo uno o dos días?

—Claro —contesta—. Tómate un par de días para ti, primero. Acostúmbrate al sitio. —Me entrega la llave—. Es tuya durante todo el tiempo que la necesites.

Cierro los dedos en torno a la llave cuando se marcha. «Durante todo el tiempo que la necesites», ha dicho. Es distinto a «durante todo el tiempo que quieras»; tengo la sensación de que Vita es muy consciente de la sutil diferencia.

Suspiro cuando salgo al balcón. Madre mía, qué lugar. Es como si lo hubieran sacado de una postal; colores que se te meten por los ojos, unos cuantos edificios sencillos y diseminados, una sensación de calma pausada. Estoy en Croacia, en un lugar cuyo nombre ni siquiera recuerdo. Ayer a estas horas estaba en casa rodeada de personas que me conocen. Hoy soy una extraña en un país extranjero. Me he quitado un peso de encima.

—¿Qué narices es eso de que estás en Croacia? —grita mi madre, y el breve retraso con que me llega su voz evidencia la distancia que nos separa—. Si ayer estabas aquí.

—Ya lo sé. —Llevo al teléfono unos treinta segundos, y la conversación ha degenerado de «Hola, cielo» a esto bastante rápido—. Ha sido… eh… una decisión espontánea, mamá —titubeo al intentarle explicar por qué me he escapado de casa.

—Pero tu hermana acaba de tener un bebé —insiste mi madre, y capto su incredulidad incluso a mil quinientos kilómetros de distancia.

—Lo sé —digo con suavidad—. Estuve allí.

—Pero, Lydia… —Se queda sin palabras—. ¿Por qué?

Por qué. Ya has vuelto a hacerlo, mamá, directa al meollo de la cuestión.

—No lo sé —respondo—. Solo… Necesitaba alejarme un tiempo.

Se queda callada. Percibo el disgusto en su silencio.

—¿Cuánto tiempo vas a quedarte?

No lo sé, así que le digo lo que quiere oír.

—Alrededor de una semana. Tal vez dos. Tengo vacaciones en el trabajo.

—¿Y después volverás a casa?

—¿Qué voy a hacer si no?

—Pues la verdad es que no lo sé, Lydia —dice.

Su tono da a entender que está cansada de mi comportamiento insensato, lo cual me exaspera, porque a duras penas podría decirse que soy una hija descarriada.

—¿Qué se supone que quieres decir con eso?

La oigo suspirar.

—Nada, cariño. Es solo que me preocupo por ti, nada más.

—Estoy de vacaciones, sin más —digo para restar importancia a su preocupación, como si fuera injustificada e innecesaria. Veo su imagen en mi cabeza, de pie en el pasillo de su casa, con el ceño fruncido, enroscándose el collar en los dedos—. Te enviaré una foto de las vistas. Voy a leer en la playa, a tomar el sol, a comer demasiado y a beber demasiado. Solo quiero relajarme durante una semanita o así, ya está.

No le cuento lo de la oferta de trabajo.

Después de la llamada con mi madre, no me veía capaz de afrontar una conversación con Elle, así que le he mandado un mensaje de texto, un ataque preventivo por si a mamá le da por llamarla hecha un manojo de nervios. Eso ha sido esta mañana, y no me ha contestado todavía, pero supongo que ahora mismo tiene cosas más urgentes de las que ocuparse que mirar el móvil. Como contar dedos de los pies, abotonar pijamas, besar la curva pronunciada de unos mofletes minúsculos. Ese tipo de cosas. Arrincono todo pensamiento relacionado con mi casa y con el bebé en un recodo de mi cerebro, y regreso a mi aquí, a mi ahora.

A ella tampoco le cuento lo de la oferta de trabajo.

Son poco más de las nueve y estoy sentada en mi balcón viendo anochecer. Vita y Petar me han invitado a cenar en el restaurante hace nada, me han servido un delicioso pollo al horno con arroz, me han rellenado la copa con un vino de la zona y me han presentado a la plantilla. Abajo, la terraza del restaurante es un hervidero de actividad; todas las mesas, iluminadas con velas, están llenas de familias y parejas, de hombros bronceados y destellos de carcajadas; hay niños sentados al borde de la terraza, con los dedos de los pies en la arena fresca; oigo el estrépito de los cubiertos sobre la porcelana y atisbo a bebés dormidos en sus carritos. Es una escena perfecta, propia de una película, que sin duda esta noche se está repitiendo a lo largo de todo el Mediterráneo: luces blancas colgadas de los pinos, el aroma persistente de la sal y la crema solar de la playa, la gente reunida mientras las estrellas van apareciendo en el cielo que se oscurece. Puede que sea por el sol o por el ambiente vacacional, pero ya siento que mi humor está menos sombrío, y mi corazón, también.

Me recuesto en la tumbona, con el teléfono en el regazo y una copa de vino en la mano. Petar ha insistido en que me suba lo que había sobrado de la botella. Es un vino fuerte, con toques de grosella negra y especias, y me está suavizando las aristas de una forma agradable. Elle sigue sin contestarme. Con las prisas por marcharme, no me paré a pensar en sus sentimientos, pero, sinceramente, ni se me ha pasado por la cabeza que vaya a molestarse conmigo por esto. Debe de pasar hasta el último segundo despierta pensando en cosas relacionadas con el bebé; está aprendiendo a ser madre, y yo no tengo ni una sola perla de sabiduría que ofrecerle en ese terreno. Si acaso, lo más probable es que mi ausencia le suponga un alivio, aunque ella jamás lo reconocería.

Bebo otro sorbo de vino y me vibra el móvil. Elle, por fin.

¿Croacia? Pero ¿qué cojones haces ahí, Lyds? ¿Es que la visión de mis partes íntimas te hizo salir corriendo al aeropuerto? Ya estoy hecha polvo. Vuelve pronto, te echo de menos. Bs.

Sonrío, y después contengo un pequeño grito-sollozo cuando me llega una foto angelical de Charlotte durmiendo.

Está mucho más limpia que la última vez que la vi, ¡gracias a Dios! Demasiado guapa para describirla con palabras, hermanita, buen trabajo. Os mando muchos besos.

Presiono «Enviar» sin dejar de sonreír mientras mis palabras surcan los mares en dirección a casa. Madre mía, la niña es preciosa. No voy a tener ni una sola oportunidad de que me miren con esa criatura al lado. Menos mal que me he apartado un poco para dar a todos los demás la posibilidad de apiñarse a su alrededor e inundar a Elle y a David de ropita y regalos mientras ellos piden una pausa a gritos. La familia de David es bastante grande, y mi madre no será capaz de contenerse y acampará en la puerta de casa de mi hermana.

Algo se calma en mi interior, apaciguado por el hecho de que Elle haya aceptado mi marcha.

No hago caso a mi móvil cuando vibra por segunda vez, pero al cabo de unos instantes me siento culpable y lo miro. Mi primer sentimiento es de alivio: no es otra foto insoportablemente bonita del bebé. Mi segundo sentimiento resulta más difícil de identificar, así que no intento hacerlo: es Jonah, que me llama desde Los Ángeles.

Con torpeza, me apresuro a contestar antes de que cuelgue.

—¡Eh! —Me incorporo en la tumbona y me meto el pelo detrás de las orejas—. ¿Me oyes?

—Eh, hola.

La sonrisa que tiñe su voz me hace sonreír a mí también.

—¿Cómo te va por Los Ángeles? ¿Has ganado ya una fortuna y te has casado con Jennifer Lawrence?

—Sí, eso es justo lo que he estado haciendo. —Se echa a reír—. ¿Cómo estás tú?

Vacilo.

—Igual que siempre.

No sé por qué no le cuento que estoy en Croacia. Es posible que porque no sea capaz de aguantar otra conversación de «qué demonios estás haciendo ahí».

—¿Qué hora es en Los Ángeles?

—La hora de comer. Me estoy comiendo el plato de pasta más grande del mundo y me he acordado de ti.

—¿Porque te resulta pesada y está muy blanca?

Aquí mi piel parece casi azul, entre la muchedumbre bronceada.

Se ríe.

—Porque la camarera se llama Lydia.

—Ah. —Mi limitado conocimiento de Los Ángeles me evoca la imagen de una reina del patinaje en línea estilo Cameron Diaz llevando la pasta de Jonah en una bandeja por encima de la cabeza mientras hace piruetas entre las mesas—. Bueno, en serio, ¿te está yendo bien?

Se queda callado.

—¿Sabes qué?, la verdad es que sí —contesta medio entre risas, incrédulo—. Tan bien que hasta da miedo.

—Pero eso es bueno, ¿no?

—No, sí, claro. —Parece inseguro—. Es solo que las cosas se han movido más rápido de lo que me habría permitido siquiera imaginar.

—¿Has decidido qué productora te gusta más?

—Sí —responde—. La que me ha pedido que me quede aquí un tiempo para desarrollar el guion. Hasta Navidad, más o menos. Quizá.

Lo dice en un tono relajadísimo, como si fuera normal que estuviera haciendo planes para quedarse medio año más en la otra punta del mundo.

—Pero ¿y el trabajo y todo lo demás?

—Creo que no será un problema —contesta—. He hablado con el director y está mirando si puedo cogerme una excedencia.

—Es… Es genial —digo, y espero que Jonah no capte el desánimo que no consigo mantener del todo alejado de mi voz.

—El caso es que había pensado que, si puedes cogerte unos días en el trabajo, a lo mejor te apetecía venirte un par de semanas, a hacer un poco de turismo. Podríamos ir a pasear por el Paseo de la Fama, y tú tendrías la oportunidad de acosar a Ryan Reynolds o a alguien.

Me pilla por sorpresa, me deja totalmente de piedra, y al mismo tiempo me alivia que nuestra amistad vuelva a encontrarse en un punto en el que algo así le parezca una buena idea.

—Estoy en Croacia —digo.

Guarda silencio unos segundos.

—¿En Croacia?

—Ha sido una decisión de último minuto.

—¿Sola o...?

Oigo la pregunta que no me formula.

—Sola, sí.

—Uau.

No sé si estoy ofendida.

—¿Tanto te sorprende?

—No, no es eso. Es solo que no me lo esperaba.

—Elle ha tenido el bebé.

—¿Sí? ¿Cuándo?

—Ayer por la mañana.

—¡Vaya, Lyds, te lo has perdido! ¿Te vuelves pronto a casa?

Cierro los ojos.

—No me lo he perdido, estuve allí. Traje a la niña al mundo con mis propias manos. —Se echa a reír y me doy cuenta de que no me cree—. Lo digo en serio, Jonah. Ayudé a traer a mi sobrina al mundo. Se encuentra muy bien, gracias por preguntar.

—Dios, vale. Sí, tienes razón, lo siento, pensé que estabas de broma. —Le cuesta encontrar las palabras adecuadas—. O sea que ¿ayer asististe al parto de Elle y hoy estás en Croacia disfrutando de unas vacaciones improvisadas? —Repite toda la información, verificándola, como si así fuera a darme cuenta de que me he equivocado en algo.

—Sí.

Espera a que le ofrezca más explicaciones, pero no lo hago.

—Pues es genial —dice—. Dales la enhorabuena de mi parte.

—Lo haré —digo, y Jonah vuelve a quedarse callado—. Aquí son casi las diez de la noche. —Me recuesto de nuevo en la tumbona de mi balcón—. Hay muchísimas estrellas, Jonah, nunca las había visto tan brillantes y bonitas.

—Ojalá pudiera verlas —me dice con suavidad al oído.

—Ojalá —susurro, y de repente me siento muy lejos de casa.

—Vuelve pronto a casa —me dice Jonah—. No pases demasiado tiempo ahí tú sola.

—No lo haré. Deberías volver a tu montaña de pasta.

—Cierto —dice.

—Saluda a Ryan Reynolds de mi parte si te cruzas con él.

—Lo haré.

Oigo de fondo que le hablan, y Jonah pide la cuenta, distraído.

—Oye, te dejo seguir con tu día.

—Sí, tengo que colgar —dice, y al cabo de un segundo añade—: Llámame si te sientes sola, ¿vale?

—Gracias, lo recordaré.

—Y duerme un poco, observadora de estrellas.

Su voz me llega con tanta claridad que podría estar sentado a mi lado en este balcón iluminado por la luna.

—Buenas noches, Jonah Jones —digo, y pulso el botón de finalizar la llamada antes de que ninguno de los dos pueda decir nada más.

No le he contado lo de la oferta de trabajo.

Despierta

Lunes, 22 de julio

Nueva York, Nueva York, tan genial que hay que decir el nombre dos veces. Acabo de darme una ducha después de pasar una mañana tranquila observando a la gente en la playa, y ahora tengo el estómago atenazado por los nervios y la emoción de pensar en ver a Freddie, de pensar en estar de luna de miel en Nueva York. No tengo ni idea de qué haremos ni de dónde nos alojamos, todo se ha mantenido como un secreto muy bien guardado. Seguro que acertaría al menos un par de paradas del itinerario de Freddie; Nueva York ha sido el principal destino de mis sueños desde mi adicción ligeramente obsesiva a *Sexo en Nueva York*, así que a lo largo de los años he dejado caer un millón de indirectas sobre las cosas que me gustaría hacer si íbamos alguna vez.

Un desayuno con diamantes en Tiffany's. Pasear en coche de caballos por Central Park. El ferry de Staten Island. Lo sé, lo sé, soy un tópico andante, y hay un millón de cosas distintas y maravillosas que hacer en la ciudad, pero no puedo evitarlo. ¡Madre mía, Nueva York! Voy a estar allí con Freddie hoy mismo.

Dedico un pensamiento fugaz mi familia, a Elle, al bebé y a mi madre. Espero que comprendan lo mucho que necesito este tiempo alejada de todo, que no me consideren demasiado egoísta. Me sacudo esa preocupación persistente de encima repitiéndome que me quieren, que me conocen muy bien, que no les pasará nada.

Estoy sentada en medio de mi cama de matrimonio con armazón de pino, con un vaso de agua en una mano y la pastilla rosa en la otra, casi asustada por lo desesperada que estoy por que todo sea perfecto. Siempre he imaginado que Nueva York tiene un olor único: a café solo recién hecho, a donuts con azúcar, a tinta de periódico y al humo de escape de los taxis, a bagels y a la cerveza de los bares donde todo el mundo te conoce por tu nombre. Vale, ya sé que la serie *Cheers*, de cuya canción de inicio he sacado la frase del bar, no estaba ambientada en Nueva York, pero tiene que haber sitios como ese en todas las esquinas. O puede que cafeterías como el Central Perk de *Friends*, llenas de sofás hundidos, revistas y mujeres con melenas fabulosas.

Oh, Nueva York, Nueva York, espérame. Ya voy, al fin.

Dormida

Lunes, 22 de julio

—Creo que me he muerto y he subido al cielo.

Las desconcertantes palabras de Freddie son lo primero que oigo mientras intento orientarme. Estamos sentados en un reservado, y a nuestro alrededor todo es demasiado ruidoso y demasiado brillante. Freddie se encuentra enfrente de mí, terminándose una hamburguesa del tamaño de su cara, y delante tengo un plato a medio comer de salmón a la brasa. Tenemos un batido espumoso para cada uno y el logo de la carta acude en mi ayuda: estamos en el Ellen's Stardust Diner. Echo un vistazo rápido a mi reloj de pulsera; me da la sensación de que es demasiado pronto para estar comiendo este tipo de platos. Supongo que podría considerarse un brunch.

—Hoy no vamos a querer comer más —digo disimulando la sorpresa que me provoca nuestra elección de restaurante.

Yo no habría incluido este restaurante en mi lista, pero, para ser justos, también es la luna de miel de Freddie, así que no pasa nada.

—Déjate un hueco. —Sonríe.

—¿Para...?

Se da unos golpecitos en un lado de la nariz.

—Ya lo verás, es una sorpresa.

Sonrío, feliz de saber que el día está equilibrado con cosas que nos gustan a ambos. Y estoy siendo una maleducada; puede que yo no hubiera incluido este restaurante en mi lista, pero eso no quiere decir que no pueda disfrutarlo. Activo el interruptor de la gratitud en mi cerebro. Freddie reservó esta luna de miel en Nueva York para hacer realidad mis sueños, no puedo esperar que dé en el clavo con todos los detalles. Además, entiendo por qué se supone que esto es divertido. Luces de neón, bolas de discoteca y aspirantes a actores de Broadway sirviendo comida mientras cantan a voz en cuello temas de musicales. Es el estereotipo estadounidense elevado a la máxima potencia. Es solo que me ha pillado desprevenida, nada más.

Miro a Freddie (¡a mi marido!) con disimulo durante unos segundos, intentando que no resulte demasiado obvio que lo estoy observando. Él está como pez en el agua en este tipo de sitios, donde el altísimo nivel de energía y el ritmo acelerado se compenetran con los suyos. Me quedo sin aliento al atisbar su alianza de platino, todavía reluciente, que aún no le ha dejado un surco de familiaridad en la carme. Me miro la mano y también encuentro ahí la mía, una fina alianza de oro blanco debajo de mi anillo de compromiso.

Oh. Me muerdo la parte interna del labio porque quedan perfectos juntos, tal como me había imaginado el día que escogimos mi anillo de tres diamantes, apenas unas horas después de que Freddie me pidiera que me casara con él, porque estaba demasiado emocionada para esperar.

—Bueno, señora Hunter —dice Freddie—, ¿lista para marcharnos?

«Señora Hunter.» Primero los anillos, ahora el nombre. Lo cierto es que, cuando Freddie me propuso matrimonio, no tenía claro qué hacer respecto a mi apellido. Soy Lydia Bird. Mi madre, Elle y yo somos las Bird, siempre lo hemos sido, las tres. No me veo capaz de pensar en mí misma como Lydia Hunter, aunque es un nombre tan bueno como cualquier otro. Elle tuvo las mismas dudas cuando se casó con David, y al final optó por unir el apellido de mi cuñado al suyo mediante un guion. A mí esa opción no me servía, porque Lydia Bird-Hunter, «Lydia Cazadora de Pájaros» en inglés, me hacía sonar como un personaje de *Los juegos del hambre*. Es una cuestión que no conseguimos resolver del todo en mi vida despierta, pero aquí parece que la decisión ya está tomada: ya no soy una Bird.

—Señora Hunter —repito despacio, como probándolo.

No puedo evitar que se me escape una sonrisa; me moría de ganas de ser la esposa de Freddie, y ya lo soy.

—Suena bien, ¿eh?

Estira un brazo por encima de la mesa para agarrarme de la mano. Le aprieto los dedos.

—Sí. Tardaré un tiempo en acostumbrarme.

—Para mí siempre serás Lydia Bird —dice.

Es justo lo que necesitaba oír. Sigo siendo la misma persona, mi nuevo nombre no cambia nada. Lo adoro por comprender que es normal que me resulte raro.

En la calle, Times Square es un asalto a todos mis sentidos a la vez. Todo es más grande, más ruidoso y más luminoso de lo que había previsto, y me aferro al brazo de Freddie y me río por lo absolutamente abrumador que resulta.

—Uau —exclamo mientras me empapo de las enormes vallas publicitarias con anuncios en movimiento y de los tráilers de los espectáculos de Broadway.

Doy un paso atrás para esquivar a la marea de personas, me quedo paralizada y levanto la vista embobada.

Freddie me mira.

—¿Estás bien?

Asiento al recordar que en realidad no es la primera vez que veo esto en este mundo.

—Siempre es alucinante, ¿verdad? Es una pasada.

—La ciudad que nunca duerme —dice entre risas—. Venga, te toca a ti parar un taxi.

—Ah, ¿sí?

Deduzco que debo de haberle dicho que me hace ilusión parar uno de los famosos taxis amarillos, pero, ahora que estoy aquí, me siento incapaz. Me reprendo en silencio; ¡no puede ser tan difícil! Aunque, para ser justos, tampoco puede decirse que haya parado muchos taxis en casa. Si alguien necesita un taxi en mi vida cotidiana, llamamos a la única empresa local, y la madre de Andrew Fletcher nos envía un coche, la mayoría de las veces conducido por el propio Andrew.

Freddie me coge de la mano y tira de mí hasta que nos situamos en el borde de la acera. Una avalancha de tráfico y taxis pasa ante nosotros, y titubeo antes de ponerme a subir y bajar el brazo más o menos en dirección a la carretera. Freddie estalla en carcajadas.

—Me cago en la leche, Lyds, hazlo con ganas —dice.

Pruebo otra vez, pero es como si fuera invisible.

—¿Y si pruebas con uno que esté disponible? Con el número iluminado, ¿te acuerdas?

Estudio los taxis amarillos durante unos segundos y me doy cuenta de que algunos de ellos llevan un cartel de «Fuera de servicio» iluminado y de que otros no tienen ningún tipo de luz. Un tercer grupo tiene el número encendido; esos deben de ser a los que tengo que dirigirme. «Vale —pienso—, yo puedo.» Localizo el siguiente taxi vacío y disponible que circula hacia nosotros y comienzo a mover todo el brazo como si me fuera la vida en ello. Me siento ebria de éxito cuando el vehículo reduce la velocidad hasta detenerse. No me doy cuenta de qué no sé adónde vamos hasta que el conductor se agacha para mirarme a través de la ventanilla.

—¿Adónde? —pregunto, y me vuelvo hacia Freddie asida al cristal de la ventanilla porque me da miedo que el taxista se marche.

Freddie se agacha.

—¿Al Four Seasons?

El conductor asiente, y Freddie sonríe al abrirme la portezuela.

No tengo ni idea de cómo narices habremos podido permitirnos este hotel. En ninguna de mis fantasías de Nueva York —y han sido muchas— nos alojábamos en un sitio tan fabuloso como el Four Seasons. El mármol, las flores, los dorados, el puro esplendor... Es todo espectacular. Quiero grabarme hasta el último detalle en el cerebro para siempre. Quiero recordar durante el resto de mi vida la sensación exacta que me produce cruzar el vestíbulo perfumado con Freddie. Esta grandiosidad a la vieja usanza está tan apartada de nuestra vida cotidiana que hasta Freddie debe de sentirse como si estuviera soñando. Consigo contener un grito enorme cuando cogemos el ascensor hasta la octava planta y Freddie abre la puerta de nuestra habitación. De nuestra suite, mejor dicho.

—Voy a reventar —dice, y desaparece por la puerta del lavabo.

Agradezco su ausencia, porque necesito un minuto a solas para recuperar la compostura. Nuestras pertenencias están aquí, así que debe ser nuestra habitación; hay cosas que reconozco, otras que son nuevas para mí. Supongo que llegamos ayer. Me pregunto qué hicimos, qué comimos, cómo nos maravillamos ante la suerte de poder alojarnos en un hotel tan pijo como este. Veo un montón de monedas sueltas encima de una mesita auxiliar, y entre ellas una cuenta con fecha de anoche por varios cócteles en el Bar SixtyFive. Suspiro porque me alegra saber que, al menos en esta vida, he estado en el Top of the Rock, aunque no haya llegado a experimentar las sensaciones que me produjo. Una de las cosas más complicadas de visitar esta vida siempre a salto de mata es intentar averiguar qué me he perdido y adivinar qué me espera.

Esta habitación... Miro a mi alrededor, alucinada por completo. Es demasiado lujosa, está demasiado fuera de nuestro alcance, en realidad. Me acerco a las ventanas panorámicas con vistas al paisaje urbano de Nueva York que he visto innumerables veces en la televisión y en fotografías, pero me doy cuenta de que esas imágenes no me habían preparado ni por asomo para la realidad. Lo que hay ahí fuera está vivo, es un despliegue palpitante de metal y cristal; Central Park, un oasis de vegetación.

—Tenemos un par de horas libres —dice Freddie al tiempo que se sitúa a mi espalda junto a la ventana.

Su voz ronca me dice cómo le gustaría pasar ese tiempo; el roce de su boca resulta cálido junto a mi oreja. Me recuesto contra él; yo quiero lo mismo. Conocer las caricias de mi marido, hacer el amor con él como su esposa. Qué regalo tan absolutamente maravilloso.

—Venga, dímelo —trato de sonsacarle—. Ya estamos aquí, podré ilusionarme más si lo sé.

Estoy acurrucada con la cabeza apoyada en el hombro de Freddie, calentita y en la gloria, con las sábanas blancas enmarañadas alrededor de nuestro cuerpo. Está claro que mis esfuerzos en el gimnasio han dado sus frutos: aquí tengo los brazos más tonificados, y los muslos, también. Es un poco raro bajar la vista y verme distinta. Es algo que enfatiza la distancia entre el aquí y el allí, la sutil y la no tan sutil diferencia entre los dos mundos.

—¿De verdad quieres saberlo?

Estoy intentando que Freddie me desvele sus planes para los próximos días para poder elegir cuándo volver, cómo extraer el máximo placer posible del tiempo que pasemos juntos. Va a contármelos, está claro que se muere por hacerlo.

—¿El MoMA? —aventuro.

Es una posibilidad bastante remota; a mí me encantaría ir, pero a Freddie no le van mucho los museos.

Niega con la cabeza.

—Está cerrado durante unos meses. Lo están reformando, creo.

Siento una punzada de decepción, pero, ahora que lo pienso, recuerdo haber leído algo sobre el cierre. Además, lo importante es que Freddie se ha tomado la molestia de consultarlo.

—¿Desayuno en Tiffany's? —vuelvo a aventurar, esta vez conteniendo el aliento, porque las reservas en The Blue Box Cafe son casi imposibles de conseguir.

Freddie se resiste unos segundos y luego se echa a reír.

—Mañana a las diez.

—¡Venga ya! —exclamo encantada, y me incorporo apoyándome en un codo para mirarlo a la cara.

He buscado la cafetería en TripAdvisor cientos de veces y fantaseado con su vajilla azul y blanca, los bancos de cuero azul Tiffany.

—Y por la noche iremos a ver el musical *Wicked* —continúa Freddie, deseoso de que lo alabe—. Es el que querías ver, ¿no?

Asiento, agradecida por que me haya escuchado y no haya optado por un musical más reciente. Parece que nunca somos capaces de sacar tiempo para irnos de fin de semana a Londres y ver un espectáculo, y conseguir entradas para las grandes producciones cuando están de gira es casi una quimera. Hace un par de años intenté comprar entradas para *Wicked* pero no lo logré. Ahora estoy contenta porque voy a poder verlo en Broadway. ¡En Broadway! Me río, atolondrada, y me dejo caer de nuevo contra el hombro de Freddie.

—Eres mi persona favorita del mundo —le digo.

A él no le gusta el teatro musical, sé que esto es solo para hacerme feliz.

—Tu marido favorito —me corrige.

—Eso también.

Hundo la cara en su cuello e inspiro con fuerza. Huele a artículos de aseo de hotel caro, a alegría y a Nueva York, Nueva York.

El lavabo también es alucinante. Hay mármol desde el suelo hasta el techo, mire hacia donde mire. Me baño en Bulgari, me envuelvo en un pesado albornoz blanco con zapatillas a juego y me siento como si acabara de colarme en una película. Nos esperan dentro de poco en la planta baja para tomar el té de la tarde y champán. ¿A que es fabuloso? Nuestra luna de miel es todo lo que podría haber deseado. Freddie ha tirado la casa por la ventana para hacer que mis primeros días siendo su esposa sean lo más memorables posible.

Cuando vuelvo a la habitación, espero encontrármelo aún en la cama, pero no es así. Lo localizo en la terraza, en albornoz, y cuando me acerco a la puerta doble me doy cuenta de que está al teléfono. No oigo nada de lo que dice, pero su animado lenguaje corporal y el hecho de que no para de caminar de un lado a otro me dicen que es una llamada de trabajo. Me exaspera, aunque no me sorprende que Vince no respete que estemos de luna de miel. Sé que Freddie podría haber ignorado la llamada, pero es incapaz de hacer algo así, y estoy segura de que Vince contaba con ello.

Me estoy desenredando el pelo húmero cuando al fin Freddie vuelve a entrar, y lo escudriño a través del reflejo del espejo, con la esperanza de que no se le haya avinagrado el humor.

—¿Va todo bien?

Se deja caer en el sillón y se pasa las manos por el pelo.

—No.

Dejo el cepillo en la mesa del tocador y me doy la vuelta en el taburete para mirarlo a la cara.

—¿Qué pasa?

La verdad es que no tengo ganas de hablar de trabajo, pero está claro que necesita desahogarse después de la llamada, sacarse lo que sea de dentro para poder volver a adoptar el modo luna de miel.

—Nena...

Su tono de voz tiene algo que me advierte de que va a haber problemas. No suele llamarme «nena», sabe que no me gusta mucho, pero no hago ningún comentario porque se está frotando las mejillas con las manos, agitado, de una manera que da a entender que algo no va nada bien. Empiezo a dar vueltas a las posibilidades a toda velocidad. ¿La empresa está en crisis? ¿Lo han despedido?

—¿Qué pasa, Freddie?

Niega con la cabeza, y después se acerca y se arrodilla ante mí. Es un gesto inesperado. Sumiso.

—Tengo que irme a Los Ángeles, Lyds. Solo un día o así.

Lo miro con el ceño fruncido, sin entender del todo el problema.

—Vale —digo despacio, y entonces caigo en la cuenta—. O sea que ¿el viernes volarás directo desde el JFK? ¿Tengo que volver sola a casa?

Traga saliva y aparta la mirada.

—Esta noche.

Me quedo de piedra.

—¿Esta noche?

—Es solo mañana —se apresura a añadir en tono suplicante—. Estaré de vuelta antes de que te des cuenta siquiera.

Siento que me empieza a hervir la sangre.

—Estás de broma, ¿no? Es tu luna de miel, Freddie. Nuestra luna de miel.

Asiente a toda prisa, a todas luces atrapado en un dilema.

—¿Crees que no lo sé? Me he negado, Lyds, pero se nos acaba el tiempo con estos clientes. Quieren firmar mañana con otra empresa que ha aparecido de repente de la nada ofreciéndoles el oro y el moro. Joder, llevo semanas camelándomelos; hasta acorté mi despedida de soltero por ellos, ¿te acuerdas?

Me está pidiendo que lo comprenda, pero no lo hago.

—No es exactamente lo mismo, ¿no te parece? —Lo miro a los ojos. Es imposible que piense de verdad que esto está bien, que hacer malabares con su despedida de soltero es equiparable a largarse en medio de su propia luna de miel—. Di que no.

Arquea muchísimo las cejas.

—Es Vince, Lyds. Sabes que no puedo decir que no.

—¿Qué va a hacer, Freddie? ¿Despedirte?

Resopla.

—He trabajado día y noche para conseguir este contrato. Es mío. No dejaré que nadie me lo robe delante de mis putas narices en el último momento.

Y entonces lo veo. Vince no ha tenido que forzar a Freddie a marcharse.

—¿Y qué hay de nosotros? —pregunto con la voz encogida.

Baja la vista al suelo y luego la alza de nuevo hacia mí.

—Te compensaré, te lo prometo.

Hago los cálculos mentalmente. Vamos a estar cinco días aquí, y él va a pasar fuera al menos uno, mas bien dos, teniendo en cuenta el desplazamiento. Casi la mitad de nuestra luna de miel se ha desvanecido en cuanto Vince ha chasqueado los dedos. No puede ser, no pienso permitirlo. Estiro un brazo y le sujeto la mandíbula con la mano sin dejar de mirarlo a los ojos.

—Dile que no, Freddie. Dile que nuestra luna de miel es sagrada.

Me devuelve la mirada y mantenemos una conversación silenciosa con los ojos. Él me está pidiendo que lo vea a su manera, y yo le estoy pidiendo que lo vea a la mía. No existe una solución de compromiso, no hay un punto medio. Alguien tiene que perder.

—No puedo.

Se pone de pie y se aleja de mí, y una furia ardiente y repentina se enciende en mi interior.

—Más bien será que no quieres —le espeto, y él se da la vuelta con los brazos abiertos de par en par.

—Mira a tu alrededor, Lydia. Mira esta habitación. ¿Quién crees que nos ha pagado una habitación así? ¿El puto Papá Noel?

—Ah —digo, y me siento como una imbécil cuando por fin encaja todo—. Ah, ahora lo entiendo. La empresa ha pagado el hotel, así que ahora les debemos una, ¿no? ¿Este era el plan desde el principio, entonces?

Ahora está enfadado, rabioso.

—Por supuesto que no, joder. La luna de miel lleva meses reservada, lo sabes muy bien. Pero a veces pasan estas cosas, es solo algo un poco inoportuno, nada más.

—¿Un poco inoportuno? —repito medio a gritos—. ¿Un poco inoportuno? Esto no es un incidente poco oportuno, Freddie. —Me siento tan furiosa que tiemblo. He movido montañas para estar aquí con él, por este precioso tiempo sin interrupciones—. Es mucho más que eso. Somos nosotros, tú y yo, y nuestra luna de miel, que es algo que solo haremos una vez en la vida. ¿No es eso más importante que el puñetero trabajo?

Se me queda mirando.

—¿Por qué te estás comportando así? ¿Es que no te das cuenta de lo difícil que es para mí? —dice casi como si fuera yo la que no está siendo razonable—. ¿Acaso crees que quiero tener que hacer algo así?

—Creo que podrías decir que no si quisieras.

Es como si le hubiera propinado una bofetada.

—No sé qué te pasa últimamente —dice.

—¿Qué quieres decir con eso?

Se encoge de hombros.

—Estás… No sé, distinta. Siempre con ganas de discutir.

Me echo a reír, porque está claro que cualquiera se habría puesto a hacerlo en estas circunstancias.

—Vaya, perdóname por decir lo que pienso —mascullo—. Bueno, ¿y qué se supone que tengo que hacer yo mientras tú estás en Los Ángeles? ¿Ir a Tiffany's a desayunar sola? ¿Ver *Wicked* con un asiento vacío al lado?

Se pasa la mano por la cara.

—Cambiaré las reservas. Iremos el jueves, lo arreglaré.

Ambos sabemos que no es posible, y además ni siquiera se trata de eso.

—Si te marchas… —digo sin estar segura siquiera de cómo voy a acabar la frase.

Me mira, callado durante unos cuantos segundos tensos, y después se da la vuelta y saca la maleta del armario. Me desplomo en el sillón y lo observo mientras mete sus cosas en ella. Es terrible, espantoso, ver nuestra luna de miel hecha pedazos.

—Por favor, no te vayas. —Me pongo de pie y lo intento por última vez—. Esto es demasiado importante.

Me mira y, por la expresión de su cara, sé que no va a cambiar de opinión.

—Podrías ponérmelo más fácil. Podrías ir al spa, darte baños largos, disfrutar de la ciudad durante un par de días hasta que vuelva. Pero no piensas hacerlo, ¿verdad?

Nos miramos con fijeza. Freddie lo dice en serio, y me doy cuenta de que es probable que la mujer que yo era antes hubiera sido capaz de conformarse y hacer las cosas que acaba de sugerirme. De dejar que él se marchara sin sentirse culpable, de hacer de tripas corazón, de aceptar el cambio de planes aunque fuese a regañadientes. Pero ya no soy esa mujer. He pasado por la peor experiencia que la vida podría haberme brindado, he tenido que recurrir a una fuerza que no sabía que tenía, y eso me ha cambiado. Ya no soy la misma persona. La Lydia de aquí no ha sobrevivido al desastre. No son solo los brazos tonificados y los muslos firmes. Es cómo está programado mi cerebro, la forma de amar de mi corazón. Freddie tiene razón, soy distinta, y cobrar conciencia de que en realidad ya no encajo en este mundo me parte el corazón.

Ya está vestido, con la maleta a punto.

—Nos veremos cuando vuelva —dice en tono cortante—. Intenta no odiarme.

Lo miro, infinitamente dolida. No digo nada porque no puedo ofrecerle las palabras tranquilizadoras que él quiere oír.

Asiente con la cabeza y titubea como si quisiera decir algo más, pero no lo hace. Coge la maleta y se va.

Despierta

Martes, 23 de julio

Todo va mal. Vine a Croacia para estar con Freddie, feliz y sin interrupciones. Para ir de pícnic a Central Park, para asistir a un espectáculo de Broadway, para probarme diamantes que jamás podríamos permitirnos en Tiffany's. Íbamos a pasar de las guías turísticas y a merodear por las calles secundarias en busca de nuestra propia aventura, a contemplar las típicas casas de piedra rojiza, a comer cosas deliciosas en cafeterías con mala puntuación en TripAdvisor. Íbamos a hacer todas esas cosas maravillosas, pero ahora me he dado cuenta de que crear nuevos recuerdos con Freddie significa pisotear mis antiguos y preciosos recuerdos de él.

He reproducido un millón de veces nuestra dolorosa discusión en mi cabeza, la he examinado desde todos los ángulos posibles para tratar de encontrar algo que en realidad no está ahí, porque mi terco corazón está desesperado por no reconocer la verdad: que seguro que la chica que yo era antes habría sido capaz de dejar que Freddie se marchara, que habría entendido que tenía que irse. «Intenta no odiarme», me dijo; se me revuelve el estómago al recordar la expresión de su cara. Pero no puedo ocultar el hecho de que la chica que soy ahora sabe que habría estado mal aceptar su marcha sin más. Qué demonios, Freddie debería haber dicho que no a Vince, debería habernos puesto a nosotros por delante. Pero no lo hizo, y no logro asumirlo.

Lo que tiene perder al amor de tu vida es que puedes inventarte lo que habría ocurrido después. Tienes derecho a soñar que todos tus mañanas habrían sido perfectas porque lo querías muchísimo, se te permite tergiversar en tu cabeza todas y cada una de las situaciones de manera que tu amor siempre dijera e hiciera todo lo correcto. Vuestra historia de amor no termina nunca, porque tu cerebro lo dibuja en todas las fotos y tu amor siempre está ahí, a tu lado, en todos tus días especiales. No discute contigo y siempre está a la altura de tus expectativas, no toma decisiones cuestionables y nunca, jamás de los jamases, te deja tirada en mitad de tu luna de miel.

Me encuentro sumida en el más terrible de los caos. He llorado como una niña perdida, con sollozos asustados y arrasadores. Ansío el consuelo de los brazos de mi madre y el abrazo de «todo va a salir bien» de Elle, pero están a océanos de distancia. Vine hasta aquí para estar con Freddie, pero no me había sentido tan sola en la vida.

Despierta

Sábado, 3 de agosto

—Llévate más agua. —Vita se vuelve hacia el frigorífico con puerta de cristal que tiene detrás y saca un par de botellas que me pasa por encima del mostrador—. Toma.

Es sábado por la mañana, relativamente temprano, poco más de las siete, y Vita ha insistido en que me coja el día libre. Ya llevo casi dos semanas aquí y no he vuelto a tomarme un somnífero desde aquel terrible viaje cuando acababa de llegar.

He trabajado la mayoría de los días, más por elección que porque me lo exigieran. Al principio lo hacía solo para dejar de darle vueltas a la cabeza, pero no tardé en caer en la cuenta de que atarme el delantal rojo del restaurante alrededor de la cintura y coger la libreta y el bolígrafo tiene algo de liberador; deja cualquier terapia de pago a la altura del betún. Me he quitado el tono azulado de la piel a base de tostarme en la playa durante un par de horas casi todas las mañanas y, a la hora de comer, me he puesto unos pantalones cortos y me he aplicado un poco de brillo de labios para transformarme en la copiloto de Vita. La mayoría de las noches he terminado charlando con Jonah por Skype, con los pies apoyados en la barandilla del balcón y la mirada clavada en las estrellas. Es una rutina sencilla que me alimenta el alma. Limpia y catártica, como si milagrosamente hubiera acabado justo donde necesitaba estar, en un lugar seguro donde esconderme de mis dos vidas.

En los momentos menos ajetreados, Vita y yo nos hemos

refugiado del calor en el interior para intercambiar historias y fotografías. La he visto hace ocho años, el día que se casó con Petar, un hombre de pocas palabras pero buen corazón. Sé que tiene cinco hermanos y hermanas, y más de diez sobrinos, y que Petar y ella están deseando tener un hijo. A su vez, ella se ha enterado de la noticia de Elle y el bebé, ha visto fotos de mi familia y es más o menos consciente de que me dedico a organizar cosas en el ayuntamiento. Estoy segura de que también es consciente de que hay partes de mi vida del tamaño de un elefante que todavía no he sido capaz de compartir, y le agradezco muchísimo que no haya preguntado. A decir verdad, siento una especie de veneración del tipo «culto al héroe» hacia ella. Qué no daría por tener aunque fuera la mitad de su serenidad; irradia fuerza y buen humor de un modo que la convierte en una compañía adictiva para mí. Da la sensación de que regenta el restaurante con poco más que algún que otro chasquido de dedos y una sonrisa. Estoy convencida de que podría regentar el país de la misma forma si se lo propusiera. Qué suerte tiene Petar y, durante un tiempo, qué suerte estoy teniendo yo.

—¿Te acuerdas de por dónde se va?

Asiento.

—Creo que sí.

Voy a visitar algunos puntos turísticos de los alrededores, y me llevo el ciclomotor de Vita para ahorrarme el paseo. No creo que lo hubiera conducido de haber venido aquí con Freddie, él habría escogido la moto más grande del lugar y habría pedido un segundo casco para mí. Es liberador conducir sola, como una vecina más. La gente de por aquí ya se ha acostumbrado a mí y me saluda llamándome por mi nombre gracias a mi estatus de amiga de Vita.

—Es una carretera recta —me dice—. No tengas prisa en volver. —Pongo los ojos en blanco. Es sábado, así que el restaurante se llenará aún más, y no siento especial necesidad de tomarme el día libre—. Y no refunfuñes. —Sonríe—. Te estropea esa cara tan bonita. Tienes que ver los sitios turísticos mientras estés aquí.

—Hablas como mi madre.

—En ese caso, tu madre es una mujer muy sabia. —Mete la mano debajo del mostrador para coger la llave de la moto—. Tiene suficiente gasolina si quieres explorar.

—Volveré pronto, antes de la hora de comer.

—Que no.

Nos miramos a los ojos y luego nos reímos cuando me echo la mochila al hombro. Me sigue afuera, hasta donde tiene aparcada la moto, y mete una bolsa de papel en la cesta delantera. Atisbo el extremo de una baguete que asoma.

—Tu comida —dice sin sutileza.

Paso una pierna por encima del sillín de la moto y me abrocho el casco bajo la barbilla.

—Luego te veo —digo.

Vita asiente, con los brazos cruzados sobre el pecho.

—Aquí estaré.

No soy creyente, pero, a sugerencia de Vita, me encuentro aparcando en el santuario de Vepric, a las afueras de la localidad. Aún es bastante temprano, de modo que reina una calma que intensifica el chirrido de los grillos y la sensación de paz generalizada. El santuario se halla enclavado a los pies de una montaña boscosa. Es como si Croacia hubiera sido creada con una caja de pinturas turquesa vivo y verde exuberante, y nunca me había parecido más evidente que aquí, mientras subo los anchos escalones de piedra hacia el santuario. Hay un par de personas más deambulando por aquí, tan silenciosas en su observación como yo en la mía.

Delante del santuario, hay un espacio lleno de bancos de madera. Ahora mismo están vacíos, así que me acomodo en el primero unos minutos y respiro.

Dentro del santuario, una especie de cueva natural, se alza

un altar de piedra, y una estatua de la Virgen María, pintada con delicadeza, lo preside desde un nicho situado en lo alto de una de las paredes. La sensación de serenidad es realmente espectacular. Me empapo del silencio y recorro la escena con la mirada, y al cabo de unos minutos una mujer menuda se acerca y ocupa el banco de al lado. Agacha la cabeza y retuerce cuentas oscuras entre los dedos mientras reza. Desde el accidente, he pasado por momentos en los que he deseado con toda mi alma creer en Dios o en alguna entidad suprema; debe de aportar consuelo sentir que aquí abajo las piezas se mueven por alguna razón superior. Yo no tengo ese tipo de creencias, pero eso no quiere decir que no pueda obtener solaz de un lugar como este. La gente cree que este santuario sana. ¿Repara también corazones rotos?

Permanezco sentada pensando en los últimos dieciocho meses. Reconozco lo lejos que he llegado desde la muerte de Freddie, y lo mucho que aún me queda por viajar. Décadas, si tengo suerte.

Pienso un instante en Nueva York: un desastre, todo lo que no debería haber sido. No sé cuándo me sentiré lo bastante fuerte para volver, y hay preguntas más importantes en los límites de mi conciencia a la espera de una respuesta.

Cuando cierro los ojos y levanto la mirada hacia el sol, me recuerdo de forma consciente que sigo aquí, anclada. Que tengo los pies, calzados con unas zapatillas deportivas, plantados en esta tierra seca, polvorienta, que mi carne y mis huesos descansan en este sencillo banco de madera. Puede que, dentro de mi pecho, mi corazón sea una bomba de relojería que no tiene claro si pertenece a alguien, pero yo sigo aquí. Tomo bocanadas de aire lentas, medidas, y me concentro en el olor de las agujas de pino y el parloteo de los pájaros hasta que una sensación firme, universal, de sacralidad me envuelve como un escudo invisible. Es la seguridad de la mesa de la cena de mis abuelos y la fuerza del abrazo de mi madre. Es Elle agarrándome de la mano y Freddie haciéndome el sándwich de beicon y remolacha perfecto, es Jonah al piano en el Prince en Nochevieja. Es todas esas cosas y todas esas personas, con tanta certeza como si ocuparan los bancos que me rodean. Es la serenidad de Vita y la bondad de Petar, y es Dawn y Ryan cubriéndome las espaldas en el trabajo. Es Kris al no esperar nada de mí, y las flores de segunda mano de Julia. Pero, además y por encima de todo, soy yo. Justo aquí, en este preciso instante, en este banco, todas y cada una de mis versiones. Mis hombros quemados por el sol, mi pelo demasiado largo retorcido en un moño en lo alto de mi cabeza, mi cara sin maquillaje, las trenzas de algodón deshilachado que le compré a un vendedor ambulante en la playa y que me rodean la muñeca, el esmalte verde descascarillado de mis uñas, soy yo, soy yo, soy yo.

Siento una marea que crece en mi interior, una percepción de mí misma como un ser completo, amado, como dueña de mi propio corazón, un susurro y luego un rugido.

«Yo. Yo. Yo.»

Si estuviera en cualquier otro lugar que no fuera un santuario, gritaría a pleno pulmón «Soy Lydia Bird y sigo aquí».

Cuando aparco el ciclomotor en la plaza de Vita, me encuentro con Petar fregando la acera de delante del restaurante.

—¿Lo has encontrado? —pregunta apoyándose en el palo de la fregona.

Me bajo de la moto y me desabrocho el casco.

—Sí, es un lugar increíble, ¿verdad?

—Me encanta. ¿Has rezado?

Frunzo la nariz como pidiendo disculpas.

—Rezar no es lo mío.

Asiente con aire filosófico.

—Cada uno es de una manera.

—Sí, aunque sí que he sentido algo… No sé cómo expresarlo.

—¿Que no estás sola? —sugiere.

Lo pienso.

—Algo así, pero no es exactamente eso. Es algo más parecido a… —Me llevo las yemas de los dedos al pecho—. Más parecido a la aceptación. He encontrado a mi antigua yo, que seguía aquí dentro, y a mi nueva yo sentada justo a su lado. Nos hemos hecho amigas.

—Tu antigua yo y tu nueva yo —repite despacio.

No espero que lo entienda, porque tampoco estoy muy segura de entenderme yo misma.

—Creo… Creo que me he esforzado demasiado en serlo todo para todo el mundo —digo mientras avanzo por el batiburrillo de mis pensamientos tanto por el bien de Petar como por el mío propio—. Cuesta aceptar que la vida siempre sigue adelante, ¿no? Siempre hacia delante, nunca hacia atrás. Me vi obligada a cambiar cuando la vida se transformó de repente a mi alrededor, pero, aunque eso no hubiera ocurrido, yo habría terminado siendo otra de alguna manera, antes o después, ¿verdad? La gente cambia, ¿a que sí? Nadie permanece inmutable para siempre. Todo es muy frágil, ¿no te parece? Tomamos decisiones dependiendo del día, del tiempo, de nuestro humor, de las fases de la luna, de qué hemos desayunado… No puedo seguir replanteándome las opciones que podría o podría no haber tomado, culpándome por ser demasiado blanda con unas cosas y demasiado dura con otras. Ahora me doy cuenta de que he estado caminando en círculos, siguiendo rumbos disparatados. —Me callo y cojo aire—. Tengo que caminar en línea recta, Petar.

Él se queda mirándome, sorprendido por mi diatriba. No tengo claro hasta qué punto me ha entendido, ni hasta qué punto me he entendido yo.

—No siempre es fácil aceptar las cosas que no puedes cambiar. —Me coge las llaves de la moto y el casco—. Vete a descansar un rato.

Vita ha entrado en mi habitación durante mi ausencia y ha dejado un tarro con flores silvestres y una nota para decirme que me ha cambiado la ropa de cama y repuesto las provisiones de agua embotellada. Me tumbo en las sábanas limpias y pienso en las palabras que acaba de decirme Petar. Es una frase tópica sacada de un millón de pósters e imanes de nevera, pero el concepto de aceptación va calando en mí.

Hoy, en el santuario, me he sentido casi como dos personas distintas. La antigua yo, la chica que era antes de que Freddie muriera, y la nueva yo, la mujer en que me he convertido desde el accidente. Seguro que parece una ridiculez, pero, mientras estaba allí sentada en silencio esta mañana, ha sido como si esas dos versiones de mí se acercaran cada vez más la una a la otra en el banco hasta que al final, por fin, se han convertido en una persona completa.

Despierta

Miércoles, 7 de agosto

Ya llevo aquí diecisiete días. Parece un buen augurio, porque es más tiempo del que suele durar el típico paquete de vacaciones. Y también más que mi permiso del trabajo. Hace un par de días envié un correo electrónico a Phil para intentar explicárselo, o más bien para suplicarle que me concediera una excedencia porque todavía no estoy preparada para volver a casa. Sé que me estoy tomando muchas libertades; Phil ya ha sido muy generoso y complaciente, y no tengo ningún derecho a esperar que lo entienda. Me ha contestado que tratará de mantener las cosas a flote durante algo más de tiempo, y me ha quitado un gran peso de los hombros pelados. Mi madre me lo puso un poco más difícil. No fue una discusión propiamente dicha, pero ya no se vio capaz de disimular el descontento acumulado. Los mensajes y las fotos que Elle me enviaba todos los días han pasado a llegar más o menos un día sí y otro no. Me duele que mi ausencia les resulte complicada. Juro que no continuaría alejada de ellas si no sintiera que estar aquí es fundamental para mi cordura. Tengo que quedarme aquí un poco más, ser Lydia la camarera de la playa, estar solo de paso.

Despierta

Miércoles, 14 de agosto

Me encuentro sentada en mi balcón mirando las estrellas antes de irme a dormir sola, como una estrella de mar en una cama demasiado grande. He estado pensando en hacer algunos cambios cuando vuelva a casa. Cortarme el pelo, quizá reformar la cocina si puedo permitírmelo. También tengo en mente nuestra cama del Savoy. A pesar de lo mucho que me gusta, no estoy segura de si alguna vez seré capaz de llegar a dormir en ella sin imaginarme a Freddie a mi lado justo antes de cerrar los ojos, y quedarse dormida así hasta el fin de los tiempos es desolador. No lo tengo decidido, es solo algo a lo que he estado dando vueltas.

Contemplo el cielo nocturno mientras intento desenmarañar las hebras enredadas y multicolores de mi vida. He mantenido una conversación bastante tensa con mi madre hace un rato. Opina que soy una irresponsable por seguir aquí, que perderé mi trabajo o que a lo mejor decido quedarme aquí para siempre. Me planteé la idea durante un tiempo; podría hacerlo. Podría vender mi querida casa, mudarme aquí, llevar una vida de playa con los pies descalzos. Vita me ayudaría, estoy segura.

Pero ¿y Elle y mis amigos y mamá? Ni siquiera soporto pensar en estar tan lejos de ellos de manera indefinida, aunque ahora mismo, hoy, me parezca bien. Ellos son mi faro, mi huella dactilar. Y luego está el bebé. Charlotte. Cada vez que pienso en ella, se me parte un poco el corazón, porque dentro de apenas unos días cumplirá un mes y no he vuelto a cogerla en brazos desde el día en que nació. El trabajo es otra ancla; sé que no dirijo el país, pero el ayuntamiento es mi sitio, y no quiero perderlo.

Y luego, claro, está Freddie. No he vuelto a colarme por la puerta trasera de mi otro universo desde aquel terrible día en Nueva York, porque me da miedo empeorarlo todo. Me siento como si estuviera orientándome en el mapa de mi corazón con una brújula defectuosa, tratando de averiguar dónde vivo ahora.

Y, por último, está Jonah Jones. Cuando Freddie estaba aquí, Jonah tenía un papel definido en mi vida, el de su mejor amigo, y en algún punto indeterminado del camino, eso pasó a significar que no podía ser también mi mejor amigo. Nos acomodamos en esa dinámica y dejamos a un lado nuestra propia amistad porque teníamos que competir por la atención de Freddie. Y ahora que él ya no está aquí interponiéndose entre los dos, es como si estuviéramos recordando lo que nos unió hace tanto tiempo, lo que significamos el uno para el otro. Es mi primer amigo. Ver su nombre en mi teléfono me alegra el corazón.

Despierta

Domingo, 22 de septiembre

—Creo que deberías irte a casa.

Vita y yo estamos tomando café en la terraza del restaurante. El tono de mi piel ya es mucho más parecido al suyo, el color tostado de alguien que se expone todos los días al sol en lugar de meter dos semanas de vacaciones con calzador en su vida iluminada por los fluorescentes de una oficina. El apogeo del verano ha pasado, y el ritmo de la vida aquí ha tomado un cariz más relajado.

—Lo sé.

Yo he estado pensando lo mismo. Desde hace unas semanas, mi madre y yo nos limitamos a comunicarnos por medio de mensajes de texto, porque hablar se ha convertido en algo demasiado arriesgado, y también me resulta más fácil charlar así con Elle. Las dos últimas veces que la he llamado, ha tenido que colgar corriendo porque Charlotte estaba llorando o acababa de vomitarle a David la camisa limpia que se había puesto para marcharse a trabajar.

—Siempre puedes volver, nosotros no vamos a movernos de aquí —dice Vita tras beber un sorbo de café.

—Tienes mucha suerte de estar tan segura.

Me da envidia su vida aparentemente sencilla. Se enrolla el cinturón del delantal alrededor de los dedos.

—Cada uno crea su propia su propia suerte, Lydia.

—¿De verdad piensas eso? —No tengo claro si estoy de

acuerdo—. Porque yo a veces me siento como si la vida me arrastrara como una riada y yo solo pudiera intentar no estrellarme contra las rocas.

Resopla por la nariz.

—Las rocas no te matarán.

—A lo mejor sí —murmuro.

—Entonces ¿vas a esconderte aquí el resto de tu vida para esquivar las rocas?

Se encoge de hombros, con una expresión desafiante en los ojos oscuros. Me vuelvo hacia el mar.

—¿Es eso lo que estoy haciendo?

Se encoge de hombros de nuevo.

—¿No lo es?

Sé que ha dado en el clavo. Ya llevo aquí sesenta y tres días. Sesenta y tres días sin ver a mi familia, y casi los mismos sin ver a Freddie.

—¿Qué harías si no tuvieras miedo, Lydia?

Su pregunta va directa al grano, como de costumbre. Reflexiono.

—Me cortaría el pelo —contesto.

Es un asunto al que doy mucha importancia, porque a Freddie le gustaba largo; cortármelo me daría la impresión de que no estoy teniendo en cuenta sus sentimientos. Lo cual es una locura, lo sé.

—¿Quieres que te lo corte ahora mismo? —se ofrece Vita—. Antes se lo cortaba siempre a mi hermana.

No tengo claro si lo dice en serio, pero niego con la cabeza.

—Todavía no estoy preparada.

Vita aparta su silla, se pone de pie y me posa una mano en el hombro.

—No lo dejes para mucho más adelante.

Despierta

Martes, 24 de septiembre

—Está muy quisquillosa, no se va con nadie que no sea yo —dice Elle—. Ni siquiera con David.

Anoche cogí un vuelo a última hora y he venido directa a su casa esta mañana. Llevo aquí diez minutos y no puedo librarme de la sensación de que Elle tiene ganas de que me marche. Supongo que debería haber llamado para avisar; la casa está algo desastrosa, y da la sensación de que mi hermana lleva días con la misma camiseta manchada. Es muy impropio de Elle; sé lo poco que le gusta tener un aspecto tan deslavazado.

—¿Puedo ayudarte? —Me siento muy inútil. Charlotte está roja como un tomate de tanto llorar y parece tener la capacidad pulmonar de un caballo pequeño—. Podría... no sé, ¿lavar la ropa o algo así?

A Elle se le llenan los ojos de lágrimas.

—El desorden es inevitable, Lydia. Intenta cuidar de otro ser humano después de haber dormido solo dos horas, interrumpidas, claro, y luego me dices si te apetece limpiar.

—¿Te preparo una taza de té?

Voy con pies de plomo tratando de averiguar si es mejor que me quede y ayude o que me vaya.

—No tendré leche hasta que David vuelva del trabajo —dice, y luego se ríe, con los ojos como platos y vacíos—. A menos que cuentes estas. —Se señala las tetas, con la niña retorciéndose apoyada contra su hombro—. Porque esta central lechera no puede cerrar jamás, ni de noche ni de día, a puñetera demanda.

—Me acerco en un momento y te compro. —Me alegra haber encontrado una tarea—. ¿Necesitas algo más?

Resopla con desdén.

—¿Dormir una noche del tirón? ¿Más de cinco minutos para mí? ¿Que mi hermana no se hubiera largado justo cuando más la necesitaba?

—Elle, lo siento… No me di cuenta de que las cosas fueran tan… —Me siento fatal—. Dime qué hago, cómo te ayudo…

Me interrumpe con un gesto impaciente de la mano.

—¿Crees que yo sabía qué tenía que hacer cuando Freddie murió? ¿Cómo ayudarte a pasar por lo peor que te había ocurrido en la vida? Ya te contesto yo: no. No tenía ni puta idea. Pero ¿sabes qué no hice? ¡No cogí un avión y me fui a Croacia, joder!

Me hace daño. Quiero replicarle, decir que perder a alguien y ganar a alguien no son cosas ni remotamente comparables, pero no lo hago porque mi hermana está hecha polvo.

—Es la hora del baño —dice en tono cortante mientras se cambia el peso de la niña de un hombro al otro—. Será mejor que lo haga antes de que le entre hambre otra vez o se pondrá hecha una fiera.

Capto la indirecta; me está pidiendo que me vaya. Trago saliva con dificultad.

—¿Puedo ayudarte a bañarla?

Suspira como si se hubiera quedado sin fuerzas.

—Hoy no, ¿vale, Lyd? Lo haré más rápido sola.

Como no tengo otra opción, cojo mis llaves.

—¿Puedo llamarte más tarde?

Ladea la cabeza para señalar al bebé.

—Es mejor que me escribas, por si está dormida.

Deduzco que quiere decir que también es mejor porque así no tendrá que hablar conmigo.

Diez minutos después, cuando aparco en el camino de entrada de la casa de mi madre, veo un coche que no reconozco. Sin embargo, tengo tantas ganas de darle una sorpresa que apenas reparo en él.

Abro la puerta y me quito las Converse junto a la entrada antes de encaminarme hacia la cocina. Y me topo con mi madre en sujetador y vaqueros dándose un buen magreo con Stef, el reparador de ordenadores, que ahora mismo no lleva camisa. Al verlos, las manos que había levantado en el aire para gritar «sorpresa» se quedan paralizadas, y ellos se apartan el uno del otro de un salto, como si les hubiera dado un calambrazo.

—¡Me cago en la leche, Lydia! —exclama mi madre medio a gritos, colorada como un tomate y tapándose de forma absurda con un paño de cocina.

Stef se mete literalmente debajo de la mesa de la cocina y sale por el otro lado con el jersey del revés y la blusa de mi madre en la mano. Ella se la arranca de entre los dedos y se la pone con brusquedad sin decir una sola palabra.

—Me alegro de volver a verte, Lydia, cariño —masculla Stef, y después pasa a mi lado y cruza el vestíbulo a toda velocidad para largarse.

No lo culpo; mi madre tiene pinta de estar a punto de montar en cólera.

—Nueve semanas —grita todavía aturullada—. Desapareces durante nueve semanas, ¿y de repente te plantas aquí sin llamarme por teléfono siquiera para decirme que has vuelto?

Me quedo mirándola. Sabía que tanto Elle como mi madre estaban molestas, pero no pensé que reaccionarían así de mal a mi regreso.

—Quería darte una sorpresa.

—Bueno, pues está claro que lo has conseguido.

—Perdón —farfullo.

Suspira y se pasa las manos por el pelo para arreglárselo.

—¿Cuándo has vuelto?

—Anoche. —No le digo que la casa estaba más fría que nunca cuando por fin llegué alrededor de las seis, ni que había una carta formal de Phil en la que me decía que habían tenido que coger a alguien para cubrir mi puesto y que lo llamara, ni que el tiempo que he pasado fuera ha cambiado algo en mi interior—. Siento haberme marchado tantos días.

Me doy cuenta de que se debate entre la rabia y el alivio de que esté de nuevo aquí.

—No deberías haberte marchado tanto tiempo.

Asiento con tristeza.

—¿Has visto a tu hermana?

—Ahora mismo.

—¿Cómo estaba hoy?

La pregunta da a entender que en estos momentos la salud de Elle cambia de un día para otro. Elle, la organizada, la tranquila, la fiable.

—Parecía estresada. La niña estaba llorando y no me he quedado mucho rato.

Mamá resopla, no sé si porque yo no me he quedado mucho rato, porque Elle está estresada o porque la niña lloraba.

—No es solo estrés, Lydia. Lo está pasando muy mal. Lo sabrías si hubieras estado aquí.

Ah, o sea que resoplaba por mí, claro.

—No me había dado cuenta.

—No —replica mi madre—, claro.

Es como si mi prolongada ausencia hubiera absorbido cualquier residuo de compasión que pudieran sentir aún por mí y lo hubiera tirado por el desagüe.

—Siento haberos interrumpido… Ya sabes.

Baja la vista hacia su blusa, sabedora de que se ha abrochado mal los botones.

—Pobre Stef —dice sacudiendo la cabeza.

—Perdón.

—¿Quieres dejar de pedir perdón de una puñetera vez? No sirve de nada.

Me quedo callada, sin saber qué decir ni qué hacer.

—¿Has comido? —acaba por preguntarme.

Niego con la cabeza. Hacer la compra era el siguiente punto de mi lista de tareas para hoy; tengo la despensa vacía. Mi madre abre el frigorífico y saca un plato de lasaña medio vacío que me pone en las manos.

—Toma. Llévatelo.

Miro el plato con unas ganas ridículas de echarme a llorar, porque las dos personas más especiales de mi vida me han echado hoy de su casa.

—Gracias.

Mamá asiente y luego se pone a mirar por la ventana.

—Me marcho, entonces —digo—. ¿Te llamo mañana?

Vuelve a asentir, con los labios apretados.

—Me alegro mucho de verte, mamá —digo en voz baja—. Te echaba de menos.

Me doy la vuelta para marcharme y ella no me retiene.

Me subo al coche, llorosa y rechazada, y mientras recorro las calles familiares que me llevan hacia mi casa, sé que por fin ha llegado el momento de volver.

Dormida

Martes, 24 de septiembre

No está aquí. Por fin he reunido el valor necesario para volver, pero la casa está vacía. Un registro más detallado me dice que no hay ni una sola de las cervezas favoritas de Freddie en el frigorífico y que en la cesta de la colada solo hay prendas mías. ¿Dónde está? No llevamos casados más que un par de meses. Empiezo a asustarme. ¿Fue nuestra discusión en Nueva York el revulsivo de un cambio? ¿Desestabilicé nuestra felicidad hasta el punto de que nuestro recién estrenado matrimonio ha tocado fondo? Me sirvo un zumo y, con mano temblorosa, cojo mi móvil en busca de respuestas.

En la pantalla parpadean dos mensajes. De Elle, ¿me apetece ir luego a su casa a comer *fish and chips*? De mi madre, me ofrece una entrada sobrante para una obra que va a ver este fin de semana en Bath. En este mundo hacen piña a mi alrededor. Acaricio la alianza, que continúa en el dedo que le corresponde. ¿Dónde estás, Freddie Hunter?

Hago clic sobre su nombre y espero a que el teléfono dé señal, con la esperanza de que no me salte el contestador. Son las siete de la tarde, así que, dondequiera que esté, espero que no siga trabajando.

La conexión tarda más de lo habitual en establecerse, y cuando lo hace, no se oye el tono de llamada habitual. Me quedo perpleja, y después me da un vuelco el corazón porque me contesta.

—¿Freddie? —digo insegura.

Hay mucho ruido, allá donde esté.

—¿Lyds? —dice medio gritando—. Espera un segundo, que salgo fuera.

Oigo bullicio de conversaciones y música de fondo, risas y voces alzadas. Creo que está en un bar.

—Dios, qué calor hace hoy aquí —dice ahora con mayor claridad—. Tengo la camisa pegada a la espalda.

—¿Dónde estás? —pregunto confusa.

—¿Ahora mismo? En la puerta de un bar en la playa. Vince está dentro quemando la tarjeta de crédito de la empresa con la esperanza de cerrar el traro.

—Mucho trabajo y poca diversión, ¿eh?

Intento imprimir a mi voz una ligereza que estoy muy lejos de sentir. Se echa a reír.

—Allá donde fueres… ¡Sobre todo si es Río!

¿Río? ¿Freddie está en Brasil? Oigo campanas y no sé dónde. Es posible que me comentara algo, pero estoy segura de que no sabía que iba a pasar allí una cantidad de tiempo significativa.

—Te echo de menos —digo, porque es verdad, en especial ahora que he vuelto a oír su voz.

—Y yo a ti. Ya no falta mucho. Dos semanas, tres, a lo sumo.

—¿Otras tres semanas? —pregunto desolada.

Está claro que las cosas que dije en Nueva York no han hecho mella si ha permitido que ocurra esto. O si lo he permitido yo. A juzgar por el aspecto de nuestro frigorífico y por los mensajes de mi madre y de Elle, ya debe de llevar un par de semanas fuera.

—No empieces otra vez. —Suspira irritado—. Sabes que no puedo hacer nada.

Es evidente que hemos pinchado en hueso.

—¿Has dicho que estás en la playa?

—No —contesta en un tono exageradamente paciente, un poco pasivo-agresivo—. He dicho que estaba con Vince intentando cerrar un trato para los de PodGods. Toda esta ciudad gira en torno a la puñetera playa, Lydia, no es culpa mía. ¿De acuerdo?

—Yo no he dicho que lo sea —digo entristecida.

Llevo semanas sin hablar con Freddie, y ahora que lo estoy haciendo vuelve a ser de esta manera. Si estuviéramos juntos, seríamos capaz de solucionar este malentendido hablando, pero por teléfono no es tan sencillo. Ahora caigo en la cuenta de lo mucho que ha dependido siempre nuestra relación de la cercanía física: de las caricias y de ser capaces de interpretar las señales visuales del otro. En estos momentos, no disponemos de ninguno de esos lujos y lo que nos queda resulta decepcionante y colmado de angustia potencial. Oigo que alguien grita el nombre de Freddie, seguro que Vince, y le dice que vaya a coger una caipiriña. Lo pronuncia mal. No me sorprende, porque es uno de esos hombres tercos que no se tomarían la molestia de aprender algo así. Apostaría a que se ha plantado en Brasil con Freddie sin informarse siquiera de cómo se dicen «por favor» y «gracias» en portugués.

—Tengo que volver a entrar —dice.

—Eso parece.

Me siento derrotada, ojalá pudiera encontrar las palabras adecuadas para sanar lo que nos ocurre.

—Te llamaré pronto —dice, y después cuelga y vuelve a su cóctel, al bar de la playa, a su vida sin mí.

Despierta

Martes, 24 de septiembre

Estoy sentada en mi salón, sola, con las luces encendidas y un tazón de chocolate caliente sujeto entre las manos con la esperanza de que me ayude a conciliar el sueño. Qué vuelta a casa más desagradable y espantosa. Seguro que mi madre y Elle preferirían que me hubiera quedado en Croacia, y Freddie está de viaje en Río trasegando cócteles en la playa.

Ahora veo lo mucho que he dependido de mi otro mundo para que me ofreciera una vía de escape de este; un escape del duro e implacable filón del duelo. Sin embargo, esta tarde... no ha servido para eso. Me ha dejado hastiada y abatida de nuevo, peor de lo que lo he estado desde Nueva York, y pensar en todo esto a lo largo de esta tarde me ha acercado a una verdad innegable.

He cambiado curarme aquí por vivir allá. He utilizado las visitas a ese otro sitio como método para intentar soslayar el duelo, a pesar de que todos y cada uno de los manuales sobre el tema que he leído dicen que es sencillamente imposible. A lo mejor el médico de las narices tenía algo de razón: no he pasado el proceso de manera consciente. Más bien he serpenteado entre dos mundos, he tomado el camino más largo y me he frenado sin darme cuenta.

En Croacia no volví a tomarme ningún somnífero después de aquella noche de Nueva York, y por eso dormía mejor por la noche. Me desaparecieron las ojeras, y el corazón me latía con más calma en el pecho, porque no estaba haciendo turnos dobles. Mis días eran más sencillos, porque vivir una sola vida es menos estresante que vivir dos.

Ya no puedo seguir ignorando el hecho de que estoy cambiando, de que la Lydia que visita a Freddie en el otro mundo se parece cada vez menos a la que él conoce. Y, la verdad, me gusta más esta nueva versión de mí. Aventurera y fuerte. Ella ha estado intentando avanzar poco a poco, caminar a contracorriente y, durante todo este tiempo, yo no he parado de intentar retenerla.

Despierta

Sábado, 28 de septiembre

—¿Estás totalmente segura?

Miro a mi peluquera a los ojos en el reflejo del espejo.

—Sí.

A mi espalda con las tijeras en la mano, para una mujer a la que pagan por cortar el pelo, parece bastante reticente a hacerlo.

—Hace más de diez años que no te corto más de un par de centímetros —dice, y se muerde el labio.

Es cierto. He coqueteado con las capas, de vez en cuando me he dejado flequillo, pero eso ha sido lo más emocionante.

Sujeto el peso de mi trenza por última vez.

—Hazlo, Laura.

Respira hondo y no vuelve a preguntar.

Después me siento en el coche, con la trenza enroscada en una bolsa de plástico transparente sobre el regazo, un peso mucho más que físico que me he quitado de encima. Hace unos cuantos veranos, Dawn donó su pelo, así que anoche estuve mirando y encontré una organización benéfica que hace pelucas para adolescentes. Mi pelo era mi orgullo y mi alegría cuando tenía quince años; a esa edad tan tierna necesitas algo que sacudir y tras lo que esconderte. Me reconforta pensar que a lo mejor mi pelo alegra, aunque solo sea un poquito, la vida de otra chica que lo esté pasando mal. Yo ya no lo necesito.

En el vestíbulo, suelto el bolso y me examino en el espejo desde todos los ángulos posibles, me acaricio la nuca descubierta con los dedos, jugueteo con los mechones cortos que me rodean la cara. Ya puedo marcar la casilla del clásico «córtate el pelo» en la lista de reacciones al duelo. A Laura casi le da un ataque al corazón cuando le he pedido un corte pixie. Ha cogido un montón de revistas para enseñarme fotos de ese tipo de corte, pues imaginaba que me había equivocado. No era así —sabía lo que quería—, y ahora que me miro, me alegro de haber llegado hasta el final.

«Valiente.» Doy vueltas a la palabra en la cabeza y luego la pronuncio en voz alta. Mi reflejo me devuelve la mirada sin apartarla en ningún momento, me dice que he hecho lo correcto. Añado «valiente» al conjunto de palabras que describen mi existencia ahora mismo.

Aquí son las cinco de la tarde, así que calculo que en Los Ángeles deben de ser las nueve de la mañana. Hace unos minutos que le he enviado a Jonah una foto de mi nuevo corte de pelo, y justo cuando empiezo a pensar que está aprovechando la mañana del sábado para levantarse tarde, mi teléfono se ilumina cuando llega un mensaje.

Te llamo ahora mismo.

Sonrío y me acomodo en un extremo del sofá con las piernas dobladas debajo de mí. Mi móvil empieza a vibrar y entonces Jonah aparece en la pantalla, riéndose, todavía en la cama.

—A ver, deja que te vea bien —dice, y de pronto me siento cohibida y frunzo la nariz mientras muevo la cabeza de un lado a otro, muerta de vergüenza, y espero su veredicto.

—¿Qué te parece? —pregunto.

Es la primera persona, exceptuando a mi peluquera, que me da su opinión.

—Pareces... Pareces australiana.

Y entonces vuelve a reírse, encogiéndose de hombros, porque sabe que lo que acaba de decir es absurdo.

—¿Australiana?

—No sé, es la combinación del bronceado y el corte de pelo, creo. Tienes pinta de socorrista de la playa de Bondi o algo así.

—Es una descripción extrañamente concreta. —Pongo los ojos en blanco—. ¿Te he interrumpido en mitad de un sueño sobre *Los vigilantes de la playa*?

Se pasa una mano por la barba incipiente y hace una mueca que sugiere que es posible, pero que es demasiado educado para decírmelo.

—¿Cuándo has vuelto a casa? —pregunta.

Ahora Jonah y yo hablamos bastante, por lo general a última hora de la noche, en mi caso. En Croacia, él era mi principal hilo de conexión con mi hogar, la única persona que no me había juzgado con dureza por alejarme… Seguro que porque, como él mismo reconoció, él había hecho más o menos lo mismo.

—Hace un par de días —contesto—. Pero tengo que decir que no me han recibido precisamente con los brazos abiertos. He estado demasiado tiempo fuera.

—Ya se les pasará. Te quieren.

—Ya, ya lo sé. —Tiene razón, claro. Cambio de tema porque pensar en mi madre y en Elle me deprime—. Y tú, ¿alguna novedad?

Alcanza el vaso de agua que tiene en la mesilla y se deja caer de nuevo contra el colchón. Su bronceado de Los Ángeles contrasta con las sábanas blancas. Tiene mejor aspecto del que ha tenido en mucho tiempo: está más sano, vital, como si hubiera encontrado su brillo en el fondo de un smoothie de pasto de trigo. Me relajo y lo escucho mientras me habla sobre sus días, los avances con el guion, las personas con las que se relaciona. Los ojos oscuros le brillan de entusiasmo. No me lo imagino regresando a casa; ahora se mueve en círculos distintos.

—¿Cómo te sientes ahora que has vuelto? —me pregunta.

Suspiro.

—Igual que siempre —respondo, y luego me corrijo—. En realidad, no. Es una sensación rara. Como si ya no encajara del todo aquí.

Asiente despacio.

—Has estado fuera una temporada bastante larga, pero terminarás adaptándote otra vez.

—Lo sé.

—¿Volverás pronto al trabajo?

Asiento, con el corazón apesadumbrado.

—El lunes, aunque han contratado a otra persona. Phil me ha dicho que vaya, pero no sé si siguen teniendo sitio para mí.

Un velo de preocupación le empaña la mirada.

—¿Estás bien de verdad?

—Lo estaré. Debe de ser que echo de menos el sol, nada más.

—El mundo es muy grande, Lyds —dice—. El sol siempre brilla en algún sitio.

—Aquí no —respondo sin tener muy claro siquiera si seguimos hablando del tiempo—. ¿Has empezado a hacer planes para volver?

Niega con la cabeza.

—Me quedaré aquí aún un tiempo. Mi excedencia termina en Navidad, así que volveré por entonces, supongo.

Trago saliva con dificultad y no le digo lo mucho que me gustaría que regresara antes.

—Vale.

—Si Phil te da la patada, vienes aquí y pasas una temporada conmigo —sonríe bromeando.

No le digo lo atractiva que me resulta la idea.

—Sí, porque seguro que así arreglo las cosas con mi madre.

—Entonces mejor que no. —Ríe—. Además, Phil no va a darte la patada. Es casi de la familia.

Consigo esbozar una sonrisa.

—Sí, todo irá bien.

Desvía la vista hacia una esquina de la pantalla.

—Tengo que colgar ya —dice—. Tengo cosas que hacer.

—¿Windsurf? ¿Asistir a un estreno?

—Las dos cosas. Y luego he quedado para comer con Kate Winslet.

—Qué bien.

—Ya sabes —dice—. Hablamos, observadora de estrellas.

Pulsa el botón de finalizar llamada y su imagen queda congelada en la pantalla, con la mano en alto a modo de despedida. Observadora de estrellas. A veces le enseñaba el cielo nocturno de Croacia desde mi balcón, pero el apodo ya no es pertinente. Dudo que Jonah quiera ver los cielos grises y la luz de las farolas de nuestra ciudad natal.

Me paso la mano por el nuevo corte de pelo, al que aún no me he habituado. Está casi tan corto como el de un chico, como un sombrero de plumas.

—Creo que no te gustaría, Freddie —digo—. De hecho, sé que lo odiarías con todas tus puñeteras fuerzas.

Sin embargo, yo no lo odio. Voy a tardar un poco en acostumbrarme, pero creo que, con el tiempo, me va a encantar.

Despierta

Lunes, 30 de septiembre

—¡Me cago en la puta!

El escritorio de Ryan es el más cercano cuando entro en la oficina, y mi compañero se pone en pie de un salto, sorprendido.

—¡Has vuelto y estás increíble! —Rodea su mesa y me pasa las manos por el pelo corto sin dejar de mirarme—. ¿Qué te has hecho? A ver, que me encanta cómo te queda, pero es un poco radical para ti, ¿no?

Todos los demás se han ido aproximando también poco a poco a mí y me observan como si en lugar de cortarme el pelo me hubiera amputado una extremidad.

—Un corte a lo *garçon* —comenta Julia.

—Te destaca los ojos —dice Dawn—. Madre mía, mira qué color has cogido. —Coloca su brazo pálido junto al mío.

Bajo la vista hacia su vientre abultado, y ella se echa a reír.

—Sí, no es solo de comer tarta.

—Me alegro muchísimo —digo, contenta por ella.

Phil aparece a mi lado y me da un apretón en el hombro.

—Qué alegría volver a verte, Lydia —dice—. ¿Te coges una taza de té y charlamos en mi despacho?

Todos parecen algo incómodos cuando se dispersan para volver al trabajo, y solo ahora me fijo en la chica nueva que ocupa mi escritorio. Ya sabía que iba a estar ahí, claro, pero, aun así, el hecho de ver a Louise, como creo que se llama, me pone tan nerviosa que se me revuelve el estómago. Parece eficiente, sus dedos no dejan de volar sobre el teclado cuando levanta la cabeza para mirarme y sonríe. Estoy segura de que es muy maja, y no cabe duda de que es capaz de escribir tan rápido como para que le sangren los dedos, aun así me encantaría que desapareciera envuelta en una nube de humo más o menos ahora mismo. La miro un segundo por si sucede, pero permanece obstinadamente presente, así que acepto la propuesta de Phil y me encamino hacia la cocina.

A ver, la buena noticia es que sigo teniendo un puesto de trabajo. La no tan buena es que no es el mismo que el que dejé al marcharme. Phil ha intentado planteármelo de la forma más cordial posible, y está claro no ha disfrutado de ser el portador de las malas noticias, pero Super Lou (él no la ha llamado así) ha llegado para quedarse y por lo que parece está haciendo un trabajo cojonudo. Phil se vio entre la espada y la pared cuando Dawn empezó a encontrarse mal por el embarazo, según me ha dicho. Por supuesto, no tengo motivos para estar enfadada, porque todo esto es culpa mía por haber pasado tanto tiempo fuera. Me han relegado con toda la amabilidad del mundo a la biblioteca de la planta baja. Delia por fin ha decidido que ha llegado el momento de colgar la almohadilla de tinta y el sello, y alguien tiene que cubrir el hueco.

Phil me lo ha vendido como un reto, como una forma de volcarme en el proyecto de replantear todo el sistema de la biblioteca. Y yo se lo agradezco, de verdad. Seguiré en el ayuntamiento y podré ver a todos mis compañeros de la planta de arriba, aunque solo sea de pasada y no trabajando codo con codo a diario con ellos. No voy a mentir: me siento como la oveja negra de la familia a la que han exiliado a la planta baja por sus deslices, pero sé que en realidad tengo suerte de seguir contando con un puesto de trabajo.

Y, además, cuando lo pienso, creo que ocuparme de moder-

nizar la biblioteca podría venirme bien. Hay un par de empleados a tiempo parcial que estarán a mi cargo, y habrá que digita-
lizar el sistema. Podría empezar a organizar actividades
relacionadas con la lectura. Encuentros, visitas de autores. Hasta un club de lectura. Phil está empeñado en que lo vea como
algo que puedo convertir en mío. Hasta me ha dado veinte libras
del presupuesto para gastos menores y me ha dicho que vaya a
comprarme una agenda y bolígrafos a la papelería cara del centro. Le agradezco el detalle. Intentaré hacer lo que me ha suge-
rido: planes para el futuro.

—Sujétale bien la cabeza —dice Elle mientras me pone a una
Charlotte desnuda y bastante enfadada en los brazos.

Estamos arrodilladas en el suelo del cuarto de baño de mi
hermana; me ha dejado ayudarla a bañar a la niña, una especie de
ofrenda de paz. La bañera del bebé está dentro de la bañera normal, y cuando sumerjo en el agua a la pequeña, que no para de
retorcerse, se calma como si fuera un milagro.

—Le encanta —dice Elle, que apoya la cabeza en los brazos,
a mi lado, mientras contempla a su hija—. El otro día la bañé
cuatro veces solo para que parara de llorar.

—Será una sirena —le digo.

—Más bien una pasa.

Sonrío mientras cojo agua tibia con las manos para verterla
sobre la barriguita de Charlotte. De verdad que le encanta el
agua, es como magia.

—A lo mejor se siente como si estuviera otra vez en el útero
—digo.

Elle estira una mano y hace cosquillas a Charlotte en el pie.

—A lo mejor. Gracias. Por estar ahí conmigo cuando nació.
Con las dos.

Me doy cuenta de lo que le cuesta pronunciar esas palabras
y se me forma un nudo en la garganta al recordar el día en que
nació Charlotte. El día de mi boda.

—No me lo habría perdido por nada del mundo.

Y es entonces cuando lo sé. Si hubiera tenido que tomar una decisión consciente entre la boda y traer a Charlotte al mundo, por más que me cueste reconocerlo, me habría quedado aquí, en este mundo. La niña rodea con los dedos minúsculos uno de los míos, señal de que hay más cosas que me sujetan aquí de las que hay allí. De que ha llegado el momento de afrontar lo inevitable.

He pasado por una experiencia catastrófica y devastadora. Me ocurrió lo peor. Perdí al amor de mi vida y después, casi como si fuera un milagro, encontré la manera de volver a él…, pero ¿a qué precio?

Al principio fue deslumbrante, todos mis sueños hechos realidad, y hasta ahora no he comprendido que, por bonito que fuera, resultaba insostenible, tanto para la mujer que soy aquí como para la que soy allí. La mujer que soy allí debería disfrutar de su larga y maravillosa existencia con Freddie. Sabe Dios que necesito creer que ahí fuera existe un mundo en el que Freddie y yo lo logramos, donde somos felices y tenemos tiempo para construir nuestra propia familia, donde tenemos la suerte de envejecer juntos.

Viajar de acá para allá, visitar un lugar donde mi duelo no existe, donde un dolor extraordinario no me ha cambiado de manera irrevocable… era magnífico. En serio, lo era. ¿Qué persona en sus cabales no aprovecharía la oportunidad de volver a ver a su amado muerto? Y no solo una vez, sino a menudo.

El cerebro humano está programado para afrontar el duelo. Sabe que, aunque nos caigamos en lugares inconmensurablemente oscuros, volverá a haber luz y que, si nos limitamos a seguir avanzando en línea recta con valentía, por muy despacio que sea, algún día encontraremos el camino de regreso. Pero yo no he hecho eso. Yo he ido dando tumbos en todas las direcciones posibles, con los ojos vendados, dos pasos hacia delante, tres hacia atrás. Los somníferos han sido mi consuelo, mi soporte y mi vía de escape, pero también han sido la venda que me tapaba los ojos y me hacía equivocarme de dirección. Ahora tengo que quitarme esa venda en todas y cada una de las versiones de mí que existen. Tengo que decir adiós.

Dormida

Martes, 1 de octubre

Sabía que Freddie no estaría aquí, claro. Podría haber aguardado un par de semanas con la esperanza de que hubiera vuelto de Río, pero no hay garantía de cuándo va a ocurrir eso y, ahora que he tomado una decisión, necesito ponerla en práctica.

La lámpara de la mesilla de noche está encendida, un tenue resplandor nocturno, y el reloj de pared me dice que son poco más de las cinco de la mañana. El iPad está donde esperaba, encima de la almohada de Freddie. Me gusta leer antes de dormirme, y a veces en mitad de la noche, cuando no puedo conciliar el sueño, cosa que suele ocurrirme a menudo si estoy sola. Lo cojo y compruebo el nivel de la batería. Ochenta y siete por ciento. Está bien. Así que aquí estoy, en nuestra preciosa cama del Savoy, y tengo el iPad a punto. Jamás me habría imaginado ni habría deseado despedirme por FaceTime, pero es lo único que tengo. Volver aquí después de esta noche es una opción que no puedo plantearme.

Suelto el iPad y me recuesto sobre las almohadas. Voy a concederme unos minutos para mí antes de hacer la llamada. Estoy cómoda y calentita, y durante unos instantes me deleito en el silencio, trato de ralentizar mi respiración, de estar tranquila en estos últimos momentos, porque son fundamentales.

Y entonces, cuando estoy segura de que estoy preparada, me incorporo en la cama y vuelvo a coger el iPad.

Freddie no va a contestar. Siento que mi serenidad comienza

a esfumarse mientras el tono de llamada resuena en la oscuridad de algún lugar del otro lado del mundo. No va a contestar. Los primeros indicios del pánico me atenazan la garganta; noto que el corazón me late demasiado rápido mientras contemplo mi reflejo pálido en la pantalla. Me preparo para que aparezca el mensaje que me informa de que Freddie Hunter no está disponible. Pues claro que no lo está; en Río están en plena noche.

—Venga, Freddie —susurro—. Por favor, escúchame por última vez. De todas las veces que te he necesitado en mi vida, esta es la que más.

Y entonces, como si de un milagro se tratara, como si hubiera escuchado mi súplica, contesta. La pantalla titila al conectarse, y de pronto Freddie está ahí, y podría echarme a llorar de puro alivio.

—¿Lyds? Espera un segundo. —Se estira para encender la lámpara de su mesilla de noche. Lo baña en un resplandor íntimo, el tipo de luz acogedora que podrías atisbar a través de la ventana de un pub en una noche de invierno—. ¿Va todo bien? —Está adormilado, preocupado.

Asiento, ya tragándome las lágrimas.

—Solo quería volver a verte la cara.

Ayer me pasé la mayor parte del día intentando pensar en qué decirle, pero ahora que lo tengo delante, lo único que quiero es empaparme de él. El ochenta y siete por ciento no bastaría.

Se deja caer sobre la almohada.

—Es la una de la mañana, nena —dice.

—Lo sé, lo sé, perdona —susurro—. Es solo que te echo muchísimo de menos, Freddie. Odio que discutamos.

—Yo también. Sobre todo cuando no podemos hacer las paces en la cama.

Niego con la cabeza y me río en voz baja.

—Prométeme que no vas a cambiar nunca, Freddie Hunter.

—Eh —dice, ahora en un tono suave y familiar—. A mí también me está pareciendo una eternidad, ya lo sabes.

—¿Sí? —Contengo un sollozo abrasador en la garganta,

porque nunca había sido verdaderamente consciente de lo larga que es la eternidad hasta el día en que vi el nombre de Freddie grabado con letras doradas en su lápida.

—Claro que sí —dice, como si resultara obvio—. No volveré a pasar tanto tiempo fuera, Lyds, te lo prometo. Me está volviendo loco.

«Para mí ha sido un millón de veces más duro», pienso, pero no se lo digo.

—No he dormido muy bien estos días. La cama es demasiado grande sin ti.

—No te quejes, esta cosa es como una tabla de madera. —Tiene la mano levantada por encima de la cabeza y golpea con los nudillos el cabecero de madera de pino barata—. Aprovéchala todo lo que puedas, Lyds. Estírate cuanto quieras.

«Aprovéchala todo lo que puedas.» Me guardo su consejo para más tarde.

—Lo intentaré —digo—. Todos los días. Te lo prometo.

—Vale, pero no te acostumbres demasiado a la vida sin mí, ¿eh? —dice al cabo de unos segundos.

Boqueo intentando articular alguna palabra, cualquiera, pero soy incapaz, porque acostumbrarme a la vida sin Freddie Hunter se ha convertido en la historia de mi vida.

—Te quiero mucho —digo.

Sonríe.

—Te quiero más que a Keira.

—Directo a lo más alto, ¿eh?

—Estoy cansado.

Ahoga un bostezo.

—¿Quieres que te deje marchar?

No creo que, en todos los días que me quedan, vaya a encontrar una frase más difícil de pronunciar. Asiente y le sostengo la mirada, consciente de que está listo para dejarme.

—Adiós, mi amor. —Le paso un dedo por el pómulo, por la curva familiar del labio inferior.

—Nos vemos por la mañana —murmura.

Es lo que solíamos decirnos siempre justo antes de quedarnos dormidos, una promesa, una muestra de cariño, un «Estaré aquí esperándote cuando abras los ojos».

—Nos vemos por la mañana, Freddie. —La voz me arde en la garganta cuando repito esa frase por última vez—. Voy a colgar ya. Que duermas bien, amor mío.

Esboza una sonrisa, demasiado adormilado para darse cuenta de que estoy llorando.

—Cambio y corto —susurro, y después exhala un solo aliento más.

Oh, Freddie Hunter. Trato de sonreír a pesar de las lágrimas y, antes de obligarme a pulsar el botón de «Finalizar llamada», lo miro unos segundos más que deben durarme toda la vida. Se queda congelado en la pantalla un momento, ya dormido, y después desaparece… Y esta vez es para siempre.

Despierta

Martes, 1 de octubre

Me daba tanto miedo la idea de despedirme de él que en realidad no pensé mucho en cómo me sentiría una vez que todo acabara. Si hubiera tenido que adivinarlo, habría predicho que seguramente me convertiría en un mar de lágrimas, exhausta y destrozada, que me sentiría demasiado sola hasta para hablar. Y no me habría equivocado, hasta cierto punto. Pero lo que no me habría imaginado es que también sentiría mi propia fuerza, que ahora mismo sería capaz de mirarme en el espejo iluminado del cuarto de baño y de notar un orgullo sereno. Que sabría en lo más profundo de mi ser que he hecho lo correcto. Lo correcto para mi yo de aquí, para mi yo de allí y para las personas que me quieren.

—En menudo viaje te has metido —susurro a mi reflejo mientras abro la tapa del bote de pastillas rosas.

Me miro a los ojos en el espejo y sonrío, porque es el tipo de comentario por el que Ryan me tomaría el pelo. A lo mejor se lo suelto algún día, si encuentro la ocasión de hacerlo sin que parezca que estoy loca.

—Vale —digo, decidida y con el bote de somníferos abierto agarrado con firmeza en la mano.

Tengo que hacerlo. Tengo que mostrar a la chica del espejo que estoy aquí para ayudarla. Son las cinco y media de la mañana. Tengo que hacerlo ya y luego volverme a la cama para dormir un par de horas.

Vita me preguntó hace un tiempo qué haría si no tuviera miedo. Es una pregunta en la que he pensado mucho desde que volví a casa y que me vuelvo a hacer ahora mientras miro las pastillas. Quedan once en el bote. Eso son once visitas más. Podría quedármelas. Sí, podría. Podría dosificármelas, permitirme una sola visita al año. Claro que podría hacerlo. Pasar un maravilloso día al año con Freddie. Mi cumpleaños o el suyo. Incluso un año sí y otro no. O podría espaciarlas aún más, tomarme una cada dos o tres años, o cada cinco, entrar a hurtadillas y ver qué va siendo de nosotros. Me gustaría ver a nuestros hijos. Madre mía, imagínatelo. Podría prepararles el desayuno, ayudarlos con los deberes. Una lágrima me resbala por la mejilla, porque me produce demasiada ternura imaginarme meciendo a mi hijo en brazos aunque solo sea una vez.

Pero si lo hago, si me quedo con los somníferos y me los administro con cuidado, ¿qué significará eso para mi vida aquí? Trago saliva, porque conozco la respuesta. Significaría que mi vida aquí es siempre el segundo plato, una sala de espera eterna, y eso no es justo ni para mí ni para ninguna de las personas de mi vida. Esta vida tiene que ser mi única opción, pero, sobre todo, la mejor. Tengo que hacer lo que haría si no tuviera miedo. Ha llegado el momento de dejar que mi otra yo se las arregle sola, de dejar que conozca la dicha de preparar el desayuno a sus hijos y de pasar los cumpleaños con Freddie, sin la carga de las visitas esporádicas de una versión de sí misma con las aristas más afiladas y más hastiada de la vida.

Me tiembla la mano cuando sostengo el bote en alto sobre el lavabo, y no pasa nada, porque esto es difícil. Abro el grifo al máximo y contengo el aliento, con el corazón desbocado, y entonces lo hago, rápido, todo en un solo movimiento veloz para que no me dé tiempo a cambiar de opinión y detenerme a medio camino. Las pastillas caen en el remolino de agua y giran unos segundos, tiñéndolo todo de rosa mientras se abren paso hacia el desagüe. Las miro y siento de todo: orgullo de mí misma, dolor de corazón, alivio, que me rompo por dentro. Y después ya no están, por fin han desaparecido, y cierro el grifo y vuelvo a mirarme a los ojos en el espejo.

—Ya solo quedamos tú y yo —digo.

Me arrebujo bien en la bata y experimento una tranquila sensación de serenidad.

Sábado, 12 de octubre

—¡Feliz cumpleaños, June!

Todos levantamos las copas y brindamos por la tía June.

—¡Una jovencita de sesenta años! —exclama el tío Bob, lo bastante alto para ganarse una sonrisa de «siéntate antes de que te estrangule» por parte de su mujer.

Estamos reunidos en el atestado asador del barrio, y hay globos de colores atados al respaldo de la cumpleañera. Mi madre está a mi lado, y Elle enfrente, con la niña en brazos; es la primera celebración familiar oficial de Charlotte. Estoy muy aliviada porque, desde que volví, las cosas han ido distendiéndose poco a poco entre nosotras. Elle y yo aún no somos lo que éramos, pero al menos ha recuperado la costumbre de enviarme vídeos diarios de mi sobrina. Mamá rompió a llorar y me abrazó cuando me vio con el nuevo corte de pelo. «Tienes un aspecto demasiado frágil, Lydia —me dijo—. No sé qué hacer contigo.»

La verdad es que no necesito que nadie haga nada conmigo. El tiempo que pasé alejada de mis dos vidas fue transformativo, necesario a pesar de las dificultades que ha conllevado en mi relación con mi familia. No soy tan frágil como el corte de pelo me hace parecer.

Mi prima Lucy me mira de reojo desde un poco más allá.

—¿Qué tal de mochilera por ahí, Lydia?

«De mochilera.» Uf, siempre sabe qué no decir.

—Croacia es preciosa —contesto—. Deberías ir.

Coge su copa de vino.

—Estoy un poco mayor para ese tipo de cosas.

—Tú eres más de paquete vacacional. —Elle me mira por encima de la cabecita de Charlotte.

Lucy le lanza una mirada asesina.

—Pues en Navidad me voy a las Maldivas, ahora que lo dices.

—Entonces Bob y tú deberíais venir a pasar la Navidad con nosotros, June —dice mi madre sonriendo a su hermana.

David coge a la niña para que Elle pueda comer, un equipo bien sincronizado, y no me pasa desapercibido que se aguantan la risa ante la falta de tacto de mi madre. Jamás los habría invitado si no tuviera garantías de que Lucy iba a estar fuera del país.

El tío Bob se lo piensa.

—Solo si me dejáis trinchar el pavo —dice—. Por mantener la tradición y esas cosas.

Los cuatro compartimos un momento de solidaridad al recordar a David descuartizando el pavo el año pasado.

—Yo creo que no supondrá un problema —dice mi madre.

La tía June se inclina hacia mí.

—¿Cómo le va a tu amigo en Estados Unidos, Lydia?

Dejo los cubiertos en la mesa, harta de comer.

—Bien, está encantado. —Aquí, todo el mundo se entera hasta de si te haces un rasguño en la rodilla, así que la aventura del guion hollywoodiense de Jonah se ha convertido en una generosa fuente de cotilleos locales. La peluquera me preguntó por él, al igual que todos mis compañeros de trabajo—. Al menos va a quedarse allí una temporada más, así que supongo que eso es bueno.

—Madre mía, si yo fuera él, no volvería —dice Lucy—. Miami o esto. Esto o Miami.

Imita los movimientos de una balanza con las manos mientras habla y pone los ojos en blanco.

—Está en Los Ángeles —la corrijo, intentando impedir que me saque de mis casillas.

—Es lo mismo —replica—. Sol, arena, estadounidenses.

Pienso en Vita, serena y tranquila, tomándose el café de primera hora de la mañana en la terraza. Ella no permitiría que alguien como Lucy la exasperara. Desde la muerte de Freddie, tanto Jonah como yo hemos ampliado nuestro horizonte, una reacción instintiva al hecho de que él ya no esté. Hemos buscado lugares y experiencias que jamás habríamos encontrado en el folleto de una agencia de viajes. Lucy no ha experimentado ese tipo de transición; dejo pasar su tremendo error.

—Si tú lo dices…

La conversación va y viene a mi alrededor. Elle y David todavía hablan de Charlotte en términos de semanas; ahora acaba de cumplir doce y va alcanzando todos sus hitos como una campeona.

—Se parece a su madre —dice el tío Bob—. Tú siempre fuiste la organizada, Elle.

No creo que pretenda dar a entender que yo no lo era, pero es lo que se deduce de sus palabras. Probablemente sea cierto. Me pregunto qué heredarían mis hijos de mí. «Valentía», susurra Vita. Espero que tenga razón.

Algo me roza los tobillos cuando un rato más tarde abro la puerta de mi casa: Turpin ha vuelto. Se encarama de un salto a la encimera de la cocina y me observa mientras busco algo de comida para él.

—¿Necesitas una cama donde pasar la noche, viejo amigo?

A cambio de la cena, tolera que le acaricie las orejas y, aunque abro la puerta de atrás para darle la opción de marcharse, decide no jugársela bajo la lluvia. Me llevo la taza de té a la cama para leer y lo dejo durmiendo en el sillón de Freddie.

Jueves, 31 de octubre

—Listo —digo cuando vuelvo a acuclillarme para admirar mi obra—. Está tan terrorífica como corresponde a la ocasión.

He decorado la tumba de Freddie con unas flores naranjas y moradas muy llamativas y, por si fuera poco, con una pequeña calabaza tallada. Soy consciente de que no es de muy buen gusto poner adornos de Halloween en un cementerio, pero a Freddie le encantaba esta fiesta; su alter ego por antonomasia durante la noche de los sustos era el monstruo de Frankenstein. Sé que se echaría unas risas si pudiera verme en este momento. De hecho, me animaría a añadir telarañas falsas y recortes de fantasmas, a poner toda la carne en el asador. Sigo visitándolo a menudo, cuando el clima lo permite. Aquí es donde me siento más cerca de él, o donde lo siento más cerca de mí, sobre todo últimamente.

—La biblioteca va bien —digo mientras recojo los papelitos sobrantes de las flores y limpio la lápida—. Mary y Flo son graciosísimas... Ni siquiera son capaces de encender el ordenador entre las dos, así que a saber cómo se las apañan con el sistema nuevo.

Ahora mis días laborables son distintos, pero no en el mal sentido. He cambiado a mis compañeros de la planta de arriba por dos señoras de la residencia de ancianos; Mary no ve muy bien, y Flo está más sorda que una tapia de un oído, pero, aun así, ambas me han admitido en su círculo. Todavía no he asistido a su noche de bingo, pero lo veo venir. Son el tipo de mujer en el que espero que Elle y yo nos convirtamos cuando pasemos de los noventa, llenas de anécdotas y achaques, con una vida social más activa que la de la mayoría de los veinteañeros.

—Tendrías que ver a Charlotte —continúo—. Es como si creciera de un día para otro. Ya sostiene la cabeza sola y tiene los ojos de Elle. —Me río—. Es todo un personaje. Esta mañana cuando he ido a su casa, ha manchado el pañal y he oído las arcadas que le entraban a David mientras la cambiaba.

Tiro de las mangas del abrigo para taparme los dedos helados.

—Jonah sigue en Los Ángeles. Creo que están intentando llegar a un acuerdo sobre el guion.

Seguimos hablando varias veces a la semana; sus noticias son invariablemente más emocionantes que las mías. Ya domina la terminología del mundo en el que se mueve ahora, así que su conversación está salpicada de la jerga de la sala de guionistas y de las reuniones contractuales.

—Me ha dicho que han tenido algunas diferencias creativas —digo como si tuviera la menor idea de lo que eso significa—. Leyendo entre líneas, el estudio debe de estar presionándolo para que introduzca en el guion cambios que lo hagan más atractivo para las masas, y Jonah está peleando contra esa idea de que corte su historia por el mismo patrón que todas las demás. No pretendo seguir el hilo de todo lo que me cuenta, pero eso es más o menos lo esencial.

Anoche me llamó y estaba muy triste por todo este asunto. Pero la vida en Los Ángeles le ha devuelto las ganas de hacer cosas y el color a las mejillas, así que espero que encuentre la manera de superar este bache en el camino.

—Hasta me he ofrecido a leerlo —sigo—. Aunque no tengo ni idea de nada de eso.

Pero sí sabía mucho de Freddie, y si el guion va sobre su amistad, tal vez capte algo que Jonah no ve, o al menos pueda ayudarle a encontrar una solución intermedia.

Veo movimiento con el rabillo del ojo. Un cortejo fúnebre cruza las verjas del cementerio, dos limusinas negras que avanzan por el camino central. Suspiro bajo la bufanda cuando pasan a mi lado, con el corazón apesadumbrado por quienesquiera que vayan hoy sentados en esos coches. Conozco demasiado bien el largo camino que les queda por recorrer y no puedo sino ponerme de pie en posición de firmes y enviarles silenciosos pensamientos de solidaridad y fortaleza.

Hace frío aunque sea la hora de comer, el invierno asoma ya con claridad en el viento cortante. Me abrocho el abrigo y después me beso las yemas de los dedos y las poso en la lápida de Freddie antes de volver al trabajo.

No se trataba de olvidar a Freddie Hunter. Las cosas no funcionan así, diga lo que diga el gráfico de mi médico. No existe un esquema práctico del duelo. No superas el haber perdido a la persona que amabas en seis meses, o en dos años, o en veinte, pero sí tienes que encontrar la manera de seguir adelante con tu vida sin sentir que todo lo que venga después es como un segundo plato. Algunas personas escalan montañas; otras saltan desde aviones. Todo el mundo debe encontrar su propia forma de volver y, si tienen suerte, contarán con gente que los quiera y los coja de la mano.

Lunes, 4 de noviembre

—¿Algún libro para bebés gruñones?

Levanto la vista de la caja de libros que estaba desempaquetando y veo a Elle de pie delante de mí. Tiene mucho mejor aspecto que hace unas semanas, con las mejillas sonrojadas por el frío y menos agotada gracias a que Charlotte ha empezado a dormir más horas seguidas. Me asomo al interior del carrito y atisbo a la niña bien arropada, con una apariencia totalmente angelical mientras duerme.

—No tolero que digas una sola palabra en su contra.

En las últimas semanas, he pasado todo el tiempo que he podido con ellas, ansiosa por compensar las que estuve ausente. Elle y yo hemos superado casi por completo el bache momentáneo de nuestra relación; nos necesitamos demasiado la una a la otra para permitir que se alargue. El fin de semana pasado nos tomamos un par de copas de vino y lloriqueamos juntas viendo una película, y también encontré las palabras necesarias para decirle lo mucho que sentía no haber estado con ella cuando me necesitaba.

—Mamá creía que tenía depresión postparto —me dijo—. Pero yo sabía que no era eso. Solo era que estaba cabreada de narices contigo por haberme abandonado y demasiado hecha polvo para convencerme a mí misma de dejarlo correr.

Hasta entonces no había entendido el daño que mi ausencia le había causado. A ella y también a mi madre.

—¿Podrías cuidar de Charlotte durante media hora o así? —me pregunta mi hermana—. La semana que viene es el cumpleaños de David y sería capaz de cualquier cosa por no tener que entrar en las tiendas con el carrito.

—¿Ahora mismo? —pregunto con una sonrisa en los labios, puesto que mi día acaba de dejar de ser un aburrimiento para convertirse en una maravilla: es la primera vez que me pide que cuide a mi sobrina.

—Salvo que estés muy liada…

Niego con la cabeza.

—No, has sido muy oportuna, es mi hora de comer.

Elle me bombardea con un montón de instrucciones acerca de cremas para el culete y biberones por si Charlotte no para de llorar, y yo intento escucharla, pero en lo único en lo que consigo pensar es en lo contenta que estoy de que mi hermana vuelva a confiar en mí y en si es posible coger en brazos a un bebé dormido sin despertarlo, porque me muero de ganas de hacer arrumacos a la niña.

Y entonces nos quedamos las dos solas, Charlotte y yo. La paseo despacio en su carrito por los pasillos de la biblioteca, la llevo distraídamente por las secciones de no ficción y me dirijo poco a poco hacia el rincón de libros infantiles. Cuando aparto la manta y me asomo al carrito, mi sobrina me devuelve la mirada, con los ojos como platos y rodeados de pestañas oscuras.

—Hola, preciosa.

Sonrío y la saco del capazo. Sigue siendo tan pequeñita como una muñeca, delicada a pesar de llevar puesto un mono acolchado. Clava en mí sus ojos solemnes, igualitos que los de Elle, y me siento con ella en uno de los sillones.

—Tú me conoces —le recuerdo—. Soy el primer ser humano al que viste.

Me gusta pensar que lo recuerda, que está feliz entre mis brazos porque me reconoce como un puerto seguro.

—¿Qué hacemos ahora? —susurro a pesar de que no hay

nadie a quien molestar en esta parte de la biblioteca—. ¿Quieres que te lea?

Me da la sensación de que es lo más adecuado, teniendo en cuenta dónde estamos, así que cojo un libro que conozco bien de mi propia niñez.

—Es un cuento sobre una oruga —digo mientras me coloco el libro abierto en equilibrio sobre las rodillas—. Es un animal bastante glotón, por lo que recuerdo.

La acomodo de forma más segura contra la sangradura de mi codo y ella me mira con atención mientras le cuento que la oruga salió del cascarón el domingo, se comió una manzana el lunes, dos peras el martes y tres ciruelas el miércoles. Juro que lo está entendiendo. Le cuento que la oruga come tanto queso, tarta de chocolate y salami que se encuentra mal, pero entonces llega el domingo y repite todo el proceso hasta que no tiene hambre y tampoco es pequeña.

Cierro el libro y vuelvo a colocarlo en su sitio a pesar de que el cuento no ha terminado todavía. Todo el mundo sabe cómo termina.

—Y entonces, Charlotte, la oruga se teje un capullo y se queda dormida —le digo—. Y mientras duerme, sueña con todas las cosas maravillosas que va a ver, la mágica vida que va a vivir y todos los lugares lejanos a los que va a ir.

Le acaricio la palma de la mano y cierra los dedos en torno a los míos, una flor que cierra sus pétalos, lo mismo que hizo la mañana en que nació. Sus dedos ya son más largos, menos translúcidos, y su presa, más firme.

—Y al cabo de un tiempo ya ha dormido suficiente, así que se despierta y estira las alas nuevas para ponerlas a prueba, y luego echa a volar en busca de nuevas aventuras.

Y es entonces cuando esta niña diminuta, preciosa, me sonríe. Lleva semanas sonriendo a Elle y a mi madre, pero a mí me ha hecho sudarlo, es el precio que he tenido que pagar por haberla dejado en la estacada, supongo. Le devuelvo el gesto y después me río, y ella sigue dedicándome esa sonrisa ridícula que le ha dividido la cara en dos como si fuera la de una ranita arbórea.

—Eres todo un personaje, ¿sabes? —le digo con un nudo en la garganta—. Gracias por estar aquí.

Y se lo agradezco de verdad. No sé si Charlotte me habría causado tanto impacto si yo no hubiera estado allí para ayudarla a venir al mundo, si ella no hubiera respirado por primera vez entre mis manos. Pero lo hizo, y en ese momento posó sus manitas en el borde de mi mundo onírico y lo alejó lo justo para hacer que mis viajes hasta allí se volvieran peligrosos.

Mientras crezca, estaré a su lado para ayudarla a que se aprenda los colores, para llevarla al cine y para aconsejarla sobre chicos, pero creo que nunca seré capaz de enseñar a esta niñita tanto como me ha enseñado ella a mí con solo estar aquí.

—Mi pequeña mariposa —digo.

Sábado, 9 de noviembre

—Odio los puñeteros fuegos artificiales.

Jonah se ríe de mí en la pantalla.

—No, eso no es cierto. Siempre eras tú la que quería ir a verlos.

Tengo el móvil apoyado contra un jarrón de flores en la mesa de la cocina para poder charlar con él y tener las manos libres para trabajar. Aquí es sábado por la noche, para él a la hora de comer, y me estoy aburriendo bastante poniéndome al día con el papeleo de la biblioteca mientras me tomo una copa de vino. Pero tampoco me autocompadezco demasiado. De hecho, me alegro de tener tanto en lo que pensar en el trabajo, porque me está ayudando a rellenar los huecos de mi vida. Ya han pasado casi seis semanas desde que vacié el bote de pastillas en el lavabo, y la verdad es que lo estoy llevando muy bien, al menos durante el día.

—Ya, bueno, pues he cambiado de opinión —gruño.

Hoy es la exhibición del parque de nuestro barrio, y hay tanto ruido que parece que ha estallado la guerra.

Jonah da la espalda a la encimera de su cocina y va a sentarse a la mesa.

—Tiene buena pinta —digo señalando con la cabeza el sándwich de beicon que acabo de verle hacerse.

—He tenido que ir a tres tiendas distintas para encontrar lonchas gruesas de beicon. Aquí es prácticamente ilegal.

—Eres demasiado británico para saber lo que te conviene, Jonah Jones. —Pongo los ojos en blanco y me echo a reír.

Me enseña el kétchup Heinz y sonríe. Dejo el bolígrafo y cojo mi copa de vino.

—¿Alguna novedad? Cuéntame algo bueno.

Se aparta el pelo de la cara y mi mirada se desliza a la cicatriz que le atraviesa la ceja, ahora blanquecina y resplandeciente por el sol de Los Ángeles. En una de nuestras últimas conversaciones me contó que, no mucho después del accidente, descolgó el espejo de su cuarto de baño porque no soportaba ver aquel recordatorio constante todas las mañanas; es un alivio saber que ya se encuentra mejor. Lo escucho mientras comparte conmigo fragmentos de su semana en Los Ángeles y se come el sándwich.

—Ah... ¿y a que no sabes qué? —dice de repente—. Me he deshecho del coche y he alquilado una moto, me apetecía sentir la emoción de la carretera abierta.

Sonrío y controlo el impulso de decirle que vaya con cuidado, porque siempre lo hace. Me pregunto si al final llegaría a comprarle esa moto clásica a Garras Grimes, aquella de la que habló a Freddie en nuestra otra vida.

—¿Antigua? —pregunto en tono informal.

Frunce el ceño y niega con la cabeza.

—No, nuevecita, ¿por qué?

—Por nada. —Quito importancia a su pregunta—. Solo por hacerme una idea de cómo es.

Hacemos esto muy a menudo, nos servimos de la tecnología para que parezca que estamos en la misma habitación en lugar de en extremos opuestos del mundo. Mi cerebro da un salto mortal y se pregunta si llegará un tiempo en el que exista una tecnología parecida para poder llamar desde un universo a otro en lugar de desde un continente a otro. Me encantaría poder ofrecerme algún consejo, porque creo que he experimentado suficientes calamidades para reunir unas cuantas perlas de sabiduría.

—Pareces cansada —dice Jonah.

Suspiro y bebo un poco de vino.

—Sí, un poco

—¿Sigues sin dormir?

Me paso la mano por la frente.

—No muy bien, no.

Si soy totalmente sincera, el sueño se está convirtiendo en un problema para mí. Tiré los somníferos por el desagüe, y con ellos mi capacidad de dormir por la noche. Ignoro por qué, pero lo que sí sé es que no tengo ninguna intención de volver a ir al médico para consultárselo en un futuro cercano.

—¿Quieres que te cante? —dice Jonah entre risas—. Se me dan bien las nanas. Y el death metal, lo que quiera que te resulte más relajante.

Cojo el móvil y me voy al sofá.

—Venga —digo cuando me acomodo. Me tapo con la manta, me pongo un cojín debajo de la cabeza y miro a Jonah—. Ya estoy lista.

—¿De verdad quieres que te cante?

—No me digas que estabas de broma —suelto a pesar de que sé que era así—. Hace mucho que no te oigo cantar.

Se me queda mirando y me ve con más claridad que la mayoría de las personas a pesar de que está en las antípodas. Yo también lo veo con claridad; sus ojos me dicen que sigue sin cantar mucho últimamente, y que está intentando decidir si puede hacerlo por mí ahora mismo.

—Cierra los ojos —dice.

Dejo el teléfono donde él pueda verme y me hago un ovillo, bien tapada, más a gusto de lo que lo he estado en bastante tiempo.

—¿Alguna petición?

—Sorpréndeme —susurro.

Se queda callado y durante unos instantes tan solo oigo su respiración, que ya es relajante de por sí. Y entonces empieza, en voz baja y enternecedora, y mis huesos agradecidos se hunden en el sofá. He escuchado a Jonah cantar el antiguo repertorio de los Beatles innumerables veces en el pub, a altas horas de la noche. En el Prince siempre suele optar por las favoritas de la gente, pero esta noche simplifica y canta «The Long and Winding Road» solo para mí.

Miércoles, 18 de diciembre

—No me pondría esta barba por ninguna otra persona del mundo —dice Phil mientras se recoloca la lana blanca y mullida sobre la boca—. Me he tragado por lo menos la mitad.

—No vomites una bola de pelo —dice Ryan, que con su disfraz de elfo es clavadito a un ayudante de Papá Noel.

He reclutado a todos mis compañeros de la planta de arriba para que aporten su granito de arena a la fiesta de Navidad que se está celebrando esta mañana en la biblioteca. No es nada ostentoso ni espectacular, solo un día de puertas abiertas con actividades y juegos, una oportunidad de que los padres se acerquen a conocer las mejoras que he hecho en nuestra sección infantil. He utilizado a Papá Noel como gancho para atraer a los pequeños, y ha tenido mucho más éxito del que esperaba. La biblioteca está hasta los topes de padres con cara de agobiados, pasando calor con los abrigos puestos y con las manos llenas de pañuelos de papel, bolsas con ropa de recambio y tentempiés a medio comer.

Dawn está a cargo de la mesa de las pinturas, vestida con un jersey navideño que se le ajusta a una barriga que ya parece una pelota de playa, y Julia reparte ponche entre los agradecidos padres. No puedo asegurar que no lo haya aderezado con un chorrito de vodka. Por supuesto, el atuendo de Julia no se acerca ni por asomo a lo navideño, pero se ha pintado los labios de un rojo intenso que hace juego con el traje de Papá Noel de Phil. Y luego están Flo y Mary, mis señoras de la biblioteca. Han venido disfrazadas de bolas de árbol de Navidad, lo cual no supondría ningún problema si no fuera porque apenas pueden pasar por los pasillos de la biblioteca. Ryan se ha reído hasta llorar cuando Flo se ha quedado atascada en la sección de historia y ha necesitado que le diera un buen empujón por detrás.

—Alguien quería ver a Papá Noel.

Me doy la vuelta y me topo con Elle y con mi madre, que lleva a Charlotte en brazos. Esta niña tiene algo mágico: no tengo más que verla para que se me encienda una luz por dentro. Por suerte, es una relación de aprecio mutuo: se ríe como una loca de mis chistes, aunque son malísimos, y es un hecho indiscutible que soy su favorita. Bueno, indiscutible al menos para mí.

—Habéis venido —digo, y las beso en las mejillas frías.

—¿Creías que nos lo íbamos a perder? —replica mi madre mientras lo examina todo—. ¡Cuánta gente, Lydia!

—Espero que Papá Noel tenga suficientes regalos —comenta Elle.

Sé muy bien que Papá Noel tiene regalos de sobra. He perseguido hasta la saciedad a los comercios locales para que hicieran donaciones y he empleado el dinero para comprar un montón de ejemplares de *La pequeña oruga glotona*.

—Yo solo espero que Papá Noel no se ahogue con la barba —digo.

—Creo que esa es la menor de sus preocupaciones —ríe mi madre.

Phil está sentado en el trono que hemos colocado en un rincón, rodeado de una muchedumbre de críos de dos años desesperados por hacerle llegar sus peticiones navideñas. Resulta que a Ryan se le está dando fatal lo de gestionar la cola; por lo visto es incapaz de organizar a unas personitas que apenas le llegan a las rodillas embutidas en licra verde. De hecho, han empezado a trepar por él y a utilizarlo a modo de trampolín para lanzarse hacia Phil. Me mira con sus enormes ojos y una expresión de «ayúdame» en la cara, pero yo solo me río y levanto ambos pulgares como si todo fuera genial.

—Creo que hay que llamar a la policía —dice Julia—. Los niños están descontrolados. Hay gelatina en la alfombra nueva.

Sin embargo, yo no lo veo así. Yo veo mi biblioteca llena de gente, y a mi familia y a mis amigos reunidos para apoyarme. Veo a padres agotados apoyados contra las estanterías y conociéndose entre ellos con una copa de ponche en la mano, y veo a un montón de críos rebosantes de la alegría y la anticipación de la Navidad. Yo veo vida. Una vida ruidosa, caótica, complicada, y me encanta.

Martes, 31 de diciembre

—Os veo mañana —digo mientras agito la mano como una loca para despedirme de Elle y de Charlotte hasta que mi hermana finaliza la llamada.

Está creciendo a una velocidad absurda —Charlotte, digo—, rellenando todos sus pliegues con preciosas y comestibles lorzas de bebé. Mañana pasaremos el primer día del año juntas, comiendo en casa de mamá. Stef también estará. Ya lo he visto varias veces, por suerte con la camisa puesta, y me cae muy bien. No es muy hablador, pero cuando hace algún comentario suele ser bastante sarcástico; me gusta su humor negro.

Esta noche, sin embargo, somos solo yo y una copa de champán. Jonah sigue en Los Ángeles; hablamos hace un par de días e incluso bromeamos con el hecho de que este año no podrá presentarse en mi casa y aporrear la puerta en plena Nochevieja. Madre mía, tengo la impresión de que ha pasado mucho más de un año desde entonces. Me siento como una serpiente, como si me hubiera despojado de toda una capa de mí misma y hubiera resurgido igual pero distinta, dejando parte de mí atrás.

Han transcurrido tres meses desde que crucé por última vez la puerta de mi otro universo. He pensado mucho desde entonces; hasta he asistido a un par de sesiones con una terapeuta. Se lo he contado todo —incluso lo de los somníferos, todo el percal—, y hay que reconocerle el mérito de que no metiera la mano debajo del escritorio en busca del botón del pánico.

He hecho las paces con el hecho de que nunca sabré a ciencia cierta si las pastillas rosas me permitían de verdad moverme entre dos mundos, si iluminaban sin querer la vía aérea que desembocaba en un mundo más allá de este.

También he hecho las paces con la posibilidad de que fuera una sofisticada estrategia de supervivencia, sueños vívidos y lúcidos en los que mi subconsciente desenmarañaba sus pensamientos, superponiendo mi vida real a una versión alternativa de la misma. Podría tratarse de eso; esa es sin duda la opinión de mi terapeuta. Pero ¿sabes qué? Yo no pondría la mano en el fuego por ello.

Me asomo por la puerta de atrás de mi casa antes de irme a la cama y escudriño el cielo nocturno. Está despejado, así que, si Jonah estuviera aquí, podría señalar los planetas y las constelaciones lejanas, pero yo me conformo con levantar la mirada y pasearla despacio por la oscuridad. La verdad es que es asombroso. De vez en cuando, si entorno los ojos y me esfuerzo mucho, me parece captar un atisbo de algo, el sutil contorno de una puerta entreabierta. Me imagino allí, tan cerca de ella que alcanzo a oír voces distantes; el rumor de una risa conocida, el grito de emoción de un niño. Sonrío mientras cierro la puerta con cuidado, y después echo la llave y la dejo alejarse flotando entre las estrellas.

2020

Jueves, 2 de enero

Estoy sumida en un bajón provocado por el pavo y la ginebra. La comida de ayer en casa de mamá terminó convirtiéndose en una especie de fiesta de larga duración; la mitad de los vecinos se pasaron por allí y ni confirmo ni desmiento que se bailara una desafortunada conga por las aceras heladas, todo muy estúpido y encabezado por nada más y nada menos que Stef, quien al parecer se transforma en un verdadero juerguista tras tomarse un par de copas.

Y ahora vuelvo a estar en casa y tengo la cabeza como un bombo, un paquete de pavo del tamaño de un ladrillo en el frigorífico y a mi estimado Turpin como compañero.

—¿*Cadena perpetua* o James Bond? —le pregunto.

Me mira desde su sitio favorito, encaramado en el sillón de Freddie.

—Parpadea una vez para Bond y dos para *Cadena perpetua* —le sugiero para divertirme, aunque él me esté ignorando.

»Eres un público difícil —le digo—. ¿Estás seguro de que no quieres acercarte a ver qué está haciendo Agnes?

Creo que reconoce mi tono de sarcasmo, así que me da la espalda.

—Muy bien —mascullo—, ya decido yo.

Estoy tratando de reunir la energía necesaria para salir a dar un paseo. Estoy atrapada en una especie de letargo posfiesta, pero, como el año acaba de empezar, me siento obligada a intentar quitármelo de encima al menos y hacer algo de provecho con el día. Mi convicción me lleva nada menos que hasta el escalón de la entrada, provista de un gorro de rayas con pompón y unos guantes, todo ello de lana, cortesía de mi madre. A Elle le regaló un juego parecido pero no igual, y nos los intercambiamos sin que mamá se diera cuenta. ¿A la izquierda o a la derecha? ¿Hacia las tiendas o el parque? No tengo ningún propósito ni destino concretos, así que me limito a arrancar hacia la esquina y, justo en ese instante, alguien la dobla en dirección a mí.

Es alto, lleva los hombros encorvados para arrebujarse bien en el abrigo y la bufanda, pero lo reconozco incluso desde lejos. Jonah Jones levanta la vista hacia mí e identifico el momento exacto en que se da cuenta de que, bajo todas estas rayas, soy yo. Baja la velocidad durante un segundo, y después acelera hasta que nos encontramos a medio camino.

—¿Qué estás haciendo aquí? —Estiro las manos y lo agarro con fuerza de los brazos, atónita, sin poder creerme que lo esté viendo en persona tras verlo tan a menudo en una pantalla—. ¡Si estás en Los Ángeles!

Se echa a reír y se quita el gorro de lana de color azul marino. Necesita un corte de pelo, como de costumbre, pero, por Dios, esa sonrisa espontánea… Dichosos los ojos que la ven. Creo que a través de la pantalla del iPad no había apreciado del todo lo bronceadísimo que está ni hasta qué punto le ha devuelto la chispa Los Ángeles. No es el mismo hombre que embarcó en un avión hace un montón de meses. Tampoco es el Jonah que recuerdo como el compinche de Freddie. Parece mayor, más maduro, como si hubiera decidido dar un paso al frente y hubiera descubierto que en esta nueva posición se encuentra mejor.

—Está claro que no —dice sonriendo—. Tanto sol, Lyds, acaba volviéndote loco.

—Pues has venido al lugar adecuado, entonces. —No puedo dejar de mirarlo—. Me alegro muchísimo de verte, Jonah. —Niego con la cabeza, todavía sin dar crédito.

—Y yo a ti. Ven aquí.

Me rodea con los brazos y, en serio, es como si reventara un dique. No es un abrazo educado. Es un abrazo de «eres importante para mí, es increíble que estés aquí, deja que te mire, acabas de iluminarme la vida». Nos mecemos y reímos, y al final doy un paso atrás, emocionada hasta el tuétano.

Estira un brazo y me quita el gorro con pompón.

—Uau —dice—. Son como plumas. Me encanta.

Ha visto mi corte de pelo innumerables veces en la pantalla, pero es la primera vez que lo contempla en persona.

Me paso la mano por la cabeza, cohibida.

—Con este tiempo, echo de menos el pelo largo.

Me vuelve a poner el gorro sobre las orejas.

—¿Mejor?

Asiento.

—Mejor.

—¿Ibas a algún sitio? —me pregunta.

Parpadeo mientras intento recordarlo.

—En realidad, no, solo quería sacudirme las telarañas, asegurarme de que siguen funcionándome las piernas, esas cosas.

—Recuperándote del Año Nuevo, ¿eh?

—Ayer la comida en casa de mi madre se nos fue un poco de las manos —digo entre risas—. Hoy toca jaqueca.

Se frota las manos frías.

—Solo venía a verte —dice—. Puedo volver luego, si quieres. O mañana.

—No —contesto enseguida—. Por Dios, no. Venga, vamos dentro. Además, aquí fuera hace muchísimo frío, no sé en qué estaba pensando.

Lo agarro del brazo mientras volvemos hacia mi casa.

—¿*Cadena perpetua* o Bond? Puedes elegir.

Frunce la nariz.

—¿Qué Bond?

—No lo sé —contesto—. ¿James?

Jonah niega con la cabeza, riéndose, mientras meto la llave en la cerradura.

—Feliz Año Nuevo, Lyds.

Me doy la vuelta y sonrío.

—Igualmente, Jonah.

De fondo, Roger Moore juguetea con un tipo con los dientes de metal, y en primer plano, Jonah y yo estamos sentados cada uno en una punta del sofá mientras intercambiamos novedades y damos buena cuenta de una montaña de sándwiches de pavo.

Le cuento anécdotas graciosas de Flo y Mary en el trabajo, y le enseño las fotos de Charlotte que tengo en el móvil, y él me cuenta que anoche estuvo en el Prince poniéndose al día con Deckers y los demás, que no han cambiado ni un ápice. La verdad es que resulta extraño, porque Jonah y yo apenas somos reconocibles como las personas que éramos hace un par de años. Escucho y asiento cuando toca, conteniéndome para preguntarle las cosas que de verdad quiero saber.

—¿*El rey león*? —pregunta mientras hojea la programación televisiva—. ¿O no sé qué mierda sobre comadronas?

—Eh, perdona —digo—. ¿Qué persona de esta habitación ha traído a un bebé al mundo con sus propias manos este verano?

Jonah suelta la guía.

—Ostras, se me había olvidado —dice—. Y con tus propias manos, nada menos. Eres una hacedora de milagros diarios, Lyds.

Se ríe e inclina el cuello de su cerveza hacia mí en señal de admiración.

—No te diré que no —digo con magnanimidad.

—Bien, porque es cierto.

—Bueno… —Me siento más erguida en el sofá, con las piernas cruzadas de cara a él—. ¿Qué te ha traído de vuelta a casa, Jonah?

Toquetea la esquina de la etiqueta del botellín.

—Necesitaba aclararme las ideas.

Deduzco lo más lógico.

—¿Vuelve a haber problemas con el guion?

—Sí. —Suspira.

Sé que a veces le ha costado encontrar el equilibrio entre mantenerse fiel a su historia y aceptar la visión que el estudio tiene del guion, pero no me había comentado nada al respecto últimamente.

—Creía que ya habíais terminado de pulir vuestras diferencias.

Gira el cuello hasta que le cruje. Lo conozco muy bien, así que sé que ese gesto es una señal reveladora de su nivel de ansiedad.

—Así era —dice—. Las habíamos pulido. O al menos eso creía yo.

Cojo mi copa de vino sin interrumpirlo.

—Pero entonces llegaron las vacaciones de Navidad y les debió de dar a todos por atracarse a series ñoñas o algo así, porque han decidido que hay que cambiar el final. Otra vez.

Ah.

—¿Y tú no estás de acuerdo?

Alza la vista al techo, como si la solución a sus problemas estuviera oculta allá arriba, en algún rincón.

—No.

—O sea que has vuelto a casa para...

Dejo la frase en el aire para que sea él quien la termine, pero se limita a mirarme en silencio.

—¿Esconderte? —sugiero.

Resopla con suavidad.

—Algo así.

—Pero volverás a Los Ángeles, ¿no?

No soportaría verlo perder esto ahora que ha llegado tan lejos. Apura su cerveza.

—Sí, volveré. Claro que sí, pero no tengo ni idea de qué voy a decirles, porque el final es importante, Lyds. Lo cambia todo.

—Lo sé —digo a pesar de que en realidad no sé mucho sobre guiones—. ¿Cabe la posibilidad de que ellos tengan razón?

—Más esperanzador. Eso es lo que me han dicho. Que tiene que ser más esperanzador.

Doy vueltas al vino en mi copa.

—La gente necesita esperanza, Jonah —digo con delicadeza—. Tú y yo lo sabemos mejor que nadie, ¿no?

Aparta la mirada.

—También sabemos que no todas las historias tienen un final feliz.

—Puede que no —admito—. Al menos no en la vida real, pero yo no voy al cine para deprimirme. Voy para que me motiven y para sentir que todo va a salir bien aunque no sea así, para pensar que al final siempre ganan los buenos. A ver, ¿quién vería James Bond si al final ganara el tío de los dientes de metal?

—Tiburón —susurra Jonah.

—Exacto. —Señalo a Jonah—. A ese animal le dieron justo lo que se merecía.

—No, me refiero al de la película de Bo... Da igual.

—¿Te serviría de algo que lo leyera?

Me mira, callado.

—No lo sé.

No me ha contado qué ocurre en su historia. Sé que está inspirada en su amistad con Freddie e influida por ella, pero se ha mostrado reacio a compartir más detalles, y yo no lo he presionado porque es algo que a mí también me inquieta. No sé si va a despertarme un millón de recuerdos y no quiero que dañe la amistad que tanto nos ha costado a Jonah y a mí reconstruir a lo largo del último par de años. Pero ahora lo veo aquí, angustiado, y sé que soy la única persona del mundo que tal vez podría ayudarlo. Puede que los ejecutivos del estudio sepan mucho de lo suyo, pero no saben nada de Freddie Hunter.

—Déjame leerlo —digo con decisión—. Me gustaría hacerlo.

Un destello de esperanza le ilumina los ojos.

—¿En serio?

Parece tan decaído que solo quiero volver a verlo sonreír.

—Hagamos un trato —digo—: yo me leo el guion si tú ves la mierda de las comadronas conmigo.

Mira su botellín vacío.

—Me parece que voy a necesitar otra cerveza.

—Ya sabes dónde están.

Vuelve de la cocina con otra cerveza y la botella de vino en la mano. Me rellena la copa antes de volver a sentarse. Es un gesto muy sencillo e instintivo, y sin embargo me llega directamente al corazón, porque me he acostumbrado a hacerlo todo sola. Me lleno sola la copa, como sola, veo la tele sola.

—Me alegro mucho de que hayas vuelto a casa —digo.

Jonah me mira sorprendido.

—No tenía claro si seguiría sintiéndome como en casa —dice—, pero sí.

Sé muy bien a qué se refiere.

Viernes, 3 de enero

Son las tres de la mañana. He probado todos mis trucos habituales para intentar conciliar el sueño, pero no lo consigo a pesar de que estoy reventada. Me escuecen los ojos de leer, los ruidos de agua para dormir hacen que me entren ganas de ir al baño y es un hecho constatado que contar ovejas es una soberana gilipollez.

Jonah se ha quedado a dormir, está abajo, en el sofá, como solía hacer siempre. Me pregunto si también está despierto o si a él no le cuesta quedarse dormido por las noches. Noto el frío del suelo de madera en las plantas de los pies cuando salgo de la cama, con mucho cuidado para no molestarlo. A veces me preparo una infusión cuando no puedo dormir, pero el hervidor podría despertarlo, así que esta noche no lo hago. Me quedo de pie junto al fregadero con un vaso de agua en la mano, bostezando, y entonces asomo la cabeza por la puerta para ver cómo está Jonah antes de subir a intentar dormir de nuevo. Está como un tronco, con un brazo apuntando hacia el suelo y el pelo oscuro convertido en negro en la habitación en penumbra. Siempre ha poseído una calma innata, incluso cuando éramos pequeños y su vida en casa era de todo menos fácil. El sueño no hace sino ampliarla; ahora mismo está tan relajado que parece un gurú espiritual, con la camiseta hecha un ovillo en el suelo. Algo me empuja a acercarme a él hasta que estoy sentada en el suelo a su lado, con la cabeza apoyada en la colcha arrugada. Dios, qué cansada estoy. Cierro los ojos, confortada por el sonido de su respiración.

—¿No puedes dormir? —Jonah me acaricia el pelo en un gesto tranquilizador.

Debo de haber dado una cabezada. Tengo frío y se me ha quedado dormido el brazo sobre el que estaba apoyada.

—Me está costando —reconozco.

No le sorprenderá, sabe que llevo un tiempo batallando contra el insomnio. Se echa hacia atrás y levanta la colcha.

—Sube, cabemos los dos.

No dudo ni un momento. Me acomodo en el hueco que me ha hecho, con la espalda pegada a su pecho. Me rodea con los brazos y me tapa hasta los hombros con la colcha, siento sus rodillas detrás de mí.

—Duérmete —me dice con la boca cerca de mi oreja—. Ya estoy aquí contigo.

Jonah Jones me acoge en sus brazos y comparte conmigo su maravillosa serenidad. Noto el ritmo tranquilo de su corazón contra mi espalda, su calor corporal, que se me propaga por la sangre y los huesos. Me duermo.

Lunes, 6 de enero

—Estás algo paliducha. —Flo hurga en el bolsillo de su chaqueta de punto y saca un paquete de caramelos de menta—. Un poco de azúcar, eso es lo que te hace falta.

Niego con la cabeza.

—Gracias, Flo. Estoy bien, solo cansada.

Jonah volvió a Los Ángeles el sábado. Se pasó por mi casa camino del aeropuerto y se despidió de mí con un beso en la frente, un abrazo que tiene que durar hasta que vuelva a verlo y una copia del manuscrito.

«Sé despiadada —me dijo—. Confío en tu opinión más que en la de cualquier otra persona.»

Dediqué todo el día de ayer a leerlo, y toda la noche a releerlo, y ahora mismo está en el cajón de mi escritorio. No dejo de volver a él para intentar leer entre líneas. Es una historia muy tierna, puro desasosiego adolescente en todo su emotivo esplendor y en toda su furiosa y hormonal bajeza, el horror y el sufrimiento de perder a tu mejor amigo, la confusión y la angustia de amar a su chica. Está todo ahí, nuestra historia: la vulnerabilidad del corazón adolescente de Jonah, la bravuconería de Freddie y yo, la hebra que los une y los separa. Como suele ocurrir en la vida real, al final no gana nadie. Los personajes crecen y se van apartando porque verse les hace demasiado daño. Es un final duro, bonito y melancólico, pero no el que se merece esta historia.

—¿Estás segura de que no podemos volver al cencerro, Lydia? —refunfuña Flo—. Soy incapaz de entender nada que tenga que ver con este ordenador.

Levanto la vista del montón de libros recién devueltos a la biblioteca que estoy ordenando.

—¿Cencerro?

—Ya sabes, tolón, tolón —dice Flo mientras imita el gesto de estampar el antiguo sello con la fecha de la biblioteca—. El cencerro.

—Tú sí que estás como un cencerro. —Me obligo a sonreír porque Flo se lo merece—. Mary y tú, las dos estáis como cencerros.

—Es lo mejor, si te digo la verdad. Al menos hace la vida más interesante.

La miro.

—¿Flo es abreviatura de Florence?

—Florence Gardenia. —Se echa a reír—. Todo un trabalenguas, siempre le decía a Norm que la única razón por la que me casé con él era porque se apellidaba Smith.

No sé mucho del pasado de Flo. De vez en cuando me habla de Norm, su marido militar, y sé que celebraron sus bodas de oro poco antes de que él falleciera. Tiene hijos, pero me da la sensación de que no ve a su familia tanto como le gustaría.

—¿Dónde lo conociste?

Se le suaviza la expresión.

—Apareció un domingo por la tarde en el salón de baile, pavoneándose con su elegante uniforme. Él me dio cigarrillos, yo le di mi corazón.

—Así de fácil —digo.

—No siempre. —Apoya la cabeza entre las manos, pensativa—. Al principio él pasaba mucho tiempo fuera. —Se queda callada—. Pero, oye, me escribió unas cuantas cartas picantes, todavía las tengo guardadas en una caja de zapatos en el armario. Creo que debería quemarlas antes de que me muera para que mis hijos no las lean.

Esta es una de las cosas que más me gustan de estar con Flo, que siempre busca la manera de reírse.

—¿Y tú le contestaste con cartas picantes?

Enarca las cejas.

—¿Acaso parezco una chica capaz de escribir cartas cochinas, Lydia?

—Me lo tomaré como un sí —digo, y ella se ríe y se da unos golpecitos en un lado de la nariz.

Levantamos la vista cuando la puerta se abre y toda una clase del colegio de primaria de la zona entra en tropel para llenar la biblioteca de ruido y botas de agua mojadas.

Turpin acaba de cubrirse de gloria ahora mismo, cuando he vaciado el contenido de mi vieja mochila del instituto sobre la alfombra. He subido al desván y estoy casi segura de que lo que busco está por aquí. Un botecito de cacao reseco, una revista con un grupo musical cuyo nombre no recuerdo en la portada, un sobre con fotos de la era anterior a los móviles inteligentes. He hurgado más para sacar las cosas que había en el fondo, y una de ellas ha resultado ser una araña del tamaño de Júpiter. Ya estaba algo nerviosa por haber subido al desván, así que he soltado un grito tremendo mientras intentaba quitármela del brazo; mi alarido ha alertado al gato, que ha salido disparado del sillón de Freddie y ha aterrizado sobre la araña con una precisión aterradora. No estoy segura de si la ha aplastado o se la ha comido, en cualquier caso no creo que vaya a volver a molestarme en un futuro cercano.

Ahora respiro hondo unas cuantas veces y me siento en la alfombra, con mi vida adolescente esparcida ante mí. Libros de ejercicios cubiertos de garabatos y pintadas; los hojeo, nostálgica por una época en la que todo era más fácil. Mi cuidada caligrafía, con circulitos como burbujas encimas de las íes, subrayado rojo con regla, apuntes de los profesores en verde. Para ser una chica a la que no le gustaba la química, sacaba bastante buena nota en los deberes que le copiaba a Jonah Jones. Dejo los libros a un lado y cojo el objeto que estaba buscando: una cajita de música de madera decorada con pájaros pintados de colores.

Hace años que Jonah Jones me la regaló por mi cumpleaños. En aquel momento, me dijo que la había visto en el escaparate de una tienda de segunda mano y que pensó que me gustaría por los pajaritos y todo eso; en tono desenfadado, sin darle importancia. La acepté con el mismo espíritu que él me la regalaba y la utilicé para guardar la pulsera que Freddie me regaló también aquella misma mañana. La pulsera ya no está dentro, se habrá perdido en algún rincón con el paso de los años. Me detengo y sonrío cuando encuentro el anillo de plástico amarillo con una flor que me regaló Freddie, un par de collares enmarañados y unos pendientes que creo que, más que míos, eran de Elle. Nada más de valor ni digno de señalar, salvo una piedrecita pequeña y lisa que encuentro debajo de todo lo demás. La saco y me la pongo en la palma de la mano. Es de color gris claro y tiene vetas blancas, no es más grande que una nuez de Brasil. No tiene nada de especial cuando la miro, pero al cerrar los dedos a su alrededor recuerdo el día en que Jonah me la puso en la mano cuando entrábamos en el instituto para hacer nuestro primer examen. «Para que te dé suerte», susurró mientras me la posaba en los dedos temblorosos.

Echo un vistazo a mi móvil, que descansa sobre la mesita de café. No he sabido nada de Jonah desde que se marchó el sábado. No creo que vaya a ponerse en contacto conmigo. Me dejó con su manuscrito, el roce de un beso en la frente y la pelota en mi tejado. Vuelvo a pensar en la conversación que he mantenido antes con Flo, en las cartas que todavía guarda en una caja de zapatos en el armario.

Últimamente algo muy íntimo e innegable ha cambiado dentro de mí en lo que a Jonah Jones se refiere. Me he dado cuenta de que puedes querer a la gente de formas diferentes en momentos diferentes de tu vida. Es el amigo más antiguo que conservo, pero la otra noche recurrí a él como hombre. Recurrí a él en plena madrugada como alguien a quien quiero, y él me ofreció cobijo y protección sin cuestionárselo.

Doy vueltas a la piedra gris en la mano una y otra vez, pensando en el final de la historia que ha escrito, y entonces me levanto y voy a buscar papel y boli. Lo cierto es que las palabras siempre han sido más cosa de Jonah que mía, pero quizá esta noche sea capaz de encontrar las adecuadas para nosotros.

Querido Jonah:

Bueno, ya he leído el manuscrito y me encanta, por supuesto. Empecé a llorar en la primera página y, si te soy sincera, no paré hasta la última, porque Freddie está presente en todas y cada una de ellas. Nos has devuelto a la vida, a él y a nosotros, con la magia de tus palabras.

No me sorprende que la gente se haya enamorado de tu historia. A mí también me ha pasado... Estoy muy orgullosa de ti, muchísimo. Pero, Jonah, me pasa una cosa, y es que creo que tienen razón: debes cambiar el final.

Toda historia tiene un comienzo, un desarrollo y, si tienes suerte, un final feliz; tus personajes se merecen al menos eso después de todo lo que han pasado. Y tu público, también. Deja que la gente salga del cine con el cubo de palomitas vacío y el corazón lleno de esperanza, porque seguro que hay más de un final feliz para cada persona, ¿no?

Ojalá pudiera decirte todo esto en persona, pero creo que ambos sabemos que Phil me despediría si le pidiera más días libres en este momento. Además... decir ciertas cosas en voz alta es difícil, así que puede que esto sea lo mejor.

Tú y yo... es complicado, ¿verdad? Pero en realidad al mismo tiempo no lo es, si lo piensas bien. Ambos queríamos a Freddie; si él siguiera aquí, yo sería su esposa y tú serías su mejor amigo, y ni siquiera se me pasa por la cabeza pensar que eso hubiera podido cambiar en algún momento. Los tres nos habríamos hecho viejos, aunque no creo que él hubiera llegado a madurar de verdad jamás.

Pero él ya no está aquí. Solo quedamos tú y yo. Hemos cambiado para siempre porque los dos lo queríamos, y las cosas han cambiado para siempre porque lo hemos perdido. Pero ¿no te parece que hemos tenido suerte de compartir tantas cosas? Tenemos un vínculo eterno. No puedo imaginarme compartiendo mi vida con alguien que no lo conociera.

Cambia el final, Jonah.

Con cariño,

LYDIA

Miércoles, 29 de enero

Estuve a punto de no mandar la carta, porque no estoy segura de que nuestra amistad pueda sobrevivir a ella. Estaba haciendo cola en la oficina de correos, nerviosa, y delante de mí, un niño pequeño levantó una mano y se agarró a la de su madre. Me recordó a la piedrecita gris que me deslizaron entre los dedos para que me diera buena suerte, y eso me confirió el valor necesario para seguir adelante con el envío.

De eso hace más de tres semanas, y no me ha contestado. Me he imaginado mil razones por las que no lo ha hecho. A lo mejor la carta se ha perdido en el correo, y Jonah sigue en Los Ángeles pensando que ni siquiera me he tomado la molestia de leer el guion… O, aún peor, que lo he leído y lo detesto. O a lo mejor le ha llegado y está muerto de vergüenza porque he malinterpretado todas las señales y no sabe cómo decírmelo sin humillarme. O quizá se haya mudado a Las Vegas y se haya casado con alguna cabaretera mientras mi carta sigue esperando en el felpudo de su casa. Si se trata de esto último, espero que alguien tenga la amabilidad de garabatear «Devolver al remitente» en el sobre.

—Ojalá tu madre no me hubiera metido en esta mierda —dice Ryan mientras desenvuelve su galleta de menta.

Está comiendo con disimulo detrás del mostrador de información de la biblioteca, rompiendo mi prohibición de comer y beber dentro de la sala. No me importa; de vez en cuando baja a pasar con nosotras su hora de la comida, atraído no solo por mí, sino también por Flo y Mary, sospecho. Ambas están aquí esta tarde, sentadas una a cada lado de Ryan tras el mostrador.

—¿Cómo te va con Kate? —pregunto.

Lleva una temporada saliendo con Kate, la doble de Uma Thurman que organizó la actividad de citas rápidas. Se encontraron en el supermercado un par de meses después del evento; según la versión de Ryan, sus miradas se cruzaron por encima de los pepinos, pero creo que adorna la verdad en beneficio de la comedia.

—Bien. —Se le enrojecen las orejas—. Le gusta… —Deja la galleta en la mesa mientras piensa—. ¿Conoces ese sitio que hay en el centro al lado de la tintorería?

Frunzo el ceño mientras intento recordar la calle principal.

—¿La carnicería?

—Los mejores pasteles de cerdo en kilómetros a la redonda —dice Mary.

Ryan pone cara de hartazgo.

—Al otro lado.

—¿La tienda de disfraces? —pregunto.

Ryan asiente.

—A Kate le van esas cosas.

Flo se frota las manos.

—¿Quiere que te disfraces de Batman?

Ryan se pone pálido, y todos nos echamos a reír a pesar de que contárnoslo ha sido una indiscreción terrible por su parte.

—Voy a recolocar este lote en la sección infantil. —Cojo un montón de libros—. No se os ocurra disfrazaros de nada mientras no estoy.

Le he cogido mucho cariño a mi biblioteca. La sección infantil es mi refugio; está situada en una sala aparte para contener el ruido y tiene unos elegantes ventanales con vistas a la calle. Ya he colocado los libros y limpiado las mesas, así que me tomo un descanso de unos minutos en uno de los asientos que hay junto a la ventana para contemplar el paisaje callejero empapado por la lluvia. Gente que va, gente que viene. No me doy cuenta de que hay otra persona en la sala hasta que me vuelvo y veo a Jonah Jones apoyado contra el marco de la puerta, envuelto en su grueso abrigo, mirándome.

La sorpresa de verlo aquí me deja paralizada por completo; nos quedamos mirándonos en silencio durante unos segundos, cada uno en un extremo de la sala. Su mirada de ojos oscuros me dice que ha cruzado el océano para verme y que ahora que está aquí no sabe cómo enfocar esto, y yo no puedo ayudarlo porque tampoco lo sé.

Es el primero en hablar.

—He cambiado el final.

—¿Sí?

Se acerca a mí, tanto que casi puedo tocarlo.

—Tenías razón. Hay más de un final feliz para cada persona.

Trago saliva con la boca seca.

—¿Le ha gustado más al estudio?

—Les encanta —dice con suavidad, y al bajar la mirada veo que tiene las pestañas empapadas de lluvia.

—¿Y a ti? —Me siento encima de las manos porque estoy desesperada por tocarlo—. ¿A ti te ha gustado?

Vuelve a mirarme a los ojos.

—Me preocupaba que quedara demasiado de cuento de hadas —dice—. Demasiado tópico. Pero no es así. Él le dice que la ama desde que tiene memoria. Que quiere que sea sus viernes por la noche y sus mañanas de Navidad, y que todas las canciones de amor que ha escrito en su vida son sobre ella. Le dice que quiere ser quien la abrace hasta que se duerma todas las noches. Que quiere que su final feliz sea con ella. —Me levanto del asiento de la ventana y doy un paso hacia él—. Y entonces, como ella le ha dicho que hay más de un final feliz para cada persona, él la besa.

—Uau —susurro—. Esa película va a ser un bombazo. Me encanta.

Me acerco a él y Jonah me envuelve en su abrigo, tan pegado a mí que noto el latido de su corazón contra el mío. Seguro que el estudio ambienta el beso final fuera, bajo la lluvia torrencial, y lo acompaña con una banda sonora romántica, pero no lograrán captar ni por asomo la veneración que transmite la mirada de Jonah cuando baja la cabeza, ni el temblor de sus labios cuando rozan los míos, ni el precioso anhelo de nuestro primer beso lento. No es el beso adolescente y agridulce que nunca nos dimos. Es adulto y eléctrico, suave y, sin embargo, urgente. Le sujeto la cara con las manos y me estrecho contra él, y Jonah suspira mi nombre y levanta la cabeza lo justo para verme la cara. Nos miramos a los ojos, sin aliento, maravillados, y me doy cuenta de que no es lluvia lo que le moja las pestañas. Está llorando.

Agradecimientos

Muchísimas gracias a Katy Loftus, editora, genio y amiga, y al excelente equipo de Viking por vuestro apoyo continuo. Y un agradecimiento más generalizado a todos los trabajadores de Penguin, en especial al potente equipo de venta de derechos por compartir a Lydia con el mundo.

Estoy inmensamente agradecida con Hilary Teeman y el fantástico equipo de Ballantine en Estados Unidos. Qué suerte tengo de trabajar con vosotros, vuestras aportaciones y apoyo significan mucho para mí.

Muchas gracias a todos mis editores extranjeros, es un honor para mí trabajar con todos vosotros.

Gracias a Jemima Forrester y a todos los que formáis David Higham, por vuestra ayuda.

Todo mi cariño y agradecimiento para Kathrin Magyar por su generosa puja en un acto benéfico para que su nombre apareciera en el libro. ¡Espero que te guste tu personaje!

Debo dedicar un agradecimiento especial y cariñoso a todas las personas que han compartido sus historias conmigo, tanto a través de internet como en persona. Es muy complicado hablar sobre un tema como el duelo, y vosotros me habéis informado, inspirado y conmovido más allá de lo imaginable.

Estoy eternamente agradecida, claro está, con todo aquel que lea la historia de Lydia. Gracias por elegir dedicar vuestro tiempo a las Bird, por charlar conmigo en las redes sociales y por ayudarme a correr la voz. Vuestras fotografías y entradas de blog son siempre una fuente inagotable de fascinación.

Y en último lugar, aunque no por ello menos importante, gracias a mi familia, pasada y presente. Todos vosotros habéis ejercido una gran influencia en este libro en concreto, ¡pandilla de locos adorables! Una palabra o una mirada aquí, una risa o un recuerdo allá… Sois todos fabulosos y os quiero un montón.